AF235888

Mark Hagelt: Schulfrei

Mark Hagelt

Schulfrei

Krimi

Impressum

© 2020 Mark Hagelt, c/o AutorenServices.de, Birkenallee 24, 36037 Fulda

Herstellung und Verlag: BoD – Books on Demand, Norderstedt

ISBN: 978-3-7526-2851-7

Vorwort

Liebe Leserin, lieber Leser,

vielen Dank für deine Entscheidung, dieses Buch zu kaufen und damit an meinem literarischen Schaffen teilzuhaben. Ich hoffe, es wird dir ein großes Lesevergnügen bereiten.

Sollte dem so sein, dann freut es mich, wenn du auf dir sinnvoll erscheinenden Wegen digitaler und analoger Art für Schulfrei wirbst und meinem Roman so Gehör verschaffst. Als Freelancer möchte ich mich ohne einen traditionellen Verlag am Markt behaupten und jede Stimme, die für meinen Roman wirbt, unterstützt damit mein literarisches Schaffen.

Zudem freue ich mich auf dein Feedback auf meinem Internetblog „https://markhagelt.org".

Ich freue mich darauf, mit dir in einen Dialog zu treten.

Viel Spaß beim Lesen

Mark Hagelt

1. Kapitel

1

Kühl, angenehm kühl empfing mich die Aula des Mozart-Gymnasiums an einem extrem heißen Sommertag, der für Hamburg ganz ungewöhnlich war und selbst uns Hanseaten in Wallung brachte, die wir doch für unsere stoische, norddeutsche Haltung bekannt waren. Für einen Augenblick freute ich mich, der Mittagshitze des Polizeiwagens entronnen zu sein, und genoss das Frösteln auf der Haut, das sich sofort einstellte, als ich vom glühend heißen Teerparkplatz in die Kälte der abgedunkelten Aula des Gymnasiums trat.

Ein Toter im Mozart-Gymnasium war mir telefonisch angekündigt worden. Der Name der Schule kam mir irgendwie bekannt vor, aber nichts Weiteres fiel mir zum Namen des, wie ich später erfuhr, renommierten Hamburger Gymnasiums ein. Mein Kopf war an diesem Samstag noch nicht richtig bei der Arbeit.

„Was für ein Unglück", ertönte plötzlich eine Stimme hinter mir. Zielstrebig kam ein kleiner, drahtiger, mittelalter Mann auf mich zu.

„Sind Sie hier der leitende Beamte?"

Ich richtete mich etwas auf und begegnete dem selbstgewissen Blick des Anderen.

„Ja. – Und mit wem habe ich das Vergnügen?"

„…Ach so, natürlich! Ich gehe immer davon aus, dass mich hier in meiner Schule sowieso jeder kennt. Zwangsdorff – ähm – Dr. Zwangsdorff, um es genau zu sagen. Ich bin der Rektor dieser Schule."

„Hauptkommissar Hecht", stellte ich mich dem Schulleiter

vor, der seinen Redeschwall fortsetzte, ohne mir die Möglichkeit zum Weitersprechen zu geben.

„Ja, das ist ein Unglück, mit dem keiner von uns gerechnet hat. Und ausgerechnet Benjamin muss so etwas passieren. Dabei hat es der Junge auch sonst schon schwer genug gehabt. Wissen Sie, seine Familie – und die Schule ist nicht leicht für ihn gewesen. Ich dachte noch, wenn ich ihm eine Chance im Theaterkurs gebe, dann hat selbst er vielleicht auch mal ein Erfolgserlebnis. Schnell hat er die ganze Beleuchtungsanlage bedient. Das ist ja auch eine große Verantwortung in einem Theaterkurs und eine beachtliche Leistung für seine Verhältnisse. Heute wollte er vor der Probe noch die Scheinwerfer ein…“

„Sagen Sie Herr äh…“

„…Dr. Zwangsdorff…“

„…ja Herr Dr. Zwangsdorff, können wir das Gespräch nicht etwas später fortsetzen? Ich muss mir erst einmal ein Bild von der Situation machen, bevor ich Ihnen weitere Informationen geben kann. Ich bin gerade erst…“

„…also Herr Hecht, ich muss darauf bestehen, dass einige Dinge sofort geklärt werden, d. h. bevor Sie sich an die Presse wenden. Wissen Sie, wir sind hier nicht an irgendeinem beliebigen Ort. Sie befinden sich in einer aus der Hamburger Schullandschaft herausragenden Schule. Stadtbekannt sind die Konzerte unseres Schulorchesters in der Hamburger Hauptkirche St. Michaelis.“

Ich zuckte nur mit den Schultern und war noch immer nicht ganz bei der Sache, während der Zwerg vor mir zu reden fortfuhr:

„Nein – ist Ihnen das Mozart-Gymnasium immer noch kein

Begriff. Naja – nicht jedem ist der Zugang zur klassischen Musik vergönnt. Wissen Sie, diese Schule wird nur von ausgesuchten und besonders begabten Kindern aus den besten Häusern der Stadt frequentiert. Wir dürfen uns keine Skandale oder Schlagzeilen erlauben. Wir haben einen Ruf zu verlieren. Also wickeln Sie diesen Unfall bitte diskret ab. Diskret! Und jetzt entschuldigen Sie mich bitte, ich habe noch einiges zu erledigen. Sie können mich später in meinem Büro aufsuchen."

Irritiert blickte ich dem mit drahtig federndem Schritt entschwindenden Schulleiter nach. Vielleicht sollte ich mir auch noch vorher einen Termin von seiner Sekretärin geben lassen. Hier gibt es einen Toten, und er macht sich Sorgen um den Ruf der Schule. Und ein Unfall soll es sein?

„Tach Chef", schallte Hecht die schnodderige Stimme Timmermanns entgegen.

Ich mochte meinen schlaksigen Mitarbeiter auch wegen dieses laxen Tonfalls nicht sonderlich, obwohl ich andererseits auch froh war, diesen an Frank Zappa erinnernden Mann in meinem Team zu haben. Timmermann war in der Spurensicherung ein As.

„Was ist passiert?", fragte ich mein Gegenüber, ohne dessen Gruß zu erwidern.

Timmermann wendete sich zu einem großen weißen Tuch um, das vor und über dem oberen Ende der Leiter ausgebreitet lag.

„Sieh's dir doch selbst an."

Mit einer vorsichtigen Bewegung zog ich das Laken beiseite. Trotz aller Routine in diesen Dingen musste ich wie immer beim Anblick einer Leiche erst einmal schlucken.

„Kein netter Anblick für die Kinder. Der Junge muss echt schön gewesen sein. Ist von der Leiter gefallen. So 4 oder 5 Meter tief. Und dann knallte er mit dem Nacken auf diese Stuhllehne."

Timmermann zeigte mit seinem Arm auf einen der Stühle, die neben dem oberen Ende der umgestürzten Leiter lagen.

Eiskalt lief mir ein Schauer den Rücken hinunter. Und dann betrachtete ich aufmerksam den Jungen. Ein mittelgroßer, schlanker Jugendlicher lag mit einem extrem verdrehten und gestrecktem Hals vor mir. Es sah aus, als hätte jemand versucht, den Kopf des Jungen wie einen Korkenzieher in einer Flasche zu drehen. Ich schluckte und betrachtete die Kleidung des Jungen. Er trug schwarze Jeans, ein ebensolches Sweatshirt mit einem großen weißen Totenkopf und Springerstiefel mit roten Schuhbändern. So liefen die Jugendlichen in der linken Szene herum. Weiter registrierte ich das schulterlange dunkelbraune Haar, die weichen, zarten Züge eines schmalen, blassen Gesichts und grüne Augen, die leer an die Holzdecke des Raumes starrten. Der Mund war weit geöffnet und man konnte noch den Schreck erahnen, den der Junge beim Fall gehabt haben musste.

„Sieht alles nach einem Unfall aus oder? Da gibt's für mich wohl nichts zu tun", sagte ich zu Timmermann, während ich den Leichnam wieder vorsichtig mit einem weißen Tuch abdeckte.

„Naja – haben wir zuerst auch gedacht", antwortete Timmermann, „aber wir sind hier ja in einer Schule. Der Junge – er heißt übrigens Benjamin Masokowsky – hätte niemals allein auf diese Leiter steigen dürfen. In einer Schule ist immer jemand Aufsicht. Der Hausmeister hat mich darauf gebracht: Verletzung der Aufsichtspflicht."

„Stimmt. Dann müssten wir wegen fahrlässiger Tötung ermitteln. Habt ihr schon etwas herausgefunden?"

„Ja, eine Mitschülerin hat ihn gefunden. Das Mädchen ist total fertig. Dr. Müller hat ihr eine Beruhigungsspritze gegeben und hat sich seitdem nicht mehr sehen lassen."

„Wo sind die beiden?"

Timmermann deutete mit einem Arm zu einer Glastür, hinter der man einen hellen Flur sehen konnte. Ich ließ meinen Blick nochmals durch die große Aula gleiten, um mir einen Eindruck vom Ort des Geschehens zu machen. Ein aufwendiges, über eine ganze Seite der Aula reichendes Bühnenbild konnte ich erblicken, dessen Ausstattung durchaus mit einem professionellen Theater mithalten konnte. Ein langer Esstisch, ein großer Kamin, Kristallleuchter, Anrichten mit ausgewähltem Geschirr und andere Einrichtungsgegenstände erinnerten mich an eine altmodische, großbürgerliche Wohnung.

Dann begab ich mich auf den Weg.

Der gläserne Flur führte vom allein stehenden Aulagebäude in das weit verzweigte Hauptgebäude der Schule, einem zweigeschossigen Flachbau, von dem in rechten Winkeln mehrere Gebäudeflügel abzweigten. Aus dem Glasflur konnte ich zwei Schulhöfe überblicken, hinter denen mächtige, jahrhundertealte Eichen und Buchen diesen Ort vom tobenden Geschehen der Stadt abnabelten und in einer Idylle einer heilen Welt erscheinen ließen, die sich harmonisch in die Natur einfügte. Doch dies sollte sich als ein großer Trug erweisen.

Nach einigem Suchen fand ich Dr. Müller und eine junge Frau am Rand eines Schulhofs auf einer Bank. Sie saßen im

Schatten eines hohen Baumes und als ich bei ihnen ankam. Ich hörte, wie Müller tröstend mit der Stimme eines besorgten Vaters auf das Mädchen einsprach, bis er mich bemerkte.

„Guten Tag, Herr Hecht", unterbrach Dr. Müller seine Rede, als er mich bemerkte.

„Guten Tag", erwiderte ich.

„Darf ich Ihnen Fräulein Rena von Brentano vorstellen. Sie ist unser neuer Stern am Himmel der klassischen Musik. Sie hat bereits drei Preise mit ihrem Violinenspiel gewonnen. Und wie ich in diesem Moment erfahren habe, hat Fräulein Rena gerade eine Einladung zum Unterricht bei dem weltberühmten New Yorker Violinisten Theodor Goldmann erhalten. Dies ist eine besondere Ehre, die genau das bestätigt, was ich schon seit Langem über diese Schule gehört habe."

„Ich gratuliere…"

Ich unterbrach meinen gerade erst begonnenen Satz, weil Rena leise aber eindringlich zu weinen begann. Irritiert blickte ich auf die junge, schwarzhaarige Frau.

„Fräulein Rena hat der Tod dieses Jungen sehr tief getroffen", sagte Müller in einem mitfühlenden Tonfall. „Sie war mit ihm befreundet…"

Wie immer, wenn ich mit Dr. Müller beisammen war, erlebte ich, wie mein Gegenüber mit einem seiner berüchtigten, endlosen Monologe begann, die er zu jedem, aber auch jedem Thema ablassen konnte, wenn er das Gefühl hatte, er spräche mit einer blutsverwandten Seele. In meinem Fall täuschte sich der Mediziner zwar, denn meine Zurückhaltung war keineswegs das Signal eines folgsamen Schülers, der aufmerksam den Lauten des Meisters lauschte, sondern diese verdammte Rücksicht, die ich häufig zeigte, um dem in einer

14

Aura und einem Habitus erhabener Bildung lebenden Mediziner nicht vor den Kopf zu stoßen. Mir lag etwas an einem harmonischen Verhältnis zu meinen Mitmenschen. Und um das harmonische Verhältnis mit dem Mediziner nicht zu zerstören, ließ ich mich regelmäßig von dessen Wortkaskaden überfluten. Diesmal war der begnadete Stern am Violinenhimmel sein Ausgangspunkt, um über das Wesen der Musikerausbildung in Deutschland und den besonderen Stellenwert dieser Schule für jene zu referieren. Es verstand sich dann schon fast von selbst, dass Müllers älteste Tochter Karolina seit drei Jahren das Mozart-Gymnasium besuchte. Karolina werde, wie Müller weiter ausführte, trotz ihrer natürlichen Begeisterung und dem täglichen ein- bis zweistündigen Training aber vermutlich niemals soweit kommen wie Rena. Aber die Begabung seiner dreizehnjährigen Tochter, dies zeige sich schon jetzt, reiche sicherlich für eine spätere Tätigkeit als ordentliche Orchestermusikerin.

„Es tut mir Leid, Ihnen jetzt einige Fragen stellen zu müssen, aber es ist unumgänglich", begann ich das Gespräch mit Rena, als Dr. Müller seinen Redefluss beendet hatte. „– Haben Sie das Unglück miterlebt?"

„Unglück? Wer sagt, dass es ein Unglück war? Benjamin ist doch nicht von allein mit der Leiter umgekippt. Dafür ist er viel zu vorsichtig gewesen. Und außerdem hat er nicht zum ersten Mal diese Arbeiten ausgeführt. Das kann nicht sein…"

Weinend sank die junge Frau in sich zusammen und Müller legte seinen Arm tröstend auf ihre Schulter. Der Blick des Mediziners war eindeutig, vernichtend streng. Er signalisierte mir, dass ich hier erst einmal keine weiteren Informationen bekommen würde.

Für einen Augenblick blickte ich in den vor mir liegenden Buchenwald, der hinter einem hohen und massiven zinkgrauen Metallzaun lag, der das gesamte Schulgelände einrahmte, und genoss die einfache Natürlichkeit des friedlichen Waldes.

„Dr. Müller, fahren Sie nachher mit mir zusammen zurück zum Präsidium?", fragte ich noch schnell im Gehen, da ich von dem Mediziner etwas mehr über diese Schule erfahren wollte.

„Ja, kann ich machen."

Timmermann war immer noch dabei, akribisch nach irgendwelchen Auffälligkeiten zu suchen, die etwas über den Hergang des Ablebens des siebzehnjährigen Jungen aussagen konnten, als ich wieder in die Aula trat. Bisher schien seine Beute jedoch nicht groß gewesen zu sein, denn ich sah nur wenige Zahlentafeln herumstehen, mit denen mein Spurensicherer seine Funde markierte, um sie anschließend fotografisch zu dokumentieren. Bis jetzt gab es keine Hinweise, die die Vermutung des weinenden Mädchens bestätigten, erfuhr ich von meinem Mitarbeiter.

Mord – sollte es sich hier um einen Mord handeln? Einen Moment lang musste ich an den zwergenhaften Schulleiter denken, der die Sache schnell vom Tisch haben wollte und dann an das vollkommen aufgelöste Mädchen. Wie passte das zusammen?

Aufmerksam ließ ich meinen Blick durch die Aula gleiten. Die Requisiten des großbürgerlichen Wohnzimmers füllten die Bühne bis in den letzten Winkel aus, ohne aber den weiten Raum einzuengen. Davor standen im Zuschauerraum vielleicht dreihundert oder vierhundert Stühle ordentlich in Reihen mit Gängen dazwischen. Nur um die Leiter und den Jungen herum war diese Ordnung durcheinandergeraten.

Die Gänge zwischen den Stühlen waren mit vielerlei Requisiten, Garderobenständern voller Kostümen und anderen Gegenständen des Theaterspiels überfüllt. Noch herrschte hier ein großes Durcheinander, über das ich mir einen Überblick verschaffen wollte. So kletterte ich auf die Bühne. Von dort oben hatte ich zwar einen guten Überblick, doch das wenige Licht reichte nicht aus, um den Zuschauerraum zu durchleuchten. Nur die umgestürzte Leiter hatte aus irgendeinem unerklärlichen Grund für mich etwas Gefährliches an sich, obwohl sie in ihrem derzeitigen Zustand doch nur an einen Vogel mit gebrochenen Flügeln erinnerte, der sich ermattet auf die herumstehenden Stühle hat fallen lassen.

„Timmermann", sprach ich plötzlich den Spurensicherer an, „hast du dir schon die Leiter angesehen? Die sieht ganz schön wackelig aus."

„Den Tipp hat mir der Schulleiter auch schon geben wollen. Der sagte mir, sein Hausmeister sei zwar eine treue Seele, aber nehme es mit den Vorschriften nicht so genau. Bisher konnte ich aber nichts Auffälliges an der Leiter entdecken. Im Labor werde ich sie aber noch genauer überprüfen."

„Wo kann ich den Hausmeister finden?", fragte ich dann.

„Otto ist mit ihm in die Hausmeisterwohnung gegangen. Die muss irgendwo hinter dem Gebäude da liegen."

Timmermanns Hand deutete durch die Tür auf einen Flügel des Schulgebäudes, zwischen dem und der Aula ein mit grauen Steinen gepflasterter Schulhof lag.

Wieder ging ich durch den Flur in das moderne zweigeschossige Schulgebäude, dessen verwinkelte Flügel sich von dem Hauptflur in alle Richtungen erstreckten.

„Klack, klack, klack."

Das Geräusch schneller Schritte riss mich auf einmal aus meinen Gedanken. Genau lauschte ich und hörte an den leiser werdenden Tönen, wie sich Schritte schnell von mir entfernten. Suchend wanderten meine Augen in alle Richtungen. Aber außer vier in alle Himmelsrichtungen strebende Korridore sah ich nichts. Nirgends war eine Menschenseele zu entdecken.

Einem Instinkt folgend lief ich in eine Richtung los, als das entfernte Klacken einer Tür zu vernehmen war, doch hinter einer Biegung endete der von mir gewählte Gang vor einer verschlossenen Glastür, durch die ich auf einen Schulhof sehen konnte, auf dem außer einigen nach Brotkrümeln suchenden Spatzen keine weiteren Lebewesen zu sehen waren. Durch diese Tür hatte niemand kurz vor mir die Schule verlassen. Schnell eilte ich wieder zurück in die Halle.

„Was machen Sie da?"

Ich zuckte zusammen und blieb stehen. Diesen Tonfall kannte ich noch aus meiner Schulzeit. Er ließ kein Entweichen zu. Ein grauhaariger Mann in einem blaugrauen Kittel und einem großen Schlüsselbund stand auf einer weiten Treppe, die in das obere Geschoss führte. Das musste einfach der Hausmeister sein.

„Hecht – äh – Hauptkommissar Hecht", stellte ich mich fast schon wieder zum Schüler geworden vor. „Schön, dass ich Sie hier treffe. Sie sind doch sicherlich der Hausmeister dieser Schule, oder?"

„Ja, das stimmt. Ich habe schon mit ihrem Kollegen, dem Inspektor Otto gesprochen. Ein freundlicher Mensch. Ja das mit dem Benjamin ist 'ne schreckliche Sache. Der arme Junge. Und seine Mutter tut mir ja so leid. Dabei hat sie sich so viel

Mühe gegeben, damit aus dem Jungen mal was wird."

„Sagen Sie, ich habe eben Schritte und dann eine Tür ins Schloss fallen gehört. Es muss von dort hinten gekommen sein."

Mit einem Arm wies ich in die Richtung, in die ich eben gelaufen war.

„Nein, das kann nicht sein", erwiderte der Hausmeister. „In der Richtung sind alle Ausgänge abgeschlossen. Und einen Schlüssel zu den Türen habe nur ich. In diesem Gebäude gibt es nur einen Ausgang, der heute von anderen Menschen benutzt werden kann. Und das ist der Ausgang zum Lehrerparkplatz."

„Zeigen Sie mir die Tür bitte", forderte ich drängend.

Gemeinsam hasteten wir dann einen anderen Flur entlang, kamen durch eine weitere große Halle und dann durch einen dem vorherigen Flur bis in die letzten Details ähnelnden Gang zu einer Tür, die am Ende eines anderen Schulflügels lag.

„Ganz schön groß, diese Schule", sagte ich, während ich mich wie in einem Labyrinth fühlte.

„Ja, ja", antwortete der Hausmeister. „Das kann man wohl sagen. Ein paar Lehrer regen sich auch ständig darüber auf, weil sie – wissen sie, die Lehrer werden ja auch nicht jünger – weil sie es in den Fünfminutenpausen kaum noch schaffen, von einem Klassenraum im Osttrakt in einen Klassenraum im Westtrakt zu laufen. Und anstatt den Weg in Ruhe zu gehen, hetzen die Lehrer durch die mit Schülern überfüllten Gänge, um pünktlich in der neuen Klasse zu sein. Wissen Sie: Pünktlichkeit wird in dieser Schule ganz groß geschrieben. Dass sich die Leute durch ihre ständige Hetzerei über kurz oder lang einen Herzinfarkt holen, interessiert hier niemanden.

Nicht mal die Betroffenen selbst."

Die Tür zum Lehrerparkplatz ließ sich tatsächlich von innen ohne Schlüssel öffnen und führte auf einen fast leeren Parkplatz, auf dem auch mein Wagen stand.

„Ahja... jetzt weiß ich wieder, wo ich bin. Vielen Dank erst einmal."

2

Auf der anderen Seite des Parkplatzes sah ich Sibylle Jahn, die attraktive Lokalreporterin des Hamburger Morgenblattes. Die konnte ich jetzt auf keinen Fall gebrauchen. Gerade wollte ich mich wieder unauffällig in das Schulgebäude zurückziehen, um der reizvollen Frau aus dem Weg zu gehen, als diese bereits mit schnellen Schritten auf mich zukam. Für ein Ausweichmanöver war es zu spät. Ein Rückzug würde mir jetzt als Schwäche ausgelegt werden. So blieb mir keine andere Wahl, als stehen zu bleiben und zu beobachten, wie die reizvolle Frau in ihrem figurbetonten Outfit auf mich zukam. Wie von einem Magnet angezogen verlor ich meine ansonsten berüchtigte Selbstkontrolle und starrte sie für einen Moment an. Dann stand sie vor mir.

„Na glotzen Sie nicht so, Hecht. Sie haben mich doch schon so häufig gesehen, da dürften Sie sich doch langsam an diesen Anblick gewöhnt haben."

Das charmante Lächeln, mit dem sie meine Sinne noch mehr eintrübte, widersprachen ihrer Beschwerde zwar, aber trotzdem konnte ich mich aus meiner Befangenheit nicht lösen.

„Was Sie nicht sagen, Frau Jahn. Der Schein trügt Sie jedoch wie so häufig", ertönte meine Stimme gespielt locker. „Ich käme doch niemals auf die Idee - wie drückten Sie sich aus - Sie anzuglotzen. Das machen vielleicht Jugendliche, aber aus diesem Alter bin ich bekanntlich heraus."

„Ob man sich da so sicher sein kann? Und so alt sind Sie ja nun wirklich noch nicht."

Für einen Moment schwieg die Reporterin, betrachtete mich

von Kopf bis Fuß und sagte dann mit einem kritisch prüfenden Ton in ihrer Stimme: „Na ja, dieses steife Jackett und das weiße Hemd lassen Sie älter erscheinen, als Sie sind. Sie sind so ein typischer Hanseat mit steifer und nach nichts aussehender Kleidung. Vielleicht sollten wir uns mal verabreden, damit ich Ihnen eine Modeberatung geben kann."

Zu gern wäre ich auf das Angebot der Frau eingegangen. Doch irgendetwas hemmte mich davor, auf die Avance einzugehen. Und so stand ich einfach nur sprachlos da, während die Journalistin mir tief in die Augen sah und mit tiefer Stimme sagte:

„Dann kann ich Ihnen mal zeigen, was Ihnen steht."

Es war nicht das erste Mal, dass die Reporterin mir gegenüber ihre weiblichen Reize einsetzte, um an Informationen zu gelangen. Und irgendwie war dies mir auch klar, wenn ich im Nachhinein darüber nachdachte. Doch die Frau hatte ein Geschick darin, mich immer wieder mit ihrer Sinnlichkeit zu überrumpeln. Und so passierte es schon mal, dass mir leichtfertig die eine oder andere Äußerung entwich, die eigentlich nicht für die Öffentlichkeit bestimmt war. Doch trotz dieser kleinen Schnitzer liebte ich dieses Spiel, das wir seit einiger Zeit spielten, weil es mich für einen kurzen Moment aus der Öde meines Singledaseins herausriss.

Wie durch einen Schleier hörte ich die Stimme der Reporterin:

„Sagen Sie, was ist denn hier eigentlich passiert? Ich habe gehört, ein Junge ist von einer Leiter gefallen und hat sich das Genick gebrochen. Wie tragisch. Es gibt Gerüchte, die besagen, dass der Junge keines natürlichen Todes gestorben sei."

„Woher haben Sie das?", fragte ich, während ich in die

blauen Augen der Frau blickte. Doch dann wanderten meine Augen vom Gesicht der Reporterin wieder in ihr einladendes Dekolleté.

„Das spielt doch keine Rolle. Ich sehe, dass die Mordkommission am Ermitteln ist. Dies ist doch schon aufschlussreich genug."

„Es ist eine reine Routineangelegenheit, dass ich verständigt worden bin, Frau Jahn. Das wissen Sie doch selbst. Meine Untersuchungen haben bisher nichts ergeben, so dass es sich tatsächlich um ein Unglück zu handeln scheint. Aber machen Sie bitte keine große Story daraus. Die Schule hat Angst, ihren guten Ruf zu verlieren."

Mit diesen Worten hatte ich bereits mehr gesagt, als ich hätte sagen sollen.

Und dies sollte heute nicht mein einziger Fehler bleiben.

„Aber um noch einmal auf Ihr Angebot zurückzukommen: Wie wäre es denn mal mit einer Verabredung mit uns beiden? Wir müssen ja nicht gleich Anzüge kaufen gehen. Aber eine Tasse Kaffee könnten wir doch schon zusammen trinken oder?"

Ich war selbst über das erstaunt, was ich da gerade gesagt hatte. Gewöhnlich brachte ich gegenüber Frauen kaum ein Wort hervor. Irgendetwas war heute anders mit mir als sonst. Lag es an der Hitze, die mit ihrer Wärme selbst noch das allerletzte, klitzekleinste Atom in Bewegung versetzen konnte?

„Ach, wissen Sie, Hecht", erwiderte die Reporterin. „Liebend gern würde ich mich mit Ihnen verabreden. Aber im Augenblick sieht es wirklich schlecht aus. Zur Zeit ist wirklich absolut nichts in dieser Stadt los, über das ich berichten könnte. Sonst fallen mir die Stories ja nur so entgegen, aber im

Augenblick finde ich einfach nichts. Und dann noch diese brütende Hitze und ich darf suchen, suchen, suchen. Dabei würde ich viel lieber in einem See baden oder einfach in der Sonne liegen und meinen Körper bräunen. Sehen sie, mein Bauch ist noch ganz weiß. "

Für einen kurzen Augenblick hob die Jahn ihr T-Shirt, so dass ich einen Blick auf die zarte, hellbraune Haut um ihren Bauchnabel werfen konnte. Es kribbelte in meinen Fingern. Zu gern hätte ich in diesem Augenblick diese Haut gestreichelt.

„Auch Sie können mir keine Story liefern, und so muss ich mich weiter abrackern, um etwas zu finden. Also wenn Sie eine Geschichte für mich haben, dann melden Sie sich bei mir. Ich revanchiere mich dann und wir unternehmen etwas zusammen. Wir könnten dann baden gehen, wenn das Wetter so schön wie heute ist."

Mit diesen Worten wandte sich die Reporterin augenzwinkernd ab und ging zurück zur Aula.

Noch für einen Augenblick blieb ich auf dem Lehrerparkplatz. Ich sah mich mit Sibylle an einem Badesee, an dem Baggersee, an dem ich mich befunden hatte, als ich per Handy zum Einsatz an das Mozart-Gymnasium gerufen wurde.

Erst jetzt hatte ich Zeit, um mir die dort erlebte peinliche Situation zu vergegenwärtigen. An dem einzigen Ort, an dem ich meinen Bereitschaftsdienst an diesem glühend heißen Sommertag wirklich genießen konnte, hatte ich es mir an diesem Morgen bequem gemacht. Gemütlich schipperte ich auf einer Luftmatratze über das Wasser und beobachtete durch meine schwarze Sonnenbrille das Treiben der Menschen. Ein frisch verliebtes Pärchen hatte es mir besonders angetan. Ich sah, wie sie vor Glück lachend langsam in das kühle Nass stiegen. Mit Storchenbeinen stakste sie voran und es begann das alte Spiel. Er, Stärke zeigend wollte sie nass spritzen, doch sie, sich unterwerfend flehte ihn an, dies nicht zu tun. So ging es eine Weile hin und her, bis er schließlich ihren Wunsch erfüllte. Dankbar nahm sie ihn in den Arm und dann küssten sie sich.

Ach, was fühlte ich mich in diesem Augenblick allein. Ich blickte weg. Auf dem See holte mich dann das regelmäßige Schaukeln der Wellen ein, das sich über die weichen Luftkammern der Matratze auf meinen Körper übertrug und mich in einen meditativen, entspannenden Schlummer versinken ließ. Und mit einem Mal war mir, als schwebte ich auf einem Wolkenschiff durch den Himmel, umgeben von sirenenhaften Frauengestalten, die eine schöner als die andere leicht bekleidet in ihren Togen um mich warben. Lust machte sich in mir breit.

Und dann hörte ich plötzlich dieses »Piep – piep – piep!«

Ich schreckte auf und drehte er mich zur Seite, als würde ich von meinem Bett aus nach dem Telefonhörer greifen.

Platsch!

Eiskaltes Wasser spritzte mir grässlich ins Gesicht und vergegenwärtigte mir, wo ich mich befand.

„Pöep, pöep, pöep!"

Plötzlich hellwach registrierte ich, dass mein Diensthandy gerade ins Wasser gefallen war. Panisch spähte ich nach dem hypermodernen Kommunikationsapparat, den mir mein Dienstherr in Zeiten der Dienstbereitschaft zu Dienstzwecken überlassen hatte, während ich gleichzeitig versuchte, mich auf der mit arger Schlagseite schwankenden Luftmatratze zu halten. Warum hatte ich mir das Handy nur auf die Brust gelegt?

Gerade noch konnte ich das Gerät im trüben Wasser entdecken und mit Schrecken sehen, wie es sich titanikhaft ein letztes Mal aufbäumte, um auf immer und ewig in den unergründlichen Tiefen des Sees zu versinken. Mit einem schnellen Griff rettete ich mein neues dienstliches Spielgerät. Doch diese kühne Tat warf neue Probleme auf. Mein sicheres Wolkenschiff hatte sich im wahrsten Sinne des Wortes in Luft aufgelöst. Nun fand ich mich in der Realität und auf einer ordinären Luftmatratze in einer äußerst instabilen Lage wieder.

Mit verzweifelten Arm- und Beinbewegungen versuchte ich die Balance zu halten, während mein Handy mit einem verschnupften »päep – päep – päep« darauf aufmerksam machte, dass jemand mich zu sprechen wünschte. Doch auch mit ungestümen wilden Balancemanövern gelang es mir nicht, auf der Luftmatratze eine halbwegs stabile Position zu finden. Naturkräfte spielten ihr Spiel mit mir und diesen war kein Mensch gewachsen. Die übermächtige Natur ließ sich nicht bezwingen. Als ich dies spürte, gab ich auf und plumpste in das kühle Wasser.

„Pöep, pöep, pöep!"

Schnell hechtete ich mit dem Oberkörper auf die stabil wie eh und je im Wasser schwimmende Luftmatratze, um endlich telefonieren zu können. Erst in diesem Moment registrierte ich das Gelächter der Menschen am Ufer, das mich daran erinnerte, dass mein Missgeschick nicht unbeobachtet geblieben war. Schamesröte stieg mir in den Kopf, während mich ein Kollege über ein Unglück am Mozart-Gymnasium unterrichte.

Was für eine peinliche Nummerhast du dir da geleistet, dachte ich, während mir die Ähnlichkeit Sibylle Jahns zu den Sirenen meines Tagtraumes auffiel. Ich schüttelte den Kopf, um diese Assoziation aus meinem Bewusstsein zu vertreiben. Die Hitze bringt mich noch um meinen Verstand. Und ich verfluchte innerlich meine beamtliche Schweigepflicht, die mir anscheinend eine reizvolle Verabredung mit Sibylle Jahn verdorben hatte.

Die Frau ging zwischenzeitlich auf meinen Mitarbeiter Otto zu und sprach diesen an. Ihr nächstes Opfer dachte ich in meinem Mitarbeiter zu erblicken. Vorsichtig näherte ich mich den beiden, zog mein kleines Notizbuch aus der Tasche und tat so, als würde ich mir einige Notizen machen. Lauschend blieb ich dann in einiger Entfernung hinter Otto stehen.

„Ach Sibylle. Versuchst du mal wieder uns Männer einzuwickeln, um irgend etwas aus uns herauszulocken", hörte ich Otto gerade sagen.

„Mensch Otto, du weißt doch, dass das zu meinem Job gehört. Irgendwie muss ich halt an die aktuellen Informationen herankommen. Und das Biertrinken bis zum Umfallen, das meine Kollegen mit euch praktizieren, entspricht nun wirklich nicht meinem weiblichen Stil. Wir Frauen haben in eurer Männerwelt einfach keine Chance. Das weißt du doch Otto."

„Ja schon, aber…"

„Na siehst du. Dann lass deiner Einsicht auch Taten folgen. Diese Schönwetterreden habe ich mittlerweile genug gehört. Also habt ihr schon etwas festgestellt?"

„Das wird Otto Ihnen auf keinen Fall mitteilen", mischte ich mich für mich selbst überraschend ein. Die Beobachtung, dass mein farbiger Mitarbeiter die Reporterin offensichtlich gut kannte, hatte mich von einer Sekunde auf die andere eifersüchtig gemacht.

„Außerdem gehört die Weitergabe von Informationen an die Presse zu meinem Aufgabenbereich und Sie müssen sich diesbezüglich schon direkt an mich wenden."

„Ich sehe schon. Aus euch ist heute aber auch gar nichts herauszubekommen. – Kann ich denn wenigstens ein paar Fotos machen?", fragte die Reporterin in einem unterwürfigen, weinerlich und sanft klingendem Tonfall.

„Dagegen habe ich nichts einzuwenden."

Dann wandte ich mich Otto zu, um nicht weiter der Präsenz der Frau ausgesetzt zu sein. Für heute hatte ich genug mit der Frau gespielt.

„Otto, du weißt doch, dass du keine Gespräche mit der Presse führen sollst. Dies zählt nicht zu deinen Aufgabenbereichen und es ist dir doch bekannt, wie schnell einem die Journalisten das Wort im Mund verdrehen."

„Von mir hat die Presse noch nie etwas erfahren, was sie nicht erfahren durfte", wehrte sich mein Mitarbeiter, dessen rabenschwarze Haut Menschen immer wieder irritierte, wenn sie seinen Namen hörten und diesen mit dem Bild verglichen, das sich ihnen bot. Der Name hatte eine Geschichte, eine Geschichte, die Otto hinter sich lassen, die er einfach verdrängen wollte.

„OK. Lassen wir das. Sag mal", fuhr ich fort, „hast du eben gerade jemanden aus der Tür dort herauskommen sehen?"

Ich zeigte mit meinem Arm über den Schulhof zu der Tür am Ende des Osttrakts, aus der ich selbst eben herausgekommen war.

„Nein, habe ich nicht", entgegnete sein Kollege. Und nach einem Augenblick des Schweigens sprach Otto weiter.

„Also bisher habe ich nichts Auffälliges herausgefunden. Niemand kann sich erklären, wie es dazu kam, dass der Junge mit der Leiter umgefallen ist. Er ist vor allen anderen Schülern hier eingetroffen und muss dann irgendwie in die Aula gelangt sein. Ich habe bereits mit dem Hausmeister gesprochen. Er hat dem Jungen die Tür zur Aula heute morgen nicht geöffnet. Es gibt aber noch einen weiteren Schlüssel für die Tür. Den hat der Schulleiter."

In diesem Moment bemerkten wir die zuckenden Ausläufer des Blitzlichtes der Reporterin. Schnell hintereinander wiederholte sich dieses Schauspiel fünf oder sechs Mal. Und dann war alles wieder stilllebenhaft ruhig und friedlich um uns herum. Eine nachdenkliche Stille herrschte plötzlich zwischen uns.

„Das mit dem Fotografieren der Leiche erscheint mir nicht angebracht zu sein."

Ottos Stimme erklang mit äußerster Vorsicht, während er verlegen mit den Fingern seiner linken Hand über seine rabenschwarze Stirn fuhr. Er spürte, dass ich sofort explodieren würde, wenn er ihn in diesem Augenblick zu heftig kritisierte. Doch er kannte auch die beste Freundin seiner Lebensgefährtin gut genug, um zu wissen, welches Fiasko sich gerade anbahnte.

„Aus dem verdrehten Hals können die bestimmt ein schönes Horrorfoto für die Titelseite machen", versuchte Otto mich auf das erschreckende Bild aufmerksam zu machen, dass das hübsche Gesicht des Jugendlichen mit dem entsetzlich weit verdrehten Hals bot.

„Ich habe die Jahn gebeten, keine große Story aus der Sache zu machen. Und du meinst wirklich, Otto? – Aber nein, das glaubst du doch selbst nicht."

„Ich kenne Sibylle Jahn."

Ich stand noch einen Augenblick still und zögerte. In mir kämpften Verstand und Gefühl miteinander, wobei sich Letzteres in einem archaischen Aufbegehren den so offensichtlichen Wahrheiten entgegenstellte und nicht wahrhaben wollte, dass die Frau meine Bitte nicht einhalten würde. Ach Sibylle! Ohne die Macht der unmittelbaren sinnlichen Verlockungen der Frau hatten die Emotionen allerdings keine Chance, meinem kühl berechnenden Verstand Paroli zu bieten, und so begab ich mich mit schnellen Schritten in Richtung Aula, von wo mir Dr. Müller entgegenkam.

„Ah… Hecht, da sind Sie ja. Ich habe Sie schon gesucht. Wissen Sie, ich werde hier nicht mehr gebraucht. Fräulein von Brentano wird von einem Polizeibeamten nach Hause gebracht. Von mir aus können wir…"

„Haben Sie eine Reporterin an sich vorbeikommen sehen", unterbrach ich ihn. „So eine schlanke, attraktive junge Frau?"

„Auf Brautschau…"

„Lassen Sie Ihre Scherze!"

„Ja, die ist eben in der Aula gewesen. Sie hat Timmermann und mir gesagt, dass Sie ihr erlaubt hätten, ein paar Fotos für die Presse zu machen. Dann hat sie einige Fotos gemacht, was in diesen engen Kleidern ja wirklich nicht einfach ist. Also ich halte ja nichts von diesem Zuschaustellen der weiblichen Formen, aber die Jugend hat ja heute kein Schamgefühl mehr und kein Empfinden für wahren Eros. Also früher, zu meiner Zeit…"

„Ich komme gleich wieder", fiel ich dem überraschten Arzt ins Wort und lief die letzten Meter zur Aula. Dort wanderten meine Augen intensiv suchend durch den halbdunklen Raum, ohne dass ich die Reporterin entdecken konnte.

„Timmermann! Hast du die Reporterin gesehen?"

„Ja, die hat nur kurz ein paar Bilder von dem Jungen gemacht. Nahaufnahmen. Das gibt eine nette Titelseite."

„Wo ist die Frau jetzt?"

„Keine Ahnung. Die ging dann gleich wieder nach draußen. Da rechts durch den anderen Ausgang."

Jetzt hatte ich den Ernst der Lage begriffen und ahnte Böses. Schnell rannte ich durch den Flur in die Halle, lauschte dort kurz und machte mich schließlich auf die Suche nach dem Hausmeister, bei dem ich die Reporterin vermutete. Aber weder in seinem Dienstzimmer noch in seiner Wohnung war dieser zu finden. Enttäuscht ging ich schließlich zurück zur Aula, wo die Spurensicherung bereits am Einpacken war. Nichts mehr gab es hier für mich zu tun. Verärgert über mein stümperhaftes Verhalten ging ich suchenden Blickes zurück zu meinem Auto. Warum treibe ich auch immer dieses blöde Spiel mit Sibylle Jahn, hämmerte es in meinem Kopf.

„Ach… da sind Sie ja endlich", schallte mir die Stimme Dr. Müllers entgegen. „Sie haben mich doch nach dieser Reporterin gefragt. Also ich habe die mit einem etwas älteren Mann in einem blauen Kittel gesehen. Die gingen in die Kneipe da vorne an der Straße."

„Einen Moment noch", rief ich und war schon wieder am Laufen, als gäbe es die sommerliche Hitze nicht.

In der Kneipe fand ich dann endlich den Bier trinkenden Hausmeister. Und der erzählte mir, dass diese nette junge Frau von ihm den Namen und die Adresse des Schülers haben wollte. Letztere konnte er ihr aber nicht geben. Dann hätten sie noch über den Jungen gesprochen und schließlich hatte sie noch ein Foto von ihm gemacht, das eventuell in der Zeitung erscheinen würde. Das Bier habe sie ihm natürlich auch bezahlt, diese nette, junge Frau.

Und wieder einmal wird Sibylle Jahn aus nichts einen ihrer Skandalartikel zaubern, ahnte – nein – befürchtete ich und sah in diesem Moment eine Menge Ärger auf mich zukommen. Und alles nur, weil irgendein Schüler von einer Leiter gefallen war und ich wegen einer dieser deutschen Rechtsspitzfindigkeiten zu ermitteln hatte: Verletzung der Aufsichtspflicht. Meine Stimmung war mies.

Auf der Fahrt ins Polizeipräsidium in dem überheißen Polizeiauto erzählte mir Dr. Müller dann einiges über seine Sorgen als Vater und über die Gründe, die ihn dazu gebracht hatten, seine Tochter zum Schulbesuch auf das Mozart-Gymnasium zu schicken. Er schwadronierte, so wie es eben seine Art war, über den Verfall der Werte in unserer schrankenlosen, ausufernden Welt, in der kein Bewusstsein mehr für die wahren Werte einer Kultur vorzufinden wäre. Und in so einer Zeit wäre es an den Eliten der Gesellschaft, dafür zu sogen, dass der Staat nicht aus dem Ruder laufe.

Was er damit meinte, wollte ich wissen und Müller palaverte erregt etwas über Massenkultur, die ja eigentlich eine Unkultur sei und alles in einem zügellosen Hedonismus versinken ließe. Man müsse sich ja nur einmal Fernsehen und Presse ansehen. Diese Journalistin in der hautengen und knappen Kleidung sei ein Beispiel dafür, wie selbst so etwas wie das Schamgefühl verkommen sei. Nur noch triebhafter Sex, Sex, Sex. Kein tiefer gehendes Gefühl gebe es mehr für wahre Sinnlichkeit. Und dabei sei die deutsche Kultur doch eigentlich der Ort der wahren und tiefsten Gefühle. Aber um diese heute noch kennen zu lernen, müsse man schon nach Bayreuth fahren. Die Wagner-Festspiele seien die letzte Nische, in der das Hocherlebnis echter deutscher Kultur noch zu erleben sei.

Mir waren die verbalen Tiraden Müllers trotz unserer jahrelangen Zusammenarbeit in diesem Ausmaß neu und sie verwunderten mich. Ich wusste zwar, dass Müllers Verständnis von Kultur aus irgendeinem Grund an der Schwelle zum zwanzigsten Jahrhundert hängen geblieben war und dieser alles Moderne, was uns unser Leben leicht, bequem und unbeschwert machte, ablehnte. Doch ich hatte Müller immer auch als einen toleranten, vorsichtigen und bedächtigen Menschen erlebt. Jetzt aber standen ihm Hass und Abscheu in den Augen.

„Dr. Müller, was ist denn mit Ihnen los? So erregt habe ich Sie ja seit dem Fall der Mauer nicht mehr erlebt."

„Ach – wissen Sie, Hecht, unter uns, was ich dort in der Schule mitbekommen habe, das ist einfach unerhört. Da geht man davon aus, dass man sich für seine Kinder eine Schule ausgesucht hat, in der sie behütet werden und eine qualifizierte Ausbildung erhalten, und dann das. Wissen Sie, was mir das Fräulein von Brentano erzählt hat. Sie hat doch tatsächlich ein Verhältnis mit diesem verunglückten Jungen gehabt. Und nun dieser Unfall. Wissen Sie, was dies für eine so begabte und empfindsame Künstlerin bedeuten kann? Dies kann zum Ruin ihrer Karriere führen. Und das jetzt, wo das Mädchen so kurz vor dem Durchbruch steht. Diesen Dr. Zwangsdorff, den werde ich mir kaufen. Redet immer von seiner Schule als einer, in der die Welt noch in Ordnung wäre. Und dann hat dieses junge Ding bereits eine Liebesaffäre – natürlich ohne Wissen der Eltern – mit diesem Bengel, diesem Proletenkind, das nichts außer Bier und Frauen im Kopf gehabt zu haben scheint. – Mein Gott – wenn sich so einer an meine Tochter heranmachen würde, der könnte was erleben."

„Ach – der besorgte Vater spricht aus Ihnen. Warum sagen Sie das denn nicht gleich."

„Besorgt, besorgt!? In dieser Zeit muss man sich Sorgen machen."

Wir waren angekommen. Vor Wut schäumend stieg Dr. Müller aus meinem Wagen und verschwand im Keller des Polizeihochhauses, während ich noch einen Moment an meinem Platz verharrte.

Sicher ist der Tod des Jungen für das Mädchen ein großer Schock, aber letztlich ist es doch auch nicht mehr. Der Junge dagegen ist tot, mucksmäuschentot. Ein Leben noch vor seiner Blüte ausgehaucht. Die körperlichen Reste dieses Menschen, seine Leiche liegt jetzt wahrscheinlich schon nackt und kalt auf dem harten Stein des Obduktionstisches. Ein Benjamin Masokowsky eben und nicht die künstlerisch begnadete Rena von Brentano.

Irgendetwas trieb mich in diesem Augenblick dazu, Partei für den Jungen zu ergreifen, und meine übliche berufliche Distanz aufzugeben. Ich spürte, dass mich irgendetwas mit Benjamin verband, doch was es war, konnte ich noch nicht ergründen, obwohl es doch eigentlich so klar auf der Hand lag. Fest stand die Mauer des Verdrängens und erlaubte mir, der ich mich bis dahin nur selten mit mir selbst auseinandergesetzt hatte, keinen Blick hinter die Kulissen meines Bewusstseins. Nur allein, furchtbar allein fühlte ich mich mit einem Mal in dieser Welt.

3

Das Grau der trostlosen Hochhausfassaden Steilshoops ragte Otto und mir schon aus der Ferne entgegen, als wir uns durch den Wochenendverkehr quälten. Steilshoop war eine dieser Trabantenstädte, die in den sechziger und siebziger Jahren als städtebaulicher Fortschritt, mittlerweile aber Sinnbild des entfremdeten Stadtlebens galten. Anonymität beherrschte das Leben der in viel zu engen Wohnzellen zusammengezwängten Menschen, die keine Rückzugsmöglichkeiten und Ruhe in ihren überdimensionierten Siedlungen fanden. Seit Jahren war Steilshoops ein sozialer Brennpunkt: hohe Arbeitslosigkeit, hoher Anteil von ungelernten Arbeitern und Ausländern, viele Sozialhilfeempfänger. „Echte" Hamburger mieden diesen Stadtteil und so mussten selbst wir, die mit der Geographie der Stadt einigermaßen vertrauten Polizisten einige Zeit suchen, bevor wir die Wohnung der Familie Masokowsky im Fritz-Finte-Ring fanden. Zu unserer Überraschung war in dieser Straße der Beton der vier- und fünfstöckigen Häuser nur noch an manchen Stellen zwischen wucherndem Efeu, verschiedenartiger Büschen und Bäumen zu erkennen.

Plötzlich lief vor uns eine Frau in einem hautengen hellgrauen T-Shirt und einem dunkelgrauen Minirock über die Straße. Ein Stromstoß ging durch meinen Körper, denn ich erkannte sofort Sibylle Jahn, die schnell in ihr Cabriolet einstieg und mit quietschenden Reifen davonfuhr.

Das wird Ärger geben, wussten Otto und ich.

Kurze Zeit später standen wir vor Frau Masokowsky, einer kleinen, zerbrechlich wirkenden Frau. Durch einen engen, mit

Kleiderschränken vollgestellten Flur geleitete die Frau uns wortlos in ein einfach, aber geschmackvoll eingerichtetes Wohnzimmer.

„Frau Masokowsky, offensichtlich sind Sie bereits von der Presse darüber informiert worden, dass Ihrem Sohn etwas zugestoßen ist", begann Otto das Gespräch mit der etwas apathisch wirkenden Frau.

„Ja, ich weiß. Wie konnte das nur geschehen. Benjamin soll von einer Leiter gefallen sein? Das kann ich mir einfach nicht vorstellen. Der Junge ist doch immer so vorsichtig gewesen."

„Frau Masokowsky, wir sind mit unseren Ermittlungen noch ganz am Anfang und können daher noch nichts Genaues sagen. Es sieht allerdings alles nach einem Unfall aus. … Vielleicht war auch die Leiter nicht in Ordnung? Wir haben auf jeden Fall die Spurensicherung eingeschaltet und werden alle in Betracht kommenden Unglücksursachen genauestens überprüfen. Seien Sie versichert, dass wir den genauen Hergang des Geschehens herausfinden werden."

„Das erwarte ich auch von Ihnen."

„Wir haben auch noch einige Fragen an Sie. Insbesondere interessiert uns, wann Ihr Sohn heute aus dem Haus gegangen ist?"

„Ja, das muss so gegen 9.00 Uhr gewesen sein. Er sagte, dass er noch vor der Probe an der Beleuchtung arbeiten müsse. Daher ist er früher als sonst zu den Theaterproben gefahren."

„Wie lange fährt man denn von hier zur Schule?"

„Das geht ganz schnell. Benjamin fährt mit seinem Fahrrad über den Ohlsdorfer Friedhof. Dann ist er in zehn Minuten da."

„Hatte Ihr Sohn eigentlich irgendwelche Feinde an der Schule?", fragte ich eine der üblichen Fragen aus dem

Ermittlungsfragenkatalog ab.

„Feinde direkt nicht, das kann man nicht sagen. Aber an der Schule ist er nicht so gut mit seinen Schulkameraden klargekommen. Ich wollte ja auch nicht, dass er auf das Mozart-Gymnasium geht. Da schicken doch nur all die feinen Leute ihre Kinder hin und das ist doch nichts für arme Leute wie uns. Ich zog den Jungen allein auf. Dieter, Benjamins Vater, hat sich schon kurz nach der Geburt aus dem Staub gemacht und sich seitdem nicht mehr gemeldet."

„Warum haben Sie denn dann Benjamin auf das Mozart-Gymnasium geschickt?"

„Ach … das ist eine lange Geschichte. Also Benjamins Grundschullehrerin, Frau Hermann, die hielt sehr viel von Benjamin. Sie meinte, dass er in Musik sehr begabt und das Mozart-Gymnasium mit seinem Musikschwerpunkt daher genau das Richtige für ihn sei. Aber trotz seiner Begabung brachte es Benjamin an der Schule nicht weit."

„Warum?"

„Na ja… die Lehrer haben immer viel über Benjamins Leistungen und Betragen zu meckern gehabt. Selbst in Musik bekam er statt der eins in der Grundschule nie mehr als eine drei. Sein musikalisches Talent nützte ihm am Mozart-Gymnasium nichts."

„Was für ein Instrument spielte Benjamin denn?"

„Ja, zuerst nur Gitarre. Ich komme aus einer musikalischen Familie. Wir sind zwar alle Arbeiter gewesen, aber schon mein Großvater hat die Musik geliebt. Von dem habe ich auch das Gitarrenspiel gelernt. Und dies habe ich dann an den Jungen weitergegeben. – Ach, der konnte wirklich gut spielen. Viel, viel besser als ich. Und er hat so schnell gelernt."

Ich sah, wie Frau Masokowsky weinend auf dem Sofa in sich zusammensank. Ich fühlte mich hilflos und wie gelähmt, während sich Otto neben die Frau setzte und sie tröstend in den Arm nahm.

Als sich Frau Masokowsky wieder beruhigt hatte, stellte ich noch eine letzte Frage, ohne eigentlich selbst zu wissen, warum ich sie stellte:

„Wissen Sie, dass Ihr Sohn eine Freundin gehabt hat?"

„Ja, ich weiß. Er hat mir viel von Rena erzählt. So ein schönes Mädchen. Sie ist Benjamins erste richtige Liebe gewesen. Er war sehr, sehr in sie verliebt."

Für einen Moment schwieg die Mutter des Toten und weinte leise vor sich hin, während Otto und ich traurig auf die leidende Frau blickten. Nachdem Frau Masokowsky sich dann die Tränen aus dem Gesicht gewischt hatte, sprach sie weiter:

„Aber das war schwierig mit Rena. Sie mochte Benjamin auch sehr gern. Aber ihre Familie, die Familie von Brentano hat nicht erlaubt, dass Rena einen Freund hat. Die Eltern, der Vater vor allem, war sehr um die Karriere seiner Tochter besorgt. Sie sollte ihre ganze Aufmerksamkeit und ihr ganzes Gefühl dem Violinenspiel widmen. Rena hat dies nicht mehr mitmachen wollen."

„Wussten Renas Eltern etwas von der Beziehung Ihrer Tochter zu Benjamin?"

„Ich weiß es nicht genau. Rena ist nur selten hier gewesen. Sie hat doch kaum Zeit für sich gehabt, weil sie ständig üben musste. Und wenn sie mal da war, dann wollten die Kinder ja auch die Zeit für sich haben. Ich habe mich da nicht aufgedrängt. Benjamin hat mir aber erzählt, dass Herr von Brentano etwas zu ahnen schien. Er soll Rena in der letzten

Zeit häufiger regelrecht verhört haben, wenn sie heim kam.“

Noch eine Weile unterhielten Otto und ich uns mit der trauernden Frau, die offensichtlich allein in ihrer Wohnung und mit ihrem Schmerz war. Otto fragte sie dann noch, ob sie Bekannte hätte, die sich um sie kümmern könnten, und sorgte dafür, dass jemand vorbeikam, um Frau Masokowsky über die schwersten Stunden zu helfen, bevor wir uns auf den Rückweg machten.

Die schwüle Hitze des Spätnachmittags erschlug uns fast, als wir das Mietshaus verließen. Dunkle Wolken waren am Himmel aufgezogen und die ersten Blitze verkündeten bereits ein nahendes Unwetter.

4

Für mich gab es in diesem Fall erst einmal nichts zu tun. Es war die Aufgabe der Spurenermittler, sich durch das Chaos der Hinweise am Unfallort zu arbeiten. Erst wenn sie Licht ins Dunkel des Unfallhergangs gebracht hatten, konnte ich mich daran machen, was es mit dem Tod Benjamin Masokowskys am Mozart-Gymnasium auf sich hatte. Nicht nur mein Überstundenkonto auch meine im Stress der letzten Wochen arg in Bewegung geratenen Gefühle lechzten nach einer Pause und so gönnte ich mir einen freien Sonntag.

Ob ich das richtige Mittel wählte, um an diesem Tag meine Psyche ins Lot zu bringen, würde ich heute bezweifeln. Jedenfalls saß ich am Montagmorgen mit Kopfschmerzen am Schreibtisch meines Büros im vierzehnten Stock des Polizeihochhauses. Verkatert war ich und mein Hirn ließ keine richtige Arbeit zu. Anstatt mich dem einfachen Nichtstun hinzugeben, zog ich es vor, meinen Mitarbeitern gegenüber das Ideal des immer arbeitenden Kollegen aufrecht zu erhalten, zu dem ich mich damals noch verpflichtet fühlte. An der Tatsache, dass man mit Kopfschmerzen keinen klaren Gedanken fassen kann, kam ich allerdings nicht vorbei. Ich war kein Übermensch. Warum hatte ich gestern nur so viel getrunken, obwohl ich heute arbeiten musste?

Der Tod Benjamin Masokowskys hatte mir keine Ruhe gelassen. Meine sonstige Gewohnheit, gegenüber den Schicksalen der Opfer, kühl Distanz zu wahren, hatte diesmal nicht gegriffen. Dieser Mechanismus, den ich mir zugelegt hatte, um mein Inneres vor den Grausamkeiten zu schützen, mit denen ich in der Mordkommission alltäglich konfrontiert wurde, hatte diesmal seinen Dienst versagt und mich dazu verleitet, in einem trinkerischen Exzess allen Frust aus meinem Hirn zu spülen. Warum nur?

War es die Gleichgültigkeit Dr. Müllers gegenüber dem Schicksal des Jungen, die mich nicht losgelassen hatte? War es das Mitgefühl mit der Mutter und dem Los Benjamins, der ebenso wie ich das Schicksal hatte, als Arbeiterkind ein Gymnasium zu besuchen? Oder war es die Trauer Rena von Brentanos über den frühen Tod ihres Geliebten, die mich rührte und gleichzeitig verbitterte, da ich selbst in der Liebe kein Glück fand?

Ich wusste es nicht.

Die Acetylsalicylsäure meiner Kopfschmerztablette wirkte langsam und mit der Zeit ließ das Hämmern in meinem Kopf nach. Dann endlich war die Frühstückspause erreicht. Für eine Weile konnte ich nun die Arbeit auch äußerlich ruhen lassen. Ich holte mir einen Kaffee, der meinem flauen Magen nicht gut bekommen würde, und faltete danach das Hamburger Morgenblatt auf, das für mich nach solchen Nächten genau das Richtige war. Zum einfachen Durchblättern gemacht beschäftigte sie einen so, dass man vom einfachen Dasein im Hier und Jetzt abgelenkt wurde, ohne dabei allerdings zum Denken genötigt zu werden. Der Konsum dieser Tageszeitung war nicht mehr als ein Ritual der Ablenkung von den Schrecken der eigenen Gegenwart und damit für mich in diesem Moment genau das Richtige.

Dann erschrak ich!!!

Auf der Titelseite erkannte ich sofort den merkwürdig verrenkten Kopf Benjamin Masokowskys auf einem großformatigen Schwarzweißfoto. Hastig las ich den dazugehörigen Zeitungsartikel:

GENICKBRUCH IN DER AULA!!!
RÄTZELHAFTER UNGLÜCKSFALL IM Mozart-Gymnasium

Am Samstagmorgen fand die 17-jährige Schülerin Rena von B. die Leiche ihres Freundes Benjamin M. in der Aula des Mozart-Gymnasiums. Die Leiche lag neben einer umgestürzten Leiter, mit deren Hilfe der Junge Reparaturen an der Lichtanlage der Aula ausgeführt hatte. Der Hausmeister Harald E. hält es jedoch für ausgeschlossen, dass der Junge ohne Fremdeinwirkung mit der Leiter umgestürzt sein könnte. Auch die Polizei schließt eine Straftat nicht aus und schaltete die Spurensicherung ein. Ergebnisse wurden bisher jedoch aus Rücksicht auf den Ruf der stadtbekannten Schule noch nicht bekannt gegeben. Mal wieder wird das Recht des Bürgers auf Information mit Füßen getreten. Wir werden weiter berichten.
Sibylle Jahn

„Verdammt!!!", entfuhr es mir. Genau das hatte ich vermeiden wollen und nun hatte Sibylle Jahn ein Foto, das ich ihr zu machen erlaubte, genau auf der Titelseite platziert. Kopfschmerzen und nun auch noch das. Ich wusste, dass es Ärger geben würde. Ich hätte doch wissen müssen, dass die Jahn aus der Sache eine Story machen würde. Das ist ihr Beruf. Ich würde es doch ebenso machen.

Ich ärgerte mich mal wieder über mich selbst, meine

Naivität und mein Schwachwerden vor Frauen und insbesondere über mein unbeholfenes Verliebtsein in Sibylle Jahn.

Ich zuckte zusammen, als sich plötzlich die Tür öffnete, doch es war nur Otto.

„Guten Morgen, Chef."

„Morgen Otto."

„Du siehst ja ganz schön abgekämpft aus. Tja – das feuchte Hamburger Klima macht montags vielen Menschen zu schaffen."

„Lass deine Scherze, Otto. Mir geht es wirklich nicht gut. Hast du schon die Zeitung gelesen? Die Jahn hat mir einen ganz schön dicken Ärger eingebrockt."

„Nein – lass mal sehen. – Ist ja gut getroffen. Fotografieren kann sie. Das muss man ihr lassen. Das sieht aus wie in einem Horrorfilm. Blockstedt wird dir dafür ganz schön die Leviten lesen."

„Für Sie immer noch Kriminalrat Blockstedt,", tönte eine scharfe Stimme durch die noch immer offen stehende Tür. „Also Sie haben das verbockt, Hecht. Also wirklich, wo haben Sie nur Ihren Kopf. Kaum sehen Sie eine Frau und schon ist es um Ihren Verstand geschehen. Man, man, man!"

Hochrot leuchtete der Kopf des Vorgesetzten auf dessen voluminösen, aufgeschwommenen Körper, der selbst durch einen maßgeschneiderten Anzug keine elegante Form mehr abzugewinnen war. Blockstedt war fett, so fett, dass man den Eindruck gewinnen konnte, er wähle die geschmacklosen Farben seiner Anzüge nur deshalb, damit die ihn Ansehenden möglichst schnell ihre Augen von ihm abwendeten, bevor sie sich dem genauen Studium seiner Fettleibigkeit widmen

44

konnten. Wütend marschierte der Kriminalrat dann in meinem engen Büro auf und ab, während er zornig und laut eine Moralpredigt hielt, die auch mein vorher noch blasses Gesicht rot und röter werden ließ.

„Sie Versager!!!", schrie er am Ende seiner Predigt. „Hat Dr. Zwangsdorff Ihnen nicht gesagt, dass Sie die Sache diskret abwickeln sollen. Heute morgen hat mich bereits Schulsenatorin Krählich höchstpersönlich zur Schnecke gemacht, weil ich den Ruf eines Ihrer besten Pferde ruinieren würde. Und das nur, weil es einem dieser jungen Kriminaltölpel zwischen den Beinen juckt. Warum lassen Sie sich von dieser Reporterin nur so einwickeln?"

Sprachlos und mit schamroten Gesicht hing ich in meinem Stuhl. Ich wirkte in diesem Augenblick nicht wie ein junger und erfolgreicher Karrierepolizist, sondern eher wie ein pubertierender Konfirmand, der vom Pastor beim Onanieren in der Kirche ertappt worden war. Speiübel war mir auf einmal. Die Sache schlug mir auf den Magen, der zudem noch den Exzess der durchzechten Nacht und den bitteren Kaffee zu verdauen hatte. Richtig übel war mir. Überall wünschte ich mich hin, nur weg von hier.

Blockstedt, Kriminalrat Blockstedt, war ein echter Tyrann, wie er im Bilderbuche stand. Zwar pflegte er üblicherweise den freundlichen und verständigen Ton eines väterlichen Freundes und betonte den Teamgeist, doch sobald es zu Problemen kam, war dieser Geist schnell verflogen und er gebärdete sich autoritär, wie er es in Wirklichkeit auch war. Widerrede, dies wussten Otto und ich, war in einer solchen Situation zwecklos, weil sie die Ausbrüche Blockstedts nur noch verschlimmerte. So warteten wir untertänig und geduldig ab, bis Blockstedt sich an unseren gesenkten, geröteten Häuptern genug geweidet hatte und mit laut knallender Tür den Raum verließ. Auch so konnte man seine Aggressionen abbauen.

Nach einem Augenblick des Schweigens, während dessen noch das Knallen der Tür nachhallte, ergriff Otto das Wort:

„Du weißt doch, wie der Alte ist. Zuerst immer diese Raserei und dann kommt er ein paar Stunden später noch einmal lammfromm und entschuldigt sich für sein etwas aus dem Rahmen gefallenes Benehmen. Nimm es nicht so ernst."

Wortlos stand ich auf, ging zum Fenster und blickte über die Stadt. Mein Blick wanderte zum Hafen, wo von Jahr zu Jahr weniger Ladekräne zu sehen waren, die durch einige wenige, riesige Containerbrücken ersetzt wurden. Ich musste an meinen Vater denken, der früher als Kranführer auf einem der Ladekräne gearbeitet hatte, bis auch seine Firma auf die neue Technik umgestellt hatte, die kaum noch Personal erforderte. Zu alt für eine Umschulung hatte sich mein Vater nach der Entlassung zu Hause noch einige Jahre gelangweilt, in denen er zum ersten Mal in seinem Leben arbeitslos in kurzer Zeit wie eine Blume verwelkt war. Ich hatte in jener Zeit miterlebt, wie ein selbstbewusster Facharbeiter zu einem deprimierten Trinker mutierte, der an seiner eigenen Nutzlosigkeit zugrunde ging. Meine Mutter hatte mich dann allein durchgebracht. Sie hatte zwar das kleine Haus in Rahlstedt verkaufen und mit mir in eine einfache Mietwohnung umziehen müssen, doch war mir das Leben ohne meinen dahinsiechenden Vater leichter als vormals erschienen. Ich schämte mich damals noch für diesen Gedanken, denn eigentlich war ich sehr Stolz auf meinen Vater, auf den arbeitenden Vater, den ich aus meiner frühen Kindheit kannte.

Noch eine Weile gab ich mich der Erinnerung an glückliche Erlebnisse hin, die ich mit meinem Vater durchgestanden hatte. Am liebsten erinnerte ich mich daran, wie ich als Grundschüler zum ersten Mal zu meinem Vater auf den Ladekran durfte und zwischen seinen Beinen sitzend miterleben konnte, wie Hafenarbeiter wie emsige Ameisen einen riesigen Frachter entluden. Voller Menschen war damals der Hafen, in dem heute nur noch Autos, Lastwagen und ab und an auch mal ein Zug zu sehen sind. Die Menschenmassen von einst aber sind verschwunden.

Ein Klopfen schreckte mich plötzlich aus meinen melancholischen Träumen auf. Mürrisch meldete ich mich:
„Was gibt's denn?"
Dann erblickte ich das Gesicht meines Spurenermittlers.
„Ach, Timmermann. Tag. Gut, dass du kommst."
Timmermann informierte Otto und mich dann detailliert über die bisherigen Ergebnisse der Spurensuche. Viel war es nicht, was er berichten konnte. In der Aula wimmelte es nur so von Gegenständen, die eigentlich nicht in diesen Raum gehörten, die aber in irgendeinem Zusammenhang mit der Theateraufführung stehen konnten. Überall lagen Kleidungsstücke herum, Werkzeuge, Bühnendekorationen und so weiter und so fort. Aber keiner dieser Gegenstände hatte etwas Auffälliges an sich oder gab eine Spur her. Timmermanns Arbeit schien die Suche nach einer Nadel im Heuhaufen zu sein.

Am Körper des Jungen war ebenfalls nichts gefunden worden, was auf eine Straftat hinwies. Keine Hautfetzen unter den Fingernägeln, keine verdächtigen Hämatome am Körper und keine ungewöhnlichen Stofffasern auf seiner Kleidung, geschweige denn irgendwelcher Zettel oder Quittungen, die ihm einen Hinweis auf irgendetwas geben konnten.

„Also bestätigt sich doch, was ich von vornherein vermutete", resümierte ich. „Der Junge ist von selbst mit der Leiter umgekippt. Überprüfe die Leiter noch mal genau, Timmermann."

Alles deutete darauf hin, dass der Hausmeister die Schuld an dem Unglück trug. Doch dann kam Otto mit einem interessanten Detail, das mich nachdenklich werden ließ:

„Nach dem, was mir der Hausmeister über den Schulleiter erzählt hat, liegen sich die beiden ganz schön in der Wolle. Dr. Zwangsdorff strebt seit Jahren danach, die Schule aufwendig zu renovieren und dabei will er einige Erweiterungsbauten durchdrücken, die für die Musikkurse eine weitere Verbesserung ihrer Übungsmöglichkeiten zur Folge hätte. Dadurch könnte er das Prestige der Schule noch weiter erhöhen, und das wäre für sein Image als Schulleiter, der dem Hausmeister zufolge noch nicht am Ende seiner Karriereleiter angekommen sein will, ausgesprochen nützlich. Doch der Hausmeister ist gegen die Erweiterung, hat er mir gegenüber durchblicken lassen, weil die Schule sowieso schon dermaßen gut ausgestattet ist, dass die dafür benötigten Gelder an anderen Schulen besser aufgehoben wären."

„Wie bitte? Du meinst wirklich, ein Hausmeister würde freiwillig auf die Renovierung seiner Schule verzichten wollen?"

„Ich habe durch die Ausführungen des Hausmeisters den Eindruck bekommen, dass die Renovierung nur vorgeschoben wird, um tatsächlich Erweiterungsbauten zu finanzieren."

„Aber das würde doch sofort auffallen."

„Das ist in diesem Fall sicherlich auch so. Wenn sich allerdings alle Leute, die diesen Fall zu prüfen haben, darin einig sind, dass sie die Erweiterung der Schule über den Renovierungsetat finanzieren wollen, dann ist es kein Problem für sie, dies auch umzusetzen. Diese Schule ist trotz behördlicher Kontrolle schon jetzt viel besser ausgestattet, als alle anderen Hamburger Gymnasien, sagte mir der Hausmeister. Und offensichtlich gibt es Mittel und Wege, um diesen Zustand noch zu verbessern. Er wehrt sich gegen die Pläne des Schulleiters, die von oben zugestandene Privilegierung noch zu erhöhen. Aus diesem Grund kann Dr. Zwangsdorff seinen Plan zur Zeit nur teilweise umsetzen und daher rühren beträchtliche Spannungen zwischen den beiden."

Während Otto dies sagte, erinnerte ich mich daran, dass Kriminalrat Blockstedt in seiner Wut gesagt hatte, dass er heute Morgen von der Schulsenatorin höchstpersönlich angerufen und zur Schnecke gemacht worden war. Diese Schule hatte offensichtlich einen kurzen Draht zur Spitze der Schulbehörde.

Mit einem Mal erschien mir der Hinweis Dr. Zwangsdorffs auf die Unzuverlässigkeit seines Hausmeisters in einem anderen Licht. Das waren nicht nur die Mitteilungen eines hilfreichen Bürgers gewesen, der der Polizei bei den Ermittlungen soweit wie möglich helfen wollte. Daher wehte also der Wind. Sollte hier eine Intrige gegen den Hausmeister laufen?

5

Friedlich strahlten die blassgelben Schulgebäude des Mozart-Gymnasiums zwischen den mächtigen alten Bäumen des Alstertals im Morgensonnenschein, als Otto und ich am Dienstagmorgen an der Schule eintrafen. Durch den Haupteingang gelangten wir in eine hohe und weite, im kargen Stil der Moderne errichtete zweistöckige Halle, an deren anderem Ende Hausmeister Ernst einsam in einer Portierloge saß. Freundlich nickte der Mann uns zu, als wir durch die verwaiste Halle an ihm vorbei gingen, um zum Büro Dr. Zwangsdorffs zu gelangen.

Wie einsam und leer Schulen doch sein konnten. Es war noch einige Zeit vor dem Unterrichtsbeginn. Der Schulleiter ließ uns einen Augenblick warten und konnte nur kurz mit uns sprechen, da er noch den Vertretungsplan für diesen Tag zu erstellen hatte, ohne den der Schulbetrieb nicht ordnungsgemäß beginnen konnte. So schlug er vor, dass wir in das Lehrerzimmer gehen und dort auf ihn warten sollten. Doch wir zogen es vor, uns in der Schule umzusehen. Für einen Moment schien der Schulleiter etwas irritiert zu sein, doch dann setzte er wieder eine freundliche Miene auf und sagte:

„Dabei sollte Sie jemand führen, der sich in unserer Schule auskennt. Warten Sie einen Augenblick."

Schnell öffnete der Schulleiter seine Bürotür, blickte auf den Flur hinaus und dann hörten wir ihn sagen:

„Entschuldigen Sie, Herr Fraulich. Haben Sie einen Moment Zeit? Zwei Herren von der Polizei wollen sich unsere Schule ein wenig ansehen. Können Sie die beiden begleiten? Ihre

50

Klasse, die 11c können Sie in der Zeit mit einer Stillarbeit beschäftigen."

„Aber …"

Durch die Tür sah ich, wie der Schulleiter seinen Kollegen mit einem einzigen Blick zum Schweigen brachte und ihn mit einer Armbewegung in sein Büro wies, während er seinerseits zu reden begann:

„Herr Fraulich, ich weiß, wir alle haben so kurz vor den Ferien viel zu tun, aber dies muss heute mal sein. Die besonderen Umstände erfordern es. Darf ich Ihnen die Herren mit Namen vorstellen. Herr Hauptkommissar Hecht, Herr Oberinspektor Otto und Herr Fraulich, unser Experte für die romanischen Sprachen."

„Ja…äh… guten Tag, meine Herren", begrüßte der Sprachlehrer uns gezwungen freundlich.

„Wir sehen uns dann zu Beginn der zweiten Stunde", hörten wir drei den bereits im Nebenraum verschwindenden Dr. Zwangsdorff noch sagen.

„Womit kann ich Ihnen dienen?", fragte der über seine Aufgabe nicht sonderlich begeisterte Lehrer, während wir aus Dr. Zwangsdorffs Büro langsam in die Eingangshalle zurück schlenderten, die mittlerweile mit Schülern gefüllt war, die zielstrebig den weiten Raum durchquerten. Die verschlafene Ruhe, die noch vor wenigen Minuten hier herrschte, war dem hektischen Lärm sich lebhaft unterhaltender Schüler, eiligen Schritten sowie dem Knallen von Türen gewichen.

„Wir möchten uns mit dem Schulbetrieb vertraut machen, Herr Fraulich. Sie haben ja sicherlich vom Tod Benjamin Masokowskys gehört", sagte ich laut, um mich in dem Lärm verständlich zu machen.

„Ja, ein tragisches Unglück. Herr Zwangsdorff hat bereits gestern Morgen vor dem Unterricht eine kurze Ansprache im Lehrerzimmer gehalten, in der er das Kollegium über das Unglück informierte. Eine tragische Sache und das wird für Herrn Ernst wohl Folgen haben."

„Wer ist Herr Ernst?", fragte ich.

„Ach, kennen Sie unseren Hausmeister noch nicht?"

„Ach – Ihr Hausmeister ist das", spielte ich den Ahnungslosen. „Wie kommen Sie darauf, dass dies für Herrn Ernst folgen haben wird?"

„Nun ja, irgend jemand muss den Jungen ja in die Schule gelassen haben. Und da zur Zeit des Unglücks noch niemand da war, muss dies der Hausmeister gewesen sein. Armer Mann, dabei ist der sonst immer so korrekt. Aber manchmal meint er es einfach zu gut mit den Schülern und ist dann eine Spur zu nachsichtig, vermute ich."

„Wie meinen sie das?"

Eine Klingel ertönte und schnell begann sich die Halle zu leeren.

„Das sage ich Ihnen gleich. Warten Sie bitte hier auf mich. Ich muss kurz in meine Klasse gehen und den Schülern eine Aufgabe stellen. Eigentlich dürfte ich die Klasse dann bis zur Pause nicht wieder verlassen. Sie wissen ja: wegen der Aufsichtspflicht."

Und schon war der Lehrer in einem der Flure verschwunden, die von der Eingangshalle abzweigten. Alleingelassen beobachteten Otto und ich, wie aus allen Richtungen noch einige Schüler kamen und geschwind und wieder in einer anderen verschwanden. Ich musste an Marionetten denken, die an Fäden hingen, welche ihre

Bewegungen steuerten. Wie funktioniert das Spiel an dieser Schule? Wer steuert wen? Wer sind die Guten und wer sind die Bösen? Fragen über Fragen türmten sich in meinem Inneren auf.

„Ich vermute, das ist das schwarze Brett", sagte Otto plötzlich zu mir. „Dort sind alle Stundenpläne und auch die Vertretungspläne ausgehängt, auf denen die Schüler und Schülerinnen erfahren können, wann sie welchen Unterricht haben."

Verborgene Kräfte – Stunden- und Vertretungspläne, ich musste schmunzeln, doch dann wendete ich mich mit Otto der großen Tafel zu. Wir sahen lange Tabellen, die mit Buchstaben- und Zahlenkombinationen gefüllt waren, die man auf den ersten Blick an die Codes einer Computersprache erinnerten. Otto begann emsig zu suchen, doch anscheinend war die Entzifferung der Zeichenkolonnen nicht ganz so einfach, wie er sich das vorgestellt hatte.

Einen Augenblick später kam die zarte Gestalt Herrn Fraulichs um eine Ecke. Der Lehrer schien sich unbeobachtet zu fühlen, denn er fuhr sich mit der Hand kurz über den Schnurrbart und zog sich dann sein dunkelgraues Jackett und die schillernd bunte Seidenfliege zurecht. Erst dann erblickte er uns am schwarzen Brett und ging mit schnellen Schritten auf uns zu. In der Stille hörte man die Gummisohlen seiner schwarzen Lederschuhe quietschen.

„ – Und Sie haben sich mittlerweile die Zeit am schwarzen Brett vertrieben?", fragte er.

„Ja… ähh – ich wollte mal sehen, ob ich auf dem Plan ihre Klasse finde. Aber ich habe es bis jetzt noch nicht geschafft."

„Wo haben Sie denn nachgesehen?"

Otto deutete auf die Stelle, wo er die Buchstaben Rr gelesen hatte.

„Ach, da liegen Sie aber weit ab vom Schuss. Dort unten steht, dass die 7a bei Dr. Richter Latein hat. Die armen Kinder."

„Ah ja… stimmt, da steht 7a …"

„… und dieses Rr ist ein Namenskürzel für den Kollegen Dr. Richter, unseren alten Haudegen. Der Stundenplan ist etwas verschlüsselt. Er soll nur für Insider verstehbar sein, um den Ansprüchen des Datenschutzes zu genügen."

„Herr Fraulich, Sie haben eben gesagt, Herr Ernst würde seine Hausmeisterpflichten nicht korrekt ausführen", setzte ich unser unterbrochenes Gespräch fort.

„Das stimmt so nicht. Ich sagte, er sei zu nachsichtig. Damit meine ich, er hat zu großes Vertrauen in die Kinder. Bis zu diesem Unfall ist ja noch nichts passiert, aber einmal musste es ja soweit kommen. Die meisten Menschen denken, dass Jugendliche schon soweit sind, dass man nicht mehr auf sie aufpassen muss. Aber hier in der Schule erleben wir tagtäglich, dass es in der Realität ganz anders ist. Können Sie sich etwa vorstellen, dass selbst hier in dieser Schule mit einer sehr ausgesuchten Schülerschaft noch Abiturienten es lieben, wie Kinder mit Wasserpistolen zu spielen. – Mir war das auch unbegreiflich, bis ich es selbst erlebt habe."

„Sie meinen also, dass der Hausmeister Jugendliche wie Erwachsene behandelt, obwohl es eher noch Kinder sind", brachte Otto die Ausführungen des Lehrers auf den Punkt.

„Korrekt, so können Sie es ausdrücken. Aber lassen wir dieses Thema. Womit kann ich Ihnen dienen?"

„Wo wir schon einmal hier stehen: Auf diesem Plan stehen

also alle Unterrichtsstunden, die in dieser Schule gegeben werden?", fragte ich nach. Offensichtlich hatte das Drehbuch gefunden, nach dem das Kasperletheater an dieser Schule inszeniert wurde.

„Ja, aber nicht nur diese, sondern auch noch alle sonstigen Veranstaltungen der Schule. Also hier links haben Sie dann die freiwilligen Arbeitsgruppen. Hier stehen dann die schulinternen Ankündigungen … ach, da hängt zum Beispiel auch das Plakat mit der Ankündigung des Schultheaterstückes. Die Premiere wird übrigens wegen des bedauerlichen Unfalls Benjamin Masokowskys bis nach den Sommerferien verschoben."

Ein wenig erinnerte mich dieser Herr Fraulich an Dr. Müller, denn ohne auf Otto und mich einzugehen, redete der Lehrer weiter.

„Es wird übrigens ein Stück von Jean Anouilh gespielt werden: Antigone. Das ist sicherlich nicht die beste Bearbeitung des Sophokles-Stoffes, doch trotzdem unverzichtbares Bildungsgut. Wenn Sie Interesse haben, dann nichts wie hin. Es sollen noch Restkarten zu haben sein. Dr. Zwangsdorff, er führt wie üblich Regie, würde sich sicherlich über Ihren Besuch freuen."

„Danke für das Angebot. Stehen hier auch die Übungszeiten des Theaterkurses?"

„Ja, die müssten hier auf dieser Seite stehen. – Moment – oder doch dort? – Hmmh, ich kann den Zettel nicht finden. Irgendwo muss er doch sein. Wir können auch in das Schulbüro oder in das Lehrerzimmer gehen. Dort hängt eine Kopie dieser Pläne."

„So wichtig ist das auch nicht", winkte ich gespielt

desinteressiert ab. Natürlich war dies wichtig.

„Womit kann ich Ihnen weiter dienen?", fragte der Lehrer.

„Am Samstag ist Benjamin Masokowsky verunglückt. Und wir fragen uns jetzt, ob zu dieser Zeit nicht auch noch andere Personen in der Schule gewesen sein könnten."

„Das kann ich Ihnen nicht sagen. Eigentlich ist es unüblich, dass Kollegen am Wochenende in der Schule arbeiten. Und sollte es doch einmal der Fall sein, dann wird Herr Ernst vorher darüber informiert. Ausgenommen davon ist natürlich der Theaterkurs von Dr. Zwangsdorff. Der probt ja schon seit Wochen regelmäßig am Samstagmorgen."

„Wenn Sie oder einer ihrer Kollegen aber doch plötzlich noch einmal in die Schule muss: Ist dies dann möglich?"

„Tja... natürlich geht das. Die Tür zum Lehrerparkplatz ist mit einem Schloss versehen, zu dem jeder Kollege einen Schlüssel besitzt. So kann auch nachmittags oder abends zu Elternabenden die Schule von uns geöffnet werden. Es ist allerdings wie gesagt üblich, Herrn Ernst davon zu unterrichten, wenn man außerplanmäßig in die Schule kommt, damit er nicht gleich die Polizei ruft, falls er von seiner Wohnung aus Licht in den Schulgebäuden sieht. "

Dann führte Herr Fraulich uns in das Lehrerzimmer, einen langen, trostlosen Raum, in dem Tischgruppen mit jeweils sechs bis acht Stühlen schematisch im Raum verteilt waren. Die Möbel strahlten den unbequemen und steifen Charme der fünfziger Jahre aus. Und trotz offensichtlicher, äußerlicher Sauberkeit wirkte das Mobiliar verblichen und verstaubt. Einige Bilder zeigten düstere Bleistiftzeichnungen mit surrealen Motiven, bei denen es sich offensichtlich um Schülerarbeiten handelte. Auch sie trugen nicht dazu bei, in dem Raum eine behagliche Atmosphäre entstehen zu lassen, sondern verstärkten die kalte und ungemütliche Ausstrahlung des Raumes.

Plötzlich hatte ich eine interessante Assoziation. Die Schülerarbeiten in diesem Raum erinnerten mich an ein Bild. War es von René Magritte? Ich wusste es nicht mehr, aber ich erinnerte mich noch daran, wie unser Kunstlehrer dieses Bild auf den Kopf stellte, um uns zu zeigen, dass der Kopf vom Körper der Frau abgetrennt war. Hinter einem Schleier war die Gewalttat verborgen. Und in den Bildern in diesem Raum hatten sich die Schüler ebenfalls darum bemüht, die Abtrennung von Köpfen vom Körper zu verbergen.

Wirklich gemütlich, dieser Raum, dachte ich kopfschüttelnd, während uns der Lehrer weiter in das kleinere Raucherlehrerzimmer führte, das von kaltem Rauch und blauem Dunst gefüllt war. Ich hielt für einen Moment die Luft an. So hatte ich mir das nicht vorgestellt. Fraulich deutete mit seinem Arm zu einem in einer Ecke stehenden Tisch und verschwand dann mit der Bemerkung, dass er den Kaffee aufsetzen würde.

Wenige Minuten später kam Herr Fraulich mit schnellen Schritten mit einem kleinen Tablett mit Kaffeetassen in der Hand auf uns zu.

„So, bedienen Sie sich bitte. Hier ist Zucker und Milch."

Er stellte das Tablett auf den Tisch, setzte sich auf einen freien Stuhl und schob dann einige auf dem Tisch liegende Schulhefte beiseite.

„Einige Kollegen werden nie lernen, dass es hier keine festen Plätze gibt. Die versuchen immer wieder, mit irgendwelchem Kram einen Platz als den ihren zu belegen.

Wenn das jeder so machen würde, dann würden 20 von uns ein langes Gesicht machen. Die Lehrerzimmer haben nämlich nur sechzig Sitzplätze. Und im Kollegium sind wir zu achtzig."

„Wie geht das denn in den Pausen?", fragte Otto, der wie ich bemerkt hatte, dass in dem Lehrerzimmer kein Platz für 80 Menschen war.

„Tja… da hat so jeder der Kollegen seine Strategie. Da gibt es diejenigen, die bereits mit dem Klingeln aus dem Klassenraum eilen und versuchen, die ersten zu sein, um sich die besten Plätze zu sichern. Das ist die Ellenbogenfraktion. Andere nehmen den Platz ein, der gerade frei ist oder stehen. Und einige, die Resignierten, kommen gar nicht erst in das Lehrerzimmer. Die bleiben dann lieber gleich auf den Fluren."

„Das habe ich früher zu meiner Schulzeit nie so richtig mitbekommen", merkte Otto an.

„Das gab es zu ihrer Schulzeit wahrscheinlich auch noch nicht. Wissen sie, durch die Einsparmaßnahmen in den letzten Jahren sind eigentlich alle Schulen viel zu klein für ihre Schülerschaften geworden. In unserer Schule haben wir über 800 Schüler und Schülerinnen. Die Schule ist in den fünfziger Jahren aber nur für 500 Schüler konzipiert worden. Entsprechend ist alles ausgelegt. Und auch hier im Lehrerzimmer macht sich diese Enge bemerkbar. Wobei wir mit unserer Schule immer noch gut dran sind, denn aufgrund unseres Musikschwerpunktes haben wir zum einen eine recht unproblematische Schülerschaft aus bürgerlichen und großbürgerlichen Elternhäusern. Und dann haben wir aufgrund der Musik auch einige größere Probenräume, um die uns alle anderen Schulen beneiden."

„Ja, es ist uns auch schon zu Ohren gekommen, dass es sich

bei dieser Schule um eine besondere Einrichtung handeln soll", bemerkte ich mit einem leicht süffisanten Unterton in meiner Stimme.

„Das hat natürlich auch seine Schattenseiten. Die Elternschaft dieser Schule ist nicht unproblematisch. Da kommt es schon mal vor, dass sich ein Vater bei der Schulsenatorin über die Themen des Unterrichts seiner Tochter beschwert. Und das führt dazu, dass wir hier mit viel Bedacht die Unterrichtsthemen auswählen müssen. Nicht zufällig zum Beispiel hat Dr. Zwangsdorff die Anouilh-Bearbeitung der Antigone gewählt. Das letzte Stück war den Eltern zu politisch gewesen und daher gab es Protest einiger Eltern, als bekannt wurde, dass Dr. Zwangsdorff die Brecht-Bearbeitung des Sophokles-Stoffes ausgewählt hatte. Dabei ist Brecht doch mittlerweile als Klassiker anerkannt. Aber einige Eltern meinen immer noch, mit so einem Theater würde man ihre Kinder zum Kommunismus verführen. Dabei begreifen die einfach nicht, dass Kinder nichts lernen, wenn sie sich nicht mit Themen auseinandersetzen können. Die Anouilh-Bearbeitung ist in meinen Augen viel gefährlicher, weil sie Antigones Widerstand gegen Unrecht nicht ernst nimmt, sondern als pubertären Trotz abqualifiziert und Ismenes opportunistische Unterwerfung und Akzeptanz des Unrechts als Gebot der Stunde erscheinen lässt."

„Ähm... Herr Fraulich..."

„Entschuldigen Sie, ich habe mich wohl etwas in Rage geredet. Das sollte einem Lehrer nicht passieren, aber mir ist die Sache mit dem Benjamin schon sehr an die Nieren gegangen. Ich war früher einmal sein Klassenlehrer."

„Ach, dann können Sie uns ja einiges über den Jungen

erzählen."

„Sicherlich kann ich das."

Ich überlegte einen Moment und wusste nichts Besseres, als nach dem Jungen zu fragen:

„Wie war Ihr Eindruck von dem Jungen?"

„In meinen Augen ist Benjamin ein sehr talentierter Schüler gewesen. Allerdings hatte er an dieser Schule als Arbeiterkind keinen leichten Stand. Das fängt schon mit seiner Sprache und seinem Verhalten an und hört dann mit seiner Beziehung zu den Mitschülern auf."

„Was ist daran problematisch?"

„Ja, erst einmal ist es so, dass an unserer Schule fast alle Kinder aus bürgerlichen und großbürgerlichen Familien stammen, die natürlich auch einen entsprechenden Lebensstil pflegen. Das hat Benjamin immer Probleme bereitet. Er ist ein sehr geradliniger und aufrichtiger Schüler gewesen, der sich für seine Ideale engagiert hat. Das entspricht aber nicht dem Verhalten der meisten anderen Schüler dieser Schule, die von Haus aus bereits daran gewöhnt sind, ihre eigene Meinung zu verbergen und strategisch zu handeln. Das führte dann dazu, dass sie Benjamins Engagement als Naivität und Unbedachtheit ablehnten und sich selbst als reif und erwachsen darstellten. Aber dies ist nur ein Deckmantel. Wie ich Ihnen schon gesagt habe, sind die meisten Schüler hier noch große Kinder, wobei sie schon früh gelernt haben, dies perfekt zu verbergen. Es entspricht einem großbürgerlichen Kind wohl nicht, Kind zu sein. Unsere Schüler holen das dann später nach, wenn sie ihr Elternhaus zum Studium verlassen."

„Und Benjamin?"

„Ja, Benjamin ist hier als Arbeiterkind natürlich ein

Ausnahmefall gewesen. Er hat Schwierigkeiten gehabt, seine Offenheit abzulegen. Seine Mutter ist ebenfalls eine sehr offene Person. Und es ist sehr schwer, Verhaltensweisen zu ändern, die man tagtäglich in der eigenen Familie vorgelebt bekommt. Wenn einen dann noch Mitschüler ab und zu wegen „proletarischer Ausdrucksweise" kritisieren, dann rutscht man schnell in eine Außenseiterrolle."

„Ist das denn bei Benjamin der Fall gewesen?"

„Nicht unbedingt würde ich sagen. Es gab immer auch einige Schüler, die sich mit Benjamin solidarisiert haben. Aber dies war eher die Ausnahme. Zuletzt soll Benjamin beispielsweise mit Rena von Brentano befreundet gewesen sein. So etwas hätte ich nie für möglich gehalten, wo doch Renas Vater, Sie haben doch sicherlich schon einmal von Herrn Brentano vom BHG-Bankhaus gehört…"

„Brentano, Heine, Gobineau", memorierte Otto vor sich hin. „Das ist doch diese Privatbank an der Innenalster…"

„…genau, wo doch Herr Brentano als Vorstandsmitglied des Hamburger Wirtschaftsclubs sehr auf Distanz zwischen den Schichten bedacht ist. Und dann hat seine eigene Tochter eine Beziehung zu einem Arbeiterkind. Das wird dem sicherlich ein Dorn im Auge gewesen sein."

„Was wollen Sie damit sagen?"

„Ach, nichts eigentlich. Machen Sie sich doch Ihre eigenen Gedanken."

„Wollen Sie damit andeuten, dass Sie Zweifel daran haben, Benjamins Tod sei ein Unfall gewesen?"

„Ich sage jetzt lieber nichts mehr. Da ist mein Mundwerk mal wieder zu schnell gewesen. Wenn Sie etwas mehr über Herrn Brentano erfahren wollen, dann gehen Sie nachher mal zu Herrn Dr. Zwangsdorff. Der hat zur Zeit Besuch von Herrn Brentano, wenn ich das richtig mitbekommen habe. Angeblich hat sich Brentano so über den aufgelösten Zustand seiner Tochter aufgeregt, dass er noch am Samstag einen Termin mit unserem Schulleiter für heute morgen vereinbart hat, um von diesem eine Stellungnahme darüber zu erhalten, wie es geschehen kann, dass seine minderjährige Tochter in der Schule eine Liebesbeziehung unterhält. Und dabei hätte Dr. Zwangsdorff heute morgen Wichtigeres zu tun gehabt. Die Teilnahme an der Trauerfeier ist zu organisieren. Und da läuft hier so ein betuchter Egomane auf und droht der Schule mit seiner Macht und seinem Einfluss. – Tja, aber so ist Schule heute halt. Aber nun genug geschwatzt. Ich muss mich um meine Klasse kümmern. Sie finden doch allein den Weg zum Büro des Schulleiters oder?"

„Ja, natürlich und vielen Dank für Ihre Informationen."

Otto und ich saßen noch eine Zeit lang im Lehrerzimmer und tranken ein wenig von dem starken Kaffee. Uns war sofort klar gewesen, dass Fraulich uns andeuten wollte, dass die Wut des Bankiers Brentano ein Mordmotiv sein könnte. Doch wir beide wollten in diesem Moment, in dem alles danach aussah, als handele es sich um einen Unfall, noch nicht irgendwelchen, an den Haaren herbeigezogenen Mordmotiven nachgehen. Stattdessen blickten wir in aller Ruhe aus dem Fenster auf einen verlassenen Schulhof, der mit betongrauen Steinen gepflastert war, in dem sich einige blasse farbige Steine verloren, die mit ihrem matten Rot Spielfelder und Gehwege markierten. Die Lücke zwischen der gepflasterten Fläche und den Schulgebäuden füllten mit dornigen Büschen bewachsene

Grünstreifen aus. Die knorrigen und niedrigen Grünpflanzen konnten allerdings zu dem matten Klinkergelb der Schulgebäude, das dieses Bild einrahmte, kein wirkliches Gegengewicht bilden, so dass letztlich doch das Grau der Hoffläche dominierte. Zwei massive, eiserne Fußballtore standen einsam auf der harten grauen Betonfläche und daneben gab es noch zwei Basketballständer, an denen allerdings die Körbe fehlten.

Plötzlich klingelte die Pausenglocke schrill. Nur einen Augenblick später öffnete sich die Tür zum Lehrerzimmer.

„Na, wie gefällt Ihnen unser neuer Schulhof?", hörten wir die laute Stimme eines älteren Lehrers hinter sich. „Die Renovierung ist wirklich gelungen. Vorher war da eine schreckliche, schwarze Teerfläche. Das bunte Pflaster wirkt da doch viel freundlicher. Und außerdem ist es auch viel ökologischer jetzt, da das Regenwasser versickern kann."

„Ah ja...", antwortete ich abwartend. „Aber irgendwie wirkt der Hof doch noch ein wenig karg."

„Karg? Ach nein – das ist doch nicht karg. Beachten sie doch die Grünflächen an den Seiten."

„Na ja – die sind nicht gerade üppig bemessen", erwiderte ich, während Otto und ich beobachten konnte, wie nach und nach immer mehr Lehrer mit schnellen Schritten das Lehrerzimmer betraten, ihre Schultasche neben einem Stuhl abstellten und sich setzten. Sekundenschnell war der Raum von einer Dunstglocke erfüllt, die in alle Nischen drang. Hektische, schnelle Stimmen waren zu hören, denen kaum zu folgen war. Es wurde über Schüler, über Unterricht und über das letzte Wochenende gesprochen. Natürlich war auch Benjamins Tod ein Thema. Schnelle, kurze Blicke wurden dann auf uns geworfen.

„Die Grünflächen könnten vielleicht etwas großzügiger bemessen sein", erwiderte der grauhaarige Lehrer. „Wissen Sie, eigentlich standen dort einmal Bäume und darunter war ein breiterer Rasenstreifen angelegt. Aber dann hat man das abgeändert, weil es zu pflegeintensiv war und außerdem haben die Kinder immer lieber auf dem Rasen als auf dem Teer gespielt und sind auf die Bäume geklettert. Das führte zu einem erhöhten Verletzungsrisiko. Und die Eltern beschwerten sich dann immer über die schmutzigen Kleider ihrer Kinder. Da haben wir uns für die Heckenrose entschieden. Pflegeleicht und zäh sind diese Pflanzen. Einfach ideal für Schulhöfe. Seitdem spielen die Kinder nicht mehr im Grün, sondern dort, wo sie spielen sollen. Das nennt man eine einfache, wirkungsvolle und pragmatische Lösung."

„Ah ja…"

„Übrigens, darf ich mich Ihnen vorstellen, Richter – Dr. Richter. Ich unterrichte an dieser Schule Sport und Latein. Sie sind von der Polizei, wenn ich richtig informiert bin?"

„Ja, mein Kollege Inspektor Meyer und ich, Hauptkommissar Hecht stellen noch einige Ermittlungen in der Sache Masokowsky an."

„Davon habe ich gehört. Das fehlte an dieser Schule noch, dass so etwas passiert. Ich habe schon seit Langem befürchtet, dass dies irgendwann einmal der Fall sein wird."

„Wieso?"

„Ach, wissen Sie, an dieser Schule hat sich in den letzten Jahren so viel verändert. Ich bin hier der Dienstälteste, zweiunddreißig Jahre bei der Stange. Und da bekommt man natürlich den im Laufe der Jahre stattfindenden Wandel einfach mit. Zu Beginn - ich habe meine Schullaufbahn hier direkt nach der Bundeswehr begonnen – wehte hier ein anderer Wind. Damals hatte die Schule den Namen Gymnasium noch verdient. Da waren nur die ausgesuchtesten Schüler hier und da wurde noch richtig gelernt. Aber heute ist die Schule ja nur noch ein Vergnügungsprogramm für Kinder. Die wollen einfach nichts mehr lernen. Da nützt all meine pädagogische Erfahrung nichts. Und dann bleibt einem nichts anderes übrig, als den Kindern ab und zu mal so richtig die Leviten zu lesen. Sie wissen schon, was ich meine. Und die Kinder aus den heutigen, verweichlichten Familien, die spuren dann für einige Zeit. Benjamin war auch so einer. Ein Kind ohne Selbstbewusstsein, zu zaghaft und zögerlich. Einfach keine Durchsetzungskraft und Zielstrebigkeit. Kein Charakter und kein Mut. Mittelmaß eben und eigentlich nichts für diese Schule."

„Sie scheinen Benjamin ja gut gekannt zu haben."

„Natürlich kennt man die Kinder an einer Schule gut, wenn man so lange Lehrer ist wie ich."

„In welchen Fächern unterrichteten Sie Benjamin?"

„Persönlich habe ich ihn nie unterrichtet. Er hat sich für das populäre Französisch entschieden und nicht für die Sprache der Wissenschaft. Kinder schätzen das Lateinische einfach nicht mehr. Diese Trottel scheuen vor dem Schwierigen zurück. – Aber lassen wir das. Wir sprachen über Benjamin und dieses vermeintliche Unglück…"

„…vermeintlich?"

„Ja, sind Sie denn wirklich davon überzeugt, dass der Junge von der Leiter gefallen wäre, wenn alles an dieser Schule seine Ordnung haben würde? Ich glaube das nicht."

„Nach dem Stand unserer Ermittlungen deutet aber alles auf einen Unfall hin."

„Dann müssen Sie vielleicht noch etwas genauer ermitteln."

„Was wollen Sie damit andeuten?", fragte ich.

„Äh – dieser labile Junge, der ist doch ein gefundenes Fressen für Menschen, die andere für ihren Zweck missbrauchen."

„Können Sie sich nicht etwas konkreter ausdrücken?"

„Äähm –"

„Wir werden Ihre Hinweise äußerst diskret behandeln", beruhigte ich den etwas verlegen dreinblickenden Lehrer.

„Na ja – ", flüsterte Dr. Richter. „Haben Sie sich schon einmal mit Fraulich befasst, meinem Lateinkollegen. Der ist eine Schwuchtel und man weiß doch, wie die so sind. Er hat sich sehr um Benjamin bemüht. Sie wissen schon, was ich meine."

„Unterstellen Sie gerade Ihrem Kollegen, sexuellen Missbrauch mit Kindern begangen zu haben?"

„Das will ich so nicht gesagt haben", erwiderte Dr. Richter. „Und jetzt entschuldigen Sie mich. Ich muss in den Unterricht."

Fluchtartig verließ der ergraute Pädagoge das Lehrerzimmer, in dem seine Kollegen noch hastig an ihren Zigaretten saugten, und fast wäre er mit einer braun gebrannten, blondhaarigen Lehrerin in einem tonbraunen Kostüm zusammengeprallt, die hinter ihm in den Raum trat, ohne die Tür zum Flur hinter sich zu schließen.

„Hier muss ja wohl mal gelüftet werden", sagt sie laut, ohne dabei einen ihrer Kollegen direkt anzusprechen, während sie auf die Tür zur Teeküche zuschritt.

„Frau Dr. Heidegger!", empörte sich eine Kollegin. „Haben Sie bitte die Freundlichkeit, den alt bewährten Bräuchen unserer Kultur folgend die Tür hinter sich zu schließen?"

Auf einmal war es in dem zum Schneiden dick mit Rauch gefüllten Raum so still, dass man eine Stecknadel auf den Boden hätte fallen hören können.

„Es ist unerhört, was Sie Ihren Kollegen zumuten", fauchte die Angesprochene zurück. „Wie können Sie nur von Ihren Kollegen verlangen, durch diesen verqualmten Raum zu laufen?"

„Niemand zwingt Sie, durch das Raucher-Lehrerzimmer in das Nichtraucher-Lehrerzimmer zu gehen", war die drohende Stimme eines anderen Lehrers zu vernehmen.

„Es ist doch offensichtlich ein Gebot der Vernunft, dass man den kürzesten Weg an seinen Platz wählt. Oder etwa nicht?", entgegnete Frau Dr. Heidegger im Tonfall höchster Souveränität.

Das Kopfschütteln ihrer Kollegen, vernichtende Blicke und andere Missbilligung ausdrückende Gesten schienen sie dann aber so zu verunsichern, dass sie errötete und mit gesenktem Kopf und schnellen Schritten auf ihren hochhackigen Schuhen zurück durch die offen stehende Tür ging. Knallend fiel hinter ihr die Tür ins Schloss.

Für einen kurzen Augenblick blieb es still im Raum, als würden die Kollegen der Frau dem Verhallen des Knallens nachlauschen, bevor ein allgemeines Auflachen der zurückgebliebenen Lehrer den Raum ausfüllte. Plötzlich ertönte das schrille Klingeln der Pausenglocke und nach einem letzten Zug an ihren Zigaretten hasteten die Lehrer fort in ihre Klassenräume. Nur der Rauch blieb mit uns im Raum zurück.

6

Durch die wieder stillen und menschenleeren Gänge der Schule gingen Otto und ich zum Büro des Schulleiters. Dessen Sekretärin, Frau Möller, bat uns, noch einen Augenblick auf dem Flur zu warten, bis Dr. Zwangsdorff Zeit für uns hätte. Wieder hatten wir zu warten und so begaben wir uns zurück auf den Gang und blickten durch die Fenster auf eine weitere, zwischen zwei Flügelbauten liegende Hoffläche, auf der vor kurzen Gras frisch angesät worden war. An allen Seiten der rechteckigen Fläche befanden sich offene Gänge, die mit niedrigen Holzzäunen vom Rasen abgegrenzt wurden. Auf metallenen Verbotsschildern, die gegenüber von allen Türen, die auf die Gänge führten, am Zaun angebracht waren, stand in großen Buchstaben, dass das Betreten des Rasens verboten war. Rasensprenger waren gleichmäßig auf der Grünfläche verteilt und allein sie durften sich offensichtlich nach beendeter Arbeit in der wärmer werdenden Morgensonne an diesem Ort ausruhen.

Nach einer Weile hörten wir, wie sich hinter uns eine Tür öffnete und die Stimme des Schulleiters, Dr. Zwangsdorffs überfreundlich ertönte:

„…und ich kann Ihnen versichern, dass so etwas nicht noch einmal vorkommen wird. Wir werden hier alle unser Bestes geben."

„Das will ich hoffen", entgegnete ein hünenhaft gebauter Mann in einem dunkelblauen Anzug mit goldenen Knöpfen.

„Auf Wiedersehen, Herr von Brentano", verabschiedete sich Dr. Zwangsdorff unterwürfig von dem Riesen.

„Guten Tag", entgegnete dieser kurz und verschwand mit schnellen Schritten durch den Haupteingang der Schule.

„Das war Herr von Brentano, der Vater von Rena, Benjamins Freundin", sagte Dr. Zwangsdorff zu uns, während wir dem Mann nachblickten und sahen, wie er durch die von einem Chauffeur geöffnete Hintertür in eine große Limousine stieg. Schnell schloss der Fahrer die Tür und einen Moment später brauste der Wagen mit nur leise aufsäuselndem Motor davon.

„Tja – meine Herren, da haben Sie eines der Probleme der Schule am ausgehenden zwanzigsten Jahrhundert gesehen. Es gibt doch tatsächlich Eltern, die meinen, sie könnten durch ihren Einfluss und ihr Auftreten das schulische Schicksal ihrer Kinder positiv beeinflussen."

Während Dr. Zwangsdorff dies sagte, wandelte sich seine eben noch gebückte Haltung. Aufrecht stand er mit einem Mal vor uns und zwinkerte uns durch das fragile, nur von einem hauchdünnen goldenen Gestell gehaltene Glas seiner Brille zu.

„Gelingt dies nie?", setzte ich zweifelnd nach.

„Gute Frage. Also ich spreche da sicherlich im Namen aller meiner Kollegen, wenn ich sage, dass wir uns bemühen, nur die im Unterricht erbrachten Leistungen zum Bewertungsmaßstab unserer Schüler zu machen. Aber unter uns gesagt: Ich kann mir schon vorstellen, dass bei manchem Lehrer das Auftreten von Leuten wie diesem von Brentano unbewusst die Notengebung beeinflussen kann. Und diese Leute spüren das und machen es dann erst recht."

„Meinen Sie das wirklich?", erklang Ottos Stimme.

„Im Laufe meiner Tätigkeit habe ich zu viele Gespräche dieser Art geführt, um mir nicht sicher sein zu müssen. – Na ja, aber lassen wir das. Kommen Sie doch erst einmal in mein Büro. Dort können wir ungestört miteinander reden."

Wir folgten Dr. Zwangsdorff in dessen Büro. Dabei entging mir nicht ein feiner, weißgrauer Schimmer, der unter dem blonden Haar des Schulleiters durchschien. Gefärbt, erkannte ich. Darum wirkt er so jung. Jünger als er eigentlich ist.

„Eine schöne Rasenfläche wird dort draußen angelegt. Da können Ihre Schüler später bestimmt gut drauf spielen", sagte Otto währenddessen zum Schulleiter.

„Gott behüte", entgegnete Dr. Zwangsdorff auffahrend. „Sie können doch die Schüler nicht auf die Rasenflächen lassen. Die würden mit ihren Füßen das Gras innerhalb von ein paar Tagen vollkommen zertreten. Nein, die Schüler lernen hier schon in der fünften Klasse, dass der Rasen nur für das Auge, nicht aber für die Füße da ist. Wir haben da ein empfindliches Strafsystem eingerichtet, damit die Schüler lernen, was zum spielerischen Gebrauch und was nur zum Betrachten da ist. Und der Erfolg gibt uns Recht. Kinder brauchen Grenzen. Und dazu gehört auch, dass Kinder lernen, dass sie nicht überall spielen dürfen."

Während Dr. Zwangsdorff dies sagte, waren wir in das Büro des Schulleiters gegangen, das mit den üblichen, trostlosen Behördenmöbeln ausgestattet war. Aufgelockert wurde die öde Atmosphäre allein durch Bilder mit Theatermotiven, die an allen Wänden des Raumes hingen.

„Fragen Sie mich jetzt bitte nicht, was meine große Leidenschaft ist", sagte Dr. Zwangsdorff schmunzelnd, während er mit einem Arm auf die Bilder wies. „Nehmen Sie doch bitte Platz."

Wir setzten sich an einen Tisch, der direkt neben dem

Eingang stand. Mein Stuhl war noch warm.

„Das mit der Zeitung ist natürlich keine schöne Sache gewesen, die Sie mir da eingebrockt haben, Hauptkommissar Hecht", begann der Schulleiter dann kopfschüttelnd das Gespräch. „Ich hatte doch ausdrücklich um Diskretion gebeten."

„Es tut mir Leid, Herr Dr. Zwangsdorff, dass mir dieses Malheur passiert ist", entschuldigte ich mich mit gesenktem Kopf. „Wir haben uns zwar darum bemüht, nichts an die Presse durchdringen zu lassen, doch einer Reporterin ist es geglückt, einige Fotos zu machen. Den Rest hat dann Ihr Hausmeister dazugegeben."

„Mal wieder unser Hausmeister. Dabei habe ich ihm schon viele Male gesagt, dass er nicht so fahrlässig handeln soll. Und diesmal hat ihm, wie er mir gestanden hat, eine hübsche Reporterin die Augen verdreht. Zwei Fehler an einem Tag!"

„Wieso zwei Fehler?", fragte ich.

„Es ist doch davon auszugehen, dass Herr Ernst eine Tür zur Schule offen gelassen haben muss. Mir gegenüber hat er das zwar bestritten, aber auch als ihm dies zum ersten Mal passierte, hat er es zuerst bestritten."

„Wie bitte?"

„Ach, hat Herr Ernst Ihnen das nicht erzählt? Typisch! Vor sieben Jahren hatte er schon einmal eine Schultür offen gelassen. Damals ist uns am Tag der Premiere ein Tonband mit der Begleitmusik zu einem Musical gestohlen worden. Einen schönen Reinfall gab das. Stellen Sie sich das mal vor: Ein Musical ohne Musik. Das sollte meine erste große Theaterinszenierung an dieser Schule werden und dann so etwas. Eine schöne Schlappe für mich und ein ganz mysteriöser

Vorfall. Ich vermute bis heute, ein paar ehemalige Schüler wollten mir damit eins auswischen. Und dazu haben sie die Unachtsamkeit des Hausmeisters ausgenutzt. Der konnte sich zwar bis zum Schluss nicht vorstellen, wie ihm das passiert sein konnte, doch hat er dann schließlich eingestanden, dass es seine Schuld gewesen sein musste. Wie sollte er es auch leugnen, da er doch die einzige Person war, die damals einen Schlüssel hatte, mit dem man die Aula öffnen konnte. Heute ist dies ja leider nicht mehr so eindeutig, doch ich denke trotzdem, dass die Tatsachen für sich sprechen."

„Wieso meinen Sie, dass es heute nicht mehr so eindeutig ist?", fragte ich sofort nach.

„Ganz einfach. Heute hat noch eine weitere Person einen Schlüssel für die Aula. Und diese Person bin ich. Allerdings kann ich Ihnen versichern, dass ich erst gegen zehn Uhr hier an der Schule eintraf und die Aula geöffnet vorfand. Rena und die anderen Schüler des Kurses hatten zu dem Zeitpunkt bereits Benjamin entdeckt."

„Die anderen Schüler haben ausgesagt", sagte Otto, „dass Benjamin bereits in der Aula war, bevor sie dort ankamen. Wie erklären Sie sich das?"

„Das ist eine gute Frage? Der Probenbeginn war auf zehn Uhr angesetzt. Benjamin sollte zehn Minuten vorher da sein, um einige Arbeiten an der Lichtanlage auszuführen. Er hat dann wohl in seinem Leichtsinn die offene Tür als Einladung angesehen, um diese Arbeiten allein zu erledigen. Da sieht man mal wieder, wohin unbedachter Übereifer führen kann. Als ich leider etwas verspätet in der Schule ankam, war das Unglück bereits geschehen. Bei Benjamins ungeschickter, tölpelhafter Art war das ja nie auszuschließen."

„Tja, so könnte es gewesen sein."

Ich nickte dem Schulleiter zu, der darauf ein leichtes Lächeln zeigte. „Dann werden wir uns auf jeden Fall nochmals mit Herrn Ernst unterhalten müssen. Ich hoffe, dass uns dies möglich ist, ohne den Schulbetrieb zu stören."

„Aber das ist doch keine Störung, wenn Sie hier ihre Arbeit erledigen", entgegnete der Schulleiter freundlich. „Wir werden Sie unterstützen, so gut es geht. Es ist in unser aller Interesse, dass dieser Vorfall so schnell wie möglich aufgeklärt wird."

„Gut, das wäre es dann erst einmal."

Otto und ich standen auf.

„Ja - ich wünsche Ihnen dann noch einen schönen Tag, meine Herren."

„Guten Tag", erwiderten wir und verließen das Büro.

Schweigend gingen wir durch den leeren Flur, bis wir uns soweit vom Büro entfernt hatten, dass wir von dort nicht mehr gehört werden konnten.

„Was meinst du?", fragte ich.

„Für mich klingt die Geschichte, die uns der Schulleiter vorgetragen hat, plausibel", entgegnete Otto. „Aber der Hausmeister wirkte auf mich auch sehr korrekt und ehrlich. Diese Geschichte mit der Aula vor sieben Jahren hat er mir allerdings nicht erzählt. Vielleicht verdrängt er einiges. Wir sollten ihn zu dem alten Vorfall befragen."

„In Ordnung", willigte ich ein. „Aber lass uns nicht zu direkt vorgehen. Mal sehen, ob er es uns die Geschichte von sich aus erzählt."

Mit diesem Plan gingen wir zum Büro des Hausmeisters. Doch die Loge, von der aus er vor Kurzem noch den

Eingangstrakt der Schule beaufsichtigt hatte, war leer. Auf einem kleinen Zettel an deren Fenster stand:

„Komme gleich wieder.
    Ernst"

Wartend standen wir in der Eingangshalle der Schule, an deren einer Seite sich ein Treppenhaus befand. Ab und an kamen ein Lehrer oder ein Schüler aus einer Richtung in die Halle, durchquerte sie und verschwand in einer anderen. Wie an unsichtbaren Fäden gezogen, bewegten sich die Menschen durch die Räume der Schule Ameisen gleich, die sich in dem unübersehbaren System ihres Baus auf vorgeschrieben Bahnen bewegten, ohne von diesen abweichen zu dürfen.

Ab und an hallten aus der Ferne Geräusche in die weite, hohe Eingangshalle hinein. Mal war das kollektive Gelächter einer Klasse zu hören, mal die schreiende Stimme eines Lehrers. Dazwischen aber herrschte dann wieder bleierne Stille.

„Guck mal hier", rief Otto plötzlich und wies mit einer Hand auf einen Zettel am schwarzen Brett. „Dies muss der Zettel sein, den Herr Fraulich gesucht hat."

Mit einigen schnellen Schritten war ich neben Otto und blickte auf einen DIN-A4-Zettel:

Theater-AG
Probe am Samstag, den 27.05.96 ab 10.00 Uhr.
Gez. Dr. Zwangsdorff

In diesem Moment hörten wir das Geklapper eines

Schlüsselbundes hinter uns. Der Hausmeister kam um eine Ecke und ging direkt auf sein Büro zu. Sofort gingen wir zu ihm.

„Herr Ernst", sagte ich. „Haben Sie einen Moment Zeit für uns."

„Ja aber natürlich habe ich Zeit für Sie. Allerdings habe ich Ihnen schon alles gesagt, was ich Ihnen sagen kann, glaube ich."

„Das werden wir ja sehen", entgegnete ich in einem zweifelnden Tonfall. „Wollen wir nicht in ihr Büro gehen?"

Unmissverständlich wies ich mit einem Arm auf die Tür zum Büro des Hausmeisters, die dieser wortlos aufschloss.

„Kommen Sie rein, meine Herren."

Der Hausmeister ging auf einen kleinen Tisch zu, bot Otto und mir Platz an und setzte sich dann selbst auf einen dritten Stuhl.

„Womit kann ich Ihnen dienen?"

„Erzählen Sie uns nochmals, was Sie am Samstag morgen gemacht haben", forderte ich den Hausmeister auf.

„Also ich bin morgens um sieben Uhr wach geworden. Am Wochenende schlafe ich ja gern etwas länger. Dann habe ich mich gewaschen und bin mit Lupus, meinem Dackel, in den Park gegangen. Auf dem Rückweg habe ich wie immer am Samstag Brötchen mitgebracht. So gegen halb neun bin ich dann wieder an der Schule gewesen. Und als ich den Weg vom Park heraufkomme, da fiel mir eine Geschichte von früher wieder ein, wegen der ich großen Ärger bekommen habe. Es ging um die Aulatür, die ich damals angeblich nicht abgeschlossen haben sollte. Dabei bin ich mir noch heute ganz sicher, dass ich sie damals abgeschlossen hatte. Nundenn –

seitdem kontrolliere ich lieber doppelt, ob alle Türen der Schule geschlossen sind. Also ging ich am Samstag morgen zur Aulatür und nahm die Brötchentüte und die Hundeleine in eine Hand, um zu prüfen, ob die Tür verschlossen gewesen ist. Als ich zum Türknopf griff, zog Lupus plötzlich an der Leine und die Brötchen fielen mir auf den Boden. Eine schöne Bescherung! In alle Richtungen sind sie davongerollt."

„Und die Tür?", fragte Otto.

„Die war natürlich zu. Was erwarten Sie denn anderes. Ich mache das ja nur, weil mich manchmal diese Unsicherheit überkommt, mir könnte es tatsächlich einmal passieren. Das könnte mich meinen Job kosten. Also: die Tür war zu!"

„Gut. Wir notieren das dann so. Können Sie die Uhrzeit präzisieren?", fragte ich weiter.

„Wie gesagt, ungefähr halb neun. Genauer kann ich das nicht sagen. Aber als ich dann in die Küche kam, da hörte ich noch den Wetterbericht der Acht-Uhr-Dreißig-Nachrichten."

„Na, was hältst du von der Geschichte des Hausmeisters?", fragte ich Otto später auf dem Flur.

„Also ich halte den Mann für vollkommen glaubwürdig. Vielleicht finden wir ein paar Brotkrümel vor der Aulatür. Dies würde die Schilderung seines Tagesablaufs stützen. Wir wissen dann zwar immer noch nicht hundertprozentig, ob er die Tür offen oder geschlossen vorfand, bzw. vielleicht zu der Zeit öffnete, um in Ruhe zu frühstücken, doch wir haben dann zumindest einen Beweis dafür, dass er seine Geschichte nicht frei erfunden hat."

Gemeinsam gingen wir durch die verlassenen Gänge der Schule zum Aulaeingang, um vor diesem nach Brötchenresten zu suchen. Doch weder vor der Tür, noch auf dem Abtritt, noch auf dem Gehweg sahen wir auch nur einen Brotkrümel und blieben ebenso wie die um sie herumhüpfenden Spatzen erfolglos bei ihrer Suche.

„Nichts zu sehen", sagte ich nach einer Weile.

„Lass uns weiter suchen", entgegnete Otto. „Der Hausmeister meinte doch, dass die Brötchen in alle Richtungen gerollt wären."

Während ich die Suche aufgab und lieber das wärmende Sonnenlicht durch seine geschlossenen Augenlider genoss, machte Otto weiter. Nachdem er mit bloßem Auge nichts entdeckt hatte, begann er unter den am Rande des Weges wachsenden, dornigen Heckenrosen zu suchen.

„Na, meine Herren, Sie wollen sich doch wohl nicht an unseren Heckenrosen vergreifen", hörten wir plötzlich die tadelnde Stimme Dr. Zwangsdorff hinter uns.

Erschrocken fuhren wir zusammen und wendeten uns dem grinsenden Schulleiter zu.

„Äh, nein. Reine Routine was wir hier machen", erwiderte ich etwas verlegen.

„Ach, kommen Sie mir doch nicht so. Ich habe da so meine Erfahrungen", setzte der Schulleiter nach.

„Glauben Sie wirklich, wir würden uns dazu erdreisten, Ihnen die Hagebutten vom Schulhof zu klauen. Und das noch während der Dienstzeit", fuhr ich empört auf, weil mir die Spielchen des Schulleiters langsam auf die Nerven gingen.

„Das war natürlich nicht Ernst gemeint", entschuldigte sich Dr. Zwangsdorff verschmitzt lächelnd. „Obwohl – heute kann man sich ja in nichts mehr sicher sein. Haben Sie mittlerweile schon mit Herrn Ernst gesprochen. Ich muss dringend den

Papierkram in der Sache Masokowsky erledigen. Und da wäre es für mich natürlich wichtig zu wissen, ob Ihnen der Hausmeister schon gestanden hat, dass er vergessen hat, die Aulatür abzuschließen. Damit würden Sie mir eine Befragung ersparen. Das ist für mich eine sehr unangenehme Sache. Eigentlich schätze ich diesen Mann ja sehr, auch wenn wir nicht immer einer Meinung sind. Ach – aber immer wieder diese Unachtsamkeit."

„Nein, wir haben bisher noch kein Geständnis von Herrn Ernst", entgegnete ich. „Ich würde mich wegen ihres Papierkrams gern noch einen Augenblick mit Ihnen Unterhalten. Können wir dies in ihrem Büro erledigen?"

„Natürlich", erwiderte der Schulleiter eine Spur zu zuvorkommend, während er einen schnellen Blick auf Otto warf, der noch immer vor den Heckenrosen hockte.

Dann verschwanden wir im Schulgebäude, während Otto seine schweißtreibende Suche unter den dornigen Büschen fortsetzte. Trotz großer Vorsicht konnte Otto es nicht vermeiden, dass der eine oder andere Dorn seine Haut durchstach und blutige Kratzer auf seinem Handrücken hinterließ. Dabei wurde Otto, wie er mir später erzählte, auch klar, was Dr. Richter vorhin mit der Floskel „eine pragmatische Lösung" gemeint hatte. Freiwillig wird sich niemand in dieses dornige Gestrüpp wagen. Schließlich fand Otto tief unter einem dornigen Zweig eine verschrumpelte Teigmasse, die einmal ein Brötchen gewesen sein könnte. Damit hatte er seinen Teil der Aufgabe erfüllt und konnte nun seinerseits für eine Weile den Sonnenschein genießen.

Vögel zwitscherten und noch war ein lauwarmer, kühlender Luftzug zu spüren, der aus dem Alstertal heraufzog. Doch bald würde die Mittagssonne auch diese Schule ebenso wie die ganze Stadt wieder mit ihren glühenden Strahlen zusetzen.

7

Während Otto in der wärmenden Sonne seiner Arbeit nachgehen konnte, hatte ich das Vergnügen, mich von Dr. Zwangsdorff über den Sinn und Unsinn der bürokratischen Regelungen der Aufsichtspflicht von Lehrern informieren zu lassen. Ich erfuhr, dass Lehrer theoretisch bereits mit einem Bein im Gefängnis stehen, wenn sie beispielsweise ihre Schüler während des Unterrichts unbeaufsichtigt im Klassenraum lassen, um auf die Toilette zu gehen. Verschmitzt lächelnd betonte der Schulleiter, dass Lehrer sehr früh lernen müssen, ihre natürlichen Bedürfnisse zu unterdrücken. Ansonsten hätten sie keine Chance, in der Schule zu überleben.

Penibel legte mir der Schulleiter in aller Ausführlichkeit die Rechtslage dar, verwies auf Gesetze, Richtlinien und Verordnungen. Dann wendete er sich dem Fall Masokowsky zu. Die Situation hinsichtlich der Aufsichtspflicht, beurteilte Dr. Zwangsdorff folgendermaßen: Die Aufsichtspflicht für den Theaterkurs hatte er. Da der Kurs allerdings nur von 10.00 bis 15.00 Uhr Probe hatte, wie es der dafür verbindliche Aushang am schwarzen Brett belegte, war er nur in dieser Zeit für die Beaufsichtigung des Kurses zuständig. Der Unfall geschah allerdings früher, etwa gegen 9.30 Uhr. Daher war die Person, die Benjamin in die Schule gelassen hatte, für das Unglück verantwortlich. Und dies muss der Hausmeister gewesen sein. Daher ist, so sehr er dies auch bedauere, der Hausmeister für das Unglück zur Rechenschaft zu ziehen.

Nach den Auskünften des Schulleiters verließ ich dessen Büro. Ich dachte in der Stille des menschenleeren Korridors über die Worte Dr. Zwangsdorffs nach, der so sehr von der Schuld des Hausmeisters überzeugt war. Dann ging ich zum schwarzen Brett in die Pausenhalle und betrachtete nochmals den Aushang für die Theaterproben, den Herr Fraulich heute Morgen nicht gefunden hatte, den Otto und ich aber später fanden. Vorsichtig löste ich die Reißzwecken von der Pinnwand, um das DIN-A4-Blatt mitzunehmen.

Als ich gerade den Zettel einstecken wollte, hörte ich plötzlich eine strenge Stimme hinter mir:

„Was machen Sie da? Wer hat Ihnen erlaubt, einen Zettel vom schwarzen Brett zu entfernen?"

Abrupt drehte ich mich um und erblickte einen großen blonden Schüler, dem ich wegen des noch sehr kindlichen und schmalen Gesichts diese energische Stimme nicht zugetraut hätte.

„Mit wem habe ich das Vergnügen?", fragte ich freundlich zurück.

„Das geht Sie gar nichts an. Ich habe Sie etwas gefragt. Also antworten Sie!", schallte es mir mit einem leicht drohenden Unterton entgegen.

Überrascht blickte ich für einen Moment in das eine Spur zu überhebliche Gesicht des mich um einige Zentimeter überragenden Jugendlichen, der mich mit selbstbewusster, aufrechter Körperhaltung und selbstsicherem Blick von oben herab ins Visier nahm.

„Junger Mann, meinen Sie nicht, dass Ihr Auftreten für Ihr Alter ein wenig zu forsch ist?", fuhr ich auf. „Übrigens ist mein Name Hecht, Hauptkommissar Hecht, und ich bin der in der Sache Masokowsky ermittelnde Beamte."

„Das erlaubt Ihnen trotzdem nicht, Aushänge vom

schwarzen Brett zu entfernen", beharrte der Schüler.

„Es handelt sich aber doch nur um einen Zettel aus der letzten Woche, der keine Bedeutung mehr hat", rechtfertigte ich mich.

„Trotzdem haben Sie keine Befugnis dazu", erteilte mir der Junge mit nachdrücklicher Stimme einen Rüffel. „Sie sollten die Regeln dieser Schule beachten. Das Aufhängen und Entfernen von Anschlägen am schwarzen Brett ist nur der Schulleitung erlaubt. Und dazu zählen Sie ja wohl nicht."

Der Schüler musterte mich während der letzten Bemerkung mit einem verächtlichen Blick.

„Lassen Sie mal sehen", sagte der Schüler dann im Ton eines Menschen, der es gewohnt war, Untergebenen zu befehlen. Er warf einen kurzen Blick auf den Zettel und runzelte dabei für einen Sekundenbruchteil die Stirn.

„Ist etwas?", fragte ich.

„Nein ... äh... nein gar nichts."

„Darf ich denn wenigstens auch Ihren Namen erfahren?", forderte ich betont höflich.

„Eigentlich besteht keine Notwendigkeit, Ihnen meinen Namen mitzuteilen. Aber ich will heute mal eine Ausnahme machen. Mein Name ist Meerkaiser, Clemens Meerkaiser."

Sofort konnte ich diesen Namen einordnen. Die Meerkaisers waren eine der ältesten Familien der Stadt und der Familienkonzern und ihre Firma, die MEKA AG, eine der weltgrößten Handelsfirmen. Dies wussten allerdings nur die wenigsten Menschen in Hamburg und dem Rest der Republik, da die Meerkaisers in typisch hanseatischem Understatement tunlichst darauf bedacht waren, ihren Reichtum und ihre Macht zu verbergen. In der Geschichte der Stadt gab es Bürgermeister,

Universitätsprofessoren, Rechtsanwälte und Notare mit diesem Namen. Es gab eine Meerkaiserallee in der Stadt, einen Meerkaiserplatz und viele andere Dinge, die die Meerkaisers zu einer der einflussreichsten Familien der Stadt machten.

Daher der Ton, wurde mir klar. Ich hatte Hamburger Geldadel vor mir.

Klack, klack, klack....

Ich zuckte zusammen, als ich plötzlich das mir bekannte Geräusch hörte. Ich blickte mich um, lauschte einen Moment und lief dann, während ich mich noch schnell von dem Schüler verabschiedete, die Treppe zum ersten Stock hinauf. In diesem Moment läutete es, Türen öffneten sich und Lehrer und Schüler strömten aus allen Richtungen durch die Gänge. Ich konzentrierte mich einen Moment auf das Geräusch der klackernden Schuhe, das im einsetzenden Pausenlärm unterging. Es könnte aus Richtung des Lehrerzimmers gekommen sein, schätzte ich, während ich mich auf den Weg in dieses machte.

Durch eine Traube von Schülern, die vor der Tür des Lehrerzimmers auf irgendwelche Lehrer zu warten schienen, gelangte ich in den sich mit Lehrern füllenden Raum. Langsam schritt ich durch den Raum und musterte dabei unauffällig die Schuhe der in kleinen Gruppen beisammen stehenden oder beisammen sitzenden Lehrer, die teilweise in ungewöhnlicher Hektik schnell miteinander sprachen oder für sich allein standen oder saßen und trancehaft in sich versunken waren. Beim Mustern der Schuhe erblickte ich größtenteils unmodische, teure Markenschuhe. Neben mehr oder weniger eleganten Straßenschuhen sah ich leichte Wanderschuhe, Gesundheitsschuhe und auch ein einziges Paar älterer

Turnschuhe. Nur wenige Lehrer trugen Schuhe mit Ledersohlen, die für das Klackern in Frage kämen. Eine auffallend modisch gekleidete Lehrerin fiel mir auf, weil sie Stöckelschuhe trug.

Plötzlich spürte ich einen kräftigen Schlag auf seinem Rücken, der mich zusammenfahren ließ.

„Na mein Freund, Sie scheinen ja kein Kostverächter zu sein", hörte ich eine Stimme mit leicht höhnischem Ton in sein Ohr flüstern. Dr. Richter grinste mich an, während er mit dem Kopf in die Richtung der modisch gekleideten Lehrerin nickte. Ich errötete leicht, obwohl ich die langen und schlanken Beine der attraktiven Lehrerin noch nicht zur Kenntnis genommen hatte.

Wer ist das, wollte ich gerade zurückflüstern, als ein junger Mann auf uns zutrat.

„Dr. Richter, ein Schüler verlangt nach Ihnen", sprach er den neben mir stehenden Lehrer an.

„Entschuldigen Sie", sagte Dr. Richter noch und verschwand schon zur Tür des Lehrerzimmers.

„Ein neuer Kollege an unserer Schule?", fragte mich der junge Mann.

„Nein, ich bin kein Kollege von Ihnen. Ich bin Polizist, Hauptkommissar um es genau zu sagen, und ermittele in der Sache Masokowsky. Hecht ist mein Name."

„Aha – Sagen Sie, haben Sie denn bisher schon etwas herausgefunden?"

„Nein, nichts besonderes. Es handelt sich um eine reine Routineangelegenheit, dass wir überhaupt noch ermitteln. Sagen sie, Herr…"

„Winkler, Thomas Winkler", erwiderte mein Gegenüber.

„Ich bin Referendar an dieser Schule."

„Kennen Sie eigentlich diese Lehrerin dort drüben."
Unauffällig wies ich in die Richtung der Frau mit den
Stöckelschuhen.

„Ach, Sie meinen Frau Meyer-Rabe. Ja, die kenne ich. Sie
ist meine Anleiterin im Fach Deutsch. Eine sehr gute Lehrerin.
Aber wollen wir uns nicht setzen. Ich habe etwas Zeit."

„Ach, endlich mal jemand, der Zeit für mich hat", sagte ich
erleichtert. „Dann können Sie mir sicherlich einiges über den
Schulbetrieb erzählen. Für mich als Außenstehenden ist das
hier alles nicht durchschaubar. Früher war das in der Schule ja
noch ganz anders."

„Meinen Sie wirklich? Ich habe da so meine Zweifel."

„Wieso?"

„Wollen Sie das wirklich wissen?"

„Warum nicht?"

„Nungut, wissen Sie, wissenschaftliche Studien – Sie haben
sicherlich schon von der PISA-Studie gehört – haben ergeben,
dass in Deutschland zwar viel über die Veränderung und
Verbesserung der Schule geredet wird, aber seit langem
überfällige Reformen haben bisher insbesondere in den
Gymnasien kaum stattgefunden."

„Aber es hat doch die Achtundsechziger-Bewegung und die
Bildungsreform Anfang der Siebziger gegeben", bemerkte ich
etwas irritiert an.

„Richtig, das war sicherlich ein Einschnitt. Zum einen hat
man damals erreicht, dass in den Lehrplänen genauer festgelegt
wurde, was die Schüler zu lernen haben. Dies war allerdings
keine Schulreform, sondern lediglich eine Verbesserung der
staatlichen Kontrolle der Schule. Und dann gab es noch

Veränderungen im Bereich der Unterrichtsmethoden, das heißt, es wurden neue Verfahren eingeführt, mit denen den Schülern mehr Lernstoff eingetrichtert werden sollte. Die Schüler sollten auch aktiver werden und nicht einfach Lernstoffkonsumenten bleiben. Aber durch die Vergrößerung der Klassen und andere Kürzungen im Schuletat sind diese positiven Ansätze doch schon längst wieder zunichte gemacht worden. Geblieben ist eine effizientere Kontrolle der Schule durch die Schulaufsicht und der Schüler durch die Lehrer. Zum Glück haben die Behörden nie das Geld bekommen, um überprüfen zu können, ob ihre Kontrollinstrumente auch wirksam eingesetzt werden."

„Warum ist das ein Glück? Auch die Schule muss doch in den heutigen Zeiten knapper Kassen effizient sein."

„Sicherlich muss Schule effizient sein. Aber die Frage ist doch immer noch, wie man Effizienz definiert. Ist etwa die Massentierhaltung im Hühnerstall effizient? Sicherlich ist es die günstigste Art, Hühnereier zu produzieren. Aber wer will diese Eier schon essen, der es nicht muss. Und die Situation von Schülern heutzutage ähnelt doch sehr der von Hühnern in der Massentierhaltung: zu enge Käfige, Zwangsfütterung, kein natürlicher Lebensrhythmus. Die Schüler bekommen ihren Lernstoff in 45-Minuten-Dosen in zu kleinen Klassen eingetrichtert, nach zwei Stunden eine etwas größere Pause zum Essen und dann wieder die gleiche Zeremonie. Durch diese Fremdbestimmung werden die Kinder darauf abgerichtet, ihren Appetit und auch ihre eigenen Interessen zu unterdrücken. Durch diese Zwänge verlieren die Kinder ihre Neugier und werden zu diesen passiven Konsummonstern gedrillt, über die alle Welt und auch die Lehrer selbst heute so stöhnen. Eigentlich ist das aber eine ganz einfach zu erklärende

Sache, an der die Schule selbst mit Schuld ist."

„Aber das stimmt doch so nicht. Früher war doch die Schule auch schon so und wir sind keine Konsummonster geworden, um in ihrer Sprache zu bleiben."

„Da haben Sie ganz recht. Allerdings hat sich seit Ihrer Schulzeit die Lebenswelt von Kindern radikal verändert. Denken Sie nur mal an das Fernsehen und das Internet, die sozialen Netzwerke."

„Ja, das stimmt schon."

Mir passten die kritischen Äußerungen des Referendars nicht. Ich trug damals noch das Bild einer heilen Schulwelt mit mir herum, das Verdrängungsprozesse in meinem Hirn entstehen ließen, so dass ich mir bis dahin keine Gedanken über die subtilen Mechanismen der Gewalt an Schulen gemacht hatte. Ein gesellschaftliches Tabu band auch mich und hielt mich davor zurück, mein Trugbild aufzugeben.

8

Eine der üblichen polizeilichen Routinen war, dass ich meinem Vorgesetzten regelmäßig über den Stand der Ermittlungen Bericht zu erstatten hatte. So stand ich nachmittags nach der Rückkehr in das Polizeipräsidium verschwitzt in einer engen Aufzugskabine und starrte auf die behäbig von einer zur anderen Ziffer wandernde Stockwerkanzeige, während der altersschwache, klapperige Fahrstuhl an diesem brütend heißen Tag langsamer als sonst seinen Dienst im Polizeihochhaus zu verrichten schien. Ich fühlte mich nicht wohl, denn Blockstedts Standpauke von gestern war noch nicht vergessen und zudem hatte ich eine Nachricht zu überbringen, die dem Kriminalrat nicht gefallen würde. Nein – dies hatte nichts mit den heutigen Ermittlungen im Mozart-Gymnasium zu tun. Nein – der Fall Benjamin Masokowsky entwickelte sich in eine neue Richtung. Timmermann hatte neue Untersuchungsergebnisse, die ich nun meinem Chef zu übermitteln hatte.

Dann klopfte ich an Blockstedts Tür, die in einer dieser angeblich augenfreundlichen Farben gestrichen war, bei denen man darüber rätselte, ob es noch ein Ockerton, schon ein Braun oder vielleicht doch ein zartes Braungrün war.

„Herein", hörte ich die Stimme Blockstedts gedämpft durch die Tür und trat ein.

„Guten Tag, Hecht. Was treibt sie zu mir?", fragte der Kriminalrat überraschend freundlich.

„Guten Tag, Herr Blockstedt", erwiderte ich den Gruß. „Ich komme in der Sache Masokowsky."

„Das ist gut", freute sich der Kriminalrat. „Sie haben

hoffentlich die Ermittlungen abgeschlossen. Es wäre gut, wenn diese Geschichte möglichst schnell vom Tisch ist, damit die Presse keine große Sache aus diesem Unglück macht. Also – "

„Hmm…"

„Übrigens mit der Sache gestern, das tut mir Leid. Ich habe wohl etwas heftig reagiert. Ich weiß, dass sie da etwas überempfindlich sind. Aber sie haben sich da wirklich ein dickes Ding geleistet. Also…"

Ich merkte, wie mein Vorgesetzter mit sich kämpfte. Entschuldigungen waren nicht seine Sache.

„…na ja, also äähmm – gut, schwamm drüber. Vergessen wir die Sache."

Ich ging nicht weiter auf die Entschuldigung ein, sondern kam gleich zur Sache:

„Im Fall Masokowsky gibt es neue Erkenntnisse. Alles deutet darauf hin, dass es sich um einen Todesfall durch Fremdverschulden handelt."

„Fremdverschulden?", fragte der Kriminalrat konsterniert. „Das darf doch nicht wahr sein!"

Wütend blickte Blockstedt mich an, als wäre ich für den Tod Benjamin Masokowskys verantwortlich.

„Warum darf das nicht wahr sein?", fragte ich provozierend mit dem Wissen um die Ergebnisse der Spurensicherung zurück. Timmermann hatte eine wichtige Entdeckung gemacht, die dem Fall eine neue Wendung gab.

Blockstedt brauchte einige Zeit, um diese Nachricht zu verarbeiten. Unruhig schwankte er in dem wegen seiner Körperfülle für ihn zu kleinen Bürosessel hin und her. Ich wusste nicht, worüber sich mein geistig etwas schwerfälliger Chef in diesem Augenblick Gedanken machte. Jedenfalls brauchte er etwas Zeit, bis er die Sprache wieder fand.

„Also Hecht, was veranlasst sie, so etwas zu behaupten?"

„Die Ergebnisse der Spurensicherung haben ergeben, dass irgendeine Person die Leiter, auf der der Junge saß, umgeworfen haben muss."

„Woher wollen sie das wissen?", fragte Blockstedt zurück. „Von einer Leiter zu fallen, ist doch auch ohne Fremdeinwirkung möglich, wie sie sicherlich wissen. Das kann doch kein Grund sein."

„Wir haben das genau überprüft."

Lang und breit erläuterte ich Blockstedt dann die Ermittlungsergebnisse, die Timmermann, Otto und ich in den letzten Stunden zusammengetragen hatten. Die Trittleiter war der Schlüssel. Sie war trotz ihres Alters extrem standfest, so standfest, dass auszuschließen war, dass der Junge durch eine ungeschickte Gewichtsverlagerung einfach mit dem Ding umkippen konnte.

„Wir haben weder einen Beweis und noch nicht einmal Indizien dafür, dass der Junge von selbst mit der Leiter umgefallen ist", fasste ich meine Ausführungen zusammen. „Alles spricht für ein Fremdverschulden, obwohl wir noch keine konkrete Spur in dieser Richtung haben."

„So geht das nicht", fuhr Blockstedt auf, dem meine Mitteilung die Laune vollkommen verdorben zu haben schien. „Sie können doch nicht einfach ein Fremdverschulden unterstellen, nur weil sie zu blöd sind, die Faktenlage zu akzeptieren, nach der offensichtlich alles für ein Unglück spricht, das der Hausmeister verschuldet hat. Mit unseren Ermittlungen haben wir mittlerweile den guten Ruf des Mozart-Gymnasiums erheblich geschädigt. Und dies wird mit jedem Tag schlimmer. Ich habe vorhin mit Dr. Müller gesprochen, dessen Tochter diese Schule besucht. Es ist wirklich eine ausgezeichnete Einrichtung, die wir mit allen Mitteln, die uns zur Verfügung stehen, zu schützen haben. Also klare Anweisung: Sie unternehmen in Richtung Fremdverschulden solange nichts, bis nicht eindeutig geklärt ist, dass alle anderen Möglichkeiten ausgeschlossen sind. Ich möchte nicht nochmals erleben, dass mich der Innensenator vor der Frühstückspause so anfährt, dass mir der Appetit vergeht."

„Wieso der Innensenator? Ich dachte die Schulsenatorin hätte sie angerufen?", fragte ich erstaunt.

„Richtig, gestern rief mich die Schulsenatorin an. Und heute morgen dann der Innensenator. Seine beiden Kinder besuchen das Mozart-Gymnasium. Auch er ist äußerst besorgt um den Ruf der Schule und möchte nicht erleben, dass durch Mitarbeiter seiner Behörde dieser ruiniert wird. Ahnen sie, in was für eine Bredouille sie mich mit ihrem vorschnellen Ausplappern von Informationen gebracht haben? - Ich muss etwas essen."

Erst in diesem Augenblick entdeckte ich einen kleinen Kuchenteller am Rand des Schreibtisches meines Vorgesetzten, auf dem zwei Stück Sahnetorte gequetscht waren. Ich musste mir bei diesem Anblick Mühe geben, ein breites Grinsen zu unterdrücken.

„Ein kleiner Nachtisch", sagte Blockstedt mit einem verlegenen Lächeln, als er meinen Blick auf die Kalorienbomben entdeckte.

Na ja, andere Menschen schlucken halt gleich Beruhigungspillen, dachte ich süffisant, ohne eine Miene zu verziehen.

„Haben sie noch etwas?", fragte Blockstedt gereizt.

Ich schwieg.

„Dann können sie gehen. Und denken sie daran: Sie werden erst wieder in der Schule ermitteln, wenn die Beweislage eindeutig ist. Auch Dr. Zwangsdorff hat mich heute Mittag nochmals darauf hingewiesen, dass ihre Ermittlungen den Schulfrieden erheblich stören. Weiterhin muss er seinen Unfallbericht an die Schulbehörde leiten und dafür benötigt er ihren Abschlussbericht. Der Fall ist doch ganz klar: Ein unachtsamer Hausmeister lässt die Tür zur Aula offen und dann passiert ein Unglück, für das dieser zur Rechenschaft gezogen werden muss."

„Moment mal", unterbrach ich meinen Vorgesetzten. „Nach unseren Ermittlungen hat nicht unbedingt der Hausmeister die Tür zur Aula geöffnet."

„Fangen sie nicht schon wieder an, alles zu verkomplizieren. Sie wissen doch, wie es ist, wenn man bei Ermittlungen zu sehr ins Detail geht. Dann werden auf einmal Dinge möglich, die es gar nicht gibt. Also verirren sie sich nicht aufgrund von Spitzfindigkeiten in irgendwelche abwegigen Spekulationen und bleiben bei der einfach auf der Hand liegenden Wahrheit. Wer sonst außer dem Hausmeister sollte die Aulatür offen gelassen haben. Der zweite Schlüssel zur Aula befand sich in den sicheren Händen Dr. Zwangsdorffs, der erst nach dem Unfall in der Schule erschien. Oder wollen sie etwa den Schulleiter verdächtigen? Einen der angesehensten Lehrer Hamburgs? Das wäre ja noch schöner. Also für mich ist alles klar. Schludriger Hausmeister lässt Tür zur Aula offen und ein tölpeliger Schüler stürzt unbeaufsichtigt von einer Leiter. Überdenken sie ihre Untersuchungsergebnisse in dieser

Richtung nochmals und schreiben sie mir bis morgen einen Zwischenbericht. Guten Tag."

Der Himmel war von einem schwülen Dunst verhangen, als ich wieder mein Büro betrat. Ich rief Otto und Timmermann zu mir, um ihnen die Anweisung unseres Chefs mitzuteilen.

„Was will denn der alte Fettkloß?", pöbelte Timmermann. „Die Spurenlage ist doch eindeutig. Oder zweifelt der etwa an meinen Fähigkeiten? Ich hab' mich in so einer Sache noch nie geirrt. Scheiße ist das, wenn einem der eigene Chef nicht ernst nimmt!"

„Wenn Blockstedt es so haben will, dann werden wir unsere Ermittlungsergebnisse auf Kosten des Steuerzahlers eben noch etwas aufpolieren", merkte Otto süffisant an. „Dass Blockstedt ein alter Kriecher ist, das wissen wir doch schon lange."

„Leute, macht Blockstedt nicht zu sehr nieder", begann ich meinen Vorgesetzten zu verteidigen, obwohl mir dessen Verhalten auch nicht gefallen hatte. „Also ich möchte auch nicht immer in seiner Haut stecken und mich mit den Anrufen genervter Senatoren abgeben. Gut – es ist nicht das erste Mal, dass er uns in den Rücken fällt. Aber immerhin hat er uns auch nicht befohlen, unsere Ermittlungen vollkommen zu unterlassen. So etwas soll auch schon vorgekommen sein. Also machen wir uns an die Arbeit und sichern unsere Ermittlungsergebnisse soweit ab, dass sie selbst Blockstedt überzeugen."

Die Nachricht Timmermanns hatte nicht nur Blockstedt, sondern auch mich überrascht. Auf einmal sollte nicht der Schulleiter, sondern Rena, die Freundin Benjamins im Recht sein mit ihrer Behauptung, dass der Tod des Jungen kein Unfall war.

Alles hing von der Leiter ab. Auch mir war am Tatort aufgefallen, dass der Junge mit seinen Füßen immer noch zwischen den Sprossen der Leiter hing, auf der er rittlings gesessen haben musste. Und genau diese Sitzposition war der Schlüssel. Wenn man in dieser Position auf der Leiter saß, dann war es unmöglich, den Schwerpunkt so weit zu verlagern, dass die Leiter umkippte. Eine andere Kraft, in Polizeijargon nennt man dies Fremdeinwirkung, musste mit im Spiel gewesen sein.

Wir machten uns daran, die neuen Erkenntnisse auf eine sichere Faktenbasis zu stellen. Wir nahmen Kontakt mit der Herstellerfirma der Leiter auf, die uns am nächsten Tag einen Sachverständigen schicken würde. Dann besorgten wir uns ein weiteres Exemplar der Leiter und begannen Umkippversuche zu machen. Es war verblüffend. Tatsächlich schaffte es keines unserer Versuchskaninchen, aus Benjamins Sitzposition heraus die Leiter zum Umkippen zu bringen.

9

Am nächsten Morgen langweilte ich mich in meinem Büro. Der angekündigte Leitersachverständige, es war der Juniorchef der Firma Bersenbrück, ließ auf sich warten. So grübelte ich ein wenig über den Fall und machte mir Gedanken darüber, woher die unbekannte Kraft kam, die unserer Vermutung nach die Leiter zum Umkippen gebracht haben musste. Waren Lehrer in diesen Fall verwickelt, gab es vielleicht irgendwelche Rivalitäten zwischen Benjamin und seinen Mitschülern oder hatte doch der Hausmeister seine Finger im Spiel? Der Fall war noch sehr unübersichtlich und ich merkte, dass ich noch mehr Hintergrundinformationen über die Situation Benjamins an der Schule brauchte, um in diesem Fall festen Boden unter den Füßen zu bekommen. Meine Mitarbeiter würden auch allein mit dem Leitersachverständigen fertig werden.

So machte ich mich auf den Weg zu Frau Masokowsky.

Bleich und mit verweinten Augen, die von dunklen Rändern umgeben sind, empfing sie mich.

„Es tut mir Leid, dass ich Sie nochmals stören muss, Frau Masokowsky", begann ich das Gespräch, nachdem wir uns im Wohnzimmer gesetzt hatten.

„Das macht nichts", entgegnete die nun allein lebende Mutter des getöteten Jugendlichen. „Was soll ich jetzt noch zu tun haben, wo mein Junge nicht mehr da ist?"

„Ja, das ist sicher sehr tragisch für Sie. Ich bin nochmals zu Ihnen gekommen, weil ich mir noch ein genaueres Bild von Benjamin machen möchte. Und dazu hätte ich noch ein paar weitere Fragen an Sie. Also, erst einmal möchte ich wissen, ob Ihr Sohn sportlich gewesen ist?"

Einfache Fragen waren immer ein probates Mittel, um Menschen zum Reden zu bringen.

„Sicher war er das. Er hat er seit einiger Zeit Aikido gemacht."

„Aikido?"

„Das ist so eine japanische Selbstverteidigungskunst. Benjamin hat sich manchmal in der Schule nicht sicher gefühlt. Die Kinder machen ja jetzt alle diese asiatischen Kampfsportarten, Judo, Karate und so. Benjamin meinte dann irgendwann, er müsste sich irgendwie schützen können, falls die anderen Schüler ihm mal auflauern würden. Das ist jetzt aber schon ein paar Jahre her. Seit einiger Zeit bedrohte ihn niemand mehr. Den Sport hat er aber trotzdem nicht aufgegeben."

Na, wer sagt es denn. Schon hatte ich ein interessantes Detail gefunden. Rivalitäten zwischen Schülern. Ich fragte weiter:

„Ist Benjamin handwerklich geschickt gewesen?"

„Warum hat er wohl am Samstag morgen die Lichtanlage aufgebaut? Basteln, ob es nun darum ging, die eigene Gitarre zu reparieren oder einen Lautsprecher zu bauen, ist ein Hobby von ihm. Kommen Sie doch mal mit in sein Zimmer, dann können Sie sich die Bescherung ansehen."

Ich wusste nicht genau, was die Frau mit dem Wort Bescherung meinte, doch als ich Benjamins Zimmer sah, wurde mir klar, was sie meinte. Der Raum war über und über mit vielerlei Sachen überfüllt. An den Wänden hingen einige Gitarren, auf dem Schreibtisch und dem Boden lagen allerlei elektrische Geräte, Lautsprecher und Kabel herum und dazwischen stand verloren ein Notenständer.

„Nun verstehe ich, was Sie meinen", sagte ich, während ich ein paar Mal mit dem Kopf nickte. „Das sieht hier ja aus, wie in einer Elektrowerkstatt."

„Benjamin hat nebenbei elektrische Gitarren und Lautsprecher repariert. Das war ein Nebenjob, mit dem er sich sein Taschengeld aufgebessert hat. Bei uns ist es ja nie Dicke gewesen."

„Nun wird mir auch klar, warum Dr. Zwangsdorff Benjamin an der Lichtanlage arbeiten ließ. Ihr Sohn schien ja ein richtiger Profi gewesen zu sein."

„Ach, hören Sie mit diesem Dr. Zwangsdorff auf. Ich habe bereits mit ihm telefoniert und er meinte tatsächlich, dass mein Junge versehentlich von der Leiter gefallen wäre."

„Ist das für Sie undenkbar?"

„Ach, Sie hätten meinen Jungen als kleines Kind erleben sollen. Der ist leidenschaftlich gern auf Bäume und alles, was hoch ist, geklettert. Nee, der fällt nicht einfach von einer Leiter. Da muss noch jemand anderes seine Hand im Spiel gehabt haben. Vielleicht war es ja Dr. Zwangsdorff selbst?"

„Warum sollte ein Schulleiter einen seiner Schüler, vor allem einen, den er kurz vor einer Theaterpremiere dringend braucht, umbringen. Ich sehe da kein Motiv."

„Ich kann mir das bei Dr. Zwangsdorff auch nicht vorstellen. Aber ebenso unwahrscheinlich ist es, dass Benjamin versehentlich von der Leiter gefallen ist", sagte die Mutter mit einer energischen, kämpferischen Stimme, die mich erstaunte.

„Was sagten Sie eigentlich: Wann war Benjamin an jenem Tag zur Schule gefahren?"

„Das war kurz vor neun Uhr."

„Wollte Benjamin noch etwas besonderes erledigen? Die Theaterprobe begann ja erst um zehn Uhr."

„Nein, mir hat er gesagt, dass er bereits um neun Uhr da sein müsse."

„Hat er Ihnen dafür einen Grund genannt? Wollte er sich eventuell vorher mit seiner Freundin Rena von Brentano treffen?"

„Das weiß ich nicht. Da müssen Sie sie selbst fragen. Das könnte natürlich sein, obwohl Benjamin eigentlich nicht der Typ war, der am Samstagmorgen ein Rendezvous hat. Er war eher ein Nachtmensch."

Der nächste Weg führte mich zu Benjamins Grundschule in der Steilshooper Straße. Immer noch hatte ich kein klares Bild von dem Jungen. War er wirklich so talentiert, wie es mir die Mutter nahe legen wollte, oder war er ein eher leistungsschwacher Schüler, wie es Benjamins Noten zu belegen schienen? Um Aufschluss über diese Frage zu erhalten, machte ich mich auf die Suche nach Benjamins früherer Klassenlehrerin.

Es brauchte einige Zeit, bis ich mich vor das Klassenzimmer der Lehrerin durchgefragt hatte. Dort angekommen wartete ich dann einen Moment und lauschte an der Tür. Ich hörte einige Kinderstimmen leise sprechen und dann eine freundliche, sanfte aber eindringliche Stimme. Ich nahm an, dass dies die Stimme der Lehrerin war. Sie gefiel mir. Dann wartete ich, bis für einen Moment Stille herrschte und klopfte an die Tür des Klassenzimmers.

„Herein", hörte ich einen Chor von Kinderstimmen sagen.

98

Der Klassenraum sah gemütlich aus, er war voller bunter Bilder und Kinder, die mich mit großen Augen neugierig ansahen.

„Guten Tag, mein Name ist Hecht, Hauptkommissar Hecht. Ich hätte gern ein paar Fragen Frau Hermann."

„Guten Tag", erwiderte die Lehrerin. „Habe ich etwa mein Fahrrad falsch geparkt?"

Die Kinder lachten über die scherzhafte Bemerkung der Frau.

„Nein, es geht um einen Ihrer ehemaligen Schüler. Ich hätte zu diesem einige Fragen."

„Ich ahne schon, worum es geht. Im Moment kommen Sie leider sehr ungelegen. Ich stecke mitten in einem Klassengespräch. Können Sie bis zum Ende der Stunde um 12.30 Uhr warten?"

Was blieb mir anderes übrig, als ich das charmante Lächeln der Lehrerin sah. Ich erklärte mich einverstanden und wollte den Raum verlassen, als die Lehrerin mir anbot, im Klassenraum zu warten. Warum nicht?, dachte ich und setzte mich in eine Ecke, aus der heraus ich sehen konnte, wie die Schüler in einem Stuhlkreis sitzend miteinander diskutierten. Ich war überrascht, wie diszipliniert sich die Kleinen dabei verhielten, wie sie aufeinander eingingen und sich gegenseitig drannahmen. Die Lehrerin hielt sich ganz im Hintergrund und griff nur selten ein.

Dann waren das Gespräch und die Stunde zu Ende. Die Schüler packten ihre Sachen und verließen in aller Ruhe nach und nach die Klasse. Nur die Lehrerin und ich blieben zurück.

„So, jetzt habe ich Zeit für Sie", sagte die Lehrerin. „Sie wollen vermutlich mit mir über Benjamin Masokowsky sprechen."

„Wie kommen Sie darauf?"

„Sein Tod ging durch die Presse."

„Ja richtig."

„Was halten Sie davon, wenn wir in ein Café hier in der Nähe gehen. Ich habe jetzt Schulschluss."

„Eine gute Idee", sagte ich zu der sympathischen Lehrerin. Sie gefiel mir wirklich gut.

Das Café war um diese Zeit fast leer und wir wählten einen Tisch auf der angenehm schattigen Terrasse. Die heitere Art der Lehrerin steckte mich schnell an und ich war viel lockerer als sonst. Ebenso wie sie wählte ich einen Cappuccino. Dann kamen wir zur Sache.

„Ich bin zu Ihnen gekommen, um etwas mehr über Benjamin Masokowskys zu erfahren."

„Was wollen Sie wissen?"

„Mich interessiert vor allem die Persönlichkeit des Jungen."

„Ich kann Ihnen meinen Eindruck von dem Jungen schildern, Lernleistungen, Sozialverhalten usw. Aber seine Persönlichkeit, - da sollten Sie lieber seine Mutter oder eine andere Person fragen, die ihm nahe steht. In der Schule bekommen wir Lehrer doch nur einen Teil der Persönlichkeit unserer Schüler zu Gesicht. Oder würden Sie Ihre Vorgesetzten mit all ihren privaten Gefühlen, Bedürfnissen und Sehnsüchten behelligen?"

„Aus dieser Sicht habe ich das bisher noch nicht betrachtet. Sie haben recht. Es geht mir allerdings nicht so sehr um das, was Benjamin im tiefsten Inneren seines Herzens bewegt hat. Vielmehr möchte ich wissen, wie Sie Benjamin als Schüler gesehen haben."

„Benjamin - ja, der war, ehrlich gesagt einer der talentiertesten Schüler, den ich in meinen bisherigen zwölf Schuljahren unterrichtet habe. Benjamin war intelligent, technisch geschickt und vor allem hatte er eine musikalische Ader, wie ich sie selten erlebt habe. In dieser Häufung und Verbindung findet man Begabungen bei einem Menschen nur äußerst selten. Manchmal ist er mir zu still gewesen. Er neigte zum Grübeln und Nachdenken. Das ist ja durchaus nichts Übles, aber ab und an war er mit seinen Gedanken bei ganz anderen Dingen als dem Unterrichtsthema."

„Das klingt für mich, als würde er nach außen zaghaft und zögerlich wirken", gab ich Dr. Richters Urteil wieder.

„Oberflächlich betrachtet vielleicht. Aber jemanden, der viel nachdenkt, als zaghaft und zögerlich zu bezeichnen, halte ich für abwegig."

„Allerdings hat genau das ein Kollege von ihnen aus dem Mozart-Gymnasium gesagt."

„Ach – dann ist ja alles ganz klar. In diesem Verein geht es, soweit ich es mitbekomme, ausgesprochen oberflächlich zu, was die Ausbildung der Persönlichkeit der Schüler angeht. Bis auf ein paar Ausnahmen orientieren sich doch dort alle Lehrer am antiken Tugendkatalog und versuchen diesen, ihren Schülern einzuhämmern. Als hätte es die folgenden 2000 Jahre Weltgeschichte nicht gegeben."

„Was meinen Sie damit?"

„Über die Entwicklung der Persönlichkeit des Menschen wurde in den letzten Jahrzehnten unglaublich viel Neues entdeckt. Psychologie, Psychoanalyse und so weiter. Dies hat für die Pädagogik revolutionäre Folgen. Doch an den heiligen

Tempeln der Schulbehörde, den Gymnasien, ist davon bis heute nicht viel angekommen. Dort wird die klassische, alte autoritäre Pädagogik gefahren, wie vor hundert Jahren. Nur der Rohrstock ist mittlerweile durch die Noten ersetzt worden. Fachleute nennen dies einen Prozess der Sublimierung."

„Sublimierung?"

„Also – das heißt, dass eine frühere Praktik des Menschen durch eine neue, feinere Form des Tuns ersetzt wird. Und der Anlass für diesen Wechsel findet sich darin, dass die neuere Praktik, in unserem Fall die Notengebung, eine größere Macht der Herrscher über die Beherrschten ermöglicht als die Prügelstrafe. Noten erzeugen nach außen einen Eindruck von Objektivität. Tatsächlich sind sie aber ein Humanität vortäuschendes, subtiles Strafsystem, das den Rohrstock ersetzt, indem es ihn in das Bewusstsein der Kinder verlegt."

„Aber Noten sind doch dazu da, damit es in der Schule gerecht zugeht?", begehrte ich auf.

„Glauben Sie, ob ein Schüler schon mal gefragt worden ist, ob er es für gerecht hält, benotet zu werden in einem Konkurrenzkampf mit anderen Schülern? Gerechtigkeit verlangt doch, dass alle, die von einer Sache betroffen sind, den Umgang mit dieser als gerecht ansehen. Sind die Schüler aber jemals gefragt worden, ob sie den Wettkampf in einer Klasse mit 25 bis 30 Schülern gerecht finden? Wenn Sie einmal in die Gesichter der Schüler gesehen haben, wenn diese einen Aufsatz zurückbekommen, dann sehen Sie fast überall Unsicherheit, Anspannung und Angst. Da ist keine Vorfreude auf das kommende, gerechte Henkersbeil zu sehen. Ich sehe in den Augen immer nur Ohnmacht über einen Benotungsprozess, den sich die Gesellschaft zur Anpassung der Kinder an ihre

Verhältnisse ausgedacht hat."

Ich spürte ein Ressentiment gegen das, was mir die temperamentvolle Lehrerin sagen wollte. Das klang mir zu kritisch, zu revolutionär. Während des Gesprächs hatte sich ihr Gesicht gerötet. Sie sah kämpferisch aus und diese Leidenschaft stand ihr ausgesprochen gut. Und das modische, knielange maigrün und apricot gemusterte Sommerkleid stand ihr nun noch besser. Ich ließ für einen Augenblick meine Augen vom Gesicht der Lehrerin über ihren Körper wandern und blieb an ihrem Busen hängen, dem Tal zwischen ihren vollen Brüsten, die meinen Augen entgegenzuspringen schienen. Ich spürte ein leichtes Kribbeln und merkte, wie eine Welle der Erregung durch meinen Körper fuhr. Ein leichtes Lächeln war an den Mundwinkeln der Lehrerin zu erkennen, als ich merkte, dass ich mich zu verlieben begann.

Wenn da nur nicht meine Schüchternheit gewesen wäre. Ich wollte mich der Frau annähern, mit ihr flirten, doch mein Kopf war blockiert. Keine charmanten Worte kamen mehr über meine Lippen, kein Wort über meine wirklichen Gefühle. Stattdessen passierte das:

„Ähm – also Sie meinen, Benjamin sei nicht zaghaft und zögerlich gewesen. Wie erklären Sie sich dann, dass er sich auf dem Mozart-Gymnasium dermaßen verschlechtert hat?"

„Wenn bürgerlich erzogene Lehrer Schülern bürgerliche Tugenden lehren wollen, was glauben Sie, welche Kinder dann die besten Chancen haben?"

„Ich vermute Bürgerkinder, weil die diese Tugenden schon von zu Hause aus kennen."

„Richtig! Und Benjamin ist an dieser Schule fast gescheitert, weil er ein Arbeiterkind war, das an andere Tugenden,

Arbeitertugenden gewöhnt war."

„Ist das wirklich so einfach?", fragte ich nach.

„Natürlich ist das keine detaillierte, wissenschaftliche Erklärung, aber an diesem Argument ist viel Wahres dran. Viel mehr als ich dachte, als ich in die Schule kam. Heute würde ich keinem Kind hier aus Steilshoop raten, an das Mozart-Gymnasium zu gehen. Einfach aus dem Grund weil sie dort auf ein Milieu stoßen, in dem sie mit ihren Arbeitertugenden strukturell ausgegrenzt werden. Damals bei Benjamin war mir das noch nicht klar. Ich bin zu der Zeit ebenso wie Sie davon ausgegangen, dass Noten Gerechtigkeit erzeugen sollen. Doch heute weiß ich, dass sie primär zur Unterdrückung und Anpassung der Schüler dienen. Ich beobachte schon seit Jahren, dass die besten unserer Schüler, sobald sie auf eine Schule in einer bürgerlichen Wohngegend kommen, mit Leistungsproblemen zu kämpfen haben und auf höheren Schulen kaum einer besteht. In einigen bürgerlichen Gegenden dagegen gibt es Grundschulklassen, die zu 100 % auf das Gymnasium wechseln und wo dann fast alle Schüler das Abitur erhalten."

„Ja und?"

Irgendwie drehte ich mich mit meinen Fragen auf der Stelle und kam nicht weiter. Mein Denken wurde auf eine mir unerklärliche Art und Weise behindert, während ich den Körper der Frau weiterhin mit meinen Augen erkundete. Er sprach mich wirklich an.

„Vielleicht sind Bürgerkinder aber auch in Wirklichkeit einfach talentierter? Also Benjamin war in Ihren Augen jedenfalls nicht dumm?"

„Ja", erwiderte die Lehrerin leicht genervt. „Er war

tatsächlich nicht dumm. Und übrigens: Intelligenz und Talent waren noch nie im Besitz bestimmter Klassen oder Schichten, sondern sind recht gleichmäßig über die ganze Gesellschaft verteilt."

Wie zufällig blickte die Lehrerin in diesem Augenblick auf ihre Uhr und sagte dann mit gespieltem Schrecken, dass sie wegen eines Termins sofort wegmüsse. Sie könnten das Gespräch aber heute Abend fortsetzen. Ab 19.30 Uhr habe sie Zeit. Ich solle es mir überlegen und sie dann anrufen.

Verwundert nahm ich das Angebot an, blieb mit einer Visitenkarte in der Hand sitzen und blickte ihr nach, ohne ein Auge von dem stoffumhangenen Körper lassen zu können. Von ihrem Fahrrad her winkte sie mir noch einmal kurz zu, doch ich konnte nicht mehr in ihre Augen blicken, die hinter einer modischen Sonnenbrille verborgen waren. Ich spürte noch für einen Augenblick den Gefühlen in meinem Körper nach, die die Frau in mir ausgelöst hatte. Und ich beobachtete, dass eine sehnsuchtsvolle Spannung in mir aufstieg, sobald ich an die Möglichkeit einer Verabredung mit der Lehrerin dachte.

10

Wie bei allen Kollegen, die schon seit langem im Polizeipräsidium arbeiteten, verzichtete der Portier bei mir darauf, den Dienstausweis sehen zu wollen, wie es die Sicherheitsbestimmungen der Polizeizentrale Hamburgs vorschrieben, als ich nach der Begegnung mit Sigrid Hermann durch die gläserne Sicherheitsschleuse des Hauptquartiers der Hamburger Polizei trat. Bei den ihm bekannten Kollegen ersetzte ein Blick in die Augen und ein Wimpernschlag dieses sicherheitstechnische Ritual. Und heute genügte schon dieser eine Blick auf mich, um mich zu durchschauen.

„Hauptkommissar Hecht, Sie sind ja heute besonders guter Dinge."

Für einen Augenblick erstarrte ich. Wann war es schon einmal vorgekommen, dass mich der Portier ansprach?

„Jaja, das Wetter", antwortete ich, während ich in meinem gewohnten, ruhigen Schritt zurückfiel. Ich fühlte mich bei etwas Verbotenem ertappt und versuchte dies zu verbergen. Warum stand ich nicht zu meinen Gefühlen und ließ die anderen Menschen an meinem Glück teilhaben?

Im Fahrstuhl hatte ich dann wieder Sigrids Bild vor Augen und mein Herz begann schneller zu schlagen.

So trat ich in das Büro Ottos.

„Hallo Otto, so eifrig kenne ich dich ja sonst gar nicht", war mein nur selten vorkommender Versuch eines Lobes meines Mitarbeiters, der konzentriert an seinem Schreibtisch arbeitete.

„Lass deine Scherze", erwiderte der genervt. „Ich mache hier die trockene Büroarbeit, während du dich in der Welt vergnügst."

Die Retourkutsche saß.

„OK. Lassen wir das. Ich habe nochmals mit der Mutter des Jungen gesprochen und auch mit Benjamins Grundschullehrerin."

Bei den letzten Worten zeigte ich ein breites Lächeln.

„Letzteres scheint ja eine angenehme Begegnung gewesen zu sein. Vielleicht sollte ich der Frau auch mal einen Besuch abstatten."

Otto kannte meine wunden Punkte nur zu gut. Und auch diesmal traf er einen von ihnen voll. Ein Stachel der Eifersucht schoss mir sofort durchs Herz, als ich die Worte meines Mitarbeiters vernahm. Gerade erst hatte ich diese Frau entdeckt und schon wieder war da jemand, der sie mir streitig machen wollte. Der männliche Jäger- und Sammlerinstinkt war damals in meinem Seelenleben noch arg am Wirken. Ich machte dicht und setzte meine teilnahmslose, sachliche Maske auf, mit der ich im Verhör mein Gegenüber regelmäßig irritierte und aus der Fassung brachte, weil ich nicht das emotionale Feedback gab, das von mir erwartet wurde.

„Zur Sache", begann ich den Vortrag meiner neuesten Ermittlungsergebnisse. „Von Benjamins Mutter habe ich erfahren, dass der Junge sportlich und technisch geschickt gewesen ist. Auch dies spricht absolut dagegen, dass er versehentlich von der Leiter gefallen ist. Und was war hier los?"

„Blockstedt war hier und hat nach dem Ermittlungsbericht gefragt. Du sollst ihn noch heute abgeben."

„Das ist unmöglich. Ich glaube, dass es in diesem Fall noch einiges aufzudecken gibt."

„Das denke ich auch."

„Na – dann werde ich Blockstedt eben mit einem offenen Zwischenbericht abfertigen, demzufolge ein Unfall vermutlich auszuschließen und ein Fremdverschulden vorliegt. Dafür spricht auch das, was mir die Mutter und die Grundschullehrerin über den Jungen erzählt haben. Was hast du herausgefunden?"

„Also der Bersenbrück von der Leiterfirma war da und hat mit Timmermann und mir die Leiter untersucht. Es hat versichert, dass die Leiter in ordnungsgemäßem Zustand ist. Er will nun berechnen, wie viel Kraft Benjamin hätte aufwenden müssen, um sich mit einem versehentlichen Stoß selbst umzukippen. Anhand der Körpergröße und des Gewichts Benjamins meinte er, dass dazu mindestens eine Kraft von 200 Newton notwendig gewesen wäre. Das ist, wie wenn man einen Ein-Zentner-Sack vier Meter hoch wirft."

„Das schafft doch kein normaler Mensch. Nach menschlichem Ermessen wäre demnach ausgeschlossen, dass der Junge die Leiter selbst umgekippt hat."

„Das dachte ich auch sofort."

„Damit sollten wir auch Blockstedt überzeugen können. Der Zwischenbericht ist so gut wie geschrieben. Hast du dich schon an die Liste der möglichen Tatverdächtigen gemacht?".

„Ich bin gerade dabei. Wir haben bisher allerdings noch keine Alibis überprüft. Erst einmal zählt der Hausmeister zu den möglichen Tätern. Er ist eine der wenigen Personen, die Zugang zum Tatort hatten und daher müssen wir ihn auf jeden Fall im Auge behalten. Ich halte es aber nicht für sehr wahrscheinlich, dass wir bei ihm fündig werden. Dann ist da der Schulleiter. Dr. Zwangsdorff ist die andere Person, die einen Schlüssel zur Aula besitzt. Das macht ihn äußerst verdächtig, insbesondere auch deshalb, weil er die Theaterproben leitete, wegen derer der Junge zur Schule kam. Vielleicht hatte er mit Benjamin eine mündliche Absprache getroffen, dass sie sich früher in der Schule treffen, um an der Lichtanlage zu arbeiten und dabei kam es zu einem Unfall, den der Schulleiter verbergen möchte, um eine unbefleckte Weste zu behalten. Allerdings halte ich auch ihn nicht für so tollpatschig, diese Leiter versehentlich umzuwerfen. Dazu wäre ein zu großer Kraftaufwand vonnöten, um dies unabsichtlich zu tun. Ebenso wirkt er nicht wie ein Mörder und ich sehe kein Tatmotiv. Andere Personen dagegen hätten eines: Laut Dr. Richter ist sein Kollege Fraulich homosexuell und steht auf junge Männer. Es könnte ein Mord aus Eifersucht sein, weil sich Benjamin in Rena verliebt hatte. Dann sollte man auch Renas Vater nicht aus dem Spiel lassen. So aufgewühlt, wie der am Montag in der Schule erschien, ist der zu allem fähig. Dann hat Benjamins Mutter erzählt, dass ihr Sohn Schwierigkeiten mit seinen Mitschülern hatte. Nicht umsonst hat er Aikido gelernt. Diesem Hinweis sollten wir auf jeden Fall nicht aus den Augen verlieren."

„Ich finde den Punkt mit den Mitschülern sehr interessant", hakte ich mich wieder in das Gespräch ein. „Benjamins Mutter meinte, wir könnten von Rena von Brentano erfahren, welche Konflikte der Junge mit seinen Mitschülern hatte. Aber vor allem müssen wir klären, wie Benjamin in die Aula gelangt ist. Da ist mir noch zu vieles unklar. Wer hat ihm die Aula geöffnet? Der Hausmeister vermutlich nicht. Dann bleibt nur noch die Möglichkeit, dass es der Schulleiter war, oder es existiert ein weiterer Schlüssel. Letzteres halte ich für unwahrscheinlich, weil die Tür mit einem Sicherheitsschloss versehen ist, deren Schlüssel nicht ohne Weiteres zu kopieren sind."

„Also sollten wir uns als nächstes den Schulleiter vorknöpfen. "

„Ja, aber lass uns vorsichtig vorgehen, damit wir nicht versehentlich den Ruf einer ansonsten unbescholtenen Person gefährden. Ich möchte nicht schon wieder Ärger mit Blockstedt haben."

Plötzlich kräuselte sich meine Stirn und Otto wusste sofort, dass mir mal wieder ein Detail eingefallen sein musste, dass für die Aufklärung des Falles von Bedeutung sein könnte.

„Moment mal, mir fällt da gerade wieder eine Situation ein, die mir gestern an der Schule widerfuhr, während du nach dem Brötchen suchtest. Eine ganz komische Geschichte war das. Also ich stand vor dem schwarzen Brett und sah mir die Ankündigung für die Theaterprobe an, die wir vorgestern nicht finden konnten. Dabei hing sie auf einmal gut sichtbar am schwarzen Brett. Als ich dann den Zettel von der Wand nahm, fuhr mich plötzlich ein Schüler in einem total frechen Ton an, weil ich das nicht tun dürfe. Dies sei nur der Schulleitung erlaubt. Und jetzt kommt's: Dann hat der Schüler plötzlich ganz irritiert auf den Aushang geblickt. Ich habe nachgefragt, was mit dem Aushang los sei, aber der Schüler wich mir aus und sagte nichts Weiteres dazu."

„Und was schließt du daraus?"

„Es könnte ja sein, dass mit dem Aushang etwas nicht in Ordnung gewesen ist und dass dieser Schüler es bemerkt hat."

„Wie ist denn der Name des Schülers?"

„Clemens Meerkaiser."

„Moment mal …“, sagte Otto, während er einen Zettel aus seinen Unterlagen hervorkramte. „Aha, da haben wir ja den Namen. Er ist einer der Schüler des Theaterkurses und er war am Tattag am Tatort. Wenn der über den Aushang irritiert ist, dann könnte dies tatsächlich heißen, dass da herummanipuliert worden ist. Sollte etwa Dr. Zwangsdorff …“

„Lass uns auf jeden Fall erst einmal überprüfen, ob da herummanipuliert worden ist. Ich werde mir noch einmal diesen Schüler vorknöpfen. Aber zuerst einmal sollten wir einen Blick auf den Aushang werfen.“

Ich zog den weißen DIN-A4-Zettel aus der Innentasche meines Jacketts hervor.

"Also von der äußeren Form her ist der Aushang ja erste Sahne", begann Otto. „Bestes Computerlayout würde ich sagen.“

„Das ist ja wunderschön. Dann sollten wir schleunigst den Computer untersuchen, auf dem dieser Text erstellt worden ist. Das kannst du übernehmen. Nimm dir einen der Computerfritzen mit. Und mach das unauffällig. Du kannst ja den Hausmeister bitten, dass er dich in die Schule lässt, wenn niemand mehr da ist. Ich werde in der Zwischenzeit den Bericht schreiben und eventuell schaffe ich es noch, mit diesem Clemens Meerkaiser und Rena von Brentano zu sprechen.“

11

Die Villa der Meerkaisers war von der Straße aus kaum zu sehen. Ich erahnte ihre Umrisse nur auf einer leichten Anhöhe hinter großen Buchen, Platanen und Eichen, die im Stil des englischen Landschaftsgartens in dem weiten, parkartigen Garten angelegt worden waren. Das mächtige Gebäude erinnerte mich an die romantischen Ritterschlösser, die in der ersten Hälfte des neunzehnten Jahrhunderts überall in Deutschland von Aristokraten gebaut wurden, um den in der damaligen, konservativen Restaurationsbewegung ausbrechenden Ritterkult mit mittelalterlichen Schlössern zu befriedigen. Das festungsartige Gebäude mit seinen massiven und wuchtigen, ockerfarbenen Sandsteinmauern und den kleinen Fenstern und Türmchen gefiel mir nicht, weil es bei aller Größe und allem Reichtum einfach nichts von einer behaglichen, wohnlichen Behausung hatte.

Der in einem Frack gekleidete Diener bat mich in den Salon, wo ich auf das Erscheinen des „jungen Herren", wie sich der Diener auszudrücken pflegte, warten sollte. Erstaunt über das Haus und den Diener vertrieb ich mir die Zeit in dem äußerst gediegenen und in dunklen Farben gehaltenen Salon damit, aus einem der zu kleinen Fenster den Ausblick auf die Außenalster zu genießen. Überrascht registrierte ich, dass man aus diesem Fenster über die mächtigen Baumwipfel hinweg einen prächtigen Blick auf die Alster hatte. Alles sehen können, ohne selbst gesehen zu werden. Typisch hanseatisch galt ich diese Art, im Verborgenen bleiben zu wollen.

Noch eine Weile wanderte ich unruhig in dem Raum hin und

her und sah mir die in großen gläsernen Vitrinen stehenden, offensichtlich teuren Antiquitäten und die echten Ölgemälde an, die an den mit dunklem Holz verkleideten Wänden hingen. Motive aus dem Biedermeier waren vorherrschend. An einer Seite des Raumes fand ich die Ahnengalerie der Meerkaisers. In der oberen Reihe waren steif stehende Männer in unterschiedlich zugeschnittenen schwarzen Fracks zu sehen und unter den Männern hingen offensichtlich deren bessere Hälften in biedermeierlichen Hausfrauentrachten mit weißen Kopftüchern. Die Männer hatten alle einen ähnlichen, stolzen Blick und ein goldenes Wappen an ihrer Brust hängen. Einige trugen einen Bart, andere nicht. Alle Männer aber hatten einen Stehkragen und ich erahnte beim Anblick dieser Bilder, warum man dieses Kleidungsstück auch Vatermörder nannte.

„Aha, Sie machen sich mit unserer Familie vertraut", begrüßte mich plötzlich Clemens Meerkaiser in einem überaus freundlichen Tonfall. „Eines Tages werde ich wohl auch dort hängen."

Ich hörte in dem Ton, mit dem er dies sagte, nicht nur den Stolz eines Menschen, der sich bewusst war, später einmal eine wichtige gesellschaftliche Stellung einzunehmen, sondern auch so etwas wie eine Drohung. Wollte mir der Junge sagen: Pass auf, mit wem du dich einlässt?

„Werden Sie sich auch in so einen Vatermörder quälen?", erwiderte ich, um der subtilen Drohung mit Spott zu begegnen.

„Ich denke, ob ein Stehkragen ein Vatermörder ist oder nicht, das ist ein Problem, welches davon abhängt, ob man den richtigen Schneider hat oder eben nicht. Und seien Sie versichert, in meiner Familie hat es da noch nie irgendwelche Probleme gegeben. Ich hoffe, Sie verstehen, was ich meine?"

Bei den letzten Worten rieb der Junge den Daumen seiner rechten Hand an Zeige- und Mittelfinger. Wollte der Junge mir sagen: Mit Geld lässt sich alles kaufen? Ich merkte, dass dieser junge Mann für sein Alter schon sehr abgebrüht und berechnend war. Und dies erhöhte meine polizeigeschulte Aufmerksamkeit umso mehr.

„Womit kann ich Ihnen dienen?", fragte der Junge dann überfreundlich.

„Also ich möchte noch einmal auf unsere Begegnung in der Schule zu sprechen kommen. Sie sind doch ein Klassenkamerad von Benjamin Masokowsky gewesen?"

„Früher waren wir in einer Klasse, aber dann ist zum Glück das Kurssystem gekommen."

„Warum zum Glück?"

„Na ja, es war an unserer Schule ein offenes Geheimnis, dass Benjamin dort fehl am Platze war. Halt so ein Alibiproletarier, der im Namen der Chancengleichheit mit durchgezogen wird. Alle seine Mitschüler wussten dies. Aus Mitleid haben wir dann versucht, seine asoziale Sprechweise und all seine anderen Mängel zu dulden. Aber dies gelang uns nicht immer und er wurde schon das eine oder andere Mal zum Gegenstand allgemeiner Erheiterung. Nun hat er endlich schulfrei bekommen."

„Aha, schulfrei nennen Sie es, wenn einer Ihrer Mitschüler stirbt."

„Muss man seine Mitmenschen lieben?", fragte Clemens zurück.

„Wie kommen Sie darauf, dass er dort fehl am Platze war?", bohrte ich nach, ohne dabei eine Miene zu verziehen, obwohl ich spürte, wie mich das Verhalten des Jungen aufregte.

„Charakterschwächen, keine Tugend, keine Würde. Aber dies ist nicht allein meine Meinung. Diese Auffassung war unter uns Schüler allgemein verbreitet."

„Dann war Benjamin so etwas wie ein Einzelgänger an ihrer Schule."

„Eigentlich war er es, weil er nicht das Niveau hatte, um mit seinen Mitschülern auf einer Ebene stehen zu können. Aber andererseits haben wir natürlich auch versucht, ihm trotz aller Last die Tür zur Klassengemeinschaft hin offen zu halten. Wir Hanseaten sind eben tolerant. Er hat diesen Akt der Solidarität aber nur selten annehmen können. Stattdessen hat er sich dann lieber das eine oder andere Mal mit seinen Mitschülern geprügelt."

„Auch mit Ihnen?"

„Auch mit mir. Aber da hat er sich eine blutige Nase geholt. Das ist allerdings schon ein paar Jahre her. – Warum wollen Sie eigentlich dies alles wissen?"

„Eine gute Frage. Eigentlich bin ich nur gekommen, um Sie noch einmal zu fragen, warum Sie bei unserer gestrigen Begegnung so über den Aushang irritiert waren."

„Ach, das war nichts Besonderes. Ich hatte den Aushang zuerst anders in Erinnerung. Dann ist mir aber eingefallen, dass ich mich an den Aushang vom vorherigen Wochenende erinnerte."

„Sind Sie sich da sicher?"

„Sonst würde ich das bestimmt nicht sagen, oder?"

„Nun gut – dann will ich Sie nicht länger stören."

Ich spürte, dass zu diesem Thema das letzte Wort noch nicht gesprochen war. Zu glatt und zu zurechtgelegt waren die Antworten des Jungen gewesen. Andererseits wusste ich aber auch nicht, in welche Richtung ich den Jungen hätte unter Druck setzen sollen. Und bevor ich ihn durch zu intensives Nachfragen dazu veranlasst hätte, seinerseits misstrauisch zu werden, hielt ich mich lieber zurück, um ihn später mit konkreten Fakten zu überraschen. Das Überraschungsmoment war mir ein wichtiges Hilfsmittel zum Durchbrechen der Fassaden, die Menschen um sich aufbauten, um etwas vor mir zu verbergen.

Während ich mich durch den einsetzenden Berufsverkehr von der Alster aus nach Blankenese schlängelte, um mit Rena von Brentano zu sprechen, blickte ich ab und zu unruhig auf die Uhr. Ich kam im zäh dahin fließenden Berufsverkehr kaum voran und die Verabredung mit Sigrid Hermann stand noch im Raum. Ungeduld plagte mich in einem für mich ungewöhnlich hohen Maß und verleitete mich dazu, aggressiver als sonst zu fahren.

Heute Abend treffe ich mich mit Sigrid, dachte ich voller sehnsüchtiger Erregung. Charmant lächelnd erschien das Gesicht der Frau ständig vor meinen Augen und wieder lief ein leichtes Kribbeln durch meinen Körper. Ich konnte nicht verhindern, mir immer wieder auszumalen, wie die Begegnung verlaufen würde. Und egal, was ich auch in meinen Gedanken durchspielte, immer wieder endete es damit, dass die Frau in meinen Armen lag und wir uns leidenschaftlich küssten.

Gerade als die Leidenschaft unserer Küsse den Höhepunkt erreicht hatte, hupte es plötzlich schrill. Ungeduldig riss das hinter mir fahrende Auto mich aus den Träumen. Die Ampel vor mir war tatsächlich tiefgrün. Mit quietschenden Reifen fuhr ich an und bog in die Elbchaussee ein, um mich dort in eine unendliche Kette von Autos einzureihen, die sich Tag für Tag an dem wunderschönen Panorama des nördlichen Elbufers entlang wand. Ab und zu gab es für einen kurzen Moment atemberaubende Ausblicke auf den Fluss und den dahinter liegenden Containerhafen. Dann war die Straße wieder von hohen Hecken und Bäumen umsäumt und der Blick auf die Elbe nur den Villenbesitzern vergönnt, die hinter einer Wand aus Grün am Elbhang hausten und von ihren hoch gelegenen Gärten, Terrassen und Balkons aus das Treiben im Hafen kontrollierten.

Neid kam in mir auf, als ich mir vorstellte, wie die Villenbesitzer unter ihren Sonnenschirmen saßen, kühle Getränke schlürften und aus ihren Liegestühlen heraus das wunderschöne Panorama der Elbe von oben herab genießen konnten. Für mich als Polizisten war es unmöglich, sich ein solches Leben zu leisten, sich in dieser Lage eine Wohnung geschweige denn ein Haus kaufen zu können. Mir blieben nur die wenigen Plätze am Elbhang, die öffentliche Parks waren, für diesen Genuss. Dort wo sich die Massen einfacher Menschen trafen, um die Sonnenuntergänge über der Elbe mit einem Picknick mit Grillen, Bier und Wein zu genießen.

Wer wird wohl die größere Villa haben, überlegte ich dann, während der stockende Verkehr langsam dem Stadtrand entgegen schlich. Die Meerkaisers oder die von Brentanos. So wie der Brentano aufgetreten ist, wird der sicherlich noch die Meerkaisers übertreffen. Aber was geht das mich an. Na ja, wenn ich deren Geld hätte, dann würde ich keinen Tag mehr arbeiten. Erst einmal wäre ein Urlaub fällig, wochenlang – nein – monatelang nur Urlaub. Und dann würde ich mir ein schönes Haus kaufen, irgendwo am Stadtrand, oder vielleicht hier am

Elbhang, mit einem kleinen Garten, Bäumen und einer sonnigen Terrasse. Meine Wohnung ist zwar ganz nett und gerade erst neu eingerichtet, aber wenn ich mehr Geld hätte, dann würde ich lieber heute als morgen in eine größere Wohnung ziehen. Und dann natürlich ein neues Auto, mindestens Mittelklasse und kein Kleinwagen mehr. Vielleicht würde ich Clemens Meerkaiser nach seinem Schneider fragen, obwohl mir weder der Junge noch das Haus noch der Garten gefallen hatte. Diese High Society hier in Hamburg muss ein komischer Verein sein. Gegenüber denen bin ja selbst ich ein lockerer Typ.

Ich musste bei diesen Worten grinsen. Nein – dann schon lieber unauffällig mit meinem Reichtum leben. Das Geld gut anlegen, Aktien, aber auch Festgeld. Nur kein zu großes Risiko. Eventuell würde ich auch bei der Polizei weiterarbeiten. Ohne die Arbeit wäre ich ja ziemlich allein. Und immer nur zu Hause vor dem Fernseher oder vor dem Computer sitzen, oder mit den Jungs auf Tour gehen, das wäre auch nicht das Wahre.

Plötzlich kam die Einfahrt zum Haus der Brentanos. Ein kleines, unauffälliges Türschild, auf dem nur ganz schlicht und einfach Brentano stand, verriet, wer hinter dem hohen, aber filigranen schwarzen Zaun und den undurchdringlichen Büschen und Bäumen wohnte. Ich sprach vom Wagen aus in die Sprechanlage, und kurz darauf öffnete sich mit einem leisen elektrischen Summen das eiserne Gittertor. In einem leichten Bogen wand sich die Zufahrt durch einen kleinen Park vor ein großes, altes, reetgedecktes Bauernhaus, dessen Fachwerk mir zwischen dem Rot der Klinkersteine entgegenstrahlte. Im Gegensatz zur Villa der Meerkaisers sah das Haus bescheiden aus, obwohl es für mich immer noch mehr als großzügige Ausmaße hatte. Alles war geschmackvoll aufeinander abgestimmt. Der kleine Park, die Rasenfläche, einige Obstbäume und Hecken, ein kleiner Teich mit Springbrunnen und Goldfischen.

Eine traurige Geigenmelodie war das erste Geräusch, das ich aus dem großen Gebäude vernahm, nachdem ich aus dem Auto gestiegen war. Als ich dann an die Tür des Bauernhauses kam, erwartete mich dort bereits eine große, schlanke, schwarzhaarige Frau, deren Gesicht dem Renas sehr ähnlich war.

„Guten Tag, Herr …"

„…Hecht…"

„Herr Hecht, Sie wollen mit Rena sprechen, hatten Sie am Telefon gesagt?"

„Ja, Frau von Brentano?", fragte ich die Frau, die etwa so alt wie ich selbst zu sein schien und deren schmales Gesicht mit hohen Wangenknochen und dunkelbraunen Augen mich freundlich anblickte.

„Das ‚Von' können Sie sich von mir aus sparen. Mein Mann legt ja wegen seiner Bankgeschäfte öffentlich noch Wert auf diesen Titel – es ist manchmal einfach verwunderlich, wie leichtgläubig und oberflächlich Menschen ihr Geld anderen anvertrauen, wenn man einen Adelstitel hat – aber ansonsten nennen wir uns Brentano."

„Gut, Frau Brentano. Ich muss im Zuge der Ermittlungen in der Sache Benjamin Masokowsky noch einige Fragen an Ihre Tochter stellen."

„Muss das denn jetzt sein? Hören Sie sich die Musik an, die meine Tochter gerade spielt. Seit dem Unglück sind von ihr nur noch traurige Melodien zu hören. Benjamin war ihre erste große Liebe. Und wir Erwachsenen wissen ja, wie schmerzhaft die erste Enttäuschung in der Liebe ist. Wenn ich früher geahnt hätte, wie sehr sie diesen Jungen liebt, dann hätte ich Rena bestimmt mehr vor meinem Mann in Schutz genommen. Er ist in manchen Dingen einfach noch ein unverbesserlicher Patriarch."

„Wie meinen Sie das?"

„Es ist für Eltern nicht immer leicht, wenn sie miterleben, dass ihr einziges Kind mit einem Mal in einen anderen Menschen verliebt ist und sie selbst hinter diesen zurücktreten müssen. Und gerade für Väter ist es besonders schmerzlich, wenn sie ihre einzige Tochter an einen anderen Mann abgeben. Aber Sie kennen das ja sicherlich selbst von Ihren Kindern, oder?"

„Nein, ich lebe allein."

„In Ihrem Alter und noch unverheiratet? Dann wird es aber langsam Zeit."

Ich blickte die Frau irritiert an, weil mir diese direkte Art vollkommen neu war. Ich nahm mich aus Rücksicht auf andere eher zurück und erwartete stillschweigend von meinen Mitmenschen, dass sie sich mir gegenüber auch so verhielten. Doch diesen pietistischen hanseatischen Charakterzug respektierte Renas Mutter anscheinend nicht.

„Tja, zurück zur Sache", sagte ich nach einem kurzen Moment des Schweigens, den ich brauchte, um meine Verlegenheit zu überwinden und dem Blick der Frau, dem ich sofort ausgewichen war, wieder standhalten zu können.

„Also Sie haben gesagt, dass Ihr Mann die Beziehung Renas zu Benjamin nicht geduldet hat."

120

„Ja, das trifft den Nagel auf den Kopf. Mein Mann ist ein emotionales Kraftbündel. Und wenn er sich etwas in den Kopf setzt, dann führt er es auch aus. Rena wurde von ihm hier im Haus fast einkaserniert, nachdem er von der Schule diskret darüber informiert worden war, dass sie Interesse an einem jungen Mann zeigte, der angeblich nichts für sie wäre. Sie durfte kaum noch das Grundstück verlassen und mein Mann setzte alle Mittel und Hebel in Bewegung, um Rena noch mehr zum Geigenspiel zu nötigen. Für die Ferien organisierte er für sie sogar eine kleine Konzertreise und im Herbst hat er Rena die Möglichkeit verschafft, in den USA Violinenunterricht bei einem angesehenen Meister zu bekommen. Ein kostspieliges Vergnügen, aber meinem Mann ist nichts zu teuer, wenn er meint, es sei zum Wohle unserer Tochter."

„Dann hätte er vielleicht besser mit Ihrer Tochter über deren Gefühle für Benjamin sprechen sollen."

„Aber wo denken Sie denn hin. Männer und Gefühle – entschuldigen Sie, dass ich das so direkt und pauschal sage – aber Männern fällt es doch in der Regel ausgesprochen schwer, über Gefühle zu sprechen, wenn sie überhaupt dazu in der Lage sind."

„Meinen Sie das wirklich?"

„Was meinen Sie denn? Sie sind doch auch ein Mann."

Schweigend überlegte ich einen Augenblick, wie ich auf die Frage der Frau antworten sollte. Dann sagte ich betont nachdenklich:

„Da mag etwas Wahres dran sein, aber so pauschal möchte ich über dieses diffizile Thema nicht urteilen. – Aber nun zur Sache: Ich wollte mit Ihrer Tochter sprechen."

„Wenn es denn sein muss. Aber nehmen Sie Rücksicht auf

Renas Zustand und ich bestehe darauf, an diesem Gespräch teilzunehmen."

„Dagegen ist absolut nichts einzuwenden", antwortete ich erleichtert, weil endlich einmal jemand meine polizeiliche Autorität akzeptierte, die in den letzten Tagen ständig untergraben wurde.

Wortlos wies die attraktive Frau mich mit der Hand in die Richtung, aus der das traurige Geigenspiel zu vernehmen war und führte mich dann durch die Diele in den ersten Stock des großräumigen Bauernhauses, das unaufdringlich und behaglich im Landhausstil eingerichtet war, wie mein durch die Räume wandernder Blick mit Erstaunen feststellte.

Plötzlich brach das Geigenspiel ab und ich sah über die Schulter Frau Brentanos hinweg Rena. Sie stand am anderen Ende des großen, bis in die Giebelspitze reichenden Raumes neben einem glänzenden schwarzen Flügel. Ich war entsetzt über das blasse und verweinte Gesicht der jungen Frau. Wieder erinnerte ich mich an die Worte der Mutter, denen zufolge Benjamin ihre erste große Liebe gewesen war. So sieht das Leiden aus, erkannte ich sofort.

„Rena, es ist Besuch für dich da", sagte die Mutter sanft.

„Guten Tag, Herr Hecht", begrüßte mich die traurige Stimme der Tochter.

„Guten Tag, Rena", erwiderte ich. „Ich habe noch einige Fragen an dich. Können wir uns irgendwo setzen?"

Renas Mutter wies auf eine helle Sitzgarnitur, die in einer Ecke des Musikzimmers vor einer Reihe kleiner Sprossenfenster stand. Nachdem wir es uns auf den weichen Polstern der Sitzgruppe bequem gemacht hatten, kam ich gleich zur Sache, um das Gespräch nicht unnötig in die Länge zu ziehen.

„Rena, du hast in unserem ersten Gespräch behauptet, dass Benjamin keines natürlichen Todes starb. Warum bist du dir da so sicher gewesen?"

„Ich kenne Benjamin schon lange, seit der fünften Klasse. Er ist immer sehr geschickt gewesen. Außerdem war er sehr vorsichtig, weil er sich an unserer Schule keinen Fehler erlauben durfte. Daher kann ich mir nicht vorstellen, dass er einfach mit einer Leiter umgekippt sein soll. Das kann nicht sein."

Für einen Augenblick schwieg die junge Frau und schien mit den Tränen zu kämpfen. Dann schluckte sie.

„Und im Sommer wollte er mich doch heimlich auf der Konzertreise begleiten. Da hätten wir endlich einmal viel Zeit für uns gehabt."

„Wie bitte?", fuhr Renas Mutter überrascht auf.

„Ja, was meinst du denn, warum ich mich von Papa dazu habe breitschlagen lassen, vier Wochen durch die deutsche Provinz zu reisen. Bei dir war ich mir sicher, dass du meine Gefühle akzeptieren würdest. Und durch die Reise hätten wir genügend Distanz zu Papa gehabt, um unser Leben zu leben."

„Ach, Rena, du kennst mich manchmal besser, als ich mich selbst, glaube ich."

Zärtlich legte die Mutter ihren Arm auf die Schulter der neben ihr auf dem Sofa sitzenden Tochter, die ihren Kopf gesenkt hatte und leise vor sich hin schluchzte.

„Entschuldigen Sie, aber ich habe noch weitere Fragen. Rena, wenn du meinst, dass Benjamins Leitersturz kein Unfall war, dann bleibt nur noch die Möglichkeit, dass irgend jemand Benjamin absichtlich umgebracht haben müsste. Willst du das wirklich behaupten?"

„Ja, davon gehe ich aus. Benjamin hatte viele Feinde an der Schule. Einige seiner Mitschüler haben richtig nach Situationen gesucht, um Streit mit ihm anfangen zu können. Es gab auch ein paar Jungen, die neidisch auf ihn waren, weil er mit mir ging und ich nicht mit ihnen befreundet war."

„Kannst du mir die Namen der Schüler nennen, die etwas gegen Benjamin hatten?"

Ich notiert die Namen Michael Betzendorf, Tobias Lübke, Lothar Schmidt, Jürgen Warnke, Arne Reuter und Clemens Meerkaiser.

„Clemens Meerkaiser?", fragte ich interessiert nach.

„Ach, Clemens ist einer der ärgsten Feinde Benjamin gewesen. Clemens hat früher immer wieder Situationen provoziert, in denen es zu Prügeleien zwischen Benjamin und ihm kam. Clemens hat es immer verstanden, die Situationen so zu organisieren, dass er ein paar Freunde dabei hatte, die bezeugen konnten, dass Benjamin derjenige war, der den Streit begonnen hatte. So konnte man ihm nie etwas anlasten, obwohl vermutlich alle, sogar die Lehrer, das Spiel durchschauten. Aber wer legt sich schon gern mit einer Familie an, die in Hamburg seit Generationen einflussreiche Richter und Anwälte stellt. Benjamin war allein wehrlos gegen diese Bande. Zuerst hat er dann peinlich darauf geachtet, sich in den Pausen immer in der Nähe von Lehrern aufzuhalten. Dann hat er irgendwann Aikido-Stunden genommen. Einige Monate später kam es wieder zu einer Prügelei zwischen den beiden und Benjamin hat Clemens besiegt. Clemens hat dann, nachdem er schon aufgegeben und Benjamin ihn aus dem Haltegriff freigelassen hatte, nochmals von hinten angegriffen. Benjamin ist ihm aber so geschickt ausgewichen, dass Clemens stolperte und gegen eine Wand fiel. Dabei hat er sich die Nase gebrochen. Seine Freunde sollten dann aussagen, dass Benjamin Clemens hinterhältig angefallen hätte. Doch das war selbst Clemens damaligen Freunden zu viel und sie distanzierten sich von ihm. Er hat dann eine andere Gruppe von Schülern um sich gescharrt. Um Benjamin machte er seitdem aber einen großen Bogen."

„Dieser Clemens ist ja eine widerliche Figur", mischte sich die Mutter in das Gespräch ein. „Und das, obwohl er aus so einer renommierten Familie kommt. Das wird meinen Mann interessieren. Der hat doch im Stillen gehofft, du würdest dich vielleicht in Clemens verlieben, weil das ganz neue geschäftliche Beziehungen möglich machen könnte."

„Mit dem – niemals", fuhr die Tochter erregt auf.

„Rena, würdest du Clemens zutrauen, einen Anschlag auf Benjamin ausgeübt zu haben?", mischte ich mich in das Gespräch zwischen Mutter und Tochter ein.

„Dem traue ich alles zu. Insbesondere seit ich mit Benjamin befreundet bin. Clemens hat mich schon häufiger anzubaggern versucht. Doch abgesehen davon, dass er einfach nicht mein Typ ist mit seiner arroganten und großkotzigen Art, hat er sich dabei so ungeschickt und verklemmt angestellt, dass das einfach nur lächerlich war. Der erwartet, dass ihm die Frauen zu Füssen liegen, damit er ihnen die Ehre erweisen kann, von ihm auserwählt zu werden."

„Rena, bist du dir eigentlich der Bedeutung deiner Anschuldigungen bewusst?", fragte ich die aufgebrachte Schülerin.

„Ja, das bin ich. Aber sagen Sie: Warum fragen Sie das

alles? Glauben Sie jetzt auch, dass Benjamin ermordet worden ist?"

„Also es gibt Indizien dafür, dass Benjamin durch ein Fremdverschulden zu Tode gekommen ist. Von einem Mord ist nicht die Rede. Aber ich bitte Sie beide, dies für sich zu behalten, solange wir keine klaren Beweise haben. – Rena, ich habe noch eine letzte Frage an dich: Wann bist du eigentlich am Samstag morgen an der Schule angekommen?"

„Das muss so um zehn vor Zehn gewesen sein. Ich wollte vor den Proben noch mit Benjamin sprechen."

„Hattest du dich mit Benjamin verabredet?"

„Nein, das war nicht nötig. Benjamin war ja bereits ab neun Uhr mit Dr. Zwangsdorff in der Aula."

Die beiden Frauen sahen, wie ich plötzlich überrascht zusammenzuckte, als Rena den Namen Dr. Zwangsdorffs erwähnte.

„Was ist denn mit Ihnen los?", fragte Renas Mutter.

„Ääh – nichts, erzähle weiter, Rena."

Ich hatte sofort wieder meine teilnahmslose Verhörmiene aufgesetzt, während ich innerlich über die neue Information nachdachte.

„Benjamin sollte vor der Probe noch an der Lichtanlage arbeiten. Dr. Zwangsdorff ließ Benjamin dann immer allein in der Aula und ist in sein Büro gegangen."

„Woher weißt du das?"

„Benjamin hat es mir erzählt."

„Ah ja, das ist interessant."

Damit bekommt der Fall eine ganz neue Wendung, schoss es mir durch den Kopf. Dr. Zwangsdorff hat uns belogen. Und damit ist auch geklärt, wie der Junge in die Aula gekommen ist. Für wie dumm hält uns der Schulleiter eigentlich, dass er glaubt, wir würden diesen einfachen Sachverhalt nicht herausfinden.

Vergessen hatte ich in diesem Augenblick, dass ich selbst bis vor Kurzem noch davon ausging, dass der Hausmeister durch Unachtsamkeit die Schuld am Unglück des Jungen trug. Und ebenfalls vergessen war auch das Bemühen meines Vorgesetzten, den Fall schnell vom Tisch zu kehren, ohne weitere Nachforschungen anzustellen. Der Hausmeister hatte wirklich großes Glück gehabt, dass die Ermittlungen bis zu diesem Punkt gelangt waren.

„Haben Sie noch Fragen an meine Tochter?", vernahm ich plötzlich die Stimme der Mutter. „Oder kann Rena ihre Übungen fortsetzen?"

Als ich aufsah, blickte ich in das charmant lächelnde Gesicht der Frau.

„Also von mir aus können Sie ruhig noch einige weitere Fragen stellen", sagte Frau Brentano zu mir. „Ich habe durch dieses Gespräch einen vollkommen neuen Eindruck vom Mozart-Gymnasium gewonnen."

„Schön, eine Frage habe ich noch, Rena: Wann ist Clemens Meerkaiser am Samstag in der Schule erschienen?"

„Das kann ich Ihnen nicht sagen. Jedenfalls standen er und zwei andere Jungen aus seiner Gang schon am Fahrradständer, als ich kam."

„Kannst du mir die Namen der Jungen nennen?"

„Ja, Tobias Lübke und Lothar Schmidt."

12

An einer Stelle der Elbchaussee, an der man einen besonders guten Blick über die Elbe hatte, sah ich auf die riesigen Containerschiffe, die am anderen Ufer des Flusses entladen wurden kaum, als ich zurück in das Polizeipräsidium fuhr. Von hier aus wirkte das ganze Hafengebiet fast wie eine Spielzeuglandschaft. Und über den großen Containerbrücken, den modernen Entladekränen entdeckte ich riesige, tiefdunkle Gewitterwolken. Doch diese konnten meine Aufmerksamkeit nur kurz fesseln. Meine Gedanken befassten sich mit dem Fall. Was war an dem Unglückstag tatsächlich vorgefallen? Dr. Zwangsdorff hatte vermutlich Benjamin in die Aula gelassen. Warum hat er dies verschwiegen und den Hausmeister beschuldigt?

Wie ein Mörder wirkt der Schulleiter nicht auf mich, dachte ich. Ein Mordmotiv hat er auch nicht. Aber irgendwie steckt er in dieser Geschichte drin. Clemens Meerkaiser hat nach Renas Aussage ein Mordmotiv und nach dem, was sie erzählte, könnte man dem Jungen durchaus eine Gewalttat zutrauen. Aber das ist ein heißes Eisen. Bevor ich mich mit dieser Familie anlege, sollte ich sicheres Beweismaterial in den Händen halten. Renas Beschuldigungen reichen dafür nicht aus. Erst einmal muss ich Dr. Zwangsdorff unter Druck setzen, um herauszubekommen, was er am Samstagvormittag tatsächlich gemacht hat.

Mit triumphierendem Gesichtsausdruck kam Otto mir entgegen, als ich wenig später in mein Büro im

Polizeipräsidium zurückgekehrte.

„Weißt du, was wir herausgefunden haben?", platzte es aus Otto heraus. „Irgend jemand hat den Aushang des Theaterkurses am Schwarzen Brett nachträglich gefälscht. Und derjenige, der das gemacht hat, muss sich sehr gut mit Computern auskennen, denn er hat auch das Erstellungsdatum der gefälschten Datei zurückdatiert. Dies verlangt schon einige Programmierkenntnisse, meinte der Computerexperte. Zu seinem Pech hat der Fälscher aber übersehen, dass eine Sicherheitskopie der Datei vorhanden war. Auf der ist das Original des Aushangs noch gespeichert gewesen. Und was meinst du, was auf diesem stand?"

Mit dem sicheren Gefühl, genau zu wissen, worauf sein Mitarbeiter hinaus wollte, zögerte ich einen Augenblick mit der Antwort und genoss meine im Augenblick bestehende Überlegenheit gegenüber seinem Kollegen, bevor ich dann gespielt gelangweilt sagte:

„Dort stand, dass Benjamin am Tattag ab 9.00 Uhr die Lichtanlage einrichten sollte."

„Woher weißt du das?", fragte mich Otto sichtlich überrascht.

„Rena von Brentano hat es mir erzählt. Durch eure Ermittlungen bestätigt sich ihre Aussage. Ich denke, wir werden Dr. Zwangsdorff noch heute einen Besuch abstatten und ihm auf den Zahn fühlen, denn offensichtlich hat er nicht nur dem Bankier Brentano etwas vorgespielt."

„Noch heute?"

„Sofort!", drängte ich energisch.

„Was ist mit Blockstedt?"

„Der soll sich erst einmal mit meinem Zwischenbericht

beschäftigen. Auf dessen Kommentare kann ich im Moment verzichten und für Ermittlungen dieser Art brauchen wir seinen Segen nicht."

„Meinst du, dass es klug ist, ihn außen vor zu lassen?"

„Du kennst doch Blockstedt. Gegenüber kleinen Leuten oder Außenseitern spielt er immer den großen Zampano und vor einflussreichen Personen zieht er dann den Schwanz ein."

„Gut, wenn du meinst", stimmte Otto mir zögerlich zu. „Aber so wird sich euer Verhältnis bestimmt nicht verbessern."

„Na ja, verschlechtern kann es sich auch nicht mehr."

„Wollen wir gleich los?"

„Nein, ich brauche noch einen Moment."

Ich wartete, bis Otto mein Büro verlassen hatte, und griff dann mit Herzklopfen zum Telefon. Mir war das Angebot Siggi Hermanns nicht aus dem Kopf gegangen. Nun wollte ich ihr zumindest mitteilen, dass ich aus beruflichen Gründen daran gehindert sein würde, um 19.30 Uhr bei ihr zu erscheinen.

„Hermann", ertönte die warme und weiche Stimme der Lehrerin am Telefon, während ich aus dem Fenster auf die düsteren Wolken blickte, die sich langsam vor die Sonne schoben.

„Hecht, hallo Frau Hermann."

„Hallo, Herr Hecht. Wie schön, dass Sie sich melden."

„Ja, aber leider mit einer schlechten Nachricht. Leider habe ich heute Abend einen Termin. Wichtige Ermittlungen. Und deshalb kann ich nicht um 19.30 Uhr bei Ihnen vorbeikommen."

„Oh, wie schade. Es wäre mir wirklich eine Freude gewesen. Von mir aus könnten Sie aber auch noch später kommen. Ich habe den ganzen Abend über Klassenarbeiten zu korrigieren. Kommen Sie doch einfach spontan vorbei, wenn Sie nach ihren Ermittlungen noch Lust auf einen Besuch haben. Ich würde mich freuen."

Der warme Ton der Stimme der Lehrerin ließ mein Herz schneller schlagen. Alles in mir verlangte nach der Nähe dieser Frau und so wollte ich mir auf keinen Fall das Rendezvous mit ihr entgehen lassen.

„Ja, ich würde mich auch sehr freuen", erwiderte ich. „Aber ich kann nicht versprechen, dass es klappen wird. Wir haben dringende Nachforschungen durchzuführen."

Ich verfluchte in diesem Moment innerlich meinen Beruf, der mich dazu zwang, zu den unmöglichsten Zeiten an den unmöglichsten Orten zu sein. Und dann geschahen Morde dummerweise auch immer, ohne dass man sie vorausplanen konnte. Mörder hatten keine festgelegten Arbeitszeiten und da sie wiederum mir die Arbeitszeit diktierten, hatte ich äußerst unregelmäßig meinen Dienst beim Staate auszuführen. Bis heute hatte ich dies immer auch als aufregend und spannend empfunden, da es mein ansonsten langweiliges Leben zu einem Krimi werden ließ, doch so schnell konnten sich Ansichten ändern.

„Also ich werde sicherlich noch bis Mitternacht an den Klassenarbeiten sitzen", fuhr die Lehrerin fort. „Wenn sie es bis dann schaffen, ist das für mich in Ordnung. Wir können dann ja noch ein Glas Wein trinken."

„Ja, das klingt gut. Ich werde sehen, was ich tun kann. Bis später."

„Bis später."

Ich spürte meinen Körper bis in die Zehenspitzen, als ich den Hörer auflegte. Ein Gefühl der Stärke und des

Glücklichseins durchströmte mich und ich wünschte mir, sofort vor der Tür der Lehrerin stehen zu können.

Verwundert registrierte Otto meine gute Laune auf der Fahrt zu Dr. Zwangsdorff, der in Volksdorf, einem gediegenen, nördlichen Hamburger Stadtteil wohnte. So aufgedreht und heiter erlebte man mich nur äußerst selten.

Endlich erreichten wir den modernen Bungalow Dr. Zwangsdorffs, der in einer ruhigen Seitenstraße mit dörflichen Charakter etwas aus dem Rahmen fiel. Dr. Zwangsdorffs Frau, eine blasse, depressive Person, sagte uns an der Tür, dass sich ihr Mann im Tennisclub befinde. Sofort machten wir uns auf den Weg zum Tennisplatz, doch dort fanden wir den Schulleiter nicht. Er hatte an diesem Tag keinen Platz bestellt. Enttäuscht fuhren wir zurück zum Haus des Schulleiters, vor dem wir uns auf eine längere Warterei gefasst machten.

Ausgerechnet heute muss mir so etwas passieren, dachte ich. Da hat man schon mal eine Verabredung und dann kommt einem etwas dazwischen. Ich befürchtete, die ganze Nacht über auf den Schulleiter warten zu müssen.

„Was meinst du, wo sich Dr. Zwangsdorff aufhält?", fragte Otto.

„Wahrscheinlich hat der irgendwo ein Rendezvous und gibt seiner Frau gegenüber an, er spiele Tennis. Seitensprünge – na ja, das ist natürlich auch eine Art Sport."

„Hör auf rumzuflachsen", ermahnte mich Otto, während die Gewitterwolken immer näher rückten. „Wie lange wollen wir warten?"

„Angesichts der Wichtigkeit der Aussage Dr. Zwangsdorffs werden wir hier warten müssen, bis er kommt."

„Und wenn es die ganze Nacht dauert?"

„Und wenn es die ganze Nacht dauert!"

„Ohje, so was Blödes", entfuhr es Otto. „Und ich wollte mit einigen Freunden – Sibylle Jahn ist auch dabei – noch zum Baden an einen See fahren."

„Ach, du kennst diese Reporterin tatsächlich näher?"

„Ja, sie ist schon seit ewigen Zeiten mit meiner besseren Hälfte befreundet. Kannst du mir mal das Handy geben. Wenn ich schon nicht mit zum Schwimmen kommen kann, dann sollte ich zumindest absagen. Das wird sie begeistern. Und dabei haben wir in der letzten Zeit schon mehrfach Streit gehabt, weil ich wegen dieses blöden Schichtdienstes nichts mit ihr unternehmen konnte."

Otto stieg aus und telefonierte eine Weile mit seiner Freundin, die offensichtlich die Nachricht ihres Partners enttäuscht und wütend zur Kenntnis nahm. Mich verwunderte es, dass die beiden trotz des bedrohlich näher rückenden Gewitters weiterhin planten, schwimmen gehen zu wollen. Dabei wurde das Wetter von Minute zu Minute schlechter.

Schon fielen einige vereinzelte, große Regentropfen auf die leere Teerstraße, heftige Windböen wehten durch die Spitzen der alten Eichen, die zu beiden Seiten der Straße und auf den Grundstücken standen, und von einer auf die andere Sekunde begann es, in Strömen zu gießen. Otto sprang einen Augenblick später in den Wagen, doch sein Poloshirt war ebenso wie sein Haar bereits vollkommen durchnässt.

„Und? Will deine Freundin noch immer baden gehen?", fragte ich skeptisch.

„Ach, darum geht es doch nicht. Die werden halt etwas anderes unternehmen, wenn es wegen des Gewitters mit dem

Schwimmen nicht klappen sollte. Aber Gewitter vergehen ebenso schnell, wie sie aufkommen. Und warm genug zum Schwimmen ist es allemal. Daher würde ich die Flinte nicht so schnell ins Korn werfen."

„Stimmt", entgegnete ich, während ich mir den salzigen Schweiß von der Stirn wischte. Erst jetzt wurde mir bewusst, wie heiß es den ganzen Tag über gewesen war. Eigentlich müsste ich mich noch duschen, dachte ich im Hinblick auf mein Rendezvous weiter. Schweigend saßen wir dann im Wagen und dachten wohl beide an Frauen.

Der weiße Mittelklassewagen, der langsam die Straße hinauffuhr, fiel uns erst auf, als er bereits auf das Grundstück Dr. Zwangsdorffs fuhr und hinter dem sich automatisch öffnenden Garagentor verschwand. Sofort fuhren wir mit unserem Wagen so dicht wie möglich an das Haus heran, liefen durch den immer noch starken Regen unter das Vordach und klingelten. Einen Augenblick später stand der Schulleiter vor uns.

„Guten Tag, meine Herren. Was führt Sie so überraschend zu mir?"

„Guten Tag, wir haben einige Fragen an Sie. Können wir hereinkommen?"

„Aber natürlich."

Der offensichtlich überraschte Schulleiter führte uns in einen modernen Wohnraum, wo wir an einem runden Esstisch Platz nahmen.

„Darf ich Ihnen etwas anbieten?"

Wir lehnten das Angebot Dr. Zwangsdorffs ab. Der Schulleiter verschwand hinter einer Küchenzeile und erschien wenig später mit einer Karaffe Orangensaft und Gläsern wieder, um sich dann selbst ein Glas einzuschenken.

„Womit kann ich Ihnen dienen? Oder sind Sie mit ihren Ermittlungen schon so weit, dass ich meinen Bericht schreiben kann?"

„Nein, Letzteres ist nicht der Fall. Wir sind da auf einige interessante neue Fakten gestoßen, Herr Dr. Zwangsdorff. Daher möchte ich Sie nochmals fragen, ob Sie sich eigentlich immer noch sicher sind, dass Ihr Hausmeister, Herr Ernst, Benjamin in die Schule gelassen hat?"

„Wer sollte es sonst getan haben, etwa ich?"

„Was spricht dagegen?"

„Wollen Sie jetzt von mir ein Alibi haben?"

Für einen Moment herrschte Schweigen.

„Das können Sie haben. Einen Moment bitte."

Schwungvoll stand der Schulleiter auf und ging in den Flur.

„Henrike", hörten wir den Schulleiter rufen, „kannst du mal bitte für einen Augenblick kommen?"

Einen Augenblick später erschien Frau Dr. Zwangsdorff mit zögernden, vorsichtigen Schritten hinter ihrem Mann im Raum.

„Henrike, die Herren Polizisten möchten wissen, wann ich am Samstag zur Schule gefahren bin."

Unsicher und ängstlich blickte die Frau zwischen uns Polizisten und ihrem Gatten hin und her. Ihr Blick blieb an dem sie streng anstarrenden Gesicht ihres Mannes hängen.

„Jjjaa ... ääh ..."

„Überlegen Sie sich genau, was Sie sagen", lenkte ich die Aufmerksamkeit der Frau auf mich.

Mir war die Angst der Frau vor ihrem Mann nicht entgangen, der seine Gattin mit einem herrisch strengen Blick unter Druck setzte. Für einen Moment herrschte Stille im Raum und Otto und ich spürten, wie die Frau mit sich kämpfte. Plötzlich fing sie an zu schluchzen und sagte dann mit gebrochener, stammelnder Stimme, dass ihr Mann am Samstag bereits um 8.40 Uhr das Haus verlassen hatte.

„Henrike, du irrst dich", entgegnete ihr Gatte messerscharf. „Es war doch eine Stunde später."

„Herr Zwangsdorff, versuchen Sie nicht, ihre Frau einzuschüchtern. Also nun die Frage an Sie: Wann sind Sie am Samstag an der Schule angekommen?"

„Das habe ich Ihnen doch schon gesagt."

„Überlegen Sie sich noch einmal genau, ob das wirklich stimmt, Dr. Zwangsdorff."

„In was für einem Ton sprechen Sie eigentlich mit mir!"

„In einem Ton, der der Sache angemessen ist, Dr. Zwangsdorff!"

„Verdächtigen Se jetzt etwa mich? Das wäre ja das Allerletzte!", versuchte der Schulleiter weiter die Rolle des Unschuldigen zu spielen.

„Also nochmals Dr. Zwangsdorff: Wann sind Sie am Samstag an der Schule eingetroffen?"

„Henrike, lässt du uns bitte allein", sagte der Schulleiter auf einmal in einem Tonfall zu seiner Frau, der einem Befehl entsprach.

Nachdem seine Frau wortlos aus dem Raum verschwunden war, fuhr der Schuleiter fort:

„Nun, was wollen Sie von mir?"

„Kennen Sie diesen Aushang?", fragte ich, während ich eine Kopie des Aushangs mitten auf den Tisch legte.

Sein Erschrecken konnte selbst der ansonsten überaus

begabte Schauspieler Dr. Zwangsdorff nicht verbergen.

„Ja, ich kenne diesen Aushang."

„Haben Sie den Aushang gefälscht?"

„Wer sollte es denn sonst gewesen sein. Oder trauen Sie Frau Möller dies zu? Wie sind Sie an den Aushang herangekommen?"

„Sie haben vergessen, im Schulcomputer die Sicherheitskopie zu löschen", erklärte Otto dem erschütterten Schulleiter.

„Oh nein! Dann hat Frau Möller wieder den Computer umgestellt. Ich hatte ihr doch gesagt, dass diese Sicherheitskopien nur unnützenden Speicherplatz verbrauchen."

„Herr Dr. Zwangsdorff, Sie sind uns jetzt einige Erklärungen schuldig. Also was hat sich am Samstag morgen wirklich in ihrer Schule abgespielt?", fragte ich in einem nachdrücklichen, aber trotzdem ruhigen Tonfall.

„Es tut mir leid. Es tut mir leid. Ich gebe es ja zu. Ich habe Ihnen mit der Beschuldigung Herrn Ernsts einen Bären aufbinden wollen. Tatsächlich war ich bereits um kurz nach neun in der Schule. Ich habe Benjamin in die Aula gelassen und bin dann selbst in mein Büro gegangen, um einige wichtige Büroarbeiten zu erledigen. Gegen zehn Uhr ging ich wieder hinunter. Doch da war das Unglück bereits geschehen, das mich meinen Schulleiterposten kosten wird. Verletzung der Aufsichtspflicht mit Todesfolge. Dadurch werde ich wahrscheinlich sogar meine Pension verlieren. Dabei habe ich Benjamin voll vertraut."

„Vor ein paar Tagen haben Sie Benjamin aber noch als leichtsinnig, tölpelhaft und ungeschickt bezeichnet", wendete

Otto ein.

„Ach, das war doch nur vorgeschoben, um ein stimmiges Bild zu erzeugen. Ich hielt Benjamin eigentlich schon immer für geschickt und vorsichtig. Ansonsten hätte ich ihn diese Arbeiten niemals allein ausführen lassen."

„Sie halten es also für möglich, dass eine dritte Person die Leiter umgekippt haben könnte."

„Nein, das halte ich für ausgeschlossen. Ich habe die Tür zur Aula wieder verschlossen, nachdem wir eingetreten sind."

„Sind Sie sich dessen ganz sicher?"

„Ja."

„Dr. Zwangsdorff, ich muss Ihnen jetzt mitteilen, dass es Indizien gibt, die dafür sprechen, dass Benjamin Masokowsky durch ein Fremdverschulden zu Tode gekommen ist. Wenn Sie jetzt sagen, dass es ausgeschlossen ist, dass eine weitere Person den Tod verursacht haben kann, dann bleiben allein Sie als Täter übrig. Das heißt, Sie wären verdächtigt, Benjamin umgebracht zu haben."

„Also, nun hören Sie aber auf! Das ist mir ja in meiner ganzen Laufbahn noch nicht untergekommen. Sie verdächtigen mich tatsächlich, diesen Jungen ermordet zu haben?"

„Ich habe nicht von Mord gesprochen."

„Das ist ja absurd."

„Herr Dr. Zwangsdorff! Wenn Sie sich vor Augen halten, was Sie uns und Ihrem Hausmeister in den letzten Tagen zugemutet haben, dann müssten Sie auch nachvollziehen können, dass Sie für den Tod Benjamin Masokowskys durchaus in Verdacht kommen. Insbesondere auch hinsichtlich der Tatsache, dass wir keinen weiteren Verdächtigen haben. Fallen Ihnen vielleicht noch andere Personen ein, die ein Motiv hätten, Benjamin zu töten?"

„Ach, da gibt es viele Motive. Neid und Eifersucht sind bei Schülern keine Seltenheit. Und Benjamin war ein beliebtes Ziel für einige Schüler, um sich vor anderen Mitschülern aufspielen zu können."

„Verdächtigen Sie einen bestimmten Schüler?"

Für einen Moment schwieg der verunsichert wirkende Schulleiter und schien über etwas nachzudenken. Dann fuhr er mit leiser, zögerlicher Stimme fort:

„Ich glaube, ich muss Ihnen noch eine weiteres Ereignis mitteilen. Ich werde seit gestern erpresst. Ein Schüler hat die Fälschung des Aushangs bemerkt. Nun soll ich dafür sorgen, dass er bessere Noten bekommt."

„Wie lautet der Name des Schülers?"

„Ich bin mir nicht sicher. Das Schreiben ist anonym. Aber die Sprache und ich weiß nicht, ein Gefühl sagt mir, dass es Clemens Meerkaiser sein könnte."

Schon wieder Clemens Meerkaiser, fuhr es mir durch den Kopf. Ich konnte nicht verstehen, wie es ein Jugendlicher mit den besten Lebensperspektiven fertig bringen konnte, erst vor mir die Fälschung des Aushanges mit einer geschickten Ausrede zu verheimlichen, um dann den Schulleiter mit diesem Wissen zu erpressen.

„Ich verstehe diesen Menschen einfach nicht", sagte ich in meinem Erstaunen laut vor mich hin.

„Warum?", fragte der Schulleiter postwendend zurück.

„Warum könnte der Junge so etwas machen? Dem stehen doch alle Türen offen."

„Nicht jedem Schüler stehen alle Türen offen", entgegnete Dr. Zwangsdorff.

„Wieso? Was für ein Schüler ist Clemens Meerkaiser?"

„Das ist kompliziert zu erklären", holte der Lehrer weit aus.

„Ja. Also der Name Meerkaiser ist Ihnen sicherlich ein Begriff. Clemens ist der einzige Sohn der Familie und wird vermutlich irgendwann einmal das ganze Familienimperium erben. Daher haben ihn seine Eltern von früh auf sehr streng erzogen und sehr viel von ihm verlangt. Damit haben sie den Jungen allerdings total überfordert und von sich abhängig gemacht. Clemens ist heute vollkommen unselbständig und manchmal habe ich das Gefühl, er würde seinen Körper gar nicht kennen. Er wirkt auf mich wie ein Roboter, der unbewusst die Regeln ausführt, die ihm seine Eltern beigebracht haben. Die fehlende Eigenständigkeit macht sich allerdings im Unterricht bemerkbar. Lange konnte er mit seiner Disziplin und formalen Korrektheit den Eindruck erwecken, dass er ein überragender Schüler sei. Doch jetzt in der Oberstufe, in der wir geistige Selbständigkeit voraussetzen, wirkt er gelegentlich wie eine Fliege, die sich hilflos in einem Spinnennetz verfangen hat, das seine Eltern um ihn gestrickt haben. Ein eigenes Ich fehlt ihm völlig. Seine Familie kann es sich natürlich leisten, mit Hauslehrern diese Schwächen auszugleichen. Also wird er sicherlich sein Abitur bekommen. Allerdings ist es eine Frage mit welchem Durchschnitt. Wenn eine Persönlichkeit erst einmal so geformt ist, dass sie ohne eigenen Willen bedingungslos und sklavisch die Werte und Normen der Eltern vertritt, dann ist es schwer, diesen Panzer zu durchbrechen und eine selbständige, nachdenkliche Persönlichkeit zu entwickeln. Das ist dann keine Aufgabe der Schule mehr, sondern eher die eines Psychiaters."

„Meinen Sie damit, Clemens Meerkaiser wäre

geistesgestört?", fragte ich nach.

„Nein. Ich will nur sagen, dass er einen extrem autoritären Charakter hat. Das heißt, er gehorcht bedingungslos denjenigen Personen, die er als seine Befehlsgeber akzeptiert. Und andere Personen sind für ihn nur Gegenstände, mit denen er strategisch operiert. Clemens lebt dies auf einem ausgesprochen hohen Niveau."

„Was meinen Sie damit?"

„Tja, es hat da in der Vergangenheit einige Zwischenfälle an unserer Schule gegeben, in die Clemens verwickelt war. Prügeleien, Streiche usw. Aber es ist niemals so abgelaufen, dass wir Clemens eindeutig nachweisen konnten, dass er die Schuld an den Zwischenfällen trug. Gut – wenn er ein anderer Schüler gewesen wäre, dann hätte uns das wiederholte Geschehen dieser Ereignisse als Beweis genügt, um ihn zur Rechenschaft zu ziehen, doch mit seiner Advokatenfamilie im Hintergrund konnten wir uns dies nicht erlauben. Clemens ist immer so geschickt gewesen, dass er Zwischenfälle arrangiert hat, in denen er ein paar seiner Freunde als Zeugen dabei hatte und selbst als Opfer dastand. Das eigentliche Opfer dagegen war immer allein und ohne Zeugen, die seine Version bestätigen konnten. Benjamin ist ihm so einige Male in die Falle gegangen."

„Ja, das wissen wir bereits. Und dagegen konnten Sie als Schulleiter wirklich nichts unternehmen?"

„Nein, mir waren in diesem Fall die Hände gebunden."

Wir hörten Dr. Zwangsdorff noch einige Zeit zu, in denen er uns etwas von den Schranken und Grenzen erzählte, die einer Schule gesetzt waren. Im Laufe dieser Ausführungen setzte sich bei mir der Eindruck durch, dass dem Schulleiter zwar vieles zuzutrauen sei, doch dass er nicht der Täter war, der den Tod Benjamins verursacht hatte. Am Ende des Gesprächs bat ich ihn dann nachdrücklich, nichts von dem Gesagten an die Öffentlichkeit dringen zu lassen und gegenüber Clemens weiterhin auf dessen Erpressungsversuch einzugehen. Noch wollte ich meine Gegenspieler im Dunkeln tappen lassen.

13

Nach einem langen Arbeitstag erreichten Otto und ich endlich das im sonnigen Abendlicht ruhig und friedlich daliegende Polizeipräsidium. Für heute hatten wir genug getan und jeder von uns sehnte sich nach dem Beginn des Feierabends. Otto hatte mit dem Wetter recht behalten. Die Gewitterwolken hatten sich verzogen und so freute er sich auf ein abendliches Schwimmbad. Dass sein Vorgesetzter an diesem Abend noch ein Rendezvous haben würde, wusste er nicht. Themen dieser Art gehörten nicht zu dem, worüber ich mich mit ihm unterhielt und so hatte auch Otto sich abgewöhnt, mit mir über sein Privatleben zu sprechen.

Ich sehnte mich nach der Begegnung mit Siggi Hermann und dies veranlasste mich dazu, entgegen meinen sonstigen Gewohnheiten nicht noch die Aktennotizen zu den heutigen Ermittlungen anzufertigen. Immer wieder hatte ich meinem Kollegen gegenüber betont, wie wichtig es ist, die gesammelten Ermittlungsergebnisse noch am gleichen Tag niederzuschreiben. Zum einen würde man sich dann noch an alles erinnern, und zum anderen könne man sich so bis zum nächsten Tag in aller Ruhe noch einmal Gedanken über das machen, was am Vortag tatsächlich geschehen war.

Es waren auch Fleißarbeiten wie diese, die meine Karriere im Polizeidienst möglich gemacht hatten. Aber heute brach ich mit diesem bewährten Ritual, und so konnte mein Mitarbeiter auf dem Parkplatz des Polizeipräsidiums verwundert beobachten, wie ich, nachdem wir uns voneinander verabschiedet hatten, gleich schnellen Schrittes zu meinem

Wagen hastete.

„Wird heute ein Fußballspiel im Fernsehen übertragen, oder warum hast du es so eilig?", rief Otto mir noch hinterher. Doch ich winkte nur mit einer Handbewegung ab, sprang in meinen dunkelblauen Kleinwagen und fuhr mit quietschenden Reifen schnell davon.

Ich hatte bereits, als ich meinen verschwitzten Körper in die Polster seines Autositzes fallen ließ, die vielen Ereignisse dieses arbeitsreichen Tages aus dem Gedächtnis gestrichen. Allein die Begegnung mit Siggi Hermann in der Eisdiele war mir jetzt wieder so präsent, als hätte sie gerade erst eben stattgefunden. Und trotz des langen, arbeitsreichen Tages war ich ganz aufgekratzt und bester Stimmung. Das Bild der attraktiven Frau mit dem sinnlichen Körper war wieder vor meinen Augen und ein leichtes Kribbeln fuhr durch meinen Körper. Erwartungsvoll sehnte ich mich der Begegnung entgegen.

Zügig schlängelte ich mich durch die Straßen der Stadt nach Eimsbüttel, einem im Westen Hamburgs gelegenen Stadtteil, der die Zerstörungen des letzten Krieges besser als andere Gebiete überstanden hatte und deshalb wegen seiner vielen Altbauwohnungen seit Jahren sehr begehrt war. Wenig später bog ich dann in die verkehrsberuhigte Straße ein, in der Siggi Hermann wohnte. Auf beiden Seiten der Straße standen Mietshäuser im Gründerzeitstil, deren Vorgärten vor langer Zeit in breite Gehwege umgewandelt worden waren. Fahrradhäuschen standen hier und da zwischen den großen Kastanienbäumen und lockerten als bunte Tupfer das Straßenensemble auf.

Mir gefiel die Straße sofort. Geschickt parkte ich das Auto zwischen einer der alten Kastanien, und einem der bepflanzten Betonkübel, mit Hilfe derer die Straße verschwenkt wurde, um den Autofahrern das Übertreten der erlaubten Höchstgeschwindigkeit zu erschweren. Das Haus der Lehrerin war hinter einem Vorhang aus grünem Efeu und anderen Rankgewächsen kaum auszumachen. Überall auf den Balkons standen Blumentöpfe voller blühender Gewächse und an den Geländern hingen Blumenkästen, in denen es bunt wucherte.

Schnell wanderte mein suchender Blick dann die Spalten der Klingelknöpfe auf und ab. Endlich hatte ich den Klingelknopf gefunden, zu dem ein vergilbtes und kaum noch leserliches Schild mit dem Nachnamen der Lehrerin gehörte. Hastig drückte ich die Taste zweimal schnell hintereinander. Dann war es still und nervös tippte ich mit meinen Fingern gegen den Messingtürknauf. Hatte mich Sigrid Hermann vergessen und war nicht zu Hause?

Sekunden konnten so unendlich lang werden.

Endlich ertönte die Stimme der Frau durch die Gegensprechanlage und bat mich in die oberste Etage hinauf. Fünf schnell erklommene Stockwerke später standen wir uns mit einem Mal gegenüber.

„Guten Abend, Frau Hermann", sagte ich sachlich zu meinem Gegenüber, doch ein bei mir nur selten zu beobachtendes, charmantes Lächeln sprach eine ganz andere Sprache.

„Guten Abend, Herr Hecht", erwiderte die Frau ebenso förmlich, doch auch sie lächelte mich strahlend an.

Schweigend gaben wir uns die Hände und für einen nicht enden wollenden Augenblick spürten wir die warme, weiche

Haut des anderen. Als es schon so schien, als wollten sich unsere Hände nicht mehr voneinander lösen, öffnete die Lehrerin ihre Hand und ließ mich in ihre Dachwohnung eintreten.

„Schön wohnen Sie hier", bemerkte ich nach einem Blick in die gemütlich eingerichteten Räume. Irgendwie musste ich das Gespräch in Gang bringen.

„Ja, ich weiß. Heute beneiden mich viele um diese Wohnung. Als ich aber vor fünfzehn Jahren hier eingezogen bin, da schüttelten alle Leute nur den Kopf. In eine so hoch gelegene Wohnung ohne Fahrstuhl einzuziehen. Und dann noch in eine, die mit Kohle beheizt wird und verwohnt gewesen ist. Na ja, heute sieht man die Arbeit nicht mehr, die ich in die Wohnung hereingesteckt habe, damit es hier so aussieht wie jetzt. Aber nun will ich erst einmal meinen Gastgeberpflichten nachkommen. Darf ich Ihnen etwas anbieten? Ich habe einen kleinen Imbiss vorbereitet."

„Oh ja… sehr gern. Am liebsten würde ich mich aber erst einmal etwas frisch machen. Ich komme direkt aus dem Präsidium."

Die Frau warf einen kurzen Blick auf meine verschwitzte Kleidung und sagte dann unvermittelt:

„Sie können auch duschen, wenn Sie wollen."

„Das geht doch nicht", schoss es mir über die Lippen, obwohl ich mich eigentlich nach einer erquickenden, kühlen Dusche sehnte.

„Also mir bereitet es keine Umstände. Und ich selbst habe heute schon ein paar Mal unter der Dusche gestanden, denn einen Nachteil hat diese Wohnung bei all ihren Vorzügen: Im Sommer wird es hier recht warm."

„Ja, das stimmt", bemerkte ich, während ich mir die Schweißperlen von der Stirn wischte. „Macht es Ihnen auch wirklich keine Umstände, wenn ich bei ihnen dusche?"

„Nein, wirklich nicht. Sie können sich danach meinen Bademantel überziehen und wir können dann auf dem Balkon essen. Aber beeilen Sie sich: Die Sonne geht gleich unter."

Ich fühlte mich in der Gegenwart der Lehrerin geborgen und es erschien mir wie selbstverständlich, in der noch vollkommen fremden Wohnung einer mir noch ebenso unbekannten Frau zu duschen. Sie führte mich zu ihrem Bad. In dem großen, weiß gekachelten Raum war eine Ecke durch eine schmale Glasbauwand als Dusche abgetrennt. Als die Frau das Bad verlassen hatte, entledigte ich mich meiner verschwitzten Kleidung, stellte mich unter die Dusche und ließ erfrischendes, kühles Wasser auf die nackte Haut prasseln. Wohlig begann ich laut zu singen, doch dann fiel mir ein, wo ich mich befand, und ich reduzierte meine Stimme auf ein leises Summen. Nach dem Duschen zog ich dann den Bademantel an, den mir die Frau gereicht hatte. Sorgfältig legte ich meine eigenen, verschwitzten Kleider zusammen, die ich vor dem Duschen einfach auf den Boden fallen gelassen hatte, und ging zu der Lehrerin auf den Balkon.

„Setzen Sie sich und sehen Sie", sagte die Lehrerin nur kurz, als ich auf den kleinen Balkon trat, der vor Blumenkübeln überquoll.

Ich nahm neben der Frau auf einer bequemen, hölzernen Bank Platz, die an der der Hauswand zugewandten Seite des Balkons stand und sah über dem Giebel des gegenüberliegenden Hauses hinweg, wie die Sonne leuchtend orange am Horizont zu verschwinden begann. Die Farben der

Häuser und Baumspitzen leuchteten, so intensiv sie konnten, und einige kleine Wolken strahlten am Himmel rosarot.

„Bedienen Sie sich doch."

Ich sah auf dem kleinen Tisch, der vor unseren Beinen stand, einen Teller mit Mozzarella, Tomaten und frischem Basilikum. Alles schwamm in Olivenöl und mein Magen meldete sich sofort. Daneben stand ein Glas mit tiefrotem Wein.

„Ich hoffe, Sie mögen italienisches Essen und italienischen Rotwein."

„Ja", erwiderte ich und probierte einen Schluck. Der fruchtigtrockene, perlende Geschmack des Rotweins faszinierte mich.

„Sie müssen den Mozzarella dazu probieren. Das schmeckt einfach himmlisch."

Ich bediente mich, nahm auch noch ein Stück italienischen Weißbrots und aß, während die Sonne langsam am Horizont verschwand. Ich fühlte mich wohl an diesem Ort, an der nach dem Gewitter mild und frisch duftenden Luft und in der Wärme, die von den warmen Mauern des Gebäudes ausgestrahlt wurde.

Nach einiger Zeit des schweigsamen Essens sah ich zur Seite, um zu beobachten, was die Frau an meiner Seite machte. In sich versunken saß sie da in einem locker und weit geschnittenen dunkelgrünen Leinenkleid. Durch den Ausschnitt konnte ich den Ansatz ihrer Brüste erspähen. In diesem Augenblick wendete sie ihren Kopf zu mir und ich senkte für einen Augenblick verlegen die Augen. Doch dann blickte ich auf in ihr Gesicht, konnte ihre grünen Augen erfassen und sehen, wie sie mein Lächeln erwiderte.

„Wollen wir uns nicht duzen?", ertönte die warme Stimme der Lehrerin neben ihm.

„Ja gern", erwiderte ich. „Ich heiße Edgar."

„Und ich heiße Sigrid. Aber alle meine Freunde nennen mich Siggi."

Ich hob das Glas leicht, um ihr zuzuprosten, doch da sagte die Lehrerin:

„Nein, so geht das nicht. Wir müssen Brüderschaft trinken."

Überrascht zögerte ich für einen Moment, ohne meine Irritation nach außen dringen zu lassen. Diese direkte Art einer Frau war mir neu, und ich überlegte, ob ich mich auf dieses Wagnis einlassen sollte. Ein weiterer Blick auf die Frau genügte mir, um mich zu entscheiden. Es war doch so einfach, sich näher zu kommen, wunderte ich mich und konnte in diesem Augenblick nicht begreifen, warum ich sonst immer so große Schwierigkeiten hatte, mit weiblichen Wesen in Kontakt zu treten. Schon drehten wir uns einander zu und verhakten die Arme mit den Weingläsern ineinander. Wieder spürte ich den sanften Druck der zarten weichen Haut der Frau auf meiner eigenen. Wir stießen an, nippten an dem perlenden Wein und küssten uns dann einen Augenblick länger, als es bei diesem Ritual üblich war, probierten die Lippen des anderen und schmeckten dessen warmes, weiches Fleisch.

Der Druck ihrer vollen Lippen betörte mich für einen Augenblick. Mein Körper wollte sich an die Frau pressen, doch gewaltsam hielt ich mich zurück. Nicht so schnell, dachte ich. Beherrsche dich. Schweigsam bändigte ich meine ungestümen Leidenschaften, setzte mich zurück und beobachtete wieder die leuchtend roten Giebel der gegenüberliegenden Häuser.

„Ist etwas?", fragte Sigrid mich nach einiger Zeit.

„Nein, nichts", wich ich verlegen ihrer Frage aus, weil ich meinte, ich könne ihr doch nicht mitteilen, dass alles in meinem Körper sich danach sehnte, ihren Körper zu spüren und mit ihr zu schlafen. Dies wäre wirklich zu schnell, ging es mir durch den Kopf. In meiner Verlegenheit wechselte er das Thema.

„Ich musste nur an meine Arbeit denken. Es geht immer noch um Benjamins Tod."

„Hältst du ihn immer noch für einen Trottel?"

„Nein, davon bin ich nie ausgegangen. Es war das Bild eines Lehrers der Schule, das ich dir genannt habe, um es zu überprüfen. Mittlerweile hat sich in dem Fall einiges gewandelt. Aber behalte das, was ich dir jetzt erzähle, im Augenblick bitte für dich. Also vermutlich ist Benjamin umgebracht worden. Momentan verdächtigen wir einen Mitschüler aus einer angesehenen Hamburger Familie. Auch gegenüber dem Schulleiter haben wir einen Anfangsverdacht."

„Wie? Ihr meint, Dr. Zwangsdorff könnte einen Schüler umbringen?"

„Nun ja, er hat sich sehr verdächtig gemacht durch sein Verhalten in den letzten Tagen."

„Nein, das kann ich nicht glauben. Der Mensch arbeitet doch seit über zwanzig Jahren wie ein Berserker für die Schule und für seine Schüler. Gut – er ist nicht auf meiner Wellenlänge, zu opportunistisch, zu konservativ und karrierebewusst, wie man neuerdings so sagt. Aber trotzdem bringt er keinen seiner Zöglinge um. Der Mensch ist mit Herzblut und vierundzwanzig Stunden am Tag Lehrer."

„Woher weißt du das alles?"

„Gewerkschaftsarbeit. Man bekommt dort sehr schnell einen

tiefen Einblick in die Schulszene. Und Zwangsdorff gilt dort als ein hundertprozentiger Lehrer. Na ja, da gab es auch noch ein paar andere Gerüchte..."

„Welche?"

„Tja, er soll ein ganz schöner Lebemann sein. Es wird gemunkelt, er habe hin und wieder das eine oder andere Affärchen, meistens mit Frauen aus seiner eigenen Schule. Seine Frau soll die ewigen Seitensprünge nicht verkraftet haben. Sie ist früher auch Lehrerin gewesen, aber nach einem Nervenzusammenbruch, von dem sie sich nicht wieder erholt hat, ist sie frühpensioniert worden."

„Könnte es auch sein, dass sich Zwangsdorff mit Schülerinnen einlässt?"

„Also nach dem, was so geredet wird, soll er reife und erfahrene Frauen bevorzugen. Daher halte ich es nach dem, was ich so über ihn gehört habe, für recht unwahrscheinlich. Aber kennt einer die Seele eines anderen Menschen? Möglich ist vieles."

„Danke für den Tipp. – Kann ich noch etwas Wein haben."

„Ja, bediene dich."

Ich ergriff die noch gut gefüllte Weinflasche und schenkte zuerst Sigrid und dann mir selbst ein. Als ich mich zu ihr herüber lehnte, berührte ich für einen kurzen Augenblick ihre nackte Schulter und fühlte mich wieder wie elektrisiert. Meine Leidenschaft flammte erneut auf und nur mühsam konnte ich mich davor zurückhalten, die Frau in den Arm zu nehmen und leidenschaftlich zu küssen. Hätte ich damals gewusst, dass sie sich genau dies wünschte, wäre an diesem Abend vieles einfacher gewesen. Aber einfach war ich in Liebesdingen nun einmal nicht gestrickt.

Der Abend zog sich dahin, wir sprachen über dieses und jenes, tranken Wein und die Stimmung wurde immer heiterer. Irgendwann merkte ich, dass wir mittlerweile Körper an Körper saßen. Ich fühlte mich glücklich, denn ich wurde mir immer sicherer darüber, dass auch Sigrid meine Nähe suchte und mehr von mir wollte. Mein Mut nahm mit steigendem Alkoholkonsum zu, doch traute ich mich immer noch nicht, den nächsten Schritt zu wagen. Was wenn sie nicht mitziehen und mich ablehnen würde. Die Angst vor der möglichen Enttäuschung blockierte mich.

Irgendwann in der Dunkelheit der Nacht erhob sich Siggi dann, um eine Kerze zu holen. Dabei stolperte sie über meine Beine und fiel genau in meine sich reflexhaft öffnenden Arme. Für einen Moment schien es mir, als wäre ein Wunder geschehen. Die Frau meiner Träume lag endlich in meinen Armen und machte keine Anstalten, sich zu erheben. Ich spürte ihren vollen Körper an dem meinen und sah in ihre tiefblauen Augen. Dann küssten wir uns, erst vorsichtig, dann immer intensiver. Ganz zaghaft begannen wir, den Körper des anderen zu ertasten, drückten uns enger und immer enger aneinander und gerieten gemeinsam in Erregung. Schnell wollte ich in sie eindringen.

„Nicht so ungestüm mein Prinz. Wir haben Zeit, viel Zeit."

Mit diesen Worten nahm sie mich bei der Hand und führte mich zu ihrem Bett, wo ich in dieser Nacht für mich vollkommen neue Liebkosungen und Zärtlichkeiten erfuhr. Es wurde für mich eine Liebesnacht, wie ich sie noch nie zuvor erlebt hatte.

2. Kapitel

1

„Mensch Hecht, wie siehst du denn aus! Hast du Urlaub?", begrüßte mich Timmermann am Mittwochmorgen, als ich in Ottos Büro trat.

Beschwingt von den Ereignissen der letzten Nacht hatte ich mich entgegen meinen sonstigen Gewohnheiten dazu verleiten lassen, ganz locker gekleidet zum Dienst zu erscheinen.

Ich winkte auf die Bemerkung Timmermanns hin nur ab. Entkrampft wie ich an diesem Tag war, nahm ich die Anmache meines Kollegen insgeheim als Kompliment zur Kenntnis.

„Morgen, ihr beiden. Sag mal Timmermann, bist du mit der Spurensuche vorangekommen?"

„Vorangekommen schon, aber bis jetzt habe ich noch nichts Konkretes entdeckt. Ich glaube, es gibt nichts zu finden."

„Lass nur nicht den Kopf hängen. Du weißt, wie wichtig deine Funde für uns sind. Und wir tappen bis jetzt noch völlig im Dunkeln."

Mit meinem Erscheinen hatten Timmermann und Otto keine Möglichkeit mehr ihr morgendliches Schwätzchen fortzusetzen. Und so machte sich der Spurensicherer, der heute in einer weiten und ausgeblichenen Jeansshorts und einem knallbunten Hawaiihemd zu bewundern war, auf den Weg aus Ottos Büro, in dem dieser mit mir zurückblieb.

„Na, Otto", sprach ich meinen Mitarbeiter freundlich an, dessen farbiges Gesicht heute eine Spur blasser als üblich war. „Heute siehst du ja mal wieder ganz schön fertig aus."

„Ich bin doch gestern noch am Baggersee gewesen", antwortete er matt. „Es war wirklich prima in dem See zu baden. Das solltest du auch mal machen. Jedenfalls waren wir noch etwas länger da und dann wird die Nacht halt kürzer. Übrigens war Sibylle Jahn auch zugegen. Sie hat mir gesteckt, dass es heute noch eine kleine Überraschung für uns geben wird."

„Hat sie genauer gesagt, worum es sich handeln wird?"

„Nein, sie hat nur angedeutet, dass es um unseren Fall geht."

„Hast du schon in das Morgenblatt gesehen?"

„Nein."

„Hmm – Blockstedt fragen wir lieber auch nicht, ob er uns sein Exemplar leiht. Geh doch mal los und stöbere irgendwo eins auf."

Ich goss mir einen Kaffee ein, während Otto mit müden Schritten in das Nachbarbüro schlurfte. Ebenso wie mein Mitarbeiter hatte auch ich nur sehr wenig Schlaf bekommen. Allerdings hatten mir die Ereignisse der letzten Nacht so viel Kraft verliehen, dass ich mich agiler und dynamischer als sonst fühlte.

Kurz darauf kehrte Otto mit einem Hamburger Morgenblatt zurück in sein Büro.

„Seite zwei hat Riemann gesagt."

Ich schlug etwas verwundert die Zeitung auf und dann lasen wir beide mit zunehmendem Entsetzen den Artikel, der auf Seite 2 zu finden war:

Mord im Mozart-Gymnasium
Die Leiter ist der Beweis.
Unfallhypothese der Polizei falsch.
Neue Beweise haben ergeben, dass der Schüler Benjamin M. nicht durch einen Unfall ums Leben

gekommen ist. Dies wurde zwischenzeitlich von der Polizei behauptet. Die Leiter der Marke BB, von der der Schüler fiel, ist das zentrale Beweisstück. Wie uns Herr Bersenbrück von der alt eingesessenen Hamburger Firma BB-Leitern mitteilte, sind Leitern dieses Typs absolut umsturzsicher. Trotzdem kippte die Leiter der Marke BB um, als Benjamin auf ihr saß. Dies kann nur durch eine andere Person bewirkt worden sein. Über den Täter gibt es noch keine Hinweise. Benjamins Mutter vermutet, dass es sich um eine Person aus der Schule, dem angesehenen Mozart-Gymnasium handeln muss. Wir ermitteln weiter für sie.

Sibylle Jahn

Neben dem Artikel war ein großes Foto abgebildet, das Benjamin und die umgestürzte Leiter zeigte, und darunter dann eines von Herrn Bersenbrück mit dem Untertitel: „Herr Bersenbrück von der Firma BB-Leitern, der Sachverständige der Hamburger Polizei". Unter dem Foto sahen wir verschiedene Grafiken, die den Hergang des Unglücks rekonstruieren sollten und erläuterten, warum die Leiter von Benjamin allein nicht umgekippt werden konnte. Eine halbseitige, farbige Werbeanzeige der Firma BB Leitern mit dem Aufmacher „Mit BB-Leitern gehen sie auf Nummer sicher" füllte den Rest der Seite.

„So ein Schwein!", entfuhr es Otto. „Der Bersenbrück hat geplappert. Und dabei habe ich ihn darum gebeten, keine Informationen weiterzugeben und er hat es mir versprochen."

„Das hast du von deinem Vertrauen in die Menschheit. Menschen sind halt Egoisten, manche mehr, manche weniger.

Warum nimmst du das nicht langsam mal zur Kenntnis und gibst deinen naiven Glauben an das Gute im Menschen auf. Als würde dich unser Beruf nicht ständig eines anderen belehren."

„Irgendwie müsste man diesen Bersenbrück dafür zur Rechenschaft ziehen", grollte Otto.

„Hast du Bersenbrück formal zur Verschwiegenheit verpflichtet?"

„Nein."

„Dann haben wir keine Handhabe gegen ihn."

„Unsere Strategie, in der Schule erst einmal unauffällig herumzuschnüffeln, ist damit jedenfalls erledigt."

„Ja, aber ich denke, die Gerüchteküche ist dort sowieso schon am Brodeln gewesen. Das ist nicht so schlimm. Ich frage mich eher: Was machen wir mit Blockstedt? Gehen wir zu ihm oder warten wir, bis er hier aufläuft?"

„Nach der letzten Standpauke denke ich, sollten wir uns diesmal bei ihm zeigen, bevor er wieder richtig geladen ist."

Blockstedt hatte den Artikel des Hamburger Morgenblatts bereits gelesen und schien gerade dabei zu sein, sich für die seinen Untergebenen zu gebende Standpauke in Stimmung zu bringen, als wir sein Büro betraten. Doch durch unseren Besuch hatten wir ihm offensichtlich den Wind aus den Segeln genommen.

„Wie ich sehe, sind Sie bereits informiert", begann ich das Gespräch mit einem Blick auf das aufgeschlagene Hamburger Morgenblatt des Kriminalrats, das nicht nur an diesem Tag seinen Schreibtisch zierte.

„Wie konnte so etwas nur passieren? Wie kommen die Leute vom Morgenblatt nur darauf, sich an diesen Bersenbrück von der Leiterfirma zu wenden?"

„Das wissen wir noch nicht. Allerdings haben wir Herrn Bersenbrück als Sachverständigen herangezogen", erwiderte Otto. „Ich vermute mal, dass der sich an die Presse gewandt hat, um die Gelegenheit als Werbung für seine Leitern auszunutzen. Ich werde das noch heute überprüfen."

„Als Sachverständiger fällt der Mensch jedenfalls flach", polterte Blockstedt los. „Da können Sie sich jemand andern suchen. Was mich allerdings etwas verwundert ist, warum Sie überhaupt noch in diese Richtung ermitteln."

„Heißt das, dass Sie trotz der umsturzsicheren Leiter noch bezweifeln, dass ein Fremdverschulden vorliegt?", fragte ich meinen manchmal die Faktenlage schlichtweg ignorierenden Vorgesetzten.

„Mensch Hecht, manchmal denke ich, Sie können Gedanken lesen. Ich will erst definitiv wissen, dass ein Fremdverschulden vorliegt, bevor Sie anfangen, den Ruf des Mozart-Gymnasiums zu ruinieren. Es ist doch ganz nahe liegend und plausibel, dass dieser fahrlässige Hausmeister die Aulatür offen gelassen hat und der Junge leichtsinnig allein auf die Leiter gestiegen ist. Warum in die Ferne schweifen, wenn die Lösung so nah liegt? Und haben Sie schon mal davon gehört, dass eine Trittleiter absolut umsturzsicher sein soll? Ich werde noch heute eine Pressekonferenz einberufen müssen, um eine Ehrenrettung für die Schule zu erwirken."

„Wollen Sie sich nicht erst einmal anhören, wie weit unsere Ermittlungen fortgeschritten sind?"

„Wieso? Ich habe doch Ihren Zwischenbericht."

„Es haben sich seit gestern neue Erkenntnisse ergeben."

„Da bin ich aber gespannt."

„Erstens", begann ich: „Dr. Zwangsdorff hat zugegeben, dass er den Hausmeister zu unrecht beschuldigt hat, die Tür zur Aula geöffnet zu haben. Er hat Benjamin selbst um 9.00 Uhr morgens in die Aula gelassen. Weiterhin hat Dr. Zwangsdorff ausgesagt, dass er Benjamin wie schon früher mehrere Male allein in der Aula arbeiten ließ und selbst in sein Büro gegangen ist. Er hält es für ausgeschlossen, dass Benjamin mit der Leiter ein Missgeschick passiert sein könnte. Ebenso wie Dr. Zwangsdorff halten die Mutter, die Freundin sowie dessen frühere Grundschullehrerin Benjamin für so geschickt, dass ihm so etwas niemals zugestoßen sein könnte. All diese Hinweise und dazu noch die umsturzsichere Leiter sprechen eindeutig dafür, dass von einem Fremdverschulden ausgegangen werden muss."

„Wer sollte denn diesen Jungen umbringen wollen?"

Damit hatte der Kriminalrat die Frage formuliert, mit der ich mich auch schon intensiv auseinandergesetzt hatte, ohne eine Antwort gefunden zu haben.

„Einen konkreten Verdacht haben wir bisher noch nicht. Aufgrund des Tatorts gehen wir aber davon aus, dass es sich um eine Person handeln müsste, die über die Schule mit Benjamin in einer Beziehung gestanden hat: Mitschüler, Lehrer, vielleicht auch Eltern anderer Schüler."

„Eltern anderer Schüler? Ist das nicht etwas weit hergeholt?"

„Sagen Sie das nicht", mischte sich Otto in das Gespräch ein. „Wir haben gestern erlebt, wie sich der Vater der Freundin des Jungen ganz aufgebracht bei Dr. Zwangsdorff beschwerte, weil die Schule seine Tochter nicht vor dem Jungen behütet hat. Der Mann war so in Rage, dass man dem alles zutrauen könnte."

„Ja ja, von so etwas hat man schon gehört. Um wen handelt es sich dabei?"

„Um den Bankier von Brentano."

„Meine Herren, Sie wollen doch nicht so einen hoch angesehenen Mann verdächtigen", fuhr ihr Vorgesetzter auf.

„Wer kommt noch in Frage?"

„Erst einmal sollten wir Dr. Zwangsdorff nicht aus dem Auge verlieren. Aber einiges spricht dafür, dass auch ein Mitschüler namens Clemens Meerkaiser die Tat begangen haben könnte."

„Meerkaiser, etwa von der Kaufmannsfamilie?"

„Leider ja."

„Sie wollen mich wohl mit ihren Ermittlungen in diesem Fall vor dem ganzen Hamburger Bürgertum blamieren."

„Eine Blamage verlangt, dass man sich in irgendeiner Weise bloßstellt. Bisher ist dies noch nicht der Fall gewesen. Wenn wir aber noch tagelang dabei bleiben, dass es sich in diesem Fall um einen Unfall handelt und es stellt sich später heraus, dass es tatsächlich ein Mord ist, wie es das Morgenblatt behauptet, dann blamieren wir uns tatsächlich. Die Presse, genauer diese Reporterin des Hamburger Morgenblatts ist an dem Fall dran. Und sicherlich wird die sich zur Zeit auch fragen, wer die Leiter umgekippt hat. Peinlich wäre es, wenn die vor uns den Täter findet."

Beeindruckt von meiner Argumentation nickte Otto zustimmend. Jetzt hatte der Kriminalrat keine Möglichkeit mehr, aus Angst vor einer Auseinandersetzung mit dem arrivierten Hamburger Bürgertum die Ermittlungen in diesem Fall unter den Tisch zu kehren. Doch noch gab er nicht ganz auf.

„Da haben Sie natürlich recht, Hecht. Man könnte die Frau aber auch bremsen."

„Wie denn das?"

„Ich kenne da jemanden vom Hamburger Morgenblatt."

„Also mit Druck erreichen Sie bei der Frau Jahn absolut nichts", mischte sich Otto wieder in das Gespräch ein. „Ich kenne Frau Jahn zufällig privat. Sie ist lediglich freie Mitarbeiterin beim Hamburger Morgenblatt. Und wenn sie daran gehindert wird, ihre Artikel dort unterzubringen, dann veröffentlicht sie sie halt woanders."

„Das ist ein guter Hinweis, Meyer", lobte der Kriminalrat den Oberinspektor. „Auf alle Presseorgane dieser Stadt habe ich leider keinen Einfluss. Hmmh – also was raten Sie mir?"

Auf diese Aufforderung hatte ich schon gewartet. Es brauchte immer einige Zeit, bis ich meinen Chef soweit hatte, dass dieser nicht mehr weiter wusste und von mir eine Ermittlungsstrategie einforderte, die er sich dann lammfromm zu eigen machte. Dabei musste ich allerdings immer genau darauf achten, nicht zu betonen, dass es sich um meine Ideen handelte, die er dann später vortrug. Mein Chef konnte sehr empfindlich reagieren und alle weiteren Planungen störrisch behindern, wenn er spürte, dass Otto und ich ihn nicht für voll nahmen.

„Also machen Sie Ihre Pressekonferenz und weisen Sie den Bericht des Hamburger Morgenblatts zurück. Sie können sich ja darauf berufen, dass nach wie vor nicht geklärt ist, ob nicht doch ein technisches Versagen vorliegt. Das Gutachten der Firma BB-Leitern sei nicht aussagekräftig, weil nicht davon ausgegangen werden kann, dass die Firma unabhängig ihr eigenes Produkt beurteilten könne. Zusätzlich können Sie ja auch noch das Hamburger Morgenblatt attackieren, indem Sie darauf hinweisen, dass deren Bericht doch eher eine Werbeaktion für die Firma BB denn eine objektive Darstellung von Fakten sei."

Ich freute mich schon innerlich darauf, dass mein Vorgesetzter in der Pressekonferenz die sicherlich anwesende Sibylle Jahn vor ihren Kollegen niedermachen würde, doch soweit würde es wohl doch nicht kommen, entnahm ich der folgenden Entgegnung meines Chefs.

„Gut, das klingt ja alles ganz ordentlich. Allerdings diese Sache mit dem Hamburger Morgenblatt geht dann doch etwas zu weit. Wir sollten unsere guten Beziehungen zur Presse, in den wenigen Fällen, in denen wir sie haben, nicht aufs Spiel setzen."

In diesem Augenblick musste Otto an die guten Verbindungen des Kriminalrats denken, von denen dieser eben noch selbst gesprochen hatte und es bedurfte nicht viel Scharfsinns, um zu erkennen, dass auch das Hamburger Morgenblatt über einen guten Draht zur Polizei verfügte. Otto widerten diese Verfilzungen an, doch er verzog trotzdem vor seinen Vorgesetzten keine Miene.

„Zusätzlich lassen Sie uns in der Schule gegen unsere Verdächtigen ermitteln", setzte ich die Instruktionen an meinen Vorgesetzten fort. „Wir müssen schnellstens die in Frage kommenden Personen überprüfen und eine Liste der Tatverdächtigen erstellen. Das ist zwar erst einmal wie das Fischen in trüben Gewässern, aber auf eine andere Weise kommen wir momentan nicht an den Täter heran. Die Spurensicherung hat noch nichts gefunden, was uns weiterbringt."

Otto beobachtete, wie sich Blockstedt von mir diktieren ließ, wie es in diesem Fall weitergehen würde, ohne dass ich dabei den Stolz des Kriminalrats verletzte. Eigentlich war es ja nicht schlimm, wenn Untergebene und Vorgesetzte sich in einem Team gemeinsam besprachen und gemeinsam planten. Doch Blockstedt war eben noch ein Vorgesetztenexemplar vergangener Tage. Er ging davon aus, dass er, weil er eine höhere Besoldung erhielt und mit der Leitung einer Abteilung betraut war, auch die besseren Ideen zu haben hätte.

„Die Ermittlungen in der Schule sind von besonderer Wichtigkeit", betonte Blockstedt zum Abschluss, nachdem er sich meine Einschätzung des Falls voll und ganz zu eigen gemacht hatte. „Sehen Sie zu, dass Sie dort schnellstmöglich zu weiteren Ermittlungsergebnissen kommen."

Otto konnte sich kaum ein Grinsen verkneifen und sagte:

„Dann sollten sich der Hauptkommissar und ich schnellstens auf den Weg in die Schule begeben, um noch heute zu Ergebnissen zu kommen."

„Ja, machen Sie das."

Schnell verließen Otto und ich daraufhin das Büro des Kriminalrats, der mit seinem massigen Körper zwischen den Armlehnen eines Bürostuhls eingezwängt sitzen blieb und an eine hilflos im Honig klebende Fliege erinnerte.

„Der wird jetzt erst einmal seine Morgenlektüre fortsetzen und sich ein paar Scheiben Brot reinschieben", feixte Otto.

Damit lag er nicht falsch, obwohl unser Vorgesetzter in seiner Morgenruhe von einem Anruf aus der Schulbehörde gestört wurde, der es missfiel, dass ihre Vorzeigeschule wieder in den Schlagzeilen stand. Und dies sollte sich trotz aller Bemühungen des Kriminalrats in den folgenden Tagen nicht ändern.

2

Wieder war es drückend heiß, als wir mit unserem Wagen zum Mozart-Gymnasium fuhren. In dem stockenden Verkehr war es kein Vergnügen, sich in einem Blech- und Plastikhaufen durch die Stadt zu bewegen. Kurz nach 10.00 Uhr erreichten wir die Schule. Der Unterricht hatte nach der ersten großen Pause gerade wieder begonnen und still und menschenleer lagen die Flure und Gänge vor uns. Schnell durchschritten wir die verlassen daliegende Eingangshalle, nickten dem Hausmeister in seiner Portierloge zu und gingen zum Büro Dr. Zwangsdorffs.

„Haben sie das Hamburger Morgenblatt schon gelesen?", empfing uns der Schulleiter aufgeregt.

Entgegen seinen sonstigen Gewohnheiten verschloss er daraufhin die Tür, die sein Büro von dem der Sekretärin trennte, bevor er das Gespräch fortsetzte.

„Was soll ich denn jetzt machen? Mein Telefon klingelt schon den ganzen Morgen über. Presse und Fernsehen wollen hier erscheinen und Stellungnahmen von mir erhalten. Eine Reporterin, Frau Jahn, ist sogar schon in der Schule gewesen und hat mit einigen Schülern gesprochen. Ich musste von meinem Hausrecht Gebrauch machen, um sie vom Schulgelände zu entfernen. So kann das doch nicht weitergehen. Die Lehrerschaft ist schon ganz unruhig und es ist nur noch eine Frage der Zeit, bis auch die Schülerschaft informiert ist. Dann wird vermutlich kein ordentlicher Lehrbetrieb mehr möglich sein."

„Warum?", fragte ich sofort nach.

„Was würde in Ihrem Polizeipräsidium geschehen, wenn Sie durch die Presse erführen, dass ein Mörder unter ihnen ist. Ich denke auch Sie und ihre Kollegen wären aufgeschreckt. Unruhe, Gerüchte und gegenseitige Verdächtigungen kämen auf. Und Ihre eigentliche Arbeit würde liegen bleiben."

„Ja, so könnte das ablaufen."

„Und hier haben wir es mit Kindern zu tun, deren Fantasie noch viel stärker ist, als die abgeklärter Erwachsener. Also sorgen Sie endlich dafür, dass dieser Fall möglichst schnell aufgeklärt wird."

„Sie haben bisher nicht unbedingt zur Aufklärung dieses Falles beigetragen", merkte Otto süffisant an.

„Ich gebe ja zu, dass mein Verhalten sehr ungeschickt war. Aber ist es denn nicht einfach menschlich, sich selbst schützen zu wollen…"

„…indem man Menschen, von denen man weiß, dass sie unschuldig sind, als Schuldige verleumdet", fügte ich an.

„Sie haben ja recht. Das war wirklich nicht gut. Proximus sum egomet mihi, wie wir Lateiner sagen. – In Gefahr ist sich jeder selbst der Nächste."

„So einfach ist das für Sie?", setzte ich nach.

„Lassen sie uns jetzt nicht moralisieren. Ich denke, wir haben Wichtigeres zu tun. Kann ich Ihnen irgendwie dienlich sein?"

„Nein, im Moment nicht, Dr. Zwangsdorff. Wir werden erst einmal einige Ermittlungen im Kreise Ihrer Kollegen über Clemens Meerkaiser einziehen, bevor wir ihn dann selbst verhören", antwortete ich, womit ich dem Schulleiter allerdings nur einen Teil der Wahrheit sagte. „Und Ihre Aufgabe ist es, uns die Presse vom Leib zu halten."

Nachdem wir das Büro des Schulleiters verlassen hatten, gingen wir direkt in das Nichtraucher-Lehrerzimmer, in dem nur ein alter Mann in sich versunken in einer Ecke des Raumes an einem Tisch saß. Der unmoderne, graue Anzug des Mannes wölbte sich über seinem korpulenten Körper, ohne allerdings Falten zu werfen. Offensichtlich handelte es sich um eine Maßanfertigung, die die Fettleibigkeit des Mannes verbergen sollte. Die weißen Haare des Mannes waren jugendlich kurz geschnitten und ließen ihn für einen Augenblick jünger wirken, als er es eigentlich war. Doch die faltige, vermutlich von übermäßigem Alkoholkonsum zudem noch sehr grobporige Haut des Mannes wies auf sein tatsächliches Alter hin.

Wir stellten uns dem Mann vor, der zu unserer Überraschung kein Lehrer kurz vor dem Pensionsalter, sondern ein Hauptseminarleiter, ein Ausbilder für angehende Lehrer, war.

„Sagen Sie, muss es denn sein, dass Sie mit ihren Ermittlungen den guten Ruf dieser Schule zerstören", begann Hauptseminarleiter Dr. Nichtig das Gespräch. „Haben Sie sich nicht schon einmal Gedanken darüber gemacht, ob der Junge nicht irgendwelchen Rivalitäten zwischen Jugendbanden zum Opfer gefallen sein könnte. Diese Kinder aus Steilshoop stecken doch fast alle in irgendwelchen Banden. Und ihre Rivalitäten tragen sie dann in die Schulen hinein, um dort einfach alles kaputt zu machen, was wir Pädagogen in jahrelanger Arbeit mühsam aufgebaut haben. Aber solch ein Zwischenfall ist es nicht Wert, den Ruf eines angesehenen Gymnasiums zu ruinieren. Dadurch wird doch die gesamte Elternschaft verunsichert. Und auch diese angesehenen und einflussreichen Bürger unserer Stadt haben sicherlich wichtigere Aufgaben zu erfüllen, als sich Sorgen um ihre Kinder zu machen. Da stehen Sie und ich in der Verantwortung."

„Dr. Nichtig, ich verstehe Ihre Sorge, doch es hat nun einmal diesen Zwischenfall gegeben und wir müssen die Ursachen aufklären."

„Das sollen Sie auch. Nur frage ich mich, warum Sie dann hier sind und nicht in Steilshoop."

„Bisher gibt es für Ihre Hypothese keinerlei Hinweise."

„Hinweise! – Wo bleibt Ihre kriminalistische Nase: Ein guter Mensch, in seinem dunklen Drange, Ist sich des rechten Weges wohl bewusst."

„Ja und?", rätselte Otto über die Äußerung Dr. Nichtigs, die mir irgendwie bekannt vorkam.

„Meine Herren, diese bedeutungsschweren Worte Goethes sollten Ihnen bekannt sein. Mit Ihrer Allgemeinbildung ist es offensichtlich nicht zum besten gestellt. Aber was darf man heute eigentlich noch erwarten?"

Resigniert sackte der Hauptseminarleiter in sich zusammen und blickte leer vor sich hin. Für einen Moment wirkte er wie ein Greis und wir sahen sprachlos in dessen lethargisches Gesicht.

In diesem Moment betrat Thomas Winkler in einem steifen dunkelbraunen Jackett und einer schwarzen Stoffhose zum weißen Hemd den Raum. Kaum hatte sein suchender Blick Dr. Nichtig erfasst, zeigte er ein Lächeln und begab sich auf diesen zu.

„Guten Morgen, Herr Dr. Nichtig."

Der Angesprochene erwachte aus seinem greisen

Schlummer, lächelte für einen Augenblick gezwungen und erwiderte dann den Gruß seines Untergebenen.

Dann sagte er mürrisch:

„Hoffentlich ist Ihr Stundenentwurf heute nicht wieder voller Rechtschreibfehler."

„Wenn man bis nachts um halb vier an dem Entwurf arbeitet, dann können einem schon mal drei Flüchtigkeitsfehler passieren", verteidigte sich der Angegriffene.

„Dann sollten Sie an Ihrer Zeitplanung arbeiten. Warum arbeiten Sie nachts um halb vier an ihrem Stundenentwurf? Timing ist alles im Lehrerberuf. – Alles! Das betone ich doch immer wieder."

„Aber am Tag vorher hatte ich noch Unterricht in dieser Klasse und erst danach konnte ich mit der Planung beginnen. Nachmittags war aber noch Ihr Seminar. Und deshalb konnte ich mit der Arbeit an dem Stundenentwurf erst spätabends beginnen und musste bis in die Nacht hinein arbeiten."

„Dann stimmt Ihr Zeitmanagement einfach nicht. Warum haben Sie die Hospitation denn ausgerechnet auf jenen Tag gelegt."

„Sie haben darauf bestanden, dass Sie mich heute hospitieren wollen."

Otto und ich hatten wenig Interesse weiter zu verfolgen, wie der Referendar sich gegen die Kritik des Hauptseminarleiters zur Wehr setzte. Wir verabschiedeten uns und gingen aus dem Raum. Ich wollte zuerst mit Dr. Richter sprechen, der über alles, was in der Schule geschah, gut informiert zu sein schien. Und Otto sollte die beiden Freunde Clemens Meerkaisers, mit denen dieser vor der Schule gestanden hatte, als Rena dort eintraf, zu der Ankunftszeit Clemens' am Tatort befragen.

3

Bis zum Pausenklingeln wartete ich vor einem am äußersten Ende des Ostflügels der Schule gelegenen Klassenraum auf Dr. Richter. Kaum war der letzte Klingelton verklungen, da öffnete sich schon schwungvoll die Tür des Klassenzimmers und nicht etwa Schüler, sondern Dr. Richter selbst stürmte mir mit einer großen, übervollen Schultasche entgegen, während hinter ihm die Siebtklässler ebenfalls fluchtartig zu türmen versuchten.

„Guten Morgen. Womit kann ich Ihnen dienen?", fragte der Lehrer hastig, während er ungeduldig vor mir stehen blieb.

„Guten Morgen", erwiderte ich. „Ich möchten von Ihnen einige Auskünfte über die Schule bekommen."

„Die können Sie gern haben. Ich kenne mich hier in allem gut aus. Sie müssen mich allerdings begleiten, denn ich muss in meine nächste Klasse. Die liegt genau am anderen Ende der Schule."

Kaum hatte er sein letztes Wort ausgesprochen, ging er auch schon zügig los. Ich folgte ihm, was angesichts der nun aus allen Klassen strömenden Schüler nicht einfach war. Mehrfach setzte ich zu einer Frage an, doch immer wieder wurde das Gespräch unterbrochen, weil wir entgegen kommenden Schülern ausweichen mussten oder nacheinander eine enge Treppe hinab gingen. So schwammen wir für kurze Zeit durch einen Strom von Schülern, in dem ab und zu auch ein Lehrer unseren Weg kreuzte, der dann mit Dr. Richter einen kurzen Gruß austauschte oder starr an ihm vorbei blickte. Endlich blieb Dr. Richter vor der Tür eines Klassenraumes am Ende des Westflügels der Schule stehen.

„So, da wären wir", sagte er, als auch schon die Glocke zur Stunde läutete. „Es tut mir Leid, Herr Hauptkommissar, ich muss jetzt in den Unterricht. Warten sie doch bis zur nächsten Stunde im Lehrerzimmer auf mich. Ich habe dann frei."

Verdutzt blieb ich stehen, während der Lehrer in dem Klassenraum verschwand, ohne mich eines weiteren Blickes zu würdigen. Ich überlegte, ob ich darauf bestehen sollte, sofort mit Dr. Richter zu sprechen. Doch ich fand es besser, zu diesem Zeitpunkt noch keine weitere Unruhe in der Schule zu erzeugen, und verzichtete auf das sofortige Gespräch mit dem Lehrer. Stattdessen sah ich, wie Schüler und Lehrer in allen Gängen und Fluren der Schule von unsichtbaren Fäden gezogen in ihren Klassenräumen verschwanden. Plötzlich waren Schulhöfe, Treppenhäuser und Gänge wieder still und leer. Nur ich selbst stand verloren herum. In diesem Augenblick öffnete sich eine Schwingtür und ich beobachtete, wie der Referendar mit dem langsam und gebückt gehenden Seminarleiter einen Flur durchschritt und kurz darauf in einer Klasse verschwand.

„Na, dafür wird Thomas von Dr. Nichtig wieder Punktabzüge bekommen", hörte ich plötzlich eine Stimme hinter mir.

Überrascht drehte ich mich um und erblickte Frau Meyer-Rabe. Die schlanke, groß gewachsene Frau blickte kopfschüttelnd an mir vorbei, während ich auf ihr hautenges oranges T-Shirt blickte, dass den Oberkörper der Frau genau konturierte.

„Wieso?", fragte ich.

„Dr. Nichtig ist noch ein Pädagoge der alten Schule. Früher galt er zwar als engagiert, doch wie es sich aus heutiger Sicht zeigt, war all sein Engagement für Schulreformen usw. lediglich aufgesetzt, um die eigene Karriere zu fördern. Er war einer der ersten Gesamtschulleiter in Hamburg. Und er war einer der ersten, die sich von der Schulform der Gesamtschule verabschiedet haben. Er meinte tatsächlich, Gerechtigkeit im Bildungssystem lasse sich auch durch die Gesamtschule nicht erzeugen und von daher könne man auch gleich das alte ungerechte, dreigliedrige Schulsystem beibehalten. Denn in dem könnten die Kinder zumindest noch auf dem Gymnasium eine anspruchsvolle Schulbildung genießen. Mit der Gesamtschule würde demgegenüber die ganze humanistische Bildung verloren gehen."

„Warum wird es für Herrn Winkler einen Punktabzug geben?", fragte ich weiter.

„Pünktlichkeit, Pünktlichkeit ist eine Tugend. Und der Lehrer hat ein Vorbild für die Schüler zu sein. Darum muss man Dr. Nichtig zufolge spätestens mit dem Klingelzeichen die Klasse betreten. Zumindest dann, wenn man wie Thomas auf der Abschussliste Dr. Nichtigs steht."

„Abschussliste?"

„Nein, hier geht es nicht um Mord. Diese Seminarleiter haben eine absolute Macht über ihre Referendare. Unterricht ist eine ungeheuer komplexe Angelegenheit. Und es gibt keinen Unterricht, der allen Maßstäben, an denen man ihn messen kann, gerecht wird. Geht man als Lehrer auf die Schüler ein, dann kann es heißen, man arbeite nicht eng genug an den Lernzielen und verschwende wertvolle Unterrichtszeit. Umgekehrt könnte man ebenso argumentieren, indem man sagt: Was nützt alle Stoffpaukerei, wenn man nicht auf die Interessen der Schüler eingeht. Es ist ja bekannt, dass sich der

Mensch nur die Dinge merkt, die ihn wirklich interessieren. Letztendlich ist es der Seminarleiter, der kraft der Autorität seines Amtes entscheidet, welcher Unterricht in welcher Situation angemessen ist. Nur den Lieblingen Dr. Nichtigs gelingt dies aus irgendwelchen unerklärlichen Gründen durchweg, genau den richtigen Unterricht zu wählen. Und die anderen Referendare werden von ihm verunsichert, indem ihre Arbeit übermäßig kritisiert wird. Dr. Nichtig achtet dann auf Rechtschreibfehler und andere billige Formalien. So macht er mit der Zeit diejenigen Referendare fertig, die nicht auf seiner Wellenlänge sind. Und dies sind in der Regel all diejenigen, die sich an dem orientieren, was in den letzten zwanzig Jahren neu in die Pädagogik eingeführt worden ist. Dr. Nichtig ist nämlich leider zu jener Zeit aus der pädagogischen Fortbildung ausgestiegen und seitdem stagniert bzw. entwickelt sich seine pädagogische Grundhaltung immer weiter zurück. Manchmal hat man tatsächlich das Gefühl, er würde noch ein antikes Erziehungsideal vertreten, das davon ausgeht, Intelligenz und Charakter wären angeboren und Schule hätte lediglich diejenigen aus der Masse heraus zu selektieren, die die anderen überragen würden. So eine Auffassung kann nur ein intellektuelles Fossil vertreten, denn seit Langem ist bekannt, dass eigentlich jedes Kind, das nicht geistig behindert ist, bei entsprechender Förderung die so genannte höhere, gymnasiale Ausbildung leisten könnte, wenn nicht irgendwelche Hemmnisse, Familienprobleme, soziale Diskriminierung etc. dies blockieren würden."

Zaudernd blickte ich die temperamentvoll sprechende Lehrerin an. So ist die Situation mit Vorgesetzten nun mal, dachte ich resigniert, während ich meine Beziehung zu

Blockstedt vor Augen hatte, der mich auch immer hängen ließ, wenn ich seine Unterstützung wirklich brauchte. Und über diesen Gedanken vergaß ich die Äußerungen der Lehrerin über die Ungerechtigkeit des selektierenden, dreigliedrigen Schulsystems, bevor sie mir richtig ins Bewusstsein drangen.

Dann war ich wieder bei meinem Fall. Wieder erinnerte ich mich an das Schuhklackern, das ich am Tattag und gestern in der Schule gehört hatte.

„Frau Meyer-Rabe?", unterbrach ich die Lehrerin.

„Woher kennen Sie denn meinen Namen?"

„Herr Winkler hat ihn mir genannt. Gut dass ich Sie treffe. Ich wollte mich sowieso mit Ihnen unterhalten."

„In welcher Sache?"

„Wie Sie sicherlich wissen, ermittele ich, Hecht, Hauptkommissar Hecht, ist übrigens mein Name, im Fall Benjamin Masokowsky."

„Ja, das ist der Lehrerschaft nicht verborgen geblieben."

„Wir suchen derzeit nach Lehrern, die sich am Tattag zufällig in der Schule aufgehalten haben und denen etwas Ungewöhnliches aufgefallen ist. Und daher meine Frage an Sie: Sind Sie am Samstag in der Schule gewesen?"

„Nein, das bin ich nicht", antwortete die Lehrerin nach einer kurzen Pause in einem betont sachlichen Ton. „Es ist bei Lehrern so gut wie nie der Fall, dass sie samstags in der Schule sind. Und wenn es doch einmal so sein sollte, dann sprechen wir dies mit den Hausmeister ab. Dies hätte Ihnen auch Herr Ernst sagen können. Wenn Sie also wissen wollen, wer am Samstag in der Schule war, dann fragen Sie doch einfach ihn."

„Das haben wir bereits."

„Und warum fragen Sie dann noch mich?"

„Wir vermuten, dass jemand in der Schule gewesen ist, ohne Herrn Ernst um Erlaubnis zu fragen."

„Das ist doch nicht möglich."

„Warum?"

„Wie soll diese Person unbemerkt in die Schule gelangen?"

„Durch die Tür zum Lehrerparkplatz ist dies doch für jeden Lehrer möglich, oder?"

„Stimmt, aber der Hausmeister kann diesen Bereich von seiner Wohnung aus direkt einsehen. Daher würde niemand, der ungesehen in die Schule kommen will, diesen Eingang wählen."

„Danke für den Hinweis, Frau Meyer-Rabe", beendete ich das Gespräch scheinbar, um dann aber in Colombo-Manier noch eine überraschende Frage nachzuschieben. „Übrigens, wie würden Sie denn versuchen, ungesehen in die Schule hineinzukommen?"

Wie aus der Pistole geschossen antwortete die Lehrerin:

„Diese Frage habe ich mir noch nie gestellt. Keine Ahnung."

Nach dem Gespräch mit der Lehrerin ging ich zurück in das Lehrerzimmer der Schule, um dort auf Dr. Richter zu warten. Beim Eintreten sah ich sofort Fotokopien des Artikels des Hamburger Morgenblatts von diesem Tage auf allen Tischen herumliegen. Die ganz Schule war demnach informiert.

Das wird unsere Ermittlungen nicht unbedingt erleichtern, dachte ich.

Dann waren meine Gedanken bei der Frage, wie die Person, die Benjamin Masokowsky umgebracht hatte, in die Aula gelangen konnte. Erst einmal musste diese Person unbemerkt in die Schule gekommen sein. Dies könnte außer dem

Hausmeister und Dr. Zwangsdorff, die die Schlüssel für die Aulatür besaßen, nur eine Person gewesen sein, die einen Schlüssel für die Eingangstür am Lehrerparkplatz besaß. Alle Lehrer dieser Schule hatten nach Aussage des Hausmeisters einen solchen Schlüssel und damit kamen sie als Täter in Frage. Doch warum sollte ein Lehrer Benjamin umgebracht haben? Ich fand kein nahe liegendes Motiv. Und weiter irritierte mich an diesem Gedankengang, dass dieser Lehrer bei seinem Eintritt in die Schule einen Eingang hätte benutzen müssen, der von der Hausmeisterwohnung aus gut einsehbar war. Heimlich konnte man auf diesem Weg ohne großes Risiko nicht in die Schule gelangen. So würde kein Mörder vorgehen, war mir klar. Und dazu hätte er noch wissen müssen, dass Benjamin an seinem Todestag bereits ab neun Uhr morgens in der Aula gewesen war. Wer konnte dies wissen? Der Aushang hing am Schwarzen Brett der Schule. Jeder, der in dieser Schule tätig war, kam also in Frage.

In diesem Augenblick klingelte es und kurz danach wurde es im Lehrerzimmer lebhaft, so dass ich meine Überlegungen nicht fortsetzen konnte. Wieder beobachte ich, wie zu Beginn der Pause Lehrer und Lehrerinnen mit schnellen Schritten in das Lehrerzimmer gehetzt kamen, dort ihre Schultaschen an einem Sitzplatz abstellten, sich schnell einen Kaffee oder Tee holten, ein Brot aßen und sich dabei halblaut und hektisch unterhielten. Alle Lehrer nahmen von meiner Anwesenheit Kenntnis. Manche blickten nur kurz und verstohlen zu mir herüber, andere dagegen beobachteten mich ganz offen. Ich ahnte, mit welchem Thema sich die um mich versammelte Lehrerschaft gerade befasste. Endlich kam Dr. Richter.

„Können wir nicht in einen Raum gehen, in dem wir uns

ungestört unterhalten können?", fragte ich den offensichtlich über seine Auswahl zum Gesprächspartner stolzen Lehrer.

„Kein Problem. Wir können in die Oberstufenbibliothek gehen."

Ich folgte dem Lehrer durch die von Schülern verstopften Gänge der Schule. In einem entlegenen Winkel öffnete Dr. Richter dann eine Tür und betrat mit mir einen langen, schmalen Raum, der über und über mit Büchern gefüllt war. Es roch muffig und staubig.

„Hier können sich unsere Oberstufenschüler Bücher ausleihen. Die Bücher sind Spenden der Eltern an die Schule. Eigentlich wäre das ja eine Sache, die die Schulbehörde bezahlen müsste, doch dafür war selbst in den Jahren, in denen die Schulen gut ausgestattet gewesen sein sollten, kein Geld da. Zum Glück ist die Elternschaft dieser Schule sehr potent, so dass sie uns mit Sach- und Geldspenden dazu verholfen hat, diese umfangreiche Bibliothek aufzubauen."

Stolz wies der Lehrer mit einer weiten Armbewegung auf die Unmengen verstaubter Bücher, die in den übervollen Regalen herumstanden. Wir blieben direkt an einem kleinen Fenster stehen, das nur wenig Licht in den schattigen Raum dringen ließ.

„Herr Dr. Richter, ich wende mich an Sie, weil Sie durch ihre langjährige Zugehörigkeit zu dieser Schule vermutlich gut über alle schulinternen Vorgänge informiert sind."

„Das kann man wohl sagen", antwortete der Lehrer in einem bedeutungsvollen Tonfall.

„Mich interessieren die Beziehungen innerhalb des Kollegiums", kam ich gleich zur Sache.

„Nach dem Artikel des Hamburger Morgenblatts kann ich

mir dies durchaus vorstellen. Also ich habe ein Alibi",
erwiderte der Lehrer lächelnd. „Wir hatten am Samstag eine
Ruderregatta auf der Alster. Mein Achter hat in der
Seniorenklasse den ersten Platz belegt. Übung macht den
Meister."

„Soweit bin ich noch nicht, dass ich Ihr Alibi haben will. Ich
möchte Ihnen aber jetzt etwas mitteilen, das nicht an die
Öffentlichkeit gelangen soll. Und daher bitte Sie, für sich zu
behalten, was ich Ihnen anvertrauen möchte."

Ich wusste, wie man mit einfachen Tricks Menschen dazu
bringen konnte, mit einem zusammenzuarbeiten.

„Sie haben mein Wort darauf", versicherte der neugierig
gewordene Lehrer mit gewichtigen Worten.

„Also, ich stehe mit meinen Ermittlungen vor einem
Problem. Nach dem derzeitigen Stand sieht es so aus, dass
niemand außer dem Jungen und Dr. Zwangsdorff in der Schule
gewesen sein kann. Wir gehen aber davon aus, dass Dr.
Zwangsdorff nicht der Täter gewesen ist und…"

„Da wäre ich mir an Ihrer Stelle nicht so sicher. Dr.
Zwangsdorff ist nicht nur der Leiter des Theaterkurses, sondern
er ist auch ein begnadeter Schauspieler. Der kann in viele
Rollen schlüpfen."

Mir entging der verächtliche Ton des Lehrers nicht, mit dem
dieser die letzten Worte aussprach.

„Was meinen Sie damit?"

„Nach außen hin wirkt unser Schulleiter doch
ausgesprochen korrekt. Ein Karrierist eben. Wer traut dem
schon zu, dass er ständig mit irgendwelchen Frauen rumhurt.
Der ist doch schon mit fast jeder Lehrerin hier im Kollegium
im Bett gewesen. Zur Zeit ist die Meyer-Rabe seine madame de

plaisir, wenn ich mich nicht täusche."

„Woher wissen Sie, dass Dr. Zwangsdorff mit Frau Meyer-Rabe ein Verhältnis haben soll?"

„Na ja, die beiden treffen sich halt häufiger mal hier in der Schule zu einem Schäferstündchen, wie ich zufällig beobachtet habe. Beide sind doch verheiratet und leben nach außen hin das, was man im Volksmund eine glückliche Ehe nennt. Und dazu passt nicht, dass man sich eine Geliebte hält. Daher verheimlichen sie ihre Affären und die Schule bietet sich als Ort für heimliche Rendezvous durchaus an, weil hier nachmittags und abends fast nie jemand ist. Der Schulleiter dagegen muss häufig bis in den Abend hinein in der Schule arbeiten. Und dann ist er hier ganz allein."

„Aber der Hausmeister ist doch da und könnte die beiden überraschen."

„Wenn sie etwas länger an der Schule sind, dann wissen sie, dass Herr Ernst nachmittags häufig zu seinem Schrebergarten fährt. Und für den Schulleiter ist es ein Leichtes, dies zu erfragen, da er dem Hausmeister doch ständig mitteilt, wann er länger arbeiten wird. Und dann braucht man doch nur die Frage nachzuschieben, ob er an dem Tag da sei oder ob er auf seiner grünen Scholle verweile."

„Und Sie sind sich auch sicher, dass Dr. Zwangsdorff und Frau Meyer-Rabe während ihrer Zusammenkünfte nicht einfach nur berufliche Dinge erledigt haben?"

„Na ja, ich bin eines abends zufällig mal länger in der Schule gewesen, weil ich dringend einige Vorbereitungen zu treffen hatte. Als ich dann gehen wollte, sah ich Licht im Requisitenraum. Ich bin natürlich sofort hingegangen, um zu kontrollieren, was dort los sei. In der Schule passieren ja so viele Dinge, die nicht erlaubt sind. Die Tür war verschlossen. Durch das Schlüsselloch konnte ich aber sehen, wie es die beiden miteinander trieben. Ich hatte mich früher immer gewundert, warum Zwangsdorff so großzügig war, dem Theaterkurs für eine Aufführung eine nagelneue Doppelmatratze zu schenken. Nun war es mir klar. Der hat sich dort ein Liebesnest eingerichtet."

Plötzlich musste Dr. Richter hämisch grinsen.

„Warum grinsen Sie?"

„Unter uns, ähm… Dr. Richter und Frau Meyer-Rabe haben eine abartige Vorstellung von…ääh…Sexualität. Sie haben es kostümiert miteinander getrieben. Zwangsdorff trug eine Teufelsmaske und krabbelte auf allen Vieren. Sie führte ihn an einer ledernen Hundeleine und peitschte ihn ab und zu. Dann hat er sich irgendwann auf sie gestürzt, – na ja und so weiter halt."

„Ihnen ist offenbar nichts entgangen", merkte ich mit einem leicht spöttischen Unterton an. „Aber dies muss ja nicht gegen Dr. Zwangsdorffs Qualitäten als Lehrer sprechen."

„Meinen Sie das wirklich? Jemand der so ein abnormes Gebaren an den Tag legt, wie geht der erst mit Kindern um?"

„Lassen Sie uns das nicht hier erörtern. Das Liebesleben Ihres Schulleiters scheinen Sie jedenfalls ausgiebig studiert zu haben."

Bei diesen Worten errötete Dr. Richter und fuhr total erregt fort:

„Was an dieser Schule abläuft, dass ist doch alles eine große Sauerei! Ein perverser Schulleiter, Lehrerinnen, die versuchen, sich die Karriereleiter hoch zu bumsen, und dann auch noch entartete Lehrer, die es mit Männern treiben. Wie sollen Lehrer da Vorbild sein, wenn Leute wie dieser Fraulich den Knaben schöne Augen machen? Wenn ich damals hier Schulleiter geworden wäre, dann würde hier heute ein ganz anderer Wind wehen."

„Wenn jemand schwul ist, dann heißt das noch lange nicht, dass er Knaben nachstellt", wendete ich in einem überzogen ruhigen und langsamen Tonfall ein.

„Junger Mann, wenn Sie erst einmal meine Lebenserfahrung haben, dann wissen Sie auch mehr über das Wesen des Menschen. Ein Mensch, der sich und seine Natur nicht im Griff hat und sich nicht zu beherrschen lernt, der ist eine Gefahr für sich und für andere. Ich habe ja nichts gegen Schwule. Sie sind doch irgendwie arme, verirrte Schafe. Aber die haben doch nichts im Schuldienst verloren. Die bringen doch nur die Jugend auf Abwege. Und Herr Fraulich soll ja den Benjamin sehr in sein Herz geschlossen haben. Vielleicht sollten Sie dem mal nachgehen?"

„Aber das ist doch abwegig. Es ist doch schulbekannt, dass Benjamin eine Beziehung zu Rena von Brentano hatte."

„Ach, ob das nicht einfach nur Tarnung für etwas anderes war. Schwule sollen ja sehr geschickt im Verbergen ihrer eigentlichen Identität sein."

„Gehen Sie da nicht etwas zu weit, Dr. Richter?"

„Fragen Sie doch mal Frau Dr. Heidegger, Benjamins letzte Klassenlehrerin."

4

Otto hatte sich nach der Trennung von mir in das Schulbüro begeben und dort erfahren, wo er die drei Schüler finden konnte, die er zu verhören hatte. Zu seinem Glück wurden sie gerade in einem gemeinsamen Kurs unterrichtet. Er spazierte zu dem Klassenraum, in dem der Unterricht stattfand. Er hatte noch Zeit bis zur Pause und daher suchte er sich in einiger Entfernung zwischen zwei eng beieinanderstehenden Birken einen unauffälligen Standort, von dem aus er das Geschehen in der Klasse beobachten konnte. Sechsundzwanzig Jugendliche saßen in einem engen Klassenraum zusammengedrängt an ihren Tischen. Die Tische standen in Reihen hintereinander, wie er es schon auf uralten Schulfotos gesehen hatte. Otto wunderte sich über diese Sitzordnung, die er von Fotos seiner Mutter aus deren Schulzeit in Ruanda kannte.

Frau Dr. Heidegger, Benjamins Klassenlehrerin, unterrichtete den Kurs. In ihrem perfekt sitzenden, rotbraunen Leinenkostüm bewegte sich die Lehrerin äußerst souverän vor der Tafel hin und her und wies mit ihrem rechten Arm auf einen Anschrieb. Dann setzte sie für einen Moment eine Lesebrille auf, las etwas von einem Blatt ab und stellte offensichtlich eine Frage. Doch niemand schien die Antwort zu wissen, denn alle Schüler starrten verlegen auf die vor ihnen liegenden Zettel. Mit einem plötzlichen Fingerzeig forderte sie einen Schüler auf. Dieser reagierte jedoch nicht, weil er wie die anderen Schüler auch ihren Fingerzeig nicht sehen konnte. Dann sagte die Lehrerin wieder etwas, wobei sie ihren Blick über alle Schüler schweifen ließ, während ihr Finger nach wie vor auf den einen Schüler zeigte. Alle anderen Schüler lachten plötzlich auf. Nur derjenige, auf den der Finger gerichtet war, wurde rot im Gesicht.

Der Polizist beobachtete das Treiben in der Klasse noch bis kurz vor der Pause. Noch einige Male sah er, wie Schüler oder Schülerinnen einen roten Kopf bekamen, während andere sie auslachten. Er erinnerte sich an Situationen aus seiner eigenen Schulzeit, wenn einzelne Schüler vor der Klasse bloßgestellt wurden. Auch ihm selbst war es mehrfach so ergangen und es war mit das Schlimmste, was er in seiner ganzen Schulzeit erlebt hatte. Was die Lehrerin mit den Schülern macht, ist nicht in Ordnung, dachte Otto, der ein feines Gespür für die Mechanismen psychischer Unterdrückung hatte, obwohl es ihm immer wieder schwerfiel, dieses Empfinden in Worte zu fassen.

Zu Beginn der Pause ging er dann zum Eingang der Klasse zurück und bat die drei Schüler zu sich, mit denen er sprechen wollte. Er führte sie dann in eine abgelegene Ecke des während der Pause mit Schülern überfüllten Schulhofs, um in dem Gewimmel von Kindern und Jugendlichen wenigstens etwas Ruhe zu haben.

Dicht vor dem stabilen Metallzaun, der den Schulhof zum steilen Abhang des Alstertals hin begrenzte, blieb Otto im Schatten einer mächtigen, aus dem Urstromtal der Alster heraufragenden Eiche stehen, die einen Teil des Schulhofs mit dem kühlenden Schatten versorgte, der einen selbst im heißesten Sommer Kälteschauer über den Rücken jagte. Clemens und Lothar mussten sich auf eine Bank setzen und Otto ging mit dem dritten Schüler noch einige Schritte weiter, so dass die anderen beiden sie nicht hören konnten.

„Tobias, wie war dein Verhältnis zu Benjamin Masokowsky?", begann Otto das Gespräch mit dem Jungen, nachdem er sich so in der Ecke postiert hatte, dass auch er Clemens und Lothar auf der Bank beobachten konnte.

„Also Benjamin ist ja so ein Eigenbrötler gewesen. Der wollte immer anders sein als wir. Daher hatte ich auch kaum was mit ihm zu tun. Sein Prollgehabe ging mir ständig auf die Nerven."

„Was meinst du damit?"

„Ja, immer diese Schwärmerei. Der war so naiv und einfältig, wie Prolls eben so sind. Wie der auf unsere Schule gekommen ist, weiß ich bis heute nicht."

„Hast du Benjamin letzten Samstag gesehen?"

„Wir alle haben gesehen, wie er tot dalag", erwiderte der Junge und grinste dann für einen Moment.

„Ich meine lebend?"

„Nein, ich bin mit Lothar und Clemens zur Schule gefahren. Um zehn vor zehn sind wir angekommen. Dann folgten wir Rena in die Aula. Da lag Benjamin dann."

Betont langsam notierte Otto die Aussage des Jungen, um die Nervosität der drei Schüler zu steigern. Es überraschte Otto nach den Worten Dr. Zwangsdorffs über Clemens kaum, dass Lothar ihm wenig später eine auffallend ähnliche Geschichte wie Tobias erzählte. Am Schluss trug dann Clemens Meerkaiser seinen Teil zur Posse bei, indem auch er eine fast wortwörtlich identische Geschichte wie die beiden anderen Jungen erzählte.

Otto verwunderte die Abgebrühtheit Clemens'. Müde wie er nach der kurzen Nacht war, brach Otto das Verhör schließlich enttäuscht ab, weil er keine Kraft mehr hatte und spürte, dass die Anwesenheit Clemens Meerkaisers die anderen beiden Jungen daran hinderte, ihm die Wahrheit zu erzählen.

Die große Pause war kurz vor ihrem Ende, als Otto wieder in das Lehrerzimmer trat. Sein Erscheinen wurde sofort von allen Lehrern bemerkt. Wie ein Tier im Käfig starrten sie ihn an und eine auffällige, von Spannung angefüllte Stimmung umgab ihn. Offensichtlich war das Kollegium so beunruhigt, wie es Dr. Zwangsdorff befürchtet hatte, schoss es Otto durch den Kopf. Er fühlte sich wie ein Fremdkörper zwischen all den Leuten, die ihn aufmerksam beobachteten, ohne die Mauer des Schweigens zu überwinden. Er kannte als Farbiger Situationen wie diese zu Genüge. Doch diesmal war es wohl nicht seine Hautfarbe, die die Menschen zu ihm auf Distanz gehen ließ. Diesmal war es der Tod Benjamin Masokowskys.

Da entdeckte Otto Herrn Fraulich, der an einem Tisch saß und einen Stapel vor sich liegender Hefte korrigierte. Als hätte der Oberinspektor ihm mit dem Blick auf die Schulter geklopft, blickte der Lehrer plötzlich zu ihm auf und lächelte ihn an. Und ohne es selbst zu registrieren, durchbrach er die um Otto gezogene Mauer des Schweigens und ging auf den Polizisten zu.

Erleichtert nahm Otto das Angebot einer Tasse Kaffee an und folgte dem Lehrer in einen kleinen Raum, der zwischen dem großen und dem kleinen Lehrerzimmer lag und als Garderobe, als Abstellraum für Reinigungsmittel, als Kopierraum und als Küche zugleich diente, doch eher an eine unaufgeräumte Rumpelkammer erinnerte. Von daher war Küche für die einfache Spüle und der Schultisch, auf dem eine Kaffeemaschine und ein Wasserkocher standen, ein übertriebener Ausdruck. Otto war bei diesem Anblick froh über die „Schwimmbad"-Kantine des Polizeihochhauses und sein kleines Büro.

„So ein Pech!", begann der Lehrer. „Mal wieder hat ein Kollege den letzten Kaffee genommen und keinen neuen aufgesetzt. Diese alten Egoisten! Wenn Sie wollen, können Sie sich selbst einen Kaffee kochen. Ich muss gleich in den Unterricht."

Kurz instruierte der Lehrer Otto dann über das Kaffeekochen.

„Was kostet denn eine Tasse?", fragte Otto zwischendurch.

„Fünfzig Pfennig."

„Ist das nicht ein bisschen zu teuer?"

„Wenn alle bezahlen würden, wäre das sicherlich zu teuer. Aber offensichtlich ist es mit der Ehrlichkeit einiger Lehrer an dieser Schule nicht zum besten gestellt. Ich muss los. Einen schönen Tag noch."

Mit diesen Worten verschwand der Lehrer aus dem Raum. Es läutete und die Lehrerzimmer leerten sich wie immer schnell. Als der Kaffee fertig war, setzte sich Otto mit einer Tasse des heißen Gebräus in eine Ecke des Nichtraucher-Lehrerzimmers, das bis auf Thomas Winkler und Dr. Nichtig leer war. Der Polizist nahm sofort wahr, dass der Referendar mit Dr. Nichtig über die Unterrichtsstunde sprach, die er gerade gehalten haben musste. Mit offensichtlich gelangweilter Miene hörte sich Dr. Nichtig den leidenschaftlichen Vortrag seines Auszubildenden an. Nach einigem Hin und Her kam Dr. Nichtig dann zur Beurteilung der Stunde:

„Das ist alles viel zu redundant gewesen. Sie sind hier nicht auf einer Gesamtschule, in der sie Schwätzerstündchen mit Schülern abhalten sollen. Hier besteht noch ein Bildungsanspruch. Sie lassen sich zu sehr von den Schülern ablenken. So werden Sie es niemals schaffen, unsere geistige Elite zu formen."

„Ich habe mich nicht von den Schülern ablenken lassen, sondern ich habe schülerorientierten Unterricht gegeben. Dies habe ich ihnen auch in meinem Stundenentwurf pädagogisch begründet", versuchte sich der Referendar zu rechtfertigen.

„Immer diese Gerede von der Schülerorientiertheit. Das soll doch nur davon ablenken, dass sie ihre Aufgabe als Lehrer nicht ernst nehmen. Warum wollen sie immer auf die Schüler eingehen? Sie sollten doch derjenige sein, der sein Wissen an die Schüler weitergibt. Und dies geschieht mit Hilfe von Lernzielen und nicht mit langatmigem Gerede zwischen Lehrer und Schülern."

„Schülerorientiertheit soll doch dazu dienen, dass sich möglichst viele Schüler für den Stoff interessieren und mitarbeiten. Ist Ihnen nicht aufgefallen, dass fast alle Schüler im Unterricht bei der Sache waren."

„Ja, genau das ist ihr Problem. Da haben Schüler Beiträge gebracht, die so schlecht waren, dass es einfach verschwendete Zeit war, sie dranzunehmen."

„Eine Grundregel der Pädagogik lautet doch, dass jede Schüleraktivität, also auch jede Meldung berücksichtigt werden soll."

„Sicher, da haben Sie ganz recht. Aber Sie müssen auch erreichen, dass Schüler nicht in die Versuchung geraten, jeden Mist sagen zu wollen."

„Zu der Einsicht, dass ein eigener Gedanke Mist ist, um ihre

Worte zu gebrauchen, gehört, dass einem diese Einsicht mitgeteilt wird."

„Ich denke, Sie müssen lernen, den Schwätzern beizubringen, wann sie etwas sagen dürfen. Wissen Sie, Unterricht ist eine Inszenierung, eine große Inszenierung und Sie sind der Regisseur, der den Akteuren die Rolle zuweist. Drum geb ich ihm den Gesellen zu, der reizt und wirkt und muss als Teufel schaffen. ...als Teufel schaffen. Merken Sie sich diese Worte Goethes! Sie dürfen die Zügel nicht locker lassen. Mit ihrer harmoniesüchtigen Umgangsform erreichen Sie nur, dass der Unterricht zerfasert und die leistungsstarken Schüler sich langweilen. Und gerade die Elite soll doch auf dem Gymnasium die Chance erhalten, ihre Anlagen zu entwickeln. Es fehlt bei Ihnen der Wettbewerb, in dem die charakterstarken Schüler ihre Lorbeeren erkämpfen können. Sie vernachlässigen die Begabten, die von Ihnen Stoff angeboten bekommen wollen, an dem sie ihre Leistungsstärke demonstrieren können, um zum Vorbild der Schwächeren zu werden."

„Also wirklich, Herr Dr. Nichtig!", platzte es aus dem Referendar heraus. „Was Sie mir hier verkaufen wollen, ist wirklich das Allerletzte. Ihr Heroentum in allen Ehren, aber was Sie von mir fordern, ist ein Unterricht, den ich nicht verantworten kann. Es ist doch mittlerweile allgemein bekannt, dass interesseloses Lernen zu Unselbständigkeit und Anpassertum führt."

„Ist das denn etwas Schlechtes. Sie sollten nicht anfangen, Ihre Selbstverwirklichungsideologie zum Maßstab ihrer Arbeit zu machen."

„Soll ich stattdessen etwa Ihre Anpassungsideologie

übernehmen?"

„Das wäre vielleicht ein Zeichen politischer Räson in Ihrer Situation Herr Winkler. Wenn Sie in Ihrer bisherigen Art weitermachen, dann sehe ich schwarz für Ihre Prüfung. – Guten Tag!"

Der alte, gebrechlich wirkende Mann erhob sich und ging mit erstaunlich schnellen Schritten aus dem Raum, in dem der wütende Referendar kopfschüttelnd mit Otto zurückblieb.

Nach einer Weile des Schweigens, in der sich die Röte im Gesicht des Referendaren etwas gelegt hatte, sagte er in einem zynischen Tonfall zu Otto:

„Und das Perverse an dieser ganzen Situation ist, dass mein Fachseminarleiter von mir genau den Unterricht verlangt, den Dr. Nichtig eben in Grund und Boden kritisiert hat. Diese Seminarleiter machen sich selbst zu den Göttern der Pädagogik, diese eitlen, selbstgefälligen Narzisten."

Otto unterhielt sich einige Zeit mit dem aufgebrachten Referendar, der diesen Anlass nutzte, um all seine Verzweiflung über eine vollkommen veraltete und falsch strukturierte Lehrerausbildung gegenüber dem interessiert zuhörenden Polizisten herauszulassen. Und wenn die Schulbehörde noch nicht einmal in der Lage ist, ihren eigenen Nachwuchs richtig auszubilden, wie sollte es da erst um die Ausbildung der Schüler bestellt sein, ging es Otto durch den Kopf.

Irgendwann betrat ich das Lehrerzimmer und unterbrach die Unterhaltung Ottos mit dem Referendar.

„Herr Winkler, können Sie mir sagen, wo wir Benjamins Klassenlehrerin Frau Dr. Heidegger finden können?"

„Fünfte Stunde – da müsste sie eigentlich schon zu Hause sein. Gehen Sie doch zur Schulsekretärin und lassen Sie sich dort ihre Privatadresse geben."

Otto merkte, dass ich in Eile war und so verließ er gespannt mit mir das Lehrerzimmer. Von Frau Möller, der Schulsekretärin, verlangten wir dann nicht nur Frau Dr. Heideggers Anschrift, sondern auch die Tobias' und Lothars, weil Otto diese nochmals sprechen wollte, ohne dass Clemens Meerkaiser in der Nähe war.

Dann saßen wir in unserem Wagen und begaben uns auf den Weg zurück in das Präsidium.

„Du Otto, du glaubst ja nicht, was mir Dr. Richter gerade erzählt hat", platzte es aus mir heraus.

„Da muss wirklich etwas ganz Besonderes passiert sein", erwiderte Otto. „Du wirst ja richtig rot im Gesicht."

„Also er hat mir erzählt, dass Dr. Zwangsdorff mit Frau Meyer-Rabe ein Verhältnis hat. Und es geht noch weiter. Der hat doch tatsächlich erzählt, dass er die beiden in der Schule beobachtet hat, wie die perversen Sex gemacht haben, mit Peitsche und so."

„Na, bei dem, was ich eben zwischen dem Referendaren und diesem Dr. Nichtig erlebt habe, kann ich mir durchaus vorstellen, wie man in so einem Laden pervers werden kann. Da verlangen zwei Ausbilder von einem Referendaren zwei sich gegenseitig ausschließende Unterrichtsstile, anstatt ihm dabei zu helfen, seinen eigenen Stil zu entwickeln. Und das soll schon seit ewigen Zeiten so gehen. Das bedeutet dann, dass Lehrer dazu ausgebildet werden, einen Unterricht durchzuführen, der nicht zu ihrer eigenen Persönlichkeit passt. Und die fehlende Lehrerpersönlichkeit versuchen sie dann mit

Autorität zu überdecken. So etwas ist doch pervers."

„So habe ich das bisher noch nicht gesehen", entgegnete ich, um dann zu meinem Thema zurückzukehren. „Na ja, wenn ich Kinder hätte und wüsste, dass der Schulleiter pervers ist, dann würde ich mir allerdings schon überlegen, ob das der rechte Ort für meine Kinder wäre."

„Du tust ja gerade so, als wäre das etwas Ungewöhnliches. Dabei beweisen doch Statistiken, dass total viele Menschen auf Sado-Maso stehen. Was glaubst du, warum es so viele SM-Läden auf der Reeperbahn gibt? Und irgendwovon müssen die leben. Was glaubst du, was beispielsweise mit unserem lieben Vorgesetzten so abgeht? Meinst du, dass es normal ist, wie der sich den Kuchen reinschiebt? Fresssucht ist das. Und meinst du, dass das die einzige Perversion ist, die Blockstedt sich erlaubt?"

Hilflos blickte ich meinen Kollegen an, der offensichtlich mehr über Perversionen wusste. Mir fiel es schwer, über dieses Thema zu sprechen. Und so gehemmt konnte ich dem Redefluss meines Mitarbeiters nichts Adäquates entgegensetzen, weil mich innere Blockaden daran hinderten, mich über diese Form des Auslebens von Gefühlen zu informieren.

194

5

Nachmittags fuhr ich durch die drückende Schwüle der Stadt zu Frau Dr. Heidegger, und war gespannt darauf, was Benjamins ehemalige Klassenlehrerin mir Neues mitteilen könnte. Nach den Andeutungen Dr. Richters müsste sie eigentlich etwas wissen, was mich weiterbringen könnte. Sie wohnte am Leinpfad, einer sehr guten Hamburger Adresse. Direkt am Flusslauf der Alster lag das Gebäude, in dem sich die Wohnung der Lehrerin befand, die mit einem Lehrergehalt sicherlich nicht zu bezahlen war. Gediegene, bürgerliche Villen, die in echt hanseatischer Untertreibung einfach Stadthäuser genannt wurden, bestimmten dicht aneinandergereiht das Straßenbild, soweit man sie zwischen den beiderseits der Straße gepflanzten Platanen erkennen konnte. In dieser Straße war alles sehr teuer und die Gebäude waren in einem sehr gepflegten Zustand.

Als ich vor dem Haus stand, in dem die Lehrerin wohnte, musste ich den Kopf schütteln. Ich stand vor einem eigentlich sehr geschmackvollen, dreigeschossigen, weißen Jugendstilgebäude, das reich mit geschwungenen Stuckornamenten verziert war. Einzig der im Tiefparterre nachträglich eingebaute enge Eingang mit dem dunkelbraun getönten Türglas, der zudem mit einer kantigen, modernen, ebenfalls getönten Glas- und Messingkonstruktion überdacht war, wirkte vollkommen fehl am Platz. Der Stilbruch setzte sich im Treppenhaus, das ich nach dem Summen der Tür betrat, mit unsäglicher Konsequenz fort. Es war zu meiner Überraschung sehr eng und modern gestaltet und stand damit der äußeren Großzügigkeit des Hauses diametral entgegen. Alles passte nicht zum großzügigen Äußeren des Gebäudes, das offensichtlich vollkommen entkernt worden war. Man fühlte sich, als würde man das Gebäude durch den Dienstboteneingang betreten. Und auch die modernen, cremefarbenen Kunstmarmorstufen der Treppe wirkten fehl am Platze. Was für eine Grausamkeit, ging es mir durch den Kopf, während ich die Stufen des fensterlosen Treppenhauses hinauf schritt.

Im obersten Stockwerk erwartete Frau Dr. Heidegger mich. Sie wirkte unruhig und bat mich schnell in ihre Wohnung, da sie noch ein Telefongespräch beenden müsse. Ich ging in die von ihr angewiesene Richtung und gelangte in einen mit hellgrauen Teppichen ausgelegten Wohnraum. Für einen Augenblick genoss ich den herrlichen Ausblick auf den Flusslauf der Alster, in dem erste Windböen spielerisch durch die Äste der mächtigen Linden fuhren, die an dieser Stelle die Uferböschung säumten. Doch dann begann ich mit meinen kriminalistischen Augen den Raum zu untersuchen. Hinter einem langen Tresen an einer Seite des Raumes war eine moderne Küchenzeile zu sehen. Davor stand ein Rokokotisch mit einem ebensolchen samtroten Sofa und Stühlen. Auf der anderen Seite des Raumes sah ich einen modernen grauen Stubenschrank mit viel Chrom und Glas, vor dem eine ebenfalls graue Ledergarnitur locker um einen gläsernen Couchtisch arrangiert war. Dann sah ich wieder aus dem Fenster.

Nach einer Weile erschien Frau Dr. Heidegger.

„Gefällt ihnen der Ausblick? Aber fragen Sie mich bitte nicht, was ich dafür bezahlt habe."

„Ja, er ist wirklich schön."

„Entschuldigen sSie, dass ich Sie habe warten lassen. Aber es ist schon manchmal eine Plage mit diesen Studenten."

„Studenten?"

„Ach so, Sie können das natürlich nicht wissen. Ich unterrichte nicht nur in der Schule, sondern doziere auch an der hiesigen Universität. Und die Studenten dort sind ja gelegentlich sehr zudringlich."

Während sie sprach, fuhr sich die Lehrerin mit einer Hand durch ihr langes blondes Haar, das sie jetzt offen trug.

„Da hat sich mal wieder einer in mich verliebt und kann einfach nicht verstehen, wenn man ihm sagt, dass es aus ist. Diese unerfahrenen Bengel. Aber was behellige ich Sie mit meinen kleinen Problemen. Was kann ich für Sie tun?"

„Sie sind doch die Klassenlehrerin von Benjamin Masokowsky gewesen. Ich hätte gern einige Informationen über ihn, über seine Schulleistungen, seine Freunde und so weiter und so fort."

„Dazu kann ich Ihnen einiges erzählen, aber dies wird etwas Zeit in Anspruch nehmen. – Wollen Sie vielleicht erst einmal einen Kaffee?", fragte die Lehrerin, während sie diesmal mit beiden Händen durch ihre Haare fuhr und mir ihre ausrasierten Achselhöhlen präsentierte.

„Ja, gern."

„Setzen Sie sich doch."

Die Lehrerin wies mit einem Arm auf das fragil wirkende Rokokosofa.

Vorsichtig nahm ich Platz und beobachtete, wie die Frau zur Kaffeemaschine ging. Der wiegende Gang der Frau entging meinem Blick nicht.

„Puh, ist es heiß hier", sagte die Lehrerin, nachdem sie die Kaffeemaschine angeschaltet hatte.

Mit einer eleganten Bewegung legte sie ihre Leinenjacke ab, unter der sie eine tief ausgeschnittene Seidenbluse trug, deren Dekolleté einen großzügigen Einblick auf ihre großen Brüste freigab. Mir wurde bei diesem Anblick warm. Doch die Ausstrahlung des übermäßig gebräunten, maskenhaft wirkenden Gesichts der Frau, das voller tief liegender, strenger und verbissener Falten war, zeigte eine Härte und Verbitterung, die nicht zu ihrer vordergründigen Freundlichkeit passte und auf mich abstoßend wirkte. Die Falten der Frau erinnerten mich an meine Mutter, die nach den schweren Jahren der Arbeitslosigkeit meines Vaters und dessen zu frühen Tod ebenfalls tiefe Furchen in ihrem Gesicht nachbehalten hatte. Allerdings unterschieden sich die beiden Frauen ansonsten sehr, denn meine Mutter gab sich äußerlich als ältere Frau zu erkennen, während mein Gegenüber offensichtlich mit allen Mitteln versuchte, jugendhaft zu wirken.

„Also Benjamins Schulleistungen, das war ein trauriges Kapitel", begann die Lehrerin ihre Ausführungen über den verstorbenen Jungen. „Grundsätzlich muss ich sagen, dass er durch das Niveau unserer Schule überfordert war. Sicherlich hätte er an einem anderen, durchschnittlichen Gymnasium bestehen können, doch die Maßstäbe des Mozart-Gymnasiums waren für ihn zu hoch gesteckt, um es gelinde zu sagen."

Dann gab sie mir einige Beispiele, um ihr Urteil zu untermauern, während sie weiter den Kaffee zubereitete. Zwischendurch verweilte sie immer wieder mal für einen Augenblick in einer Pose hinter dem Tresen, die mir freizügig Einblick in ihr Dekolleté bot. Ich musste mehrmals schlucken.

Dann kam die Frau mit einem Tablett hinter dem Tresen hervor, deckte den Tisch und setzte sich neben mich auf das enge Sofa, anstatt sich auf einen der beiden an der anderen Seite des Tisches stehenden Sessel zu setzen. Beim Einschenken kam sie mir dann mit ihrem Oberkörper so nah, dass ich den Duft ihres dezent aufgetragenen Parfüms für einen Augenblick riechen konnte.

Mir war die Situation unangenehm, denn die nah vor meinen Augen schwebenden Brüste erregten mich, obwohl ich es nicht zulassen wollte. Zusätzlich war ich mir nicht sicher, ob ich meinem Gefühl trauen sollte. Die Frau sprach einerseits vollkommen sachlich zu mir und gab auf dieser Ebene keinerlei Anzeichen dafür zu erkennen, dass sie sich mir annähern wollte. Andererseits aber kam sie mir körperlich so nah, dass sie immer wieder die Grenze zur Intimität übertrat. Vielleicht bilde ich mir einfach auch nur ein, dass sie mich anmachen will, dachte ich damals irritiert über dieses eigenartige Geschehen. Nur noch wie durch eine Nebelwand vernahm ich die Worte der Lehrerin.

„Ob Benjamin in der Schule Freunde gehabt hat, kann ich Ihnen nicht sagen. Er war ja sehr einzelgängerisch. Und wenn er Kontakt zu seinen Mitschülern aufnahm, dann machte er das immer sehr ungestüm. Häufig hat er sich mit Clemens Meerkaiser, einem unserer talentiertesten Schüler, geprügelt. Einmal hat er dem Jungen sogar das Nasenbein gebrochen und wir haben es nur mit viel Mühe hinbekommen, dass es kein gerichtliches Nachspiel gab. Die Meerkaisers, Sie haben sicherlich schon von dieser Anwalts- und Kaufmannsfamilie gehört, die haben Benjamin nur geschont, weil sie selbst ihren Namen aus der Öffentlichkeit heraushaben wollten. Also, um es zusammenzufassen: Benjamin ist ein kleiner Rabauke gewesen, wenn Sie wissen, was ich meine. Er liebte die negative Kontaktaufnahme. Was soll man von einem Kind aus Steilshoop auch anderes erwarten."

„Sagen Sie, Frau Dr. Heidegger: War Benjamin nicht mit Rena von Brentano befreundet?"

„Sie war in ihn verliebt, dieses junge, unerfahrene Ding. Er hat mit ihr gespielt und ihr den Kopf verdreht. Diese Kinder aus Steilshoop sind recht frühreif. Verstehen Sie, was ich meine: die verführte Unschuld. Es war für ihn natürlich ein unglaublicher Prestigegewinn, Clemens, den er nicht mehr verprügeln durfte, weil er sonst bestimmt von der Schule verwiesen worden wäre, die Freundin auszuspannen."

Überrascht nahm ich diese Sichtweise der Beziehung Benjamins zu Rena zur Kenntnis.

„Sind Sie sich mit Ihrem Urteil über den Jungen auch wirklich sicher?", fragte ich in meinem Erstaunen nach.

„Zweifeln Sie an meiner Menschenkenntnis?", entgegnete die Frau harsch, so dass ich mir keinen Widerspruch erlaubte.

„Wie war denn die Beziehung Benjamins zu seinem früheren Klassenlehrer, Herrn Fraulich?"

„Na ja, Sie haben das sicherlich schon mitbekommen. Herr Fraulich ist vom andern Ufer. Und bei denen kann man ja nie sicher sein, ob die nicht auch mal versuchen, sich an kleine Jungs ranzumachen."

Die Lehrerin musste kurz kichern.

„Wollen Sie damit behaupten, dass Herr Fraulich eine intime Beziehung zu Benjamin gehabt hat."

„Ausschließen möchte ich das nicht. So wie der ständig um den Jungen herumgeschwänzelt ist. Und in den

200

Lehrerkonferenzen hat er sich auch immer zum Verteidiger Benjamins aufgeschwungen. Er hat dann was von sozialer Gerechtigkeit und so gesprochen, dieser Idealist. Und er hat immer auf den Klassenkonferenzen verlangt, dass wir den Jungen besser benoten. Das hat er manchmal mit einer Vehemenz gefordert, dass man nicht umhin konnte, ihn wiederholt auf die Objektivität von Schulnoten hinzuweisen. Aber ich habe mich gegen diese Mitleidstour konsequent zur Wehr gesetzt. Man darf einem Menschen doch keine Begabungen vorgaukeln, die er nicht hat. Das kann üble Folgen haben."

„Hatte Benjamin noch irgendwelche Feindschaften oder Rivalitäten zu anderen Schülern außer zu Clemens."

„Also zu Clemens muss ich Ihnen noch sagen, dass in meinen Augen von Clemens' Seite aus keine Missgunst existiert hat. Das ist eine einseitige Feindschaft gewesen. Und Rivalitäten – natürlich gab es die zuhauf. Allerdings ist das Sozialneid von Benjamins Seite gewesen. Wissen sie, eigentlich war der Junge an dieser Schule fehl am Platze. Eine Gesamtschule wäre für ihn besser gewesen. Unsere Schule findet ihre Bestimmung in der Herausbildung der Elite. – Der Durchschnitt, diese geistlose Manheit muss ihr Glück anderswo finden."

Der verächtliche Ton Frau Dr. Heideggers missfiel mir und mir war nicht klar, was die Lehrerin mir mitteilen wollte, als sie über die „Manheit" spach. Der Begriff schien für sie eine besonders negative Bedeutung zu haben, denn sie ließ sich zu einem Monolog hinreißen, in dem es von mir nicht geläufigen, offensichtlich philosophischen Fachbegriffen nur so wimmelte. Mehrmals wiederholte sie den Begriff Eigentlichkeit, der ihr besonders zu gefallen schien. Denn jedes Mal wenn sie ihn aussprach, hob sie gewichtig ihre Stimme.

Im Laufe ihres emphatischen Redens schien es ein Versehen zu sein, dass die Frau ihre herabsinkende Hand leicht über meinen Oberschenkel streichen ließ. Doch kaum hatte sie das Wort Eigentlichkeit ein nächstes Mal über ihre Lippen gleiten lassen, lag ihre Hand wieder auf meinem Bein. Diesmal blieb sie dort liegen. Nach einem kurzen Augenblick zuckte ich heftig zusammen. Das war mir zu viel. Schon verschwand die Hand wieder von meinem Bein, während die Frau ihre philosophische Fachterminologie weiter abspulte, ohne darauf Rücksicht zu nehmen, ob man sie überhaupt verstehen konnte. Ich war total irritiert und die neben mir auf dem engen Sofa sitzende Lehrerin löste in mir ein beklemmendes Gefühl aus. Ich war mir nun sicher, dass Frau Dr. Heidegger mich reizen und mehr von mir wollte. Oder bildete ich mir das etwa nur ein?

Endlich gelang es mir, den Wortschwall der Frau zu unterbrechen. Ich müsse jetzt gehen, schob ich hastig vor und begab mich schnell zum Ausgang der Wohnung. Die Lehrerin begleitete mich noch ein Stück und wollte nicht locker lassen. Als wir uns dann auf der Treppe verabschiedeten, lag plötzlich für einen kurzen Augenblick Frau Dr. Heideggers Hand mitten auf meiner Brust, so dass ich den Druck ihres Handtellers und ihrer Finger deutlich spüren konnte. Auf eine solche Weise war ich in meinem Leben bisher noch nicht von einer mir fremden Frau angefasst worden. Meine Überraschung war vollkommen. Ich schaffte es nicht einmal, die Hand der Lehrerin wegzustoßen. Hilflos in meinem Schrecken registrierte ich, wie sich die Hand der Frau einen Augenblick später wieder von meinem Körper löste. Wie angegossen stand ich da, während Frau Dr. Heidegger sich wie selbstverständlich von mir verabschiedete, als wäre nichts geschehen.

Hatte ich das alles nur geträumt?

Verwundert und ohne einen Ton über die Lippen bringen zu können, verließ ich das Haus. So etwas war mir in meinem ganzen Leben noch nicht untergekommen. Ich stellte mir vor, wie es wäre, wenn ich einer Frau die Hand einfach auf die Brust legen würde. Sexuelle Belästigung wäre das. Kopfschüttelnd stieg ich in mein Auto und fuhr zurück ins Polizeipräsidium.

Mit einem Mal hatte ich Mitleid mit Benjamin Masokowsky.

6

Am späten Nachmittag des gleichen Tages erschien Staatsanwältin Dr. Behrens in meinem Büro. Es kam selten vor, dass die Staatsanwaltschaft den Weg in das zentral, aber in einer ungemütlich verbauten und von Hauptverkehrsstraßen durchkreuzten Gegend gelegene Polizeihochhaus fand. Der Fall hatte wirklich eine besondere Bedeutung.

Die agile junge Juristin in ihrem modernen Business-Outfit bestätigte meine Vermutung postwendend, indem sie sich bestens informiert zeigte und nachdrücklich verlangte, dass die Ursache für den Tod Benjamin Masokowskys zügigst zu ermitteln sei. Jede nur erdenkliche Unterstützung würde sie mir geben.

Das klingt alles schön und gut, dachte ich, während ich den Ausführungen der hageren, schwarzhaarigen Frau lauschte, die nicht älter als ich sein konnte. Aber letztendlich willst du mich doch nur kontrollieren. Hatte die Frau meine Skepsis bemerkt? Einen Augenblick lang sahen wir uns in die Augen. Ich merkte, dass ich ebenfalls taxiert wurde. Ich konnte nichts Hintergründiges bei meinem Gegenüber entdecken und mein Gefühl sagte mir, ohne dass ich dies näher erklären konnte, dass dieser Person zu vertrauen war.

Blockstedt, der die Staatsanwältin begleitete, schloss sich dem Tenor der Staatsanwältin vorbehaltlos an und forderte ebenfalls, dass ich die Ermittlungen schnellstmöglich zu Ende führen müsste, da die Presse den Fall ansonsten noch weiter aufspielen würde. Es sei von öffentlichem Interesse, dass der Schulbetrieb am Mozart-Gymnasium wieder ohne äußere

Störungen ablaufen könne.

„Ich bemühe mich bereits jetzt um eine schnelle Aufklärung des Falles", setzte ich dem entgegen. „Andererseits habe ich immer noch keinen dringend Tatverdächtigen. Das Problem ist, dass sehr viele Personen zum Kreis der Verdächtigen zählen: Lehrer, Mitschüler und Eltern. Oberinspektor Meyer ist gerade unterwegs zu einigen Schülern, die ihm heute morgen in der Schule offensichtlich mit vorher abgesprochenen Aussagen täuschen wollten. Die Schüler hielten sich am Tattag bereits an der Schule auf, bevor die Leiche des Jungen von seiner Freundin entdeckt wurde. Mein Mitarbeiter will die Jungen nochmals verhören, ohne dass sie dem Gruppendruck ausgesetzt sind, der sie in der Schule daran zu hindern schien, ihm die Wahrheit zu sagen. Dies ist zur Zeit unsere heißeste Spur, obwohl es gar nicht sicher ist, ob die Jungen etwas mit dem Tod Benjamin Masokowskys zu tun haben."

„Ja, aber das ist doch zumindest etwas", sagte Kriminalrat Blockstedt erfreut. „Streit zwischen Schülern und einer kippt im Affekt die Leiter um. Das ist doch eine ganz natürliche Sache. Jugendliches Temperament braust auf und ein tragisches Unglück geschieht. Damit kann ich leben. Sollten wir das nicht an die Presse weitergeben, Frau Dr. Behrens?"

„Also solange nicht eindeutig ermittelt ist, ob beziehungsweise welcher Schüler die Leiter umgekippt hat, geht nichts an die Presse", befahl die drahtige Staatsanwältin energisch. „Stellen Sie sich die Aufregung in der Schülerschaft des Mozart-Gymnasiums vor, wenn die erfahren, dass der Täter unter ihnen ist."

Genau den gleichen Gedanken hatte auch ich gehabt und ich war von der Juristin beeindruckt, die offensichtlich etwas von ihrem Fach verstand.

„Vorschnelle Presseveröffentlichungen halte ich ebenfalls für sehr problematisch", sagte ich. „Außerdem bin ich mir nicht sicher, ob wir uns mit dieser einen Spur begnügen sollten. Auch andere Möglichkeiten dürfen von uns nicht außer Acht gelassen werden."

„Woran denken Sie, Herr Hecht?", fragte die Staatsanwältin.

„An die Lehrerschaft der Schule. Ich habe bis jetzt festgestellt, dass sich in diesem Kollegium viele Lehrer nicht grün sind. Da werden am laufenden Band Intrigen gegeneinander angezettelt. Und man hat mir die komischsten Geschichten über Kollegen erzählt. Also ich weiß nicht, wem ich dort trauen kann und wem nicht. Alles spricht dafür, dass da noch die eine oder andere Überraschung auf mich wartet."

„Wollen Sie damit etwa sagen, dass Sie jemanden aus der Lehrerschaft der Schule verdächtigen?", fuhr Blockstedt auf. „Das wäre ja noch schöner. Das sind doch alles angesehene Bürger unserer Stadt. Also wirklich, Hecht!"

„Jedenfalls sind einige dieser angesehenen Bürger das, was man im Volksmund als pervers bezeichnet", hielt ich meinem Vorgesetzten entgegen. „Ein Lehrer hat mir erzählt, er habe den Schulleiter mit einer Kollegin beim heimlichen Sadomasosex in der Schule beobachtet. Ich weiß nicht, was an der Geschichte dran ist. Vielleicht wollte mir der Lehrer einen Bären aufbinden. Ich weiß es nicht. Ich weiß aber, dass sich diese Leute zum Teil so merkwürdig verhalten, dass ich mir einfach keinen Reim darauf machen kann."

„Vielleicht sollten wir den kriminalpsychologischen Dienst einschalten", sagte die Staatsanwältin. „Die können Ihnen helfen, die Persönlichkeitsstruktur der Verdächtigen zu

206

analysieren. Ich würde das sofort veranlassen, wenn es Ihnen eine Hilfe wäre."

„Eine gute Idee", stimmte ich der Staatsanwältin zu, während mein Vorgesetzter sich skeptisch zeigte.

„Kriminalpsychologischer Dienst – wenn ich das schon höre. Als hätten wir nicht genügend kriminalistischen Sachverstand, um diesen Fall zu lösen."

„Herr Blockstedt", wandte die Staatsanwältin ein, „überschätzen Sie in diesem Fall nicht sich selbst ein wenig? Nicht umsonst ist diese Abteilung in der Polizei eingeführt worden."

Die postwendende Kritik der Staatsanwältin überraschte den nicht nur körperlich dicken, sondern auch dickfelligen Kriminalrat, der vom ironischen Unterton der Äußerung getroffen seinen Blick senkte, was ich wiederum heimlich genoss. Ich wusste, wie schwer es meinem Vorgesetzten fiel, von Personen, deren Vater er sein könnte, Anweisungen und Ratschläge entgegenzunehmen. Und dann noch von einer Frau, deren Rolle es in seinen Augen eigentlich war, Daheim hinterm Herd für den sich heldenhaft aufopfernden Gatten das Mahl zu bereiten. Blockstedt ist wirklich ein über alle Maßen antiquiertes Modell von Kriminalrat, dachte ich, als Otto plötzlich in das Büro stürzte.

„Das könnte es sein. Ich glaube jetzt haben wir etwas in der Hand!"

„Was gibt's?", fragte ich.

„Ich habe noch einmal die Jungen verhört, die Clemens Meerkaiser ein Alibi gaben, indem sie behaupteten, dass sie gemeinsam mit ihm zur Schule gefahren sind. Jetzt habe ich den Beweis, dass dieses Alibi keines ist."

Für einen Moment herrschte Stille im Raum und erst jetzt registrierte Otto die Anwesenheit der Staatsanwältin. Dann fuhr er fort.

„Nun – die drei Jungen wohnen in ganz unterschiedlichen Richtungen von der Schule. Die Mütter Tobias' und Hennings konnten mir genau sagen, wann die Jungen am Samstag zur Schule gefahren sind. Und die sind so spät losgefahren, dass sie es gerade mit Mühe geschafft haben könnten, auf direktem Weg um 9.50 Uhr in der Schule anzukommen. Das heißt, wenn sie gemeinsam mit Clemens an der Schule ankamen, dann können sie sich erst direkt vor der Schule getroffen haben. Und das heißt wiederum, dass Clemens auch schon vorher in der Schule gewesen sein könnte."

„Sind Sie sich dessen ganz sicher?", fragte Blockstedt nervös nach.

„Also ich bin die Wege von den Wohnungen der Jungen zur Schule mit dem Wagen abgefahren und das schaffte ich kaum in der Zeit, die den Jungen per Fahrrad zur Verfügung stand."

„Wenn das stimmt, dann könnte das den Fall voranbringen", bemerkte ich nachdenklich. „Es ist jetzt an der Zeit Clemens Meerkaiser noch einmal zu verhören. Immerhin besteht ihm gegenüber schon der Verdacht, den Schulleiter zu erpressen."

„Warten Sie damit noch. Herr … ääh … Meyer", mischte sich die Staatsanwältin ein. „Haben Sie die Wegstrecke von den Wohnungen der Jungen zur Schule genau abgemessen und überprüft, ob diese auch Ihren Weg gefahren sind?"

„Nein, aber das liegt doch auf der Hand", wunderte sich der Oberinspektor.

„Ich denke, bevor Sie Clemens Meerkaiser vernehmen, sollten wir dies noch einmal genau überprüfen und auch ansonsten abklären, ob wir keinen Fehler gemacht haben. Sie wissen, dass es sich bei den Meerkaisers um eine einflussreiche Familie handelt. Wenn uns dieses Verhör danebengeht, dann kann dies für uns alle sehr unangenehme Folgen haben und, um nur ein Beispiel zu nennen, das Ende meiner noch jungen Karriere als Staatsanwältin sein. Wir müssen gegenüber dieser Familie sehr umsichtig und vorsichtig agieren."

Ich bemerkte die Unsicherheit der Frau, die mir auf einmal wie jemand vorkam, der zum ersten Mal auf Schlittschuhen stand. Doch dann fielen mir die Erzählungen Dr. Zwangsdorffs und Renas über das Verhalten Clemens' wieder ein und ich wusste, dass in diesem Fall mehr als die übliche Polizeiroutine vonnöten war.

Ich fühlte mich herausgefordert.

„Also, ich schlage vor, Sie überprüfen nochmals die Aussagen dieser Jungen und die Wegstrecke, auf der die Jungen zur Schule gefahren sind. Ebenso deren Ankunftszeit. Verhören Sie dazu noch einmal die Freundin des Opfers."

7

„Hast du schon das Hamburger Morgenblatt gelesen?", fragte Otto mich am nächsten Morgen, als ich wieder später als üblich in meinem Büro im Polizeihochhaus erschien.

Mein Mitarbeiter saß bereits am Schreibtisch und hatte vor sich die neueste Ausgabe des Morgenblatts ausgebreitet.

„Nein", erwiderte ich mit gemischtem Gefühl, denn in den letzten Tagen hatte diese Zeitung mir nur Ärger gebracht.

Wortlos wies Otto auf die Titelseite des Hamburger Morgenblattes.

Steilshooper Jugendgangs gefährden Hamburger Gymnasiasten
Polizei hat Hinweise: Benjamin M. Opfer eines Krieges zwischen rivalisierenden Jungendbanden
Wie uns aus gut unterrichteten Kreisen mitgeteilt wurde, ist der Schüler Benjamin M. aller Wahrscheinlichkeit nach Opfer eines Kampfes zweier rivalisierender Steilshooper Jugendbanden geworden. Der ermordete Schüler hatte bereits seit Jahren in einer Kampfsportgruppe des Asian Sports Club trainiert, in der er als einer der besten Kämpfer galt. Auch in seiner Schule war er bereits in mehrere Schlägereien verwickelt gewesen. Das Mozart-Gymnasium befürchtet eine Verrohung der Sitten an ihrer Schule. Lesen sie weiter auf Seite 4.

Auf Seite 4 konnte ich dann nachlesen, wie Sibylle Jahn aus

210

einigen wenigen Informationen Blockstedts und einem zum Teil abgedruckten Interview Dr. Zwangsdorffs einen Sensationsbericht verfasst hatte, der Benjamin als asozialen Prügler abstempelte, der zudem ein führender Kopf einer Steilshooper Jugendbande gewesen sein sollte. In dem Interview erschien Dr. Zwangsdorff als von diesen Informationen tief betroffener Schulleiter, der aufgrund dieser im Mozart-Gymnasium bisher nicht bekannten dunklen Seite Benjamins Zweifel hatte, ob die Auswahl von Gymnasiasten in Hamburg nicht reformiert werden müsste. Nur wenn sich eine Schule ihre Schüler selbst aussuchen könnte, wäre es in seinen Augen möglich, Fälle wie diesen zu vermeiden. Nur so könnten Schulen wie das Mozart-Gymnasium ihr Renommee bewahren.

Kopfschüttelnd blickte ich auf.

„Wer hat denn diesen Unsinn in die Welt gesetzt?"

„Das kannst du dir doch denken. Für wen kommt denn alles Übel dieser Stadt aus Steilshoop?", antwortete Otto mit einer Gegenfrage.

„Blockstedt", erwiderte ich mit einer Stimme, die nicht den Hauch eines Zweifels enthielt.

Zu bekannt waren uns die Ausfälle unseres Chefs gegen die armen und benachteiligten Menschen dieser ach so reichen Stadt, die sich seit einiger Zeit ihrer sozialen Probleme entledigte, indem sie sie aus den Vorzeigestadtteilen entfernte und in Ghettos zu bannen versuchte. Diese Aufspaltung der Gesellschaft, die Hamburgs idyllische Stadtteile mit einmaligem Wohlstand und gediegener Wohnqualität in einer Zeit großer sozialer Probleme erhielt, hatte leider zum Nachteil, dass andere Stadtteile in zunehmendem Maße verkamen.

Verärgert warf ich, der ich zwischenzeitlich die Zeitung zusammengefaltet hatte, diese wieder auf Ottos Schreibtisch. Ich würde die Suppe auslöffeln müssen, die durch diese an den Haaren herbeigezogene Verleumdung Benjamin Masokowskys entstanden war.

„Blockstedt hätte wirklich etwas mehr Rücksicht nehmen können. Heute ist die Beerdigung Benjamins. Das wird für Frau Masokowsky kein leichter Gang werden."

„Ich denke, wir sollten mit Frau Masokowsky über die Sache sprechen und uns bei ihr entschuldigen", sagte Otto. „Polizeitaktische Gründe und so weiter und so fort."

„Ach, nein. Lassen wir das lieber. Nachher weint die uns noch die Ohren voll."

Ich hatte Angst vor der Begegnung mit der Trauer und der Anklage der Mutter Benjamins, die über den Bericht des Hamburger Morgenblatts sicherlich nicht erfreut sein würde. So etwas wollte ich mir damals nicht geben. Zuviel Traurigkeit hatte ich in der Zeit des Siechtums meines Vaters miterlebt.

Verdrängen nennt man das in der Sprache der Psychologie. Damals wusste ich noch nicht, dass ich mich mit meiner zwanghaften Flucht vor der Trauerarbeit ebenfalls um viele Glücksmomente brachte. In einem Käfig ohne Traurigkeit passt nur wenig Glück. Wie fatal das Ausgrenzen negativer Gefühle auf den eigenen Emotionshaushalt wirkte, erkannte ich erst später. Otto schien mich dagegen zu durchschauen, denn er appellierte an mich:

„Reiß dich doch mal zusammen. Was meinst du, was das für ein Schock für dich wäre, wenn du auf einmal in einer Zeitung lesen würdest, dein Kind wäre ein übler Strolch, obwohl du doch selbst weißt, dass das nicht stimmt. Und dann noch an dem Tag, an dem dein Kind beerdigt wird und alle Nachbarn, Verwandten und Bekannten vor dir versammelt sind."

„Das ist wirklich keine feine Sache. Fahr du doch zur Beerdigung und entschuldige dich bei Frau Masokowsky."

Widerwillig übernahm Otto die Aufgabe des Seelentrösters, die ich mal wieder auf ihn abwälzte, und er machte sich auf den Weg.

8

Auf sein Klingeln wurde Otto die Tür zur Wohnung Frau Masokowskys geöffnet und eine Frau, die sich als Nachbarin vorstellte, empfing ihn.

„Mit uns können Sie es ja machen! Setzen einfach so Lügengeschichten in die Welt und scheren sich keinen Deut darum, was das für einen Menschen bedeutet!"

„Entschuldigen Sie, mir tut die Sache ja auch fürchterlich Leid, aber es ist nun einmal geschehen. Kann ich Frau Masokowsky sprechen?"

„Gehen Sie ins Wohnzimmer!"

Otto hörte das Weinen der Frau bereits, bevor er den Raum betrat. In einem einfachen schwarzen Kostüm gekleidet saß die Mutter Benjamins in sich zusammengesunken auf dem Sofa. Vor ihr lag ein aufgeschlagenes Hamburger Morgenblatt.

„Frau Masokowsky", sagte Otto mit sanfter Stimme.

„Was wollen Sie noch von mir? Haben Sie in meinem Leben nicht schon genug zerstört?", fuhr ihn die Frau an.

„Frau Masokowsky, es tut mir wirklich Leid, dass die Sache mit dem Zeitungsartikel passiert ist, ohne dass wir Sie vorher verständigt haben. Es handelt sich natürlich um eine erfundene Geschichte. Aber wir mussten aus ermittlungstaktischen Gründen so vorgehen. Wir werden das später wieder geradebiegen."

„Wissen Sie, man nimmt nur einmal von einem Menschen Abschied. Und dieser Abschied lässt sich nicht wieder geradebiegen, wie Sie sich ausdrücken. – Wie soll ich denn heute all den Menschen in die Augen blicken, all diesen vorwurfsvollen Blicken, die mir vorhalten, was für eine Rabenmutter ich gewesen sein soll."

Wortlos blieb Otto eine Weile im Raum stehen.

„Ich habe noch etwas für Sie von meinem Sohn. Vielleicht hilft Ihnen das weiter", sagte die Frau nach einiger Zeit.

Otto nahm von ihr einige DIN-A4-Blätter entgegen, auf denen Benjamin eine kurze Erzählung geschrieben hatte.

Die Buchhalterin des Wissens

In einem staubigen, neonbeleuchteten Raum zwischen raumdurchschneidenden, hölzernen Regalen bewegt sich mit schweren Schritten die Buchhalterin des Wissens. Langsam und in sich versunken wandert sie an den Regalen entlang, hält mal hier und mal da, um auf die verstaubten Buchrücken zu blicken. Nach einer Weile zieht sie aus einem entlegenen Regal ein Buch. Nachdem sie das Buch vom Staub befreit hat, öffnet sie es vorsichtig. Suchend hasten die müden Augen die Zeilen entlang. Plötzlich verhaften die Augen an einer Textpassage. Die Stirn runzelt sich für einen Moment und dann leuchten die Augen hell auf. Mit aufrechtem Haupt verlässt die Buchhalterin den Keller.

Dann sehen wir die Buchhalterin mit schnellen Schrittes über einen menschenleeren Schulhof eilen. Das Buch unter den Arm gepresst, mit vorgestrecktem

Kinn und spitzem Blick schreitet sie in ein hässliches Gebäude. Auf der Treppe in das Obergeschoss wird ihr Schritt langsamer und bekommt etwas Würdevolles. So tritt sie durch eine offene Tür in ein Klassenzimmer.

Die eben noch laut hörbaren Stimmen der in dem Raum versammelten Jugendlichen brechen abrupt ab, während die Buchhalterin ihren Platz an einem großen Tisch in der Mitte des Raumes einnimmt und das vielseitige Buch mit einer leichten, flüssigen Bewegung auf diesen gleiten lässt, die zeigt, dass sie nun in ihrem Metier ist.

Die Jugendlichen an ihren Tischen blicken fragend auf den alten Gegenstand, der nichts mit den Büchern gemein hat, die sie aus ihrem Alltag kennen. Die Buchhalterin plauscht freundlich mit einigen von ihnen und tippt dabei mit einer kaum auffallenden Bewegung ihres Zeigefingers auf den Buchdeckel.

Dann beginnt sie ein Gespräch und das eben noch ruhig auf dem Tisch liegende Buch scheint mit einem Mal lebendig zu werden. Ja wirklich – immer größer wird das Buch, dessen Sätze für die Jugendlichen von besonderer Bedeutung für ihre Zukunft sein sollen. Plötzlich steht nur noch ein Satz im Vordergrund, der langsam Buchstabe für

Buchstabe aus dem Buch hervorgekrochen kommt. Die hauchdünnen Buchstaben schweben an die Tafel, wo sie immer dicker und schwerer werden und Gestalt annehmen, bis sie schließlich herabsinken, um am Boden liegend zu sich zu kommen. Lustig machen sie sich auf den Weg durch die Klasse, ziehen über die Ohren durch die Köpfe der Jugendlichen und von dort zurück zur Buchhalterin. Bei ihr machen sie eine Wandlung durch. Eben – vor ihren Ohren noch lustige, kleine Gesellen kommen aus dem Mund etwas größere, bissige Monster heraus, die an hinterhältig kläffende Dackel erinnern. Die Dackelworte trotten erst gemächlich, dann aber schneller werdend durch die Klasse und schnüffeln an den wehrlosen Jugendlichen herum. Letztere können den schnellen, speichelfeuchten Schnauzen nicht entweichen. Versuchen sie es, quittieren die Kläffer dies mit einem erst leichten, mit der Zeit aber immer drohender werdenden Knurren.

Lammfromm kehren die Dackelworte zurück zur Buchhalterin, tänzeln vor ihr herum und bekommen ein paar blutende Fleischstücke zugeworfen. Gierig zerbeißen und schlingen sie es herunter, wedeln noch einmal der Buchhalterin freundlich zu, bevor sie brav in ihre Ohren kriechen.

Mit ernstem Blick fixiert die Buchhalterin einen Jugendlichen nach dem anderen. Sie sieht ängstliche Gesichter, die zum Teil versuchen, ihre Angst zu überspielen, indem sie scheinbar von den vorherigen Ereignissen unberührt mit cooler Miene zurückblicken. Andere schaffen dies nicht mehr, blicken verlegen und unterwürfig irgendwohin in den Raum. Ein Jugendlicher, den sich die Buchhalterin bis zum Schluss aufgehoben hat, wagt, seine Angst mit einem lockeren Spruch zu überspielen. Erbost wirft die Buchhalterin ihm einen mörderischen Blick zu, saugt Luft in ihren fleischigen, aufgedunsenen Körper, der sich wie ein Ballon rundet, und reißt schließlich ihr Mundwerk auf, aus dem eine Horde grässlich laut bellender Bluthunde stürmt, die den Jungen in tausend Stücke zerfetzen. Blut spritzt durch den Raum. Schon balgen die Hunde um das letzte Fleisch, zerkauen die Knochen und lecken am Schluss das Blut von den Gesichtern der anderen Jugendlichen, auf denen ein kaum sichtbarer roter Film aus Speichel und Blut verbleibt. Dann ertönt ein lautes, wahnsinniges Gelächter aus dem Mund der Buchhalterin, in dessen Höhle die Bluthundmeute zufrieden bellend verschwindet.

Wie aus einem Traum erwachen die Jugendlichen. Alles scheint wieder beim Alten zu sein. Kein Hund ist zu sehen, die Buchhalterin sieht aus wie immer und das Buch wächst nach wie vor. Mittlerweile reicht es schon bis an Tische der Jugendlichen heran. Und dicker und dicker wird es, so dass die Jugendlichen kaum noch die Buchhalterin sehen können. Einzig der verwaiste Stuhl eines Mitschülers weist darauf hin, dass etwas geschehen ist, dass keiner von ihnen fassen kann.

Plötzlich dringt ein heller Lichtschein in den Raum und lässt das Buch freundlich und angenehm leuchten. Die Buchhalterin lächelt charmant und beginnt wieder ein Gespräch. Vorsichtig lassen die Jugendlichen sich auf dieses ein, angezogen von der Pracht des Buches, das noch immer größer und größer wird. Mittlerweile müssen die Jugendlichen stehen, um in die Augen der Buchhalterin sehen zu können. Doch sie merken dies nicht, denn das Gespräch hat einen unerwarteten Verlauf genommen, der ihre ganze Aufmerksamkeit erfordert. Die heitere Stimmung weicht einer konzentrierten Anspannung. Aufmerksam und darauf bedacht, nur nicht zu versagen, hängen alle mit den Augen an den Lippen der Buchhalterin. Und das Buch wächst und wächst.

Mit einem Mal merken die Jugendlichen, dass es im Raum eng wird. Mit dem Rücken an der Wand stehen sie der überlebensgroßen Buchhalterin gegenüber.

„Jenny – wo waren wir stehen geblieben?", fragt sie in diesem Moment. Jenny wird bleich, kreidebleich, blickt hektisch hin und her und bricht schließlich weinend zusammen. Mitleidige Blicke sind für einen Moment auf den Gesichtern der anderen Jugendlichen zu sehen, doch als sie das wahnsinnige Lachen und dann das aus deren riesigem Mundwerk erst leise und dann immer lauter werdende Bellen der Bluthunde hören, versteinern ihre Blicke. Ohnmächtig und ohne eine Miene zu verziehen, wohnen sie der Verspeisung bei. Ihre verhärteten Gesichter verziehen sich auch nicht, als sie merken, wie ihnen das Buch die Luft zum Atmen nimmt. Das Licht ist zu einem brennenden Strahlen geworden, das sie blendet und vor dem auch ihre Augenlider nicht mehr schützen. Und die Buchhalterin redet weiter mit ihnen, lacht wahnsinnig und lässt töten.

In dem Augenblick, als die Verbliebenen meinen, vom Buch zerquetscht zu werden, passiert das Unglaubliche. Wie eine

Seifenblase zerplatzt das Buch und ein Läuten ertönt. Mit einem Mal ist er schmerzende Druck weg und ein Gefühl der Freiheit macht sich breit. Alle, auch die Buchhalterin lachen. Sie nimmt das Buch klein wie eh und je unter ihren Arm und geht aus dem Raum.
Für einen Moment herrscht Stille. Dann beginnen die verbliebenen Jugendlichen zu sprechen. Doch dann verstummen sie entsetzt. Verwundert sehen sie den kleinen Buchstabenhunden zu, die aus ihren Mündern gekommen sind und freundlich im Raum herumtoben.
Benjamin Masokowsky

Ratlos blickte Otto von dem Text auf, den er kurz überflogen hatte. Er konnte sich keinen Reim darauf machen, warum ihm Benjamins Mutter diesen gegeben hatte.

„Ein interessanter Text. Hat Ihr Sohn den wirklich geschrieben?"

„Sonst würde ich Ihnen den Text nicht als den meines Sohnes vorgestellt haben!"

„Ja, aber was soll ich mit dem Text anfangen?"

„Haben Sie ihn denn nicht gelesen? Das ist doch ein Text über die Schule. Und Benjamin schreibt doch über eine Lehrerin."

„Ja und?"

„Was macht denn die Lehrerin?"

„Sie verwandelt sich in ein Monster, das ihre Schüler tötet."

„Sollte Ihnen das nicht zu denken geben?"

„Aber das ist doch nur das Produkt der Phantasie Ihres Kindes, ein sehr gelungenes Produkt übrigens."

„Also ich halte das nicht nur für Phantasie."

„Was wollen Sie damit andeuten?"

„Also, Benjamin hat in der letzten Zeit – und das ist ganz untypisch für ihn – über eine seiner Lehrerinnen gejammert, weil die ihm sehr zusetzen würde. Und dann diese Geschichte über eine mörderische Lehrerin..."

„Frau Masokowsky, Sie haben eben ganz richtig gesagt, dass es sich bei dem Text ihres Jungen um eine Geschichte handelt. Und eine Geschichte ist nun einmal eine Geschichte und nicht mehr. Auch ich habe in meiner Schulzeit Lehrer erlebt, die in mir Angst und Horror ausgelöst haben. Aber darum sind sie doch nicht gleich Mörder."

„Denken Sie noch mal in Ruhe darüber nach. Sie können den Text mitnehmen. Und nun guten Tag. Ich muss mich für die Beerdigung fertig machen."

Otto wagte es nicht, den Text liegen zu lassen.

9

Es war ein schöner Sommervormittag und eigentlich viel zu schade, um sich auf einem Friedhof herumzutreiben. Doch dann dachte ich an Otto Worte, überwand mich und machte mich auf den Weg zu Benjamins Beerdigung. Auf dem riesigen Gelände des als Park angelegten Ohlsdorfer Friedhofs musste ich dann eine Weile suchen, bis ich die Kapelle fand, in der die Beisetzung stattfand. Mein Erscheinen überraschte Otto.

„Was machst du denn hier, Edgar?"

„Wir sind bereits mit den Messungen fertig. Deine Ergebnisse haben sich bestätigt und ich denke, wenn wir die Verhöre durchführen, dann sollten wir dies gemeinsam tun, weil sie von besonderer Wichtigkeit sind. Außerdem interessiert mich, wer hier so alles erscheinen wird."

Auf dem Weg zur Grabstelle entdeckte ich in dem Zug der Trauernden Rena von Brentano und ihre Mutter, die neben Frau Masokowsky gingen. Ich war über die Anwesenheit der Bankiersfrau überrascht, denn ich hätte nicht erwartet, dass eine Frau der oberen Zehntausend auf dieser Feier erscheinen würde. Neben anderen Gästen waren auch Benjamins Mitschüler mit Dr. Zwangsdorff und Frau Dr. Heidegger zur Beisetzung erschienen. Mit ausdruckslosen Mienen verfolgten sie das Geschehen, während Rena weinend von ihrer Mutter und Frau Masokowsky gehalten wurde. In einiger Entfernung von Grab sahen wir zudem das Schulorchester des Mozart-Gymnasiums, das der Feierlichkeit einen würdevollen Rahmen geben sollte.

Alles nahm den gewohnten Verlauf einer Beerdigungsfeier.

Nach den Worten des Pastors spielte das Orchester, dessen ergreifende traurige Musik auch die eine oder andere Miene eines Mitschülers weinerlich werden ließ. Sogar Frau Dr. Heidegger stand die ganze Zeit über mit blassem Gesicht da, ohne eine Regung zu zeigen, obwohl sie doch nur Negatives über Benjamin berichtet hatte.

Otto und ich spürten deutlich, dass hier viele Fassaden zur Schau getragen wurden, hinter denen irgendwo das Motiv liegen konnte, das zum Tod Benjamins geführt hatte.

Zum Abschluss der Feier hielt Dr. Zwangsdorff eine Grabrede. Vergessen schienen seine Worte aus dem Hamburger Morgenblatt. Er steigerte sich in ein wahres Stakkato der Belobigung, sprach von einem Kandidaten der zukünftigen Elite, einem aufsteigenden Kometen, der so plötzlich verloschen war, über einen Jungen, der allen Widrigkeiten zum Trotz seinen Weg gegangen wäre und die Stufen einer steilen Karriere erklommen hätte, wenn nicht – wenn nicht dieses Unglück über ihn hinein gebrochen wäre. Mit verbitterter und versteinerter Miene verfolgte Frau Masokowsky die Rede des Schulleiters. Sie spürte, dass hier nicht wirklich über ihren Sohn gesprochen wurde, sondern nur ein System nach einer Rechtfertigung für sich selbst suchte.

„Die Scheinheiligkeit in Person", hörten wir plötzlich die Stimme Sibylle Jahns hinter uns. „Mir gegenüber beschreibt er Benjamin als einen brutalen Schüler, vor dem sich seine Mitschüler gefürchtet haben, und jetzt diese Lobpreisungen."

„Mit deinem Artikel hast du der Mutter bestimmt keine Freude bereitet", sagte Otto zu seiner Bekannten.

„Was soll's? Wenn ich diesen Artikel nicht geschrieben hätte, dann hätte es jemand anderes getan. Wir schreiben doch nur das, was die Leser von uns hören wollen. Und berichten können wir nur das, was uns an Nachrichten angeboten wird."

„Nun komm nicht mit der Unschuldsmasche."

„Ihr tut ja gerade so, als ob ich nicht genau das berichtet hätte, was ich von eurem Vorgesetzten und von Dr. Zwangsdorff erfahren habe. Oder habt ihr etwa andere Ermittlungsergebnisse?"

Wie zufällig strich die Journalistin mit einer Hand an ihrem schwarzen Jackett vorbei und öffnete es, um mir ihre neue schwarze Korsage vorzuführen. Mir entging dieser Anblick nicht, so dass ich kaum Sibylles charmantes Lächeln bemerkte, das sie zusätzlich zeigte. Mit Mühe schaffte ich es, meinen Blick von den dargebotenen Reizen ab wieder in Richtung des Grabes zu wenden, wo Dr. Zwangsdorff immer noch sprach.

Nach den Worten des Schulleiters spielte das Schulorchester ein letztes Lied, dessen trauriger Grundton von einigen erbaulichen Klängen durchbrochen wurde, die einen Neuanfang verkündeten. Dann verließen die Trauergäste mehr oder weniger schnell das Grab. Gewitterwolken warfen mit einem Mal ihren Schatten über den Friedhof und eine Windböe vertrieb auch die meisten Trauernden. Nur wir verweilten noch an unserem Platz und mit uns Sibylle Jahn.

„Haben Sie nicht noch etwas zu tun?", fragte ich die Frau.

„Ach, mir gefällt es hier in Ihrer Nähe ganz gut."

Ich war hin- und hergerissen. Einerseits genoss ich die Gegenwart der Frau und fühlte mich unmittelbar zu ihr hingezogen, doch andererseits war mir auch klar, dass die Reporterin nur neben mir stand, um Informationen von mir zu bekommen.

„Was ist Ihnen unsere Nähe Wert?", setzte ich nach.

„Woran denken Sie denn?", fragte sie mit einer erotisch, dunklen Stimme, die selbst Otto von ihr noch nicht kannte, während sie sich gleichzeitig mit der Hand durch die Haare fuhr. Ich rang einen Augenblick mit mir. Dann sagte ich:

„Lassen wir das Spiel, Frau Jahn. Otto und ich haben Ermittlungen anzustellen und möchten dabei nicht von Ihnen gestört werden."

„Schade, wollen Sie es sich nicht noch einmal überlegen?", tönte die dunkle Stimme diesmal mit einem traurigen, an meine männliche Helferrolle appellierenden Unterton.

Ich musste mit mir kämpfen, doch dann ließen Otto und ich die Reporterin stehen und gingen zu unserem Polizeiwagen. Als wir losfuhren, beobachteten wir, dass das rote Cabriolet der Reporterin uns folgte. Ein kurzes Telefonat mit der Streifenpolizei würde dieses Problem aus der Welt schaffen.

Wenige Minuten später passierten wir an einer vereinbarten Stelle einen Streifenwagen und sahen im Rückspiegel, wie der Wagen der Reporterin angehalten wurde. Mit einem Lächeln auf den Lippen beobachteten wir, wie die Reporterin wütend aus ihrem Auto sprang und uns eine geballte Faust entgegenstreckte.

„Diesmal hast du es ihr aber wirklich gegeben", sagte Otto zu mir.

„Wieso nur diesmal? Glaubst du, ich lasse mich von dieser Frau etwas vormachen?"

„Sag mal, wenn du so auf die Jahn fliegst, warum verabredest du dich nicht mal nach dem Dienst mit ihr. Soweit ich weiß, ist sie schon sein einiger Zeit solo."

„Verabreden? Mit der Jahn? Nein, vielen Dank."

Nach einer Weile bogen wir in eine ruhige Wohnstraße Hummelsbüttels ein, einem im Norden der Stadt gelegenen, gediegenen Stadtteil. Die Straße führte uns in ein parkartiges Gelände, dass die in der Nähe vorbei fließende Alster auf beiden Seiten umgab. Zwischen den hohen Hecken und den aufwendigen Gartentoren hindurch konnten wir den einen oder anderen Blick auf teure Villen werfen, die sich im Grün der Gartenanlagen verloren.

„Das ist mein Traum. So möchte ich auch einmal wohnen", sagte ich zu meinem Kollegen.

"Abgesehen davon, dass du dies bei unserem Gehalt niemals bezahlen kannst, wirst du gleich Gelegenheit haben, in Häuser dieser Art zu blicken. Ich finde, dass das alles nur Angeberei ist."

Ich stoppte den Wagen neben einem großen schwarzen Gartentor, dessen Spitzen vergoldet und das von einer hohen Buchenhecke eingerahmt war. Über der Hecke konnten wir die Kronen mächtiger Eichen und Buchen sehen, die auf allen Grundstücken in dieser Straße standen. Wir stiegen aus und gingen zu der in einem Granitfelsen eingelassenen Klingel, über der eine Überwachungskamera angebracht war. Sofort bellte uns aus einem massiven Zwinger ein Schäferhund an, als wir die Klingel benutzten, um uns anzumelden. Nachdem wir dies getan hatten, öffnete sich kurz darauf das Gartentor mit einem Summen. Dann gingen wir unter dem anhaltenden Lärmen des Hundes, in das auch einige Nachbarhunde einfielen, die geteerte Auffahrt hinauf zu einem dunkelrot geklinkerten Walmdachhaus.

„Denen ist beim Bau wohl das Geld ausgegangen", sagte Otto zu mir.

„Wieso?", entgegnete ich.

„Fehlt da nicht etwas am Dach?", spielte Otto auf das Fehlen eines Dachüberstandes an dem Haus an, an dem nicht einmal die Dachrinne über das Mauerwerk hinausragte.

„Findest du? Das ist doch eine ganz markante Bauweise. Ein rechteckiger, gemauerter Würfel und darüber ein pyramidenhaftes, kupfernes Walmdach, das Grünspan angesetzt hat."

„Für mich sieht das so aus, als hätte man beim Bau des Hauses gegeizt. Das sieht doch viel zu spartanisch aus."

Die Haustür öffnete sich und Frau Lübke begrüßte uns. Im Inneren des Hauses wurden wir durch eine dunkle Diele geführt, in der finstere, alte Truhen und Schränke standen. Irgendwo war auch ein Waffenschrank zu sehen. Einige ausgestopfte Tiere, Fasane, ein kleines Wildschwein und etliche Rehgeweihe ließen das Hobby des Hausherren erkennen. Dann kamen wir in einen großen Wohnraum, in dem aufwendig gedrechselte Eichenmöbel aller Art herumstanden. Ein gemauerter Kamin, Eichenbalken an der Decke, ein schwarzer Flügel und einige romantische Jagdmotive in klobigen Goldrahmen an den Wänden rundeten das Bild dieses Raumes ab.

„Womit kann ich Ihnen diesmal dienen?", fragte die kleine, dicke, in einem für diese Jahreszeit zu warmen, dunkelgrünen Tweedkostüm gekleidete Frau uns, nachdem wir in einer braunen Ledersitzgruppe Platz genommen hatten.

Ich musterte noch für einen Augenblick das hochrote, aufgedunsene Gesicht der offensichtlich alkoholkranken Frau.

„Wir kommen nochmals in der gleichen Sache, in der Sie mein Kollege Otto vernommen hat."

„Ja und – ich habe doch bereits meine Aussage zu Protokoll gegeben."

„Wir müssen uns heute noch einmal genau darüber unterhalten, wann Tobias ihr Haus am letzten Samstag verlassen hat."

„Aber das habe ich Ihnen doch bereits gesagt, oder glauben Sie mir etwa nicht." Die Frau blickte uns verunsichert und ängstlich an. „Ich... äh... ich kann mich natürlich auch geirrt haben."

„Bleiben Sie ruhig, Frau Lübke. Niemand glaubt, dass Sie sich geirrt haben. Wir wollen nur die Uhrzeit, zu der Ihr Junge das Haus verlassen hat, möglichst genau von Ihnen erfahren."

„Mein Junge hat doch nichts angestellt? Er ist manchmal so unberechenbar und auffahrend wie mein Gatte."

„Nein, Ihr Junge hat nichts angestellt."

„Manchmal habe ich so richtig Angst um den Jungen. Das Leben hier in der Stadt wird ja immer gefährlicher für die jungen Menschen. Und jetzt sind diese Jungendbanden sogar schon am Mozart-Gymnasium. Wo soll das noch hinführen? Ich wollte den Jungen ja auf ein Internat schicken, aber mein Vater war dagegen. Mein Vater ist im Schuldienst. Nichtig, Dr. Nichtig ist sein Name."

„Ah ja, dann kennen wir Ihren Vater bereits."

„Ja, wirklich?"

„Ja, er ist uns im Mozart-Gymnasium begegnet."

„Ach nein. Dann hat er Ihnen bestimmt erzählt, dass das Mozart-Gymnasium das beste Pferd in seinem Stall ist, wie er sich immer auszudrücken pflegt. Aber mit den Pferden in seinem Schulbezirk scheint es ja nicht zum Besten gestellt zu sein. Diese Berichte aus dem Morgenblatt, das wird ihn treffen, jetzt so kurz vor seiner Pensionierung. Und mein Gatte Adolf, der wird ihm gehörig den Marsch blasen. Der wollte auch immer, dass Tobias auf ein Internat kommt, damit ich meine Karriere als Pianistin vorantreiben kann. Doch die Pflicht der Erziehung war mir wichtiger. Ein Kind braucht seine Mutter, wie mein Vater zu sagen pflegt...."

„Wie aufopferungsvoll von Ihnen", unterbrach ich die Frau.

„Ja, wie aufopferungsvoll von mir."

„Aber nun zur Sache, Frau Lübke. Wann hat Tobias am Samstag morgen das Haus verlassen?", fragte ich weiter.

„Das war genau um 9.45 Uhr."

„Warum können sie die Uhrzeit so genau benennen?"

„Ich habe Radio gehört. Um viertel vor Zehn gibt es immer die Heimatmelodie. Die kennen Sie doch bestimmt. Eine viertel Stunde Stimmungsmusik am Samstag Vormittag. Und die begann gerade, als Tobias die Haustür ins Schloss fallen ließ. Ich erinnere mich noch genau daran, dass ich mich darüber aufregte, weil das erste Lied bereits angespielt worden war."

„Gut, das war es schon, Frau Lübke, was wir von Ihnen wissen wollten."

Wir erhoben uns und wurden von der Frau zur Tür geführt.

„Ihr Mann ist Jäger?", fragte Otto noch.

„Ja, aber heute kommt er nur noch selten raus auf die Jagd. Wissen sie, seine Geschäfte. Wenn man heute erfolgreich sein will, dann muss man ständig am Ball bleiben, wie mein Gatte immer sagt. Und dies gilt insbesondere für den Handel."

„Aha, aber dann kann er ja sein trautes Heim kaum genießen."

„Da haben sie ganz recht. Dabei hat er damals beim Bau des

Hauses so davon geschwärmt, hier seine Ruheoase zu finden. Doch nun ist er kaum zu Hause."

Wir verabschiedeten uns kurz und verließen unter dem Gebell des Hundes das Grundstück.

„Also von außen sah das Haus ja noch halbwegs idyllisch aus", begann ich das Gespräch im Auto, „aber das Innere war wirklich nicht nach meinem Geschmack."

„Wieso, das ist doch bester rustikaler Stil gewesen. Alles Eiche, alles teuer und irgendwo stand auch ein Flügel herum."

„Komm, hör auf rumzuflachsen. Das war bestimmt alles sehr teuer, aber auch so bedrückend. Diese dunklen Farben gaben dem Ganzen so etwas Höhlenartiges, Enges und Düsteres. Und die Frau ist ja vollkommen verunsichert. Immer nur sagte sie, mein Gatte sagt oder mein Vater meint. Als hätte sie keine eigene Meinung."

„Das ist mir auch aufgefallen: eine vollkommen verunsicherte, unselbständige Frau und dazu noch alkoholkrank."

Schweigend fuhren Otto und ich auf einer vierspurigen Ausfallstraße parallel zum Alsterlauf nach Norden. Der Flusslauf war in dieser Gegend von einem villenumsäumten Park umgeben, der aufgrund jahrzehntelanger intensiver Proteste der Anwohner von keiner Straße durchschnitten worden war. Vor hundert Jahren befand sich diese Gegend noch vor der Stadt im Grünen. Doch seitdem hatte sich die von Reichtum strotzende Stadt wie ein Krebsgeschwür ausgebreitet und die umliegenden Regionen erst mit vereinzelten Villen und später mit immer enger werdenden Flickenteppichen von

Einfamilienhäusern zugepflastert. In diesem Wucherungsprozess hatte sich das idyllische Alstertal zu einem der gefragtesten Wohngebiete der Hamburger Oberschicht entwickelt. „Neureich" war das Schimpfwort, mit dem die alt eingesessenen Hamburger die im Norden wohnenden Leute des schnellen Geldes oder der rasanten Karrieren verhöhnten. Für mich war diese Gegend immer ein Traum gewesen. Hier zu wohnen, war für mich, den an enge Mietshäuser gewöhnten Polizisten etwas Besonderes, doch das Erleben Frau Lübkes machte mich nachdenklich.

In Poppenbüttel überquerten wir die Alster, um an der anderen Seite des Alstertals wieder nach Süden zu fahren. In Wellingsbüttel bogen wir dann noch einmal ab, bis wir fast wieder am Ohlsdorfer Friedhof waren, diesmal allerdings auf dessen nördlicher Seite. Vor einem unauffälligen weißen Einfamilienhaus, das in einer Reihe gemütlicher Reihen- und Einzelhäuser stand, hielten wir an.

An der Haustür empfing uns eine hagere Frau in dunkelblauen Bermudashorts und einem einfachen, weißen Poloshirt einer bekanntermaßen sehr teuren Marke. Dazu trug sie weiße Segelschuhe. Ihre grauen Haare waren modisch kurz geschnitten.

Frau Schmidt führte uns durch einen offenen, sparsam möblierten Wohnbereich, dessen Einrichtung Otto an Bilder erinnerte, die er vor kurzem in einer Wohnzeitschrift bei seinem Zahnarzt gesehen hatte. Durch eine breite Glastür gelangten wir auf eine Terrasse und nahmen unter einem Sonnenschirm Platz.

„Darf ich Ihnen ein Glas kühles Wasser anbieten?", fragte uns die Frau.

Wir bejahten. Nachdem uns eingeschenkt worden war und wir getrunken hatten, begann ich das Gespräch.

„Frau Schmidt, wir haben nochmals ein paar Fragen an Sie wegen ihres Sohnes."

„Ich habe doch bereits Herrn Meyer alles gesagt, was ich zu der Sache sagen kann. Glücklicherweise ist Lothar nicht mit diesem Rabauken, diesem Benjamin Masokowsky, befreundet gewesen."

„Wie kommen Sie darauf, dass Benjamin ein Rabauke gewesen ist?", fragte Otto.

„Das habe ich nicht erst durch diesen Artikel aus der Boulevardpresse erfahren. Dies hätte mir nicht genügt. Die Oberflächlichkeit und Unzuverlässigkeit dieser Presseorgane ist ja hinlänglich bekannt. Aber es ist ja bereits seit Jahren in der Schule Thema, dass Benjamin sich immer wieder mit seinen Mitschülern geprügelt hat. Lothar hat mir mehrfach davon berichtet."

„Was hat Ihnen Lothar denn berichtet."

„Nun, im Einzelnen kann ich Ihnen das heute nicht mehr sagen. Das ist schon etwas her. Aber soweit ich mich erinnere, ging es um eine Prügelei dieses Jungen mit einem guten Freund Lothars…"

„…mit Clemens Meerkaiser?"

„Genau, dann sind Sie ja bereits darüber unterrichtet. Wenn sich Benjamin das mit meinem Sohn erlaubt hätte, dann wäre er nicht so glimpflich davongekommen. Toleranz in allen Ehren und die Toleranz der Familie Meerkaiser ist ja stadtbekannt, aber es müssen bei allem Mitleid, das man mit diesem Jungen hat, auch gewisse Grenzen eingehalten werden. Und selbst dann, wenn uns das mehr schmerzt, als den Jungen selbst."

„Sie sind sehr pflichtbewusst."

„Ich denke, es ist meine Verantwortung für die Gesellschaft. Jeder Bürger muss doch seinen Teil dazu beitragen, dass unsere Gesellschaft nicht verroht."

„Was wäre denn, wenn Clemens damals die Prügeleien mit Benjamin provoziert hätte."

„Also das halte ich für ausgeschlossen. Mein Junge hat mir doch damals fast täglich von den Provokationen berichtet, die Benjamin ihnen gegenüber ausgeführt hat. Am Schluss habe ich meinen Sohn sogar vom Hockey abgemeldet und ihn entgegen meiner eigentlichen Überzeugung in einem Karateclub gehen lassen, damit er sich selbst schützen kann."

„Nun gut, lassen wir dies Thema. Wir sind gekommen, um Sie zu fragen, wann Lothar am Samstag morgen zur Schule gefahren ist."

„Also auf die Sekunde genau kann ich ihnen die Uhrzeit natürlich nicht nennen. Aber ich bin damals mit meinem Mann zum Tennis gefahren, als Lothar losfuhr. Und wir hatten um 10.00 Uhr einen Platz. Also da fahren wir nie früher als eine viertel Stunde vorher los."

„Sind Sie sich dessen ganz sicher?"

„Sie können ja meinen Mann anrufen und auch ihn fragen. Vielleicht hat er auf die Uhr gesehen. Ich gebe Ihnen nachher seine Karte."

Auf dem Weg nach draußen reichte uns Lothars Mutter noch eine Visitenkarte ihres Mannes, der als Chemiker in einer auf Tiefkühlkost spezialisierten Lebensmittelfirma arbeitete.

„Wozu brauchen Lebensmittelfirmen eigentlich Chemiker?", fragte Otto mich auf dem Weg zum Auto.

„Keine Ahnung, aber je mehr ich darüber nachdenke, desto mehr habe ich das Gefühl, es ist an der Zeit meinen Tiefkühlpizzakonsum zu reduzieren."

Ein Routineanruf später wussten wir, dass sich die Gemahlin des Tiefkühlpizzakonstrukteurs nicht geirrt hatte.

10

Als Otto und ich in das Polizeipräsidium zurückkehrten, wartete bereits jemand auf uns. Es war eine große, schlanke, braunhaarige Frau, die wir schon häufiger in der Polizeizentrale gesehen hatten, ohne aber direkt mit ihr zusammengearbeitet zu haben.

„Guten Tag, die Herren. Mein Name ist Simone Lenz. Ich bin neuerdings die für Sie zuständige Polizeipsychologin. Sie haben mich angefordert", stellte sich die Frau vor.

Die direkte Art unserer Kollegin beeindruckte mich. Nachdem Otto und ich uns der Frau vorgestellt hatten, kam diese gleich zur Sache.

„Wo drückt der Schuh? Womit kann ich Ihnen weiterhelfen?", fragte sie.

„Also, wir arbeiten derzeit an einem vertrackten Fall", begann ich. „Sicherlich haben Sie in der Zeitung etwas über den Tod eines Schülers im Mozart-Gymnasium gelesen."

„Ja, habe ich."

„Nun, unser Problem besteht darin, dass wir Beweise dafür haben, dass es sich bei diesem Unglück um keinen Unfall, sondern um einen Todesfall durch Fremdeinwirkung handelt, also entweder Totschlag oder sogar Mord."

„Wie kann ich Ihnen dabei helfen?", drängelte die Psychologin.

„Das Problem ist, dass wir Schwierigkeiten haben, die Personen zu verstehen, mit denen wir es in diesem Fall zu tun haben. Wir sind da auf ganz merkwürdige Dinge gestoßen."

„Na dann legen Sie mal los."

„Also erst einmal haben wir da den Schulleiter Dr. Zwangsdorff. Er gilt als ein Lehrer, der sich mit allen seinen Kräften für seinen Beruf einsetzt. Dann heißt es aber wiederum, er solle in der Schule mit einer Kollegin bei perversen sexuellen Spielen beobachtet worden sein."

„Ach wirklich."

„Ja, ein Kollege, Dr. Richter berichtete, er habe zufällig beobachten können, dass sich der Schulleiter in einem Teufelskostüm von einer Kollegin, die als Gretchen verkleidet war, auspeitschen ließ, bevor er sich über sie hergemacht habe."

„Und was schließen sie daraus?"

„Könnte der Schulleiter nicht auch versucht haben, seine Spielchen mit dem Jungen zu treiben? Der Junge ist sehr gut aussehend gewesen."

„Also, wenn ich Sie richtig verstehe, dann schließen Sie daraus, dass der Schulleiter sexuelle Perversionen betreibt, er könne auch Schüler verführen oder sogar vergewaltigen. Das halte ich für äußerst spekulativ. Nach Ihrer Beschreibung ist er masochistisch orientiert. Und für Masochisten ist es typisch, nur Partner auszuwählen, die freiwillig mit ihnen ihre Spiele spielen. Möglich wäre aber auch, dass der Junge eventuell etwas von den Spielchen des Schulleiters in der Schule mitbekommen hat. Dann könnte er natürlich befürchten, dass seine heimliche Lust an die Öffentlichkeit kommt."

„Ein sehr interessanter Gedanke. Daran habe ich noch gar nicht gedacht. Aber wo wir gerade beim Thema Sexualität sind. Dann gibt es noch einen schwulen Lehrer an der Schule, der der Knabenliebe verdächtigt wird. Wir haben ihn aber mehrfach gesprochen und auf uns wirkte er wie ein ganz normaler Mensch."

„Der Verdacht der Knabenliebe wird gegenüber Schwulen immer wieder vorgebracht. Das ist ein altes Vorurteil, dem Schwule schon seit ewigen Zeiten ausgesetzt sind. Bei den Griechen war Pädophilie ja noch eine geduldete Form des Geschlechtsverkehrs, die die Eltern zwar bekämpften, doch vor allem aber die älteren Männer schätzten. Es galt unter ihnen als besondere Leistung, einen Knaben zu verführen. Aber wie bereits gesagt: Schwulsein heißt nicht gleich, Knaben zu lieben. Von wem haben Sie denn überhaupt diesen Verdacht?"

„Ein älterer Lehrer, Dr. Richter, hat den Verdacht geäußert", antwortete ich. „Und ich war mir nicht sicher, was an dieser Vermutung eigentlich dran ist."

„Mir scheint, Sie sitzen dem Vorurteil auf, der Geschlechtsverkehr zwischen einem Mann und einer Frau sei wesentlich verschieden von dem Geschlechtsverkehr zwischen zwei Männern. Da muss ich Sie aber enttäuschen. In der Liebesbeziehung gibt es strukturell gesehen kaum Unterschiede zwischen einer Mann-Frau- und einer Mann-Mann-Beziehung. Das heißt, Schwule sind nicht mehr oder weniger pervers als sie und ich auch."

Ich blickte die Psychologin etwas irritiert an, denn sie sprach ein Thema an, über das ich mir noch nie in meinem Leben Gedanken gemacht hatte. Schwule sollten in einer Beziehung zueinander zu genau den gleichen Gefühlen fähig sein, wie Mann und Frau. Warum eigentlich nicht, ging es mir durch den Kopf. Rational fielen mir keine Gründe ein, die dagegen sprachen, doch irgendwie war da ein ablehnendes Gefühl in mir, das mir signalisierte, dass das nicht so sein durfte. Meine Psyche wehrte sich dagegen, dieses Tabu-Thema in der vorgebrachten Weise zu akzeptieren. Irgendetwas in meinem Inneren sagte: Nein, Nein, Nein.

„Haben Sie gegen diesen Dr. Richter auch einen Verdacht?", fragte die Psychologin weiter.

„Nein, Dr. Richter ist für uns bisher nur ein wertvoller Informationsgeber gewesen."

„Nach dem, was Sie mir bisher gesagt haben, ist er ein Mensch, der offensichtlich Freude daran findet, Vorurteile zu schüren. Diese Geschichte mit dem masochistischen Schulleiter ist doch auch von ihm. Das klingt nach Intrige. Also mich würde sehr interessieren, warum dieser Mensch das macht. Ich finde dieses Verhalten sehr merkwürdig und für mich sieht es so aus, als würde da jemand einen heimlichen Groll vor sich herschieben."

„Meinen sie wirklich?", zweifelte ich. „Dr. Richter schien mir bis jetzt so eine Art Saubermann in einem Morast von Widerlichkeiten zu sein."

„Saubermann? Das ist eigentlich ein passendes Wort für dieses Verhalten. Sie sollten nur darauf achten, aus welchen Gründen jemand etwas sauber halten will."

„Wo wir schon über merkwürdige Verhaltensweisen von Lehrern sprechen, fällt mir noch eine Situation ein, bei der Sie mir weiterhelfen könnten. Neulich habe ich eine Lehrerin des verstorbenen Schülers aufgesucht. Und als ich mich von ihr verabschiedete, da fuhr sie mir mit ihrer Hand über die Brust, obwohl wir vorher vollkommen distanziert miteinander umgingen."

Demonstrativ legte ich mir meine rechte Hand mitten auf die Brust und blickte die verdutzte Psychologin an.

„Das ist allerdings ein merkwürdiges Verhalten. Jeder

Mensch hat um sich herum eine Zone der Intimität, in die üblicherweise niemand eindringt, es sei denn, man baut eine emotionale Beziehung zueinander auf. Und selbst dann ist der Schritt in den Raum der Intimität nicht einfach. Sie haben doch bestimmt auch schon einmal erlebt, wie aufregend und wie schwer es ist, zum ersten Mal die Hand einer geliebten Person zu ergreifen, sich zum ersten Mal zu küssen oder einen anderen Körperkontakt herzustellen. Wissen Sie noch etwas über diese Person?"

„Moment mal", mischte sich wieder Otto in das Gespräch ein. „Die Mutter des Verstorbenen hat mir einen Text des Jungen mitgegeben, in dem er eine Fantasiegeschichte erzählt. Da kommt auch eine Lehrerin vor."

„Geben Sie mal her."

Leise las die Psychologin den Text. Ab und zu schüttelte sie dabei den Kopf. Dann blickte sie auf in unsere fragenden Gesichter.

„Was ist Ihnen an diesem Text aufgefallen?"

„Ähm… ich kenne den Text noch gar nicht richtig", sagte ich.

„Hmm…, ich denke, dass der Junge da eine Fantasiegeschichte über eine Horrorschule geschrieben hat", wiederholte Otto seine Deutung des Textes.

„Und welche Ursache hat dieser Horror?", fragte die Psychologin.

Ich sah Otto an und der mich. Doch als wir uns unserer ahnungslosen Gesichter versichert hatten, wendeten wir uns wieder der Psychologin zu.

„Typisch Männer. Vom Seelenleben absolut keine Ahnung. Dabei liegt der Zusammenhang doch ganz offen ausgebreitet vor uns. Der Junge hat seine Angst vor einer Lehrerin in einem Text zum Ausdruck gebracht. Das, was den Horror auslöst, ist das Zerfleischen von Menschen, die im Unterricht keine richtigen Antworten wissen. Und dieses Zerfleischen kann eine Metapher für das Bloßstellen durch eine Lehrerin sein."

„Ja, das passt genau. Dann ist die Buchhalterin des Wissens Frau Dr. Heidegger", sagte Otto. „Ich habe selbst beobachtet, wie diese Frau in ihrem Unterricht Schüler reihenweise bloßgestellt hat."

„100-prozentig sicher ist das nicht. Es sind allerdings Parallelen zwischen ihrer Persönlichkeit und dem Charakter der literarischen Figur des Jungen erkennbar. Vielleicht gibt es noch andere Lehrerinnen oder einen anderen Lehrer, die der Junge damit gemeint haben könnte."

„In diese Richtung haben wir bisher noch kaum ermittelt", sagte ich. „Die Beziehung Benjamins zu seinen Lehrern haben wir noch nicht untersucht. Dazu könnten wir Rena von Brentano befragen."

Schließlich kam ich zu meinem momentanen Hauptverdächtigen.

„Dann haben wir noch einen Mitschüler des Opfers. Dieser Junge, er heißt Clemens Meerkaiser, tritt äußerst souverän auf. Der hat mich einmal in der Schule richtig zusammengestutzt, weil ich verbotenerweise einen Aushang vom schwarzen Brett entfernt habe, der keinen Nutzen mehr hatte. Prinzipiell hatte er zwar Recht, aber dieses Rechthaben hat er mit einer solchen Selbstsicherheit vorgetragen, dass er es fast geschafft hätte, mich zu verunsichern. Andererseits soll dieser Junge aber auch bewusst Prügeleien inszeniert haben, in denen seine Opfer immer als Täter dastanden. Einmal soll er sogar den getöteten

Jungen von hinten angefallen haben, was allerdings für ihn schlecht ausging."

„Formale Korrektheit und Verschlagenheit, das passt doch wunderbar zusammen. Wo ist da das Problem? Wenn Kindern in ihrer Entwicklung die Möglichkeit genommen wird, ihre Grenzen auszuprobieren und diese zu erfahren, dann bleiben sie immer den Regeln verhaftet, die ihnen von ihren Eltern eingeimpft worden sind. Entweder sind sie dann hilflos im Regelwerk der Eltern gefangen oder sie fallen auf archaische eigene Strukturen zurück, die sie niemals domestiziert haben. Das gibt dann eine wunderbare gespaltene Persönlichkeit, der einiges zuzutrauen ist", dozierte die Frau uns beiden Männern.

„So ähnlich klang doch auch das, was uns Dr. Zwangsdorff über den Jungen gesagt hat", erkannte ich.

„Sagen Sie, wie viele mögliche Täter haben Sie denn noch?", fragte die Psychologin weiter.

„Das waren alle Kandidaten, die uns bisher aufgefallen sind. Genügt Ihnen das noch nicht?"

„Doch, doch. Brauchen Sie mich noch?"

„Nein, erst einmal vielen Dank. Wir kommen jetzt allein klar."

Wie weit entfernt von der Wirklichkeit ich mich mit dieser Äußerung befand, sollte mir erst in den nächsten Tagen deutlich werden.

11

Der Wind trieb den Regen, der aus dunklen Wolken auf das Autodach prasselte, vor sich her, als dürften die nassen Tropfen nicht die Erde berühren. Nur widerwillig schienen sich die Wasserpartikel dann aber doch der Schwerkraft zu fügen und fielen machtlos gegenüber den mit ihnen spielenden Naturkräften auf die Erde nieder, wo sie sich in großen Massen sammelten.

Zentimeterhoch stand das Wasser auf der Fahrbahn und Otto musste immer wieder gegensteuern, um den Wagen auf der Fahrt zur Villa der Meerkaisers in der Spur halten zu können. An der Alster konnten wir dann beobachten, wie der Wind mit einigen Segelbooten Katz und Maus spielte, während wir im stockenden Berufsverkehr dahinschlichen. Gar nicht so kleine Wellen ließen die Boote hektisch im Wasser hin und her tänzeln und wild an ihren Leinen zerren. Lasst uns frei, lasst uns frei, schienen die gefesselten Jollen zu schreien, doch ihre Halteleinen waren so bemessen, dass sie ihre Fesseln nicht lösen konnten. In ihrem Gefängnis am Bootssteg auf zu engem Raum zusammengepfercht, konnte es nicht ausbleiben, dass sie bei ihren wilden Tänzen immer wieder heftig aneinanderstießen. Aggressiv schienen sie gegen ihre Mitgefangenen zu kämpfen, weil sie keinen Raum hatten, in dem sie ihre Kräfte ausleben konnten.

Das Unwetter, das plötzlich mit einem Gewittersturm in die Stadt eingefallen war, machte aber nicht nur den Segelbooten auf der Alster zu schaffen, sondern auch mir. Ich hatte keine Lust, bei diesem Unwetter auszusteigen, als wir vor dem schweren Gartentor des Anwesens der Meerkaisers ankamen. Lieber wollte ich einfach abwarten, bis der Regen vorbei war.

Widerwillig stiegen wir aus unserem Polizeiwagen und läuteten Sturm, um möglichst schnell in das Anwesen der Meerkaisers hineingelassen zu werden. Nach einer kurzen Weile im Regen meldete sich die Stimme des Dieners und wenig später öffnete sich uns das Gartentor. Den Weg zur Villa herauf liefen wir, doch trotzdem waren unsere Haare und Jacketts durchnässt, als wir vor der Tür der Villa standen.

Wieder erblickte ich das ausdruckslose Gesicht des Dieners, als dieser die massive, aufwendig verzierte und vergitterte Tür leichthändig öffnete. Mit dem Hauch eines Lächelns auf seinem ansonsten ausdruckslosen Gesicht wies er uns darauf hin, dass bei diesem Wetter ein Regenschirm sehr praktisch sein könne, bevor er uns nach unserem Anliegen fragte. Nachdem wir ihm gesagt hatten, dass wir mit Clemens sprechen wollten, sagte er uns, dass vorher noch Herr Dr. Meerkaiser uns sehen wollte. Wir hätten allerdings einen Augenblick zu warten.

Der Diener führte uns wieder in den Salon, in dem ich bereits bei meinem ersten Besuch auf Clemens gewartet hatte. Sofort begann Otto, den Raum zu inspizieren, während ich durch ein Fenster blickte, um dem Spiel der Boote auf die Alster weiter zuzusehen. Immer noch kämpften sie gegen den Sturm und die Wellen an, die sich auf dem Binnensee gebildet hatten. Plötzlich sah ich ein unbemanntes Segelboot über den See treiben, dem in einiger Entfernung ein kleines Motorboot folgte. Auf dem Motorboot waren zwei Menschen zu sehen, die immer näher an das Segelboot heranfuhren. Und schließlich stieg eine der beiden Personen in das Segelboot.

Ungläubig beobachtete ich, wie die Person im Segelboot sich daran machte, das wild und unbändig hin und her schlagende Segel der Jolle in den Griff zu bekommen, die wie ein Wildpferd in den Wellen auf und ab sprang. Der will tatsächlich bei diesem Wetter segeln, dachte ich. Das ist ja wahnsinnig. Noch mehr erstaunte es mich, als ich sah, wie die Kapuze der Regenjacke vom Kopf der Person im Segelboot geweht wurde. Den langen Haaren nach müsste das eine Frau sein, dachte ich bei diesem Anblick. Wie waghalsig von der Kleinen. Ob die sich da nicht zu viel zumutet?

Ich beobachtete, wie die Frau eine Weile lang mit dem störrischen Boot kämpfte, das weiter ziellos im Wasser herumtrieb, bis es langsam einen bestimmten Kurs einnahm. Ungläubig staunte ich darüber, dass die Frau es geschafft hatte, das Boot unter ihre Kontrolle zu bringen, und Wind und Wasser trotzend über den See kreuzte, wobei das Boot jauchzend von Welle zu Welle zu springen schien. Selbst bei diesem Unwetter war es also möglich zu segeln, wenn man sein Handwerk verstand.

„Guten Tag", vernahm ich auf einmal hinter mir eine selbstsichere, laute Stimme. Ich drehte mich um und erblickte einen hageren, weißhaarigen Mann in einem grauen Anzug, der äußerlich in seiner Figur und Haltung Clemens sehr ähnelte. Dicht am Eingang des Salons blieb der Mann stehen und anscheinend wartete er darauf, dass wir ihm entgegenkamen. So gingen wir auf den Mann zu, der sich uns als Dr. Meerkaiser vorstellte.

„Darf ich erfahren, warum Sie schon wieder meinen Sohn belästigen wollen?", fragte Clemens Vater dann.

„Wir ermitteln immer noch in dem Fall Benjamin

Masokowsky", entgegnete ich.

„Was hat mein Sohn mit dieser Sache zu tun?", fragte der schmale Mann mit einer Stimme, die vollkommen unschuldig klang. „Er gehört offensichtlich nicht zu diesen Steilshooper Jugendbanden, die den Ruf unserer Stadt ruinieren. Und es ist schon zuviel des Guten, dass Clemens mit so einem Subjekt die Schulklasse teilen musste. Dabei haben mir die Behörden, die Schulsenatorin höchstpersönlich, um es genau zu sagen, bereits vor Jahren versichert, dass auch innerhalb des staatlichen Schulsystems die Möglichkeit bestehen muss, allen Bürgern eine für ihre Kinder angemessene Schulbildung zur Verfügung zu stellen. Bei all den Steuern, die ich zahle, muss das doch wohl möglich sein. Und dann vagabundieren Jugendbanden im Mozart-Gymnasium herum. Sollte es nicht Ihre Aufgabe sein, dafür zu sorgen, dass so etwas nicht vorkommt?"

„Die These, Benjamin Masokowsky sei Mitglied einer Jugendbande gewesen, ist bisher nicht erwiesen", wendete ich ein.

„Und warum wird dies dann von ihnen in der Presse verkündet?", fuhr Dr. Meerkaiser auf.

„Das spielt jetzt keine Rolle. Wir sind…"

„Natürlich spielt das eine Rolle!"

„Herr Dr. Meerkaiser, wir sind lediglich hier, um Ihrem Jungen einige Fragen zu stellen."

„Was wollen Sie denn noch von meinem Sohn wissen?"

„Das möchten wir ihn selbst fragen."

„Verdächtigen Sie etwa meinen Sohn? Das wäre ja das allerletzte! Sind Sie sich bewusst, mit wem Sie es zu tun haben?!"

Der letzte Satz war zwar als Frage gestellt worden, doch der drohende Unterton des einflussreichen Vaters Clemens' machte deutlich, was er uns eigentlich mitteilen wollte. Natürlich kam diese Botschaft auch bei uns an. Von daher erschien es uns um so wichtiger, den Jungen zu verhören, auch wenn uns bewusst war, dass von allen Seiten Druck auf uns ausgeübt wurde.

„Herr Dr. Meerkaiser, wir sind uns bewusst, mit wem wir es zu tun haben", ließ ich mich auf mein Gegenüber ein. „Ihnen, als angesehenem Bürger und bekanntem Rechtsanwalt unserer Stadt ist es sicherlich wichtig, dass der Fall Masokowsky schnellstmöglich aufgeklärt wird. Und dazu ist es notwendig, dass wir einige Informationen von den Mitschülern des Opfers erhalten. Daher ist die Befragung Ihres Sohnes doch auch in Ihrem Interesse."

„Natürlich ist die Aufklärung dieses Falles auch in meinem Interesse. Aber Sie sind innerhalb weniger Tage jetzt schon das zweite Mal hier, um mit meinem Sohn zu sprechen. Vielleicht sollten Sie sich demnächst etwas genauer überlegen, was Sie zu fragen haben, bevor Sie sich auf den Weg machen. Das stimmt mich schon etwas nachdenklich, wie Sie ihre Arbeit erledigen. Sagen Sie, wie heißt eigentlich Ihr Vorgesetzter?"

An den Mundwinkeln Dr. Meerkaisers zeigte sich bei seinem letzten Satz ein leichtes Lächeln. Ich wusste, aus welcher Ecke der Wind wehte. Gleich wird der bestimmt auch noch eine Arie über die mangelhaften Leistungen der Behörden und der Überlegenheit des privaten Unternehmertums anstimmen.

„Kriminalrat Blockstedt. Wie gesagt, Herr Dr. Meerkaiser, es ist eine reine Routineangelegenheit, dass wir uns hier befinden. Wir sind gerade dabei, die Tatzeit möglichst genau zu bestimmen. Und dazu könnte uns Ihr Sohn wichtige

Informationen geben, weil er am Tattag als einer der ersten am Tatort war."

„Worauf stützen Sie diese Vermutung?"

„Andere Schüler haben die Anwesenheit Clemens' bestätigt."

„Und was heißt das für Sie?"

„Was meinen Sie mit dieser Frage?"

„Warum wollen Sie auch noch Clemens befragen, wenn Sie schon andere Schüler befragt haben, die mit Clemens anwesend waren?"

„Vielleicht ist ihm etwas Besonderes aufgefallen?"

„Das hätte er Ihnen doch sofort mitgeteilt. Halten Sie meinen Sohn für so dumm, dass er Beobachtungen für sich behält, die zur Klärung des Falles beitragen können?"

Irgendwie wurde ich das Gefühl nicht los, dass uns unser Gegenüber ständig unterschwellig provozierte, um einen Streit herbeizuführen. Und genau das durften wir uns auf keinen Fall erlauben, denn dann würde Dr. Meerkaiser sicherlich alle Register seines Anwaltskönnens und seines Einflusses ziehen, um sich über uns zu beschweren. Weiterhin ging ich davon aus, dass wir Clemens nicht zu sprechen bekommen würden, wenn das Gespräch mit seinem Vater in einen offenen Konflikt eskalierte. Ein Streit würde uns nur in eine Sackgasse führen.

„Dürfen wir jetzt mit Ihrem Sohn sprechen?", fragte ich zum wiederholten Mal. „Manchmal ist es doch so, dass man sich erst dann wieder an etwas erinnern kann, wenn man eine Situation nochmals erzählt."

„Eigentlich sollte ich Ihnen dies nicht erlauben", gab Dr. Meerkaiser seine Blockadeversuche auf. Trotzdem konnte er nicht davon ablassen, noch einen Seitenhieb von sich zu geben.

„Sie rauben meinem Sohn seine ganze Freizeit. Aber heute will ich mal ich eine Ausnahme machen. Gedulden Sie sich noch einen Moment. Er arbeitet gerade im Fotolabor. Ich sage ihm bescheid."

Mit diesen Worten verschwand Dr. Meerkaiser und ließ Otto und mich im Raum stehen. Ich blickte für einen Augenblick aus dem Fenster, doch die Frau aus dem Boot konnte ich nicht mehr sehen. Letzteres dagegen war an einem Anleger festgeschnürt und kämpfte wieder mit den anderen Booten gegen Wind und Wellen.

„Der ist ja komisch drauf gewesen. So was Arrogantes habe ich schon lange nicht mehr erlebt", flüsterte Otto.

„C'est la vie", erwiderte ich.

„Der wollte uns doch nur klein machen. Kokettiert damit rum, dass er mit der Schulsenatorin in Verbindung steht. Und dann will er uns verbieten, dass wir mit seinem Sohn sprechen. Vorladen hätten wir den Bengel sollen!"

Bei Otto hatte der Rechtsanwalt sein Ziel offensichtlich fast erreicht. Wütend ballte dieser seine Faust zusammen, ohne aber trotz seiner suchenden Blicke einen Ort in dem prunkvoll eingerichteten Salon zu finden, an dem er seinen aufgestauten Zorn ablassen konnte. Ein Punchingball wäre jetzt genau das Richtige für ihn gewesen. Ich dagegen war völlig ruhig und bemerkte nur zweifelnd an:

„Diese Vorladung hätte uns Blockstedt niemals genehmigt. Du weißt doch, wie unterwürfig er ist."

Und flüsternd fuhr ich fort: „So müssen wir uns halt von diesen einflussreichen Pinkeln an der Nase herumführen lassen. Also dieses arrogante Gerede dieser Doktoren, Schulleiter,

Lehrer und Rechtsanwälte hängt mir mittlerweile zum Hals heraus. Als dieser Meerkaiser sagte: Mit so einem Subjekt musste mein Sohn die Schulklasse teilen. Also da ist mir fast der Kragen geplatzt. Das ist doch einfach nur noch großkotzig, wie der sich aufführt."

„Tja, manche Menschen denken halt, sie werden durchs Geld geadelt und blaublütig. Aber auch zwischen ihnen soll es ja ein paar falsche Fünfziger geben."

„Was meinst du denn damit?"

„Denk doch mal an das, was wir über Clemens bisher wissen. Er erpresst vermutlich den Schulleiter. Also, ich habe den Eindruck, dass dieser Junge ein ganz ausgekochter Knabe ist. Um einen Schulleiter zu erpressen, muss man schon ein ganz schön dickes Fell haben. Ich bin gespannt, was da noch so alles auf den Tisch kommen wird, wenn wir uns den Jungen mal so richtig vorknöpfen."

„Ja, ich denke auch, dass der Junge noch einiges auf dem Kerbholz hat. Aber das mit der Erpressung halten wir erst noch einmal zurück. Noch soll Clemens sich in Unschuld wiegen."

In diesem Augenblick hörten wir das Klacken von Ledersohlen auf dem Parkett des Flures. Wir drehten uns um und sahen Clemens Meerkaiser vor uns. Diesmal trug er einen faltenfreien, strahlendweißen Laborkittel.

„Sie wollen mich schon wieder sprechen, habe ich gehört", sagte er genervt.

„Es geht noch mal um den Tod Benjamins. Wir sind im Augenblick dabei, genau zu ermitteln, wann der Unfall geschehen ist. Daher möchten wir von dir wissen, zu welcher Zeit du in der Schule eingetroffen bist."

„Das wissen Sie doch schon. Also nochmals: Ich bin

gemeinsam mit Tobias und Lothar in die Schule gekommen. Das muss so gegen zehn vor zehn gewesen sein. Das hatte ich Ihnen doch bereits gesagt."

„Und aus welcher Richtung seid ihr in die Schule gekommen?"

„Wir kamen aus dem Alstertal herauf."

„Ach, das ist ja interessant. Das könnte ein möglicher Fluchtweg der Täter gewesen sein. Sind euch dort irgendwelche Leute aufgefallen?"

„Nein, das hätte ich Ihnen doch sofort mitgeteilt."

„Ist dir ansonsten in der Schule in der letzten Zeit irgend etwas aufgefallen?"

„Nein, mir ist absolut nichts aufgefallen."

„Fällt dir an diesem Zettel irgend

etwas auf?", fragte Otto plötzlich, während er Clemens den von Dr. Zwangsdorff gefälschten Aushang vor die Augen hielt.

„Lassen Sie mal sehen."

Mit gespielter Neugier nahm der Junge den Zettel und betrachtete ihn. Wir spürten, dass es in Clemens arbeitete. Sein Gesicht wurde noch eine Spur bleicher als sonst.

„Ja, also an dem Zettel ist nicht sauber gearbeitet worden. Hier im unteren Teil wird eine andere Schriftart verwendet als im oberen. Dr. Zwangsdorff sollte mal an einem Computerkurs teilnehmen", spottete der Schüler über seinen Schulleiter.

„Clemens! Dr. Zwangsdorff behauptet, er werde von dir erpresst", brach es aus Otto heraus.

„Ach, das ist ja absurd. Warum sollte ich den Schulleiter erpressen?"

„Er sagte uns, er solle darauf hinwirken, dass du bessere Noten bekommst."

„Als ob ich so etwas nötig hätte. Das ist ja absolut lächerlich."

Während Clemens den letzten Satz sprach, war er aufgesprungen und lief laut rufend aus dem Zimmer:

„Vater, Vater komm mal bitte her. Hör dir an, was die Polizei mir unterstellt…"

Überrascht von dem plötzlichen Verschwinden des Jungen folgten wir Clemens, der hinter einer Tür verschwand. Als wir die Tür öffneten, sahen wir vor uns eine große, in dunklem Holz gearbeitete Bibliothek. Clemens stand an einem Fenster neben seinem Vater, der uns scharf in die Augen blickte. Ein großer Schreibtisch bildete eine Barriere zwischen ihnen und uns.

„Meine Herren, das wird nicht ohne Folgen für Sie bleiben."

„Negative oder positive?", wagte ich zu fragen.

Dr. Meerkaiser ging schweigend zu dem mächtigen Schreibtisch und drückte auf einen Knopf seiner Telefonanlage. Dann sagte er:

„Frau von Rosenheim, stellen Sie bitte eine Verbindung zu einem Kriminalrat Blockstedt im Polizeipräsidium her. Es eilt."

Dann wendete sich der Hausherr uns langsam zu und taxierte uns für einen Augenblick schweigend, bevor er zu sprechen begann:

„So meine Herren, Sie meinen also, Sie könnten einfach so hinter meinem Rücken über meinen Jungen herfallen und diesen unter Druck setzen, um aus ihm irgendwelche Aussagen zu pressen, deren Wahrheitsgehalt gegen Null geht. So nicht, meine Herren, so nicht! Was hat mir mein Sohn erzählt. Sie meinen, er würde Dr. Zwangsdorff erpressen, um bessere

Noten zu erhalten. Haben Sie sich denn schon mal die Mühe gemacht, sich das Zeugnis meines Sohnes anzusehen? Sicherlich nicht. Immerhin hätten Sie dann feststellen können, dass er durchweg befriedigende bis gute Noten hat. Warum sollte er da einen Erpressungsversuch unternehmen? Andererseits ist es sicherlich nicht ganz korrekt von meinem Jungen, wenn er sich schützend vor seinen Schulleiter stellen wollte, um diesem Unannehmlichkeiten zu ersparen."

„Richtig", stimmte Clemens seinem Vater zu. „Ich hätte vielleicht doch schon früher mit Ihnen darüber reden sollen, dass Dr. Zwangsdorff den Aushang gefälscht hat. Aber – Korpsgeist nennt man das ja wohl – also mein Korpsgeist hat es mir geboten, mich schützend vor Dr. Zwangsdorff zu stellen."

Nachdem der Junge dies gesagt hatte, blickte er mit diesem leichten, kaum sichtbaren Lächeln, das wir bereits von Dr. Meerkaiser kannten, seinen Vater an, der ihm zustimmend zunickte.

In diesem Moment summte die Telefonanlage leise und Dr. Meerkaiser nahm den Hörer in die Hand.

„Kriminalrat Blockstedt, Dr. Meerkaiser am Apparat. Guten Tag. Wir hatten bisher noch nicht das Vergnügen. Also, der Grund meines Anrufs ist, dass sich zwei ihrer Untergebenen in meinem Haus befinden und meinen Sohn in einer Weise verhört haben, die mich an unserem Rechtsstaat zweifeln lässt…"

Während Dr. Meerkaiser seine Beschwerde bei ihrem Abteilungsleiter fortsetzte, sahen wir, wie mit zunehmender Dauer des Telefongesprächs das bis dahin immer noch bleiche Gesicht Clemens' wieder seine normale Farbe annahm. Dieses leichte Lächeln war auch wieder bei ihm zu erahnen, während uns mit zunehmender Dauer das Blut ins Gesicht stieg. Meerkaiser hatte mit seiner Beschwerde, wir hätten Clemens als Verdächtigen zu einer Straftat verhört, ohne ihn über seine Rechte aufzuklären, nicht Unrecht. Ein wirklich peinlicher Fehler.

„Meine Herren, Ihnen ist der Begriff Dienstaufsichtsbeschwerde sicherlich nicht unbekannt", sagte Dr. Meerkaiser, nachdem er den Telefonhörer aufgelegt hatte. „Ich werde in Erwägung ziehen, davon Gebrauch zu machen. Von Ihrem Vorgesetzten darf ich Ihnen mitteilen, dass Sie sich unverzüglich bei ihm einfinden sollen. Den Weg nach draußen werden Sie sicherlich allein finden. Guten Tag, meine Herren."

„Guten Tag, meine Herren", äffte Clemens seinen Vater nach.

Frustriert trotteten wir davon. Draußen blickte ich für einen Augenblick über die Alster und musste an die tollkühne Seglerin denken, die das Boot selbst noch im Gewittersturm gebändigt hatte. So ist es mir doch bis jetzt in meinem Beruf auch immer ergangen. Was ist nur los mit mir? Irgendwie schwimmen mir momentan die Felle davon. Bin ich vielleicht zu unaufmerksam? Lenkt mich Sigrid zu sehr ab? Ich muss mehr aufpassen.

„Das war wohl mein Fehler", durchbrach Otto das Schweigen. „Ich hätte das mit dem Aushang nicht machen sollen. Aber der Junge ist so dreist gewesen, dass ich mich nicht beherrschen konnte."

„Typisch Otto halt. Du musst einfach lernen, deine Gefühle besser zu kontrollieren."

„Das musst du gerade sagen", fuhr er mich an. „Wer hat

denn gegenüber der Jahn den Hahn raushängen lassen und ihr erlaubt, Fotos zu machen. Wenn das nicht geschehen wäre, dann könnten wir jetzt noch ganz im Stillen ermitteln."

„Das ist eine ganz andere Situation gewesen. Und außerdem hat das nichts mit dem Beherrschen von Gefühlen, sondern mit Aufrichtigkeit und Vertrauen zu tun. Dass die Jahn mit Hilfe der Fotos eine Horrorstory produziert, ist mir zu spät klar geworden."

„So etwas passiert dir aber nur, wenn du an attraktive Reporterinnen gerätst. Deine Stilaugen, mit denen du in ihren Ausschnitt gestarrt hast, sind nicht nur mir aufgefallen. Da kannst du leugnen, soviel du willst."

„Willst du jetzt mich verhören?"

„Kannst du es denn nicht zugeben, dass dich beim Anblick dieser Frau der Verstand verlässt. Das kommt doch bei jedem Mann mal vor, dass ihm eine Frau so gefällt, dass er nicht mehr klar denken kann."

„Meinst du wirklich? Aber lass uns jetzt darüber nachdenken, wie wir es schaffen, an Clemens Meerkaiser heranzukommen. Noch ist nicht aller Tage Abend."

12

Es war Freitag Nachmittag und eigentlich müsste es mir richtig gut gehen. Ich hatte ein freies Wochenende vor mir und Sigrid saß neben mir in meinem Wagen. Wir befanden uns im Nachmittagsverkehr auf dem Weg an die Ostsee. Auch das Wetter spielte mit und kündigte ein mediterranes Sommerwochenende an. Nur meine Seele machte nicht mit. Hektisch und ruppig drängelte ich durch den zäh dahinfließenden Straßenverkehr, wechselte häufig die Spuren und freute mich wie ein Kind darüber, wenn ich durch meine gewagten Manöver ein Auto überholte.

„Warum fährst du so aggressiv?", fragte Sigrid mich nach einer Weile.

„Ich will schnell aus der Stadt heraus, damit wir nicht in den Stau geraten", antwortete ich knapp.

„Meinst du, dass es etwas bringt, wenn du dich durch deine Fahrweise stresst, um dem Stress des Staus zu umgehen?", setzte Sigrid nach.

„Lass mich nur machen", erwiderte ich in einem Tonfall, der signalisierte, dass ich diesen Punkt nicht weiter diskutieren wollte.

So trieben wir eine Weile schweigend im Verkehr dahin und die Stimmung zwischen uns blieb eisig. Es hätte auch sein können, dass ich ganz allein im Auto saß, so weit weg fühlte ich mich von Sigrid, obwohl ich ihr eigentlich nah sein wollte. Und Sigrid schien die Begegnung mit diesem Zug meiner selbst nicht zu erfreuen.

„Edgar! Deine Fahrweise strengt mich an", platzte es aus

Sigrid heraus.

„Halt noch einen Moment aus", entgegnete ich. „Dann haben wir es geschafft und sind am Horner Kreisel. Und dann geht es ab."

Ich machte mit meiner Hand eine Bewegung, als würde ich mit einem Flugzeug abheben. Was sie nicht wusste, war, dass Otto und ich nach unserer Rückkehr in das Polizeipräsidium von Blockstedt eine Standpauke erhalten hatten, die es in sich hatte. Wieder hatte unser Chef die höchsten Höhen der Untergebenenbeschimpfung erklommen und versucht, uns klein zu machen. Dann hatte er uns mitgeteilt, dass er die angekündigte Dienstaufsichtsbeschwerde Dr. Meerkaisers äußerst korrekt bearbeiten würde, bevor er uns ein freies Wochenende verordnete. „Ein Wochenende zur Besinnung" war seine mit einem herrisch überlegenen Ton geäußerte Phrase. Ein Wochenende immerhin.

Um halb acht kamen Sigrid und ich an der Küste an. Das von mir ausgewählte, gar nicht so billige Hotel, ein achtzehnstöckiger Betonkasten aus den späten Sechzigern lag direkt an der Strandpromenade. Diese war ein autobahnbreiter Weg für Fußgänger, die auf farblosen Waschbetonplatten vor einer langen Reihe von Restaurants, Hotels und Geschäften auf und ab marschierten. Doch dies interessierte uns in diesem Augenblick nicht. Beide waren wir nach der Fahrt durch den stockenden Verkehr einfach nur sehr hungrig.

Zu unserem Pech hatten wir im Voraus keinen Tisch reserviert und so wurden wir während unseres Gangs über die Strandpromenade von der Tatsache überrascht, dass in der Touristenhochburg, in der wir gelandet waren, alle Restaurants bis an die Grenze des Möglichen mit Gästen überfüllt waren.

Unsere Suche nach Nahrung glich einem Spießrutenlauf von einem überarbeiteten, unfreundlichen Kellner zum anderen. Und immer wieder die gleiche unangenehme Mitteilung. Im Moment wäre alles besetzt, aber in einer halben Stunde könnten wir ja wiederkommen.

Sigrid war an einem Punkt angelangt, wo sie, die Vegetarierin sogar mit einer Currywurst und Pommes anstelle eines lauschigen Dinners bei Mondschein zufrieden gewesen wäre. Doch ich war in meinem Privatleben wie in meinem Beruf zu keiner vorschnellen Aufgabe bereit. Schließlich führte ich Sigrid zu einem sündhaft teueren Restaurant, in dem uns der geschickte Kellner nicht abwies, sondern versicherte, dass in den nächsten fünf Minuten sicherlich ein Platz frei werden würde. In unserer Not glaubten wir dem geschäftstüchtigen Mann, der uns zum Warten an die Cocktailbar führte. Ausgesprochen teuer waren die Mixgetränke, die die um uns herum stehenden Menschen konsumierten, stellten wir beim Blick auf die Getränkekarte fest. Allerdings sahen die Cocktails auch furchtbar gut aus und so ließen wir uns zu einem Margarita verführen.

Das erfrischend kühle Getränk band die Hunger signalisierenden Säuren unserer Mägen von einem Augenblick auf den anderen. Und mit Wohlwollen nahmen wir zur Kenntnis, wie der uns sofort zu Kopf steigende Alkohol unsere stummen Zungen löste. Schnell war der Stress der Anreise vergessen und das erste Getränk geleert, als wir sahen, wie der Kellner ein anderes Pärchen an einen freigewordenen Tisch leitete. Beschwingt und beschwipst bestellten wir noch einmal das Gleiche.

Als uns beim Schlürfen des zweiten Cocktails unsere

lallenden Stimmen gewahr wurden, mussten wir beide lachen, doch schlürften wir danach langsamer von unseren hochprozentigen Getränken. Nach einer Weile meldeten sich unsere Mägen wieder. Aufmerksam verfolgten unsere Blicke von da an den Kellner, der uns in dieses Restaurant gelotst hatte, in der Hoffnung, er würde uns den nächsten frei werdenden Platz zuweisen. Doch diese Hoffnung zerschlug sich schnell. Erst jetzt entdeckten Sigrid und ich, dass die anderen Menschen an der Bar ebenfalls auf einen freien Tisch warteten.

„Das wird ja noch Stunnen dauern, bis wir edwaas zu essen bekommn", jammerte Sigrid los.

„Wiehso?", lallte ich zurück, der ich dies ebenfalls ahnte, aber es einfach nicht wahrhaben wollte.

„Aall die Leude sinn noch vor uns dran", sagte Sigrid, während sie mit ihrem Finger in einem Halbkreis auf die etwa zwanzig Leute zeigte, die um uns herum standen.

Diese Drehbewegung hätte sie lieber unterlassen sollen. Sigrid geriet aus dem Gleichgewicht. Mit einem Schritt vorwärts wollte sie dieses Malheur beheben, doch irgendetwas brachte sie ins Stolpern und plötzlich fiel sie mir entgegen. Überrascht von meiner mir entgegen fallenden Freundin, die ihr Cocktailglas einfach fallen ließ und sich an meinen Oberarmen festklammerte, konnte ich mein Getränk nicht mehr retten. Reflexartig wollte ich noch das Glas beiseite werfen, doch Sigrids klammernden Griff hinderte mich daran, so dass der Brei aus Eis, Orangensaft und Wodka in einer großen Welle über die Kante meines Glases schwappte und nach einem kurzen Fall im Ausschnitt von Sigrids Leinenkleid landete.

„Iiieeehhh!!!", schrie Sigrid auf, als die eiskalte, klebrige

Flüssigkeit langsam über ihre sommerwarme Haut zu kriechen begann.

„Iiieeeh, iiieeeh, iiieeeh!!!"

Auf einmal herrschte vollkommene Stille in dem Restaurant und nur die leise, romantische Hintergrundmusik war außer Sigrids anhaltendem Schreien in dem Lokal zu hören. Alle Menschen blickten auf meine Freundin und mich. Wie angegossen standen wir da. Mit weit von sich gestreckten Armen sah Sigrid an sich herab, schüttelte sich, als könnte sie auf diese Weise die eisige Masse von ihrem Körper abschütteln, während sie schrie und immer weiter schrie.

Langsam kroch das kalte Zeug an ihrem Oberkörper herab. Ein dunkler, feuchter Streifen zeigte sich außen auf ihrem leichten Sommerkleid und verdeutlichte allen Gästen, welchen Weg sich die Flüssigkeit suchte. Wie angewurzelt stand ich noch einen Augenblick neben Sigrid, die vor Entsetzen weiter schrie, wobei nicht mehr zu unterscheiden war, ob sie mittlerweile mehr unter der Kälte des Eises oder den Blicken der sie begaffenden Menge litt. In meiner Hilflosigkeit packte ich Sigrids Kleid am unteren Saum und zog es etwas von ihrem Körper ab.

Patsch!

Ein Rest des Eisbreis platschte zwischen Sigrids Füssen auf den Boden und bildete eine Lache. Von einem Moment auf den anderen verstummte sie, worauf an einigen Tischen ein schallendes Gelächter ausbrach, das sich über das ganze Restaurant ausbreitete.

Sigrids registrierte die Blicke der lachenden Menschen um sie herum, die sie wie einen Menschen von einem anderen Stern anglotzten. Wehrlos war sie ihnen ausgeliefert. Blut schoss ihr augenblicklich ins Gesicht und sie wünschte sich, in der Erde versinken zu können, als auch noch der geschäftstüchtige Kellner mit einem Handtuch auf sie zustürzte und mit diesem in den Ausschnitt ihres Kleides fuhr. Das war selbst mir zu viel und ich stieß den Mann energisch beiseite. Beinahe wäre es dann zu einer Schlägerei gekommen, doch mein mörderischer Blick vertrieb den Kellner. Schnell zog ich dann meine Freundin beiseite und führte sie aus dem Rampenlicht der Cocktailbar zu den Toiletten.

„Wie das aussieht", waren die ersten Worte Sigrids, auf deren Haut das alkoholgetränkte Kleid unförmig klebte. Sie wusste nicht wohin mit ihrer Scham und so warf sie sich an meine Brust und begann erst einmal laut und hemmungslos zu weinen. Ich, der ich im ersten Augenblick noch meine Kleidung vor der klebrigen Flüssigkeit retten und Sigrid von mir fernhalten wollte, merkte dann aber noch, dass in diesem Moment der Trost für Sigrid wichtiger war, als die Sauberkeit meines Poloshirts. So nahm ich sie fest in die Arme und ließ sie sich an meiner Schulter ausweinen, während ich spürte, wie die Flüssigkeit langsam durch mein Hemd drang.

Eine Kellnerin kam kurz darauf mit großen Handtüchern auf uns zu und half Sigrid dabei, sich zu reinigen. Doch die klebrige Masse wollte einfach nicht von ihrem Körper und ihrem Kleid weichen. So gab sie schließlich alle Reinigungsversuche auf und wickelte sich über ihrem Kleid in ein Badehandtuch ein. Mit Verwunderung nahm ich, der ich mittlerweile ebenso wie Sigrid wieder vollkommen nüchtern zu sein schien, zur Kenntnis, dass meine Freundin darauf bestand, sich wegen des durchnässten Kleides in ein weiteres Badehandtuch einwickeln zu wollen. Mir erschien dies überflüssig, doch bevor ich Sigrid auf dem Weg aus dem Lokal danach fragen konnte, kam der vormals oberfreundliche Kellner auf uns zu und verlangte in schroffen Ton das Geld für die Cocktails.

Die einhundertacht Mark zahlte ich kommentarlos, aber innerlich grollend: diese Abzocker. Ich überlegte noch, ob ich mich beschweren sollte, dass man uns mit fadenscheinigen Versprechungen an die Bar des Restaurants gelockt hätte, doch dann unterließ ich es, weil ich merkte, dass Sigrid so schnell wie möglich das Lokal verlassen wollte.

„Ich muss jetzt sofort etwas essen, sonst kippe ich aus den Latschen", erinnerte Sigrid mich dann an meinen eigenen Hunger.

Es dauerte nicht lange und wir standen wieder an der Imbissbude, die ich vorhin noch verschmäht hatte, und aßen heißhungrig Currywurst und Pommes.

„Lass uns baden gehe", sagte Sigrid dann zu meiner Überraschung. „Ich muss mir dieses klebrige Zeug sofort von der Haut waschen".

Mit einem Mal begriff ich, warum sie darauf bestanden hatte, ein zweites Badehandtuch mitnehmen zu wollen. Bevor ich noch etwas erwidern konnte, lief Sigrid schon zum Strand. Ich zögerte noch einen Augenblick, doch dann ließ ich mich von meiner Freundin anstecken und folgte ihr.

In der Dunkelheit der beginnenden Nacht konnte ich nur wenige Menschen an dem breiten Sandstrand sehen. Vor sich am Wasser warf Sigrid bereits die Handtücher und die Schuhe in den weichen Sand, bevor sie laut johlend in das kühle Meerwasser rannte. Wieder zögerte ich einen Moment und blickte um mich, ob wir beobachtet werden würden. Doch weit und breit war niemand im Mondlicht zu sehen und so folgte ich meiner Freundin schreiend ins Meer. Im Gegensatz zu Sigrid hatte ich sogar meine Schuhe anbehalten. Bis zum Hals stand Sigrid im Wasser und zog sich das Kleid über den Kopf. Dann tauchte sie es ins Meerwasser, wrang es aus und warf es in einem hohen Bogen an Land. Als Nächstes war der BH an der Reihe und kurz darauf stand sie nackt neben mir im Wasser.

„Schämst du dich?", fragte Sigrid mich, während sie leicht an meinem Polohemd zupfte.

„Nein, das nicht. Aber muss es denn sein, sich nackt am Strand zu zeigen?"

„Hier kann dich doch niemand sehen."

Geschickt zog Sigrid mir die Kleidungsstücke vom Körper. Nackt lagen wir uns dann in den Armen und genossen den Gegensatz zwischen der Kühle des Wassers und der Wärme unserer Körper. Erregung stieg in uns auf, während wir uns zärtlich liebkosten.

Nur in die Badehandtücher eingewickelt erreichten wir barfuß unser Hotel, in dem die nassen Kleider auf unseren Armen eine Tropfenspur auf der Auslegware des Foyers hinterließen. Der verwunderte Portier gab uns schnell den Schlüssel und kurze Zeit später betraten wir über die staunend-sprachlose Miene des Portiers lachend unser funktional eingerichtetes Hotelzimmer. Wenig später standen wir dann unter den warmen Strahlen der Dusche, um uns die Kälte und das Salz des Meeres von der Haut zu waschen. Wieder kamen wir uns körperlich näher. Gegenseitig seiften wir uns die Rücken ein und spürten erneut die Erregung in uns aufsteigen.

Eng umschlungen lagen wir dann im Bett. Ich war erregt

und zu dieser Erregung gesellten sich mit einem Mal die Gefühle, die Blockstedt mit seiner Standpauke in mir ausgelöst hatte. Ich wollte es nicht, aber ich wurde hart und heftig. Ungestüm bedrängte ich Sigrid, doch diese wehrte sich und wand sich unter mir. Wie ein Spiel wirkte das Ringen der beiden Körper auf mich und es erhitzte mich noch mehr. Kräftiger setzte ich nach.

„Nicht so heftig", ermahnte mich Sigrid, doch ich reagierte nicht, sondern folgte dem Pfad, auf den mich meine Lüste getrieben hatten.

„Hör auf!", schrie Sigrid mit einem Mal.

Erschrocken hielt ich in meinem Spiel inne. Das Lodern in meinem Körper gefror plötzlich.

„Nimm doch Rücksicht auf mich", fuhr sie mich an. „Du rammelst hier rum, als wäre ich gar nicht da. Denkst du eigentlich auch mal an mich?"

Die Frage hatte gesessen. Ich war noch ganz von der Erregung benommen. In mir brodelte es. Brennende Leidenschaft wütete in mir und forderte von mir, sich an Sigrids Körper zu befriedigen. Und meinem tauben Verstand gelang es nur mit Mühe, dies zu verhindern. Zu viel Kritik hatte ich heute wohl einstecken müssen und nun kamen ganz unbekannte Aggressionen in mir auf. Vergewaltigen könnte ich Sigrid, schoss es mir mit einem Mal durch den Kopf, während die Frau weiter auf mich, einen sprachlosen Mann einredete.

„Was geht nur in dir ab?"

Ich wusste sofort, was die Frau meinte. Scham stieg in mir auf, während ich kein Wort über meine Lippen bringen konnte.

„Männer!!!", entfuhr es Sigrid noch, bevor sie aufstand und wütend im Bad verschwand.

Das Knallen der Badtür weckte mich aus meinen Träumen. Wie betäubt fühlte ich mich. Eine tiefe Taubheit war in meinem Körper und wie automatisch kleidete ich mich an, nahm meinen Koffer und verschwand aus dem Zimmer.

13

In der Finsternis der Nacht flüchtete ich mit Höchstgeschwindigkeit über die einsame Autobahn nach Hamburg. In meiner Wohnung waren die Flaschen mit dem Hochprozentigen, die ich ansonsten meinen Gästen überließ, mein erstes Ziel. Ich gierte nach Alkohol, um mit dem auf der Zunge brennenden Zeug das Geschehene aus meinem Gedächtnis auszumerzen. Anstatt mich mit dem Erlebten auseinanderzusetzen, schob ich eine CD ein. Das Dröhnen der Musik in meinen Kopfhörern übertönte alles in meinem Inneren. Irgendwann war die Flasche leer und ich in einen tiefen Traum versunken.

Wieder befand ich mich auf der Treppe in dem Haus Frau Dr. Heideggers. Vor mir stand die braun gebrannte Lehrerin und lächelte in einer Art auf mich herab, die ich nicht einschätzen konnte. Und wieder legte die Frau mir die Hand auf die Brust. Erschrocken zog ich meinen Körper zurück, doch diesmal verschwand die Hand nicht von mir. Die Pranke der Lehrerin schien auf meinem Körper zu kleben. Langsam stieg die Lehrerin rückwärts die Treppe nach oben und zog mich wie eine Marionette hinter sich her. Ein Gefühl des Unbehagens durchdrang meinen wehrlosen Körper. Kein Widerstand schien mir möglich und mit einem Mal befand ich mich mitten in dem großen Wohnzimmer der Frau. Regungslos konnte ich miterleben, wie die Frau mich aus meinen Kleidern schälte. Danach waren ihre Kleider an der Reihe.

Mit schlangengleichen Schritten begann sie dann in schwarzer Reizwäsche um mich herum zu tanzen und ich stellte entsetzt fest, dass mein Unbehagen einem Verlangen nach dem weiblichen Körper gewichen war. Mit einer Peitsche in der Hand umkreiste sie mich plötzlich. Spielerisch deutete sie einige Schläge an. Ich bekam Angst, doch ich konnte mich nicht bewegen. Als hätte sie meine Gedanken gelesen, lachte sie, tänzelte auf mich zu und liebkoste mich. Lust kam in mir auf, während die Frau ihren Tanz um meinen Körper fortsetzte und diesen mit bissigen Küssen bedeckte. Als ich voll erregt war, ließ die Frau plötzlich von mir ab.

„Schlag mich, schlag mich!", flehte sie mich mit weinerlicher Stimme an und alles Dominante war aus ihrer Person verschwunden. Ich spürte die Peitsche in meiner Hand, während die Frau rückwärts vor mir kniete.

„Streichle meinen Rücken, mein Prinz. Schlag mich!"

Ich wusste nicht, was ich machen sollte. Ich hatte zwar registriert, dass ich auf einmal meinen Arm wieder bewegen konnte, doch etwas hemmte mich, die wehrlos vor mir kniende Frau zu verletzen, die mich mit eindringlicher Stimme anflehte.

„Los, schlag mich! Peitsche mich! Los, mach schon."

Immer fordernder wurden die Worte der Frau, die sich katzenhaft auf allen vieren vor mir hin und her wand, bis ich mich dem nicht mehr entziehen konnte. Zögernd strich ich ihr leicht mit der Peitsche über den Rücken, die sofort wohlig stöhnte.

Eine Weile experimentierte ich vorsichtig aus, wie weit ich mit dem Schlagen gehen konnte. Dann merkte ich, dass ich immer noch an meinem Platz gefesselt war. Jäh durchfuhr mich ein Strahl der Wut und heftig schlug ich zu, um meiner Empörung Luft zu machen. Zu meiner Verwunderung quittierte die Frau den Schlag mit einem erregten Stöhnen, das auch mich ansteckte. Eine Lust am Quälen der Frau machte sich in mir breit.

Und wieder schlug ich zu. Ich tastete mich mit meinen Schlägen immer weiter die Schmerzskala hinauf. Und die wehrlose Frau erregte mich in ihrer Reizwäsche immer mehr.

Dann verwandelte sich der vor mir kniende Körper in den Blockstedts. Später sah ich meinen trunkenen Vater und andere mich früher peinigende Menschen.

Irgendwann hatten wir unsere perverse Lust gestillt und lagen nebeneinander auf dem Boden. Und ohne ein weiteres Wort zu sagen, nahm sie ihre Hand, legte sie wieder wie im Treppenhaus sanft auf meine Brust und riss mir mit einer spielerischen Handbewegung, wie man einen Apfel von einem Baum pflückt, das Herz aus dem Körper.

Hellwach schreckte ich auf, schüttelte meinen Kopf, als könnte ich damit den Traum vertreiben, und blickte auf die im Dunkeln grau schimmernde Decke meines Wohnzimmers. Alles schien sich um mich zu drehen und ich hatte das Gefühl, als würde ich fallen und fallen und immer tiefer fallen.

Ich wusste nicht, ob mein Zustand durch den Alptraum, der bereits wieder aus meinem Bewusstsein verschwand, oder durch den Alkohol, den ich vor einigen Stunden konsumiert hatte, verursacht wurde. Unendlich schlecht fühlte ich mich, bevor ich in einen tiefen Schlaf fiel.

„Piep, piep, piep."

Das lästige Piepen des Handys weckte mich aus meinem komatiefen Schlaf. Ein Dunstschleier aus Alkohol hatte sich zwischen mein Hirn und die Außenwelt geschoben. Wieder hörte ich das mir bekannte Geräusch, ohne dass ich reagierte.

Immer tiefer drangen die Klingelgeräusche in mein Hirn und lösten dort ein Stechen aus, das mich mehr und mehr aus meiner Schlaftrunkenheit herausriss. Nach dem fünften Klingeln war ich endlich so weit, dass ich begriff, dass jemand mit mir sprechen wollte. Mein Arm griff zum Telefon, das ich erst erreichte, nachdem ich die daneben stehende, leere Flasche umgeworfen hatte.

„Jaa", meldete ich mich.

„Da bist du ja", hörte ich die Stimme Sigrids. „Ich habe mir Sorgen um dich gemacht. Wo bist du?"

Ich brauchte einen Moment, bis ich mich wieder daran erinnern konnte, was gestern vorgefallen war. Schuldgefühle stiegen in mir auf und tiefe Scham. Darüber vergaß ich alles andere. Weg, weg, weg, war das, was mir meine Gefühle sagten. Raus aus dieser Situation. Flucht.

„Mir geht es gut und – und – ich will dich nicht mehr sehen."

Punkt, aus. Mit einem Tastendruck schaltete ich die Verbindung ab und die panischen Gefühle meines Körpers ließen mit einem Mal nach.

Einige Sekunden später schreckte mich das erneute Klingeln des Handys wieder auf. Sigrid wird das sein, schoss es mir durch den Kopf. Mit der Panik eines flüchtenden Tiers, das in die Enge getrieben worden war, überlegte ich, wie ich mit dieser Situation umgehen sollte, wie ich meiner Geliebten, die mir doch so glückliche Stunden bereitet hatte, begegnen sollte.

„Klack."

Ein leises Geräusch erklang, als ich die Taste drückte, die mein Handy abschaltete. Der gewünschte Teilnehmer ist im Augenblick nicht zu erreichen, bekam der Mensch am anderen

Ende der Leitung jetzt zu hören. Doch dies registrierte ich nicht, der ich bereits wieder in einen benebelten Schlaf versank. Ich wusste nicht, dass Otto den zweiten Anruf getätigt hatte.

14

Auch Otto kam nicht umhin, am Freitagabend tiefer als sonst ins Glas zu schauen, um seinen Frust zu verwinden. Doch er hatte sich so sehr an unserem Fall festgebissen, dass er nicht mehr locker lassen konnte. Am Samstagmorgen war er wieder auf der Spurensuche. Anstatt sich auf seine übliche Joggingtour durch den Stadtpark zu begeben, machte er sich mit dem Fahrrad auf den Weg an die Alster, um Clemens' Schulweg zu überprüfen.

Einsam und ruhig lag die Außenalster im morgendlichen Sonnenschein vor ihm, als er langsam durch den Alsterpark fuhr. Nur einige wenige Segelboote und Ruderer zogen zu dieser Stunde gemächlich über das Wasser, das mit seinen sanften Wellen die Spiegelungen des Sonnenscheins durchbrach. Der Friede, der Samstagsmorgens um halb neun an diesem Ort herrschte, war atemberaubend. Für ein paar Minuten verweilte Otto auf einer Bank direkt am Ufer des Sees. Warm schien ihm die Sonne ins Gesicht, während seine Augen durch den Schutz der geschlossenen Lider das Licht der Sonne genossen. Dann fiel Otto ein Schwanenpaar auf, das sich etwas abseits des Ufers im Schilfgürtel ein Nest gebaut hatte. Die Jungen des Paares waren gerade dabei, die ersten Schritte außerhalb ihres Nests zu tun. Vorsichtig näherten sie sich der unter ihnen liegenden glitzernden Wasserfläche, in der ihre Eltern bereits schwammen. Doch noch hatten sie Angst, in das zu ihren Füssen liegende Wasser zu fallen, und schreckten davor zurück, ihren Eltern zu folgen. Immer weiter entfernten sich die Schwaneneltern von ihren Kindern, bis die Angst vor dem Verlust der elterlichen Nähe bei den Jungen überwog und eines den Schritt ins Wasser wagte. Aufgeregt schwamm es noch etwas unsicher hin und her, während die anderen seinem Beispiel folgten.

Schmunzelnd wandte sich Otto von den Schwänen ab und wieder dem Grund zu, der ihn an diesen Ort geführt hatte. Er wollte ebenso wie bei Tobias und Lothar nun Clemens' Schulweg überprüfen. Mit seinem Rad fuhr er weiter und hielt wenig später für einen Augenblick vor der Villa der Meerkaisers, um seine Stoppuhr zu starten, bevor er zügig den Alsterradweg entlang zum Mozart-Gymnasium fuhr. Fünfundzwanzig Minuten dauerte es, bis er vor der Schule stand.

Auf dem Weg dorthin waren ihm einige Angler aufgefallen, die die Hoffnung noch nicht aufgegeben hatten, in einem Großstadtgewässer Fische zu fangen. Zu diesen zog es Otto als Nächstes, denn er wusste, dass Angler dazu neigten, regelmäßig an den gleichen Plätzen zu fischen. Warum sollten sie also nicht auch vor einer Woche an diesem Ort gestanden haben? Dann waren sie vor ihm.

„Moin", begrüßte er sie im besten hanseatischen Dialekt.

„Moin, moin", schallte es ihm dreifach zurück.

„Sagen Sie, sind sie öfter hier an diesem Ort?", fragte Otto, nachdem er sich vorgestellt hatte.

Die drei Angler lachten.

„Wissen Sie", sagte einer von ihnen. „Wir angeln hier seit vier Jahren täglich, seit uns die Werft rausgeschmissen hat."

„Waren Sie letzten Samstag auch hier?"

„Natürlich."

„Haben Sie dann vielleicht auch diesen Jungen hier

gesehen?"

Otto zeigte den drei Anglern ein Foto Clemens Meerkaisers, das er sich besorgt hatte.

„Sag mal, du Kohlenkopf, warum willst du das denn wissen?"

„Mein Name ist Meyer, Mordkommission Hamburg."

Für einen Augenblick hielt Otto den Anglern seinen Dienstausweis vor die Nase.

„Wie kommt denn ein Schwarzer in die Mordkommission?", fragte einer der Angler neugierig.

Es war nicht das erste Mal, dass Otto mit einer Frage wie dieser konfrontiert wurde. Er hatte allerdings keine Lust, seine Lebensgeschichte auszubreiten, zu erzählen, dass sein Urgroßvater ein gescheiterter deutscher Kolonist namens Otto war, der nach dem Verlust seiner Plantage bei Kigali für kurze Zeit sein Glück darin fand, mit einer Schwarzen, einer Hutu zusammen zu leben und ein Kind in die Welt zu setzen. Sein Urgroßvater schaffte es noch, seine Frau in der katholischen Mission zu ehelichen und seinen Sohn zu taufen, bevor er verstarb. Seine Frau, Ottos Urgroßmutter, fand dann in der Mission Unterschlupf, unter deren Schutzmantel Ottos Vorfahren in der Folge lebten. Als „Mischlinge" hatten sie es nicht leicht und es mag eine Trotzreaktion der Familie gewesen sein, dass sie von der Mission unterstützt ihr Deutschtum umso intensiver pflegten. So musste auch Otto Deutsch lernen und da es ihm sehr leicht fiel, schaffte er es sogar, ein Deutschstudium zu beginnen. 1994 floh er dann überhastet wegen des Bürgerkrieges in Ruanda nach Deutschland, wo er als Spätaussiedler zwischen all den Russlanddeutschen dadurch auffiel, dass er als einziger fließend Deutsch sprechen konnte.

Allein auf sich gestellt und mit dem Bedürfnis, seinen Lebensunterhalt möglichst schnell allein bestreiten zu können, landete er dann im Hamburger Polizeidienst.

Aber diese, seine Geschichte wollte er den Anglern nicht erzählen.

„Das spielt doch keine Rolle. Ich habe euch nach dem Jungen auf dem Bild gefragt.

Die drei erkannten Clemens sofort.

„Den sehen wir doch fast täglich. Der fährt immer hier entlang zur Schule."

„Haben Sie ihn auch letzten Samstag gesehen?"

„Letzten Samstag?"

Nachdenklich versuchten sich die drei Angler an das zu erinnern, was letzten Samstag geschehen war. Plötzlich zuckte einer der drei und klopfte dem neben ihm stehenden Angler gegen die Brust.

„Mensch Kuno, erinnerst du dich nicht? Du hast dich doch noch gewundert, dass der Junge am Samstag zur Schule fährt. Samstags gibt es doch gar keinen Unterricht."

„Stimmt", sagte der als Kuno Angesprochene. „Ich hab dann erst mal auf meine Armbanduhr geguckt, um zu sehen, ob wirklich Samstag ist. Und es war tatsächlich so."

„Können Sie sich vielleicht noch daran erinnern, wie spät es war?", fragte Otto auf einmal ganz aufgeregt.

„Warum sind Sie denn eigentlich so neugierig?", fragte Kuno auf einmal.

Otto erwähnte kurz den Tod Benjamin Masokowskys.

„Dann geht es wohl um diesen Bandenkrieg. Also wir haben hier noch nie eine Bande gesehen."

„Das glaube ich Ihnen", erwiderte Otto. „Aber jetzt zurück

zur Uhrzeit. Wann haben Sie den Jungen am letzten Samstag hier an sich vorbeifahren gesehen?"

Kuno überlegte einen Moment, bevor er sagte:

„Das war um kurz nach neun."

Otto zuckte zusammen. Jetzt hatte er ihn. Ein Lächeln zeigte sich in seinem Gesicht. Nun wusste er, dass Clemens bereits deutlich vor seinen Freunden am Mozart-Gymnasium gewesen war.

„Stimmt", sagte ein weiterer Angler. „Ich weiß noch, dass im Radio gerade Nachrichten liefen. Und dann kam doch die Durchsage mit dem Stau auf der A1 in Richtung Ostsee."

„Ja, jetzt erinnere ich mich auch", sagte der dritte Mann. „Ich hab dann doch noch darüber gespottet, dass wir es hier im Park viel schöner haben, als diese Kurzurlauber in ihren Autos auf der Autobahn, die im Stau vor sich hin schwitzen."

Ich habe ihn, ich habe ihn, fuhr es Otto durch den Kopf, während die Angler ihm detailliert berichteten, wie Clemens Meerkaiser vor einer Woche an ihnen vorbei gefahren war. Otto konnte seine Freude über die Aussage der drei Angler kaum unterdrücken, denn jetzt hatte er einen Beweis dafür, dass Clemens bereits viel früher an der Schule gewesen war. Hatte Clemens Benjamin umgebracht? Alles deutete in Ottos Augen darauf hin, dass Clemens Meerkaiser die Leiter umgestoßen haben musste.

3. Kapitel

1

Montagmorgen. Mit zügigem, geschäftigen Schritt betrat ich wie üblich die Zentrale der Hamburger Polizei. Überrascht blieb ich dann in der geöffneten Tür meines Büros stehen. Da war schon jemand. Dr. Zwangsdorffs blasses und übernächtigtes Gesicht blickte mir entgegen. Der Schulleiter des Mozart-Gymnasiums saß mit hängenden Schultern auf einem Stuhl und schien im ersten Moment gar nicht zu realisieren, dass ich mein Büro betreten hatte. Dem zerknirschten Gesichtsausdruck des Schulleiters konnte ich entnehmen, dass etwas Außergewöhnliches geschehen sein musste.

„Guten morgen", begrüßte ich den Schulleiter gespannt darauf, was dieser mir mitzuteilen hatte. Es musste sehr wichtig sein, denn eigentlich hätte der Schulleiter jetzt an seinem Schreibtisch im Mozart-Gymnasium sitzen müssen, um den Schulbetrieb zu organisieren.

„Was treibt sie so früh am Tag zu mir. Müssten sie nicht in der Schule sein?"

„Nein", entgegnete der Schulleiter matt. „Man hat mich am Wochenende bis auf Weiteres vom Dienst suspendiert. Die Geschichte mit dem gefälschten Aushang ist von Dr. Meerkaiser der Schulaufsicht mitgeteilt geworden. Außerdem soll ich Clemens erpresst haben, weil dieser die Fälschung melden wollte. Angeblich soll ich ihm damit gedroht haben, er würde durch das Abitur fallen, falls er mich verrät. Das ist zwar alles erlogen, doch die Schulbehörde hat mich sofort aus dem Dienst entfernt. Nun habe ich nichts mehr zu verlieren."

Der Schulleiter, dem sein Beruf angeblich über alles ging, starrte mit leerem Gesichtsausdruck schweigend vor sich auf den Boden.

„Was wollen sie damit andeuten?", fragte ich nach, weil Dr. Zwangsdorff nicht weiter sprach, sondern wie ein Schüler hilflos auf seinem Stuhl sitzen blieb, der auf die Frage seines Lehrers nicht zu antworten wusste. Ich merkte, dass der Lehrer innerlich mit sich am Kämpfen war, und ließ ihm die Zeit, die dieser brauchte, um weiter sprechen zu können.

„Es, es gibt eiei…einen weiteren Erpressungsversuch gegen mich", brach es plötzlich aus dem Schulleiter heraus.

„Womit will man Sie denn jetzt schon wieder erpressen?", fasste ich meine Überraschung in eine Gegenfrage.

Wortlos schob der Schulleiter mir ein Schwarzweißfoto zu, auf dem bei genauerem Hinsehen der bis auf eine Teufelsmaske nackte Dr. Zwangsdorff zu sehen war, der sich von seiner Kollegin Meyer-Rabe, die ein Gretchenkostüm trug, auspeitschen ließ. Sofort musste ich an die Geschichte Dr. Richters denken. Sollte etwa er seinen ungeliebten Kollegen erpressen wollen, um gegen den, wie er es nannte, Sittenverfall am Mozart-Gymnasium vorzugehen? Ich sah mir das Foto noch einen Augenblick an und pfiff dann anerkennend, wie ich es in der Pubertät bei meinen Freunden beobachtet hatte, wenn sie sich scharfe Sexfotos zeigten.

„Wissen Sie, wer diese Aufnahme gemacht hat?", fragte ich dann routinemäßig nach.

„Nein, ich habe keine Ahnung", erwiderte der Schulleiter matt. „Dieses Schreiben steckte am Donnerstag mit dem Foto in meinem Briefkasten. Wenn meine Frau den Brief in die Hände bekommen hätte, ich glaube, sie hätte sich umgebracht."

Das Entsetzen stand Dr. Zwangsdorff ins Gesicht geschrieben, als er die letzten Worte aussprach. Früher schien sich der Schulleiter keine Gedanken darüber gemacht zu haben, was seine Seitensprünge bei seiner Frau auslösen könnten. Jetzt war ihm einiges klar geworden, dachte ich, während ich das zusammengefaltete Erpresserschreiben öffnete.

Du Schwein!!!
Wir haben deine Perversitäten fotografiert. Wir können dich damit ruinieren. Also erfülle alle unsere Forderungen. Und vor allem:
Keine Zusammenarbeit mit der Polizei!!!
Du wirst von uns hören.

„Haben Sie einen Verdacht, von wem dieser Brief stammen könnte?", fragte ich, nachdem er das Schreiben durchgelesen hatte.

„Natürlich musste ich sofort an Clemens denken. Aber ich kann mir nicht vorstellen, wie der Junge an diese Fotos gelangt sein könnte. Außerdem hätte er sicherlich nicht den geänderten Aushang als Anlass für eine Erpressung benutzt, wenn er diese Fotos besessen hätte. Mit ihnen bin ich doch viel leichter erpressbar. Eher könnte es jemand aus dem Kollegenkreis gewesen sein. Als Schulleiter steht man zwischen allen Fronten und schafft sich viele Feinde, auch wenn diese sich nach außen nicht zu erkennen geben."

„Wann ist dieses Foto gemacht worden?", lautete meine nächste Frage.

„Das kann ich Ihnen nicht genau sagen", antwortete Dr. Zwangsdorff etwas verlegen. „Diese Dinge sind häufiger geschehen."

„Wo?"

„Meistens in der Schule im Requisitenraum."

„Hatten Sie keine Angst, in flagranti ertappt zu werden?"

„Wissen Sie, wenn Sie Ahnung von diesen Dingen hätten, dann würden Sie verstehen, dass man es an so einem Ort tun muss. Das gibt der Sache einen besonderen Reiz. Allerdings habe ich immer darauf geachtet, dass wir in der Schule sicher waren, wenn wir es taten."

„Wer ist die andere Person?", fragte ich weiter, obwohl ich den Namen der Frau bereits kannte.

„Ist das von Wichtigkeit?"

„Ja."

„Frau Meyer-Rabe. Aber bitte behandeln Sie dies diskret. Frau Meyer-Rabe ist das, was man glücklich verheiratet ist. Wenn ihr Ehemann das erfährt, könnte damit eine intakte Familie zerstört werden."

Innerlich war ich entsetzt. Wie konnte der Schulleiter von einem intakten Familienleben sprechen, wenn ein Ehepartner den anderen fortwährend hinterging? Für mich war das Familienglück, das ich mir hinter der Fassade des beruflich erfolgreichen Singles damals über alles wünschte, an eheliche Treue gebunden. Fremdgehen war für mich ein Verrat an der Familie. Trotzdem nahm ich mir vor, Frau Meyer-Rabes Eskapaden diskret zu behandeln, obwohl ich sie missbilligte.

„Ja, gut. Ich werde darauf achten, dass diese Geschichte diskret behandelt wird. Waren Sie eigentlich am vorletzten Samstag auch mit Frau Meyer-Rabe beisammen?", fragte ich den Schulleiter weiter.

„Wie kommen Sie darauf?"

„Das ist jetzt nicht von Interesse."

„Ja, war ich."

„Könnte dieses Foto an jenem Samstag gemacht worden sein?"

Dr. Zwangsdorff sah sich das Foto, das bei näherem Hinsehen einfach nur noch albern aussah, noch einmal genau an. Seine neben ihm stehende Gespielin, die eine Peitsche über seinem Rücken schwang und sich selbst auf allen vieren mit dieser lächerlichen Maske, die ihm weniger etwas Teuflisches und Wildes gab, wie er immer dachte, sondern ihn eher wie einen Ziegenbock wirken ließ. Im Hintergrund waren die Konturen des Requisitenraums zu sehen, in dem überall an den Wänden überfüllte Garderobenstangen hingen oder hohe Schränke standen. An einem Schrank war ein Plakat angeklebt. In diesem Augenblick zuckte Dr. Zwangsdorff zusammen.

„Natürlich, das Foto muss vorletzten Samstag gemacht worden sein. Sehen Sie das Plakat am Schrank. Wenn man genau hinsieht, ist zu erkennen, dass es die Ankündigung unseres Theaterstückes ist. Und dieses Plakat gibt es erst seit eineinhalb Wochen. Ich habe es dort aufgehängt, damit die Mädchen, wenn sie sich umziehen, immer sehen können, wie nah der Termin der Aufführung des Stückes ist. Ein bisschen Druck kann niemals schaden. – Seitdem es das Plakat gibt, habe ich mich mit Frau Meyer-Rabe nur einmal in der Schule getroffen und zwar an dem Samstag, an dem Benjamin starb."

„Das wird uns weiterhelfen", sagte ich aufatmend. Jetzt hatte ich endlich eine neue Spur und einen Beweis dafür, dass an jenem Tag noch jemand in der Schule gewesen war. Eine neue Fährte war gefunden und sofort nahm ich Witterung auf. Bevor ich allerdings meinem Spürsinn freien Lauf geben konnte, musste ich noch den konsternierten Schulleiter versorgen.

„Ich denke, es ist das beste, wenn Sie erst einmal nach Hause fahren und abwarten. Falls neue Briefe kommen sollten, melden Sie sich bitte sofort bei uns. Und achten Sie darauf, dass Sie die Briefe nicht ohne Handschuhe anfassen. Sonst zerstören Sie möglicherweise Fingerabdrücke."

„Nach Hause? Ich soll um diese Zeit nach Hause fahren?", sagte der suspendierte Schulleiter entsetzt. „Nein, das kann ich nicht. Meine Frau denkt, ich wäre heute morgen wie üblich zur Schule gefahren. Ich kann ihr doch nicht sagen, dass ich suspendiert worden bin. Das verkraftet sie nicht."

„Das hätten Sie sich früher überlegen sollen", tadelte ich den Schulleiter. „Ich denke, es ist an der Zeit, dass Sie ihrer Gattin reinen Wein einschenken. Wer weiß, was sich der Erpresser noch ausdenkt? Wenn Sie davor kneifen, dann müssen Sie sich woanders aufhalten. Hier können wir Sie im Augenblick nicht gebrauchen."

Ich verabschiedete mich von dem bestürzt und entsetzt dreinblickenden Schulleiter, der all seine Energie und Selbstsicherheit verloren hatte, mit der er mir sonst immer begegnet war. Wie zwanghaft war dieser Mann darauf versessen, gegenüber seiner Frau das Bild einer intakten, heilen Welt aufrecht zu erhalten, von der er sich bereits vor langem verabschiedet zu haben schien, dachte ich. Eigentlich hielt ich ihn immer für einen aufgeklärten Mann, doch jetzt entpuppte er sich als die Scheinheiligkeit in Person.

Nachdem sich der Schulleiter aus meinem Büro geschleppt hatte, rief ich Otto zu mir.

„Wie war dein Wochenende", begrüßte Otto mich, als er in mein Büro trat.

„Nichts Besonderes", erwiderte ich schnell.

„Wo warst du denn am Wochenende?", setzte der Oberinspektor nach. „Ich habe mehrfach versucht, dich zu erreichen."

„Unterwegs", antwortete ich wieder knapp.

Mal wieder war ich äußerst kurz angebunden. Nur zu gern hätte Otto in Erfahrung gebracht, was ich am Wochenende mit meiner neuen Flamme angestellt hatte, doch meine Laune ließ erahnen, dass etwas Negatives geschehen sein musste, über das ich nur ungern sprechen wollte. Nachbohren hatte bei mir keinen Erfolg, sondern führte eher zum Gegenteil von dem, was man eigentlich erreichen wollte, wusste auch Otto. Ich war ein Meister im Mauern und konnte sogar richtig scharf und bissig werden, wenn man mir in diesen Situationen zu sehr zusetzte.

„Ich habe Neuigkeiten für dich", wechselte Otto mit einem triumphierenden Lächeln in seinem Gesicht das Thema.

„Mach es doch nicht so spannend", fuhr ich meinen Mitarbeiter launisch an. „Was gibt es Neues?"

Ohne große Umschweife kam Otto dann zur Sache und erzählte mir in wenigen Worten, was er am Wochenende herausgefunden hatte.

„Jetzt wird es aber eng für Clemens Meerkaiser", räsonierte ich. „Wir können beweisen, dass er am Tattag bereits früher am Tatort war, als er es uns mit seinem Alibi beweisen wollte. Dieses gefälschte Alibi macht ihn sehr verdächtig."

„Oohh", hörte ich plötzlich Ottos erstaunte Stimme.

„Was für Fotos hast du denn auf deinem Schreibtisch

herumliegen?", fragte der Oberinspektor, während er nach dem Erpressungsfoto griff, das über Kopf vor ihm lag.

„Das ist doch diese Lehrerin aus der Schule, Otto..."

„...Meyer-Rabe", half ich meinem Mitarbeiter weiter. „Und hinter der Teufelsmaske verbirgt sich Dr. Zwangsdorff."

„Dann hat uns Dr. Richter kein Märchen erzählt, als er sich über die sexuellen Eskapaden seines Schulleiters ausließ."

„Offensichtlich", stimmte ich ihm zu. „Und weißt du, wann dieses Foto gemacht worden ist?"

„Woher soll ich das wissen?", fragte Otto ahnungslos zurück.

„Du wirst es nicht glauben, aber Dr. Zwangsdorff erzählte mir gerade, dass dieses Foto vorletzten Samstag gemacht wurde. Also genau am Tattag. Übrigens erhielt Dr. Zwangsdorff dieses Foto zusammen mit einem Erpressungsschreiben."

„Wie? Der Schulleiter wird schon wieder erpresst?"

Ungläubig starrte Otto mich an.

„Tja, das ist schon merkwürdig. Ich kann mir gar nicht vorstellen, dass Clemens Meerkaiser so dumm sein könnte, Dr. Zwangsdorff nochmals zu erpressen. Es liegt doch auf der Hand, dass wir sofort ihn in Verdacht haben würden, wenn es einen neuen Erpressungsversuch geben würde."

„Wann hat Dr. Zwangsdorff das Erpressungsschreiben erhalten?", warf Otto plötzlich ein.

Stille. Für einen kurzen Moment war es vollkommen ruhig in meinem Büro, so dass wir aus der Ferne das Rauschen des Verkehrs hören konnten, der tief unter uns durch die Häuserschluchten floss.

„Das ist es. Der Brief kam bei Dr. Zwangsdorff am

Donnerstag an. Und Clemens wusste zu diesem Zeitpunkt noch nicht, dass sein Schulleiter uns den ersten Erpressungsversuch bereits gestanden hatte. Die zweite Erpressung könnte demnach ein Versuch Clemens' gewesen sein, Dr. Zwangsdorff noch mehr unter Druck zu setzen, um ihn davon abzubringen, sich mit uns in Verbindung zu setzen."

„Das klingt plausibel", stimmte Otto mir zu. „Der Junge ahnte, dass ihm die Felle davonschwimmen, und da legte er noch etwas nach. Jetzt wird mir auch klar, warum der Junge den gefälschten Aushang postwendend zum Anlass nahm, um Dr. Zwangsdorff zu erpressen. Der hatte die Erpressung bereits viel früher geplant und als sich mit dem Aushang plötzlich eine günstige Gelegenheit für eine Erpressung ergab, da ergriff er einfach die Gunst der Stunde."

„Das ist zwar spekulativ, aber durchaus überzeugend", erwiderte ich zustimmend. „Clemens' Vater sagte doch am Freitag, der Junge würde im Fotolabor arbeiten. Das heißt, Clemens versteht etwas von Fotografie. Wir sollten uns sofort das Labor ansehen, bevor dort alle Spuren beseitigt worden sind. Und dann sollten wir Clemens noch fragen, was er vorletzten Samstag in der Zeit zwischen 9.10 Uhr und 9.50 Uhr gemacht hat. Das Früchtchen werden wir uns kaufen. Du kannst Timmermann schon mal das Foto zeigen, während ich die richterliche Durchsuchungserlaubnis beantrage, damit er nachher weiß, wonach er suchen soll. Und Blockstedt wird Augen machen."

Alle Trübsal der letzten Tage war mit einem Mal aus meinem Gemüt verschwunden. Ich hatte richtig Wind in den Segeln und tatendurstig machte ich mich daran, den erneuten Besuch bei der Familie Meerkaiser zu organisieren.

Timmermann pfiff beim Anblick des Sadomasobildes, das ihm Otto vor die Nase hielt, anerkennend durch die Zähne. So etwas bekam er auch in der Spurensicherung nur selten zu Gesicht. Noch überraschter war der Spurensicherer, als Otto ihm erzählte, wer hinter der Maske steckte und wer die Domina war.

„So was von Scheinheiligkeit", sagte Timmermann überrascht. „Da denkt man sein Leben lang, diese Lehrer wären die Götter in Person und dann treiben die ihre Sadomasospielchen in der Schule. Das gibt's doch nicht. – Tsshh"

Wieder hatte das Mozart-Gymnasium einen Gläubigen verloren, der sich von der Fassade einer in dieser Schule existierenden heilen Welt nicht mehr täuschen ließ. Da kann die Theaterbühne noch so groß, da können die Kostüme noch so aufwendig und da kann der Schulleiter noch so geschliffen auftreten, für Timmermann war dieses Trugbild zerstört. Otto brauchte einige Zeit, bis er den an einem mit Papieren übersäten Schreibtisch sitzenden Spurensicherer dazu brachte, seine Aufmerksamkeit von der stattgefundenen Läuterung über das Mozart-Gymnasium abzuwenden. Tief hatte sich die Illusion in Timmermanns Bewusstsein eingegraben und er brauchte einige Zeit, bis er sich der Selbsttäuschung, der er erlegen war, entledigt hatte.

„Eigentlich wundert es mich gar nicht, was ich eben über diese Schule erfahren habe", sagte Timmermann schließlich. „Es ist doch ein Unding, dass es in dieser kaputten Welt so eine Idylle geben soll, wie es auf den ersten Blick den Anschein hatte."

„Träume sind Schäume", merkte Otto nur lakonisch und ein wenig zynisch an. „Aber ich bin nicht hergekommen, um dir deine Illusionen zu rauben. Eigentlich möchte ich von dir wissen, ob auf diesem Foto irgendwelche Spuren zu finden sind, durch die wir erfahren können, wer dieses Foto gemacht hat."

„Das ist kein Problem", legte Timmermann los. „Ihr müsst mir nur den Fotoapparat und die Entwicklungsmaschine besorgen, mit der dieses Foto hergestellt wurde."

Nach diesen Worten griff Timmermann zu einer Lupe, die er unter einem Papierhaufen hervorzauberte und untersuchte das Foto genau.

„Da haben wir es schon", sagte er dann. „Diese schwarzen Punkte auf dem Foto stammen entweder von Staubkörnern, die auf der Linse des Fotoapparates oder auf dem Belichtungsgerät waren. Diese Merkmale des Fotos sind genauso eindeutig wie Fingerabdrücke. Falls die Geräte zwischenzeitlich nicht gereinigt wurden, kann man eindeutig feststellen, mit welchen Geräten dieses Foto hergestellt wurde."

Genau so etwas hatte sich Otto im Stillen bereits erhofft. Nun mussten sie nur noch in Clemens Meerkaisers Fotolabor die entsprechenden Staubkörner finden, um den Jungen der erneuten Erpressung zu überführen. Otto wollte sich schon wieder auf den Weg in sein Büro machen, als Timmermann noch zu ihm sagte:

„Ich habe da noch etwas für euch. Hecht wollte ja, dass ich den Tatort noch einmal genau absuche. Und was glaubst du, was ich da gefunden habe?"

Ohne ein weiteres Wort zu verlieren, stand der Spurenermittler auf und ging in einen Nebenraum. Von dort kam er einen Augenblick später mit einem zerknitterten Kleidungsstück, einem Damenjackett wieder zurück.

„Das fand ich zwischen den anderen Theaterkostümen", fuhr er fort.

Als der Spurensicherer Ottos irritierten Blick sah, sprach er weiter:

„Ich habe mir das Teil genau angesehen. Das ist zwar ganz schön zerknittert, aber es handelt sich um ein nagelneues Designerteil. Sündhaft teuer. Was ich mich frage, ist: Was hat so eine teure, Jacke, die zudem noch nagelneu ist, zwischen all den alten Theaterrequisiten verloren?"

„Stimmt. Keine uninteressante Frage ist das. Ich werde das im Auge behalten."

Mit unseren neuen Informationen und den für einen Durchsuchungsbefehl notwendigen Anträgen gingen Otto und ich etwas später zu Kriminalrat Blockstedt, der wie üblich um diese Zeit vor seiner Zeitung saß, um auf dem Laufenden zu bleiben, wie er es nannte. Wir hatten den Zeitpunkt gut gewählt, denn irgendwo in den Tiefen des Unterbewusstseins schien sich der Kriminalrat bei etwas Verbotenem ertappt zu fühlen und war nach seiner freitäglichen Untergebenenbeschimpfung auf einmal wieder ganz hellhörig für das, was wir ihm zu sagen hatten. Ich wusste die Gunst der Stunde zu nutzen und baute wieder eine Argumentation auf, die es dem Kriminalrat leicht machte, meine Vorschläge für das weitere Vorgehen in der Sache als seine eigenen Ideen darzustellen.

„Das habe ich Ihnen doch schon immer gesagt", waren seine Worte, während er den Antrag auf Durchsuchung der Villa der

Meerkaisers unterschrieb. „Ohne genaue Ermittlungen kommt man in der Sache nicht voran. Die Überprüfung des Alibis Clemens Meerkaisers und die Befragung der Angler hätte schon viel früher geschehen müssen. Dann hätten Sie etwas in der Hand gehabt. Aber so blieb mir am Freitag einfach keine andere Wahl. Das müssen Sie verstehen."

Nicht einmal mehr ein zynisches Lächeln hatten wir für die Ausreden unseres Vorgesetzten übrig. Er hatte schon längst zu viel Kredit verspielt, um noch als Kollege geschätzt zu werden. Und so verschwanden wir ohne viele Worte aus dem Büro des Vorgesetzten, um den richterlichen Durchsuchungsbeschluss zu erwirken, während Letzterer die unausgesprochene Anklage seiner Untergebenen in seinem Büro bei einigen süchtig verschlungenen Brötchenhälften verdaute.

2

Vier Stunden später erreichten wir mit dem richterlichen Durchsuchungsbefehl die Villa der Meerkaisers. Es hatte auffallend lange gedauert, bis uns das Gericht die notwendigen Formulare ausgestellt hatte und so schien es uns kein Zufall gewesen zu sein, dass Clemens' Zimmer erst vor wenigen Stunden von oben bis unten intensiv von Grund auf gereinigt worden war. Nirgendwo fand sich gebrauchte Kleidung, Abfälle in Papierkörben oder anderes aufschlussreiches Material. Über irgendwelche dunklen Kanäle des Behördenapparats mussten die Meerkaisers über die anstehende Durchsuchung informiert worden sein.

Mit Schrecken registrierten wir dann, dass auch das Fotolabor frisch geputzt und sorgfältig entstaubt worden war. Enttäuschung breitete sich bei Otto und mir aus, als wir sahen, dass die Spurenermittler trotz intensiver Suche nichts fanden. Zunehmend nervöser werdend pendelten wir zwischen Clemens' Zimmer und dem Fotolabor hin und her, während Dr. Meerkaiser in der Bibliothek auf uns wartete. Nicht schon wieder ein Flop, hoffte ich, doch die Furcht vor einem erneuten Misserfolg stieg von Minute zu Minute.

„Warum brauchen die Spurenermittler nur so lange?", stöhnte Otto auf. „Ich halt das nicht mehr aus."

Nervös tippte er mit den Fingern gegen den Rahmen der Tür zu Clemens' Zimmer.

„Hör doch mit dem Fingertippen auf!", fuhr ich ihn an. „Das macht mich noch wahnsinnig."

Dann kam Timmermann aus dem Fotolabor zu uns herauf.

„Das Belichtungsgerät ist so sauber, dass ich absolut nichts finden konnte. Ich verwette meine Hand darauf, dass das Ding erst heute morgen gereinigt worden ist. Das ist bestimmt kein Zufall gewesen. Aber was hilft uns das? Es sieht nicht gut aus."

Mit suchenden Blicken wanderten Timmermanns Augen über die Wände des geräumigen Zimmers Clemens'. Dann ging er zu einer Wand, an der einige Bilder hingen, und zog seine Lupe aus der Jackentasche. Mit bangen Blicken verfolgten Otto und ich, die wir nichts weiter zu tun hatten, die Arbeit des Spurensuchers, der die Bildergalerie des Jungen genau studierte.

Plötzlich hörten wir, wie Timmermanns Stimme die Stille durchbrach. Als wäre es das Selbstverständlichste der Welt sagte er:

„Ich hab es doch gewusst."

„Was?", fragten Otto und ich ihn im Chor.

„Seht mal her. Hier auf dem Foto ist genau das gleiche Staubkrümelmuster zu sehen wie auf dem Sexfoto."

„Wirklich?"

„Hundertprozentig!"

„Bist du dir auch ganz sicher?", fragte ich nochmals, als ich auf das Foto blickte, auf dem Clemens mit einem nagelneuen Mountainbike zu sehen war. Ich konnte nichts Auffälliges erkennen.

„Ja, die Sache ist eindeutig. Diese schwarzen Flecken sind wie Fingerabdrücke", klärte der Spurenermittler mich auf, während er mich einen Blick durch die Lupe werfen ließ.

„Beide Fotos sind mit dem gleichen Fotoapparat oder mit dem gleichen Belichtungsgerät hergestellt worden. Ich denke, der Junge ist uns jetzt die Erklärung schuldig, wer mit welchen

Geräten dieses Foto gemacht hat."

Leider war Clemens bis zu diesem Zeitpunkt noch nicht von der Schule heimgekehrt, und wir mussten uns mit der Anwesenheit Dr. Meerkaisers zufriedengeben. Der Vater des Jungen trat uns gegenüber heute vorsichtig und zurückhaltend auf, als hätte es den letzten Freitagnachmittag nie gegeben. Auch er schien von unseren Ermittlungsergebnissen überrascht worden zu sein. Offensichtlich hatte ihn Clemens nicht in alle seine Machenschaften eingeweiht. Trotzdem schien er sich darum bemüht zu haben, dass sein Sohn uns nicht direkt in die Hände lief. Es war bereits kurz nach zwei Uhr und der Junge war immer noch nicht von der Schule heimgekehrt, die für ihn heute um 12.30 Uhr endete.

„Wir würden gern mit Ihrem Sohn sprechen", fragte ich Dr. Meerkaiser, den Otto und ich schließlich in der Bibliothek aufgesucht hatten.

„Ich kann Ihnen leider nicht sagen, wo sich mein Sohn gerade befindet", erwiderte der Angesprochene.

„Machen Sie sich keine Sorgen?", setzte ich nach. „Immerhin wäre Ihr Sohn nicht das erste Kind einer reichen Familie, das entführt worden wäre."

„Aber meine Herren", spielte Dr. Meerkaiser die Scheinheiligkeit in Person und sagte mit einem leichten Lächeln auf den Lippen. „Man muss doch nicht alles gleich dramatisieren. Es steht meinem Sohn nicht auf der Stirn geschrieben, dass er der Sprössling einer bedeutenden Familie ist. Außerdem muss man Kindern in einem bestimmten Alter etwas mehr Leine geben, damit sie sich altersgemäß entwickeln. Ich kann Ihnen wirklich nicht sagen, wo sich mein Sohn gerade befindet und wann er heimkommen wird."

294

Wir verstanden, was der Vater des Jungen uns durch die Blume sagen wollte. Es war klar, dass der Junge erst heimkommen würde, wenn wir die Villa der Meerkaisers verlassen hatten. Ohne Dr. Meerkaiser über die Ergebnisse unserer Spurensuche zu informieren, zogen wir uns zurück. Wir verspürten keine Lust auf ein Machtspiel mit dem reichen und angesehenen Hamburger Bürger. Noch war es nicht soweit.

„Damit ist Clemens Meerkaiser so gut wie sicher als Erpresser überführt", sagte ich zu Otto, nachdem wir wieder in unserem Wagen saßen und zurück zum Polizeipräsidium fuhren. „Ich denke, es ist an der Zeit, dass wir uns einen Haftbefehl für den Jungen besorgen."

„Das denke ich auch", stimmte Otto zu. „Allerdings sollten wir vorsichtig sein. Irgend jemand hat die Meerkaisers heute Morgen über unseren bevorstehenden Besuch informiert, so dass sie es beinahe geschafft hätten, alle Spuren zu beseitigen."

„Na ja", setzte ich dem entgegen. „Jetzt ist die Beweislage natürlich etwas eindeutiger. Da können hinter den Kulissen Informationen fließen, soviel es geht. Allerdings würde es uns das Verhör des Jungen nicht erleichtern, wenn Dr. Meerkaiser schon im voraus wüsste, was wir gegen seinen Sohn in der Hand haben. Er erfindet dann sicherlich wieder eine Geschichte, die seinen Sohn als ein unschuldiges Lamm darstellt, über das alle Schlechtigkeiten dieser Welt hereingebrochen sind."

Schweigend fuhren wir eine Weile weiter. Ich sah wieder auf die Alster und musste an die Seglerin denken, die nach einer Zeit beharrlichen Kämpfens das Segelboot im Gewittersturm langsam unter ihre Kontrolle gebracht hatte. Und in diesem

Moment wurde mir klar, dass ich in diesem Fall mit Brechstangenmethoden nicht weiter kommen, sondern nur mit viel Gefühl und Vorsicht die herrschenden Gewalten in den Griff bekommen würde.

Blockstedt war überrascht, als wir ihm spätnachmittags einen Antrag auf Haftbefehl gegen Clemens Meerkaiser auf den Schreibtisch legten. Ließe sich die Sache denn nicht einfacher aufklären? Lang und breit legte ich dann mal wieder meinem Chef die Faktenlage des Falles dar.

„Erpressung ist kein Klein-Jungen-Streich mehr, sondern eine ernst zu nehmende Straftat", sagte ich am Ende meines Vortrags.

Die Beweislage gegen Clemens Meerkaiser war erdrückend und so unterzeichnete der Kriminalrat widerwillig den Antrag.

Wenig später befand ich mich wieder im Gebäude der Staatsanwaltschaft. Und hier stieß ich dann auf Widerstände, die meinen Plan, Clemens noch heute zu verhaften, zunichte machten. Wegen der besonderen Bedeutsamkeit des Falles und eines möglicherweise nicht mehr gutzumachenden Schadens für das Ansehen der Familie Meerkaiser behielt sich die Staatsanwaltschaft eine gründliche Überprüfung des Falles vor, die bis zum nächsten Morgen dauern würde. Ich war sichtlich enttäuscht über diese Entscheidung, gegen die auch die junge Staatsanwältin Behrens nichts machen konnte, da sie von ihrem Vorgesetzten eine verbindliche Weisung erhalten hatte.

Ich ahnte, dass der über Generationen gewachsene Einfluss der Meerkaisers bei dieser Entscheidung eine Rolle spielte. Wut kam in mir auf, da ich wusste, wie schnell Staatsanwälte in eindeutigen Fällen einen Haftbefehl ausstellen können, wenn es so genannte kleine Leute betraf. Aber trotz meines Zorns und der empfundenen Ohnmacht gegenüber diesem Unrecht war mir andererseits auch klar, dass sich die Meerkaisers drehen und wenden konnten, wie sie wollten. Die Beweislage war eindeutig. Es gab für Clemens keine Möglichkeit, mir zu entwischen. Aus diesem Grund würde ich auch die Drehungen und Wendungen des Falles parieren können, die sich Dr. Meerkaiser bis morgen ausdenken würde. Irgendwie freute ich mich insgeheim auf den intellektuellen Schlagabtausch mit dem bekannten Rechtsanwalt.

3

„Piep, piep, piep."

Auf dem Heimweg klingelte plötzlich mein Handy. Ich musste schlucken, weil ich ahnte, wer sich am anderen Ende der Leitung befand. Nachdem mich die Arbeit den ganzen Tag über in Atem gehalten und von den Katastrophen meines Privatlebens abgelenkt hatte, erinnerte ich mich jetzt wieder an das Beziehungsschlamassel, in dem ich mich derzeit befand. Sigrid ist am anderen Ende der Leitung, dachte ich bestürzt: Was mache ich nur? Hilflos wie ein auf dem Trockenen zappelnder Fisch fühlte ich mich. Auf einmal hatte ich einen Kloß im Hals und tippte nervös mit den Fingern auf das Lenkrad.

„Piep, piep, piep."

Abschalten? Für einen Moment zögerte ich und neigte dazu, dem Gespräch mit Sigrid durch einen Druck auf den Ausschaltknopf des Handys aus dem Weg zu gehen. Doch dann verwarf ich diesen Plan. Zu billig erschien es mir, dem Konflikt mit der Frau, in die ich nach wie vor verliebt war, einfach aus dem Weg zu gehen. Hilflos wartete ich darauf, ob das Telefon noch einmal klingeln würde.

„Piep, piep, piep."

Sigrid ließ nicht locker. Weglaufen, weglaufen, weglaufen schrien tief aus dem Inneren meine Gefühle, und ohne es zu merken, trat ich auf das Gaspedal und hetzte meinen Wagen mit überhöhter Geschwindigkeit durch den Berufsverkehr.

„Piep, piep, piep."

Das Telefon ließ nicht locker und die Raserei im stockenden

Berufsverkehr machte auch keinen Sinn. Ich war mir trotz der Widerstände meiner Gefühle klar darüber, dass ich mich dem Gespräch mit Sigrid irgendwann stellen musste. Irgendwo hinter aller Abwehr war meine Liebe zu Sigrid noch am Leben. Mit quietschenden Reifen manövrierte ich mich in eine Parklücke. Das Fahrtraining der Polizei hatte sich für mich in dieser Situation ausgezahlt, denn einem normalsterblichen Autofahrer wäre in einer solchen Situation das Herz stehen geblieben. Mit feuchten Händen griff ich dann zum Telefon.

„Ja."

„Hallo, Edgar", hörte ich die ruhige Stimme meiner Freundin leise aus der Ferne.

„Hallo Sigrid", quälte ich zwei Worte am Kloß in meinem Hals vorbei aus dem Mund heraus.

„Wie geht es dir?", schob die Frau vorsichtig nach.

„Gut", kam es mir über die Lippen, als wenn in meinem Leben alles in bester Ordnung wäre. „Und selbst?"

„Nicht so gut", erwiderte Sigrid traurig. „Ich bin ganz durcheinander. Ich verstehe einfach nicht, was da am letzten Wochenende zwischen uns passiert ist."

„Müssen wir darüber reden?", schoss es mir über die Lippen.

„Wenn wir unsere Beziehung in irgendeiner Form aufrecht erhalten wollen, müssen wir darüber reden, denke ich. Oder kannst du das einfach vergessen?"

Warum nicht, ging es mir durch den Kopf. Aber ich war mir klar darüber, dass dies etwas in unserer Beziehung dauerhaft kaputtmachen würde.

„Nein, das nicht", antwortete ich darum auf Sigrids Frage. „Aber auch ich kann einfach nicht verstehen, was da passiert ist."

„Ich denke, um dies zu verstehen, müssen wir uns ausführlich über das vergangene Wochenende unterhalten. Und dies sollten wir nicht am Telefon besprechen."

Für einen Moment war es still in der Leitung und nur das leise Geräusch der summenden Elektronik war zu hören.

„Hast du Zeit?", fragte Sigrid dann.

„Ja", antwortete ich nach kurzem Bedenken.

„Kommst du zu mir?"

In mir tobten die Gefühle. Erinnerungen an die schönen Stunden mit Sigrid schossen mir durch den Kopf und trafen auf eine tyrannische Macht. Sie wollte mich dazu drängen, der Auseinandersetzung mit Sigrid und der Pein aus dem Wege zu gehen, die ich seit dem Wochenende halb bewusst halb unbewusst mit mir herumtrug. Wie gelähmt saß ich für einen Moment in meinem Auto und haderte mit mir, bis mein Entschluss gefasst war.

„Ja, ich bin in einer halben Stunde bei dir."

Ein Glücksgefühl durchfuhr meinen Körper und der Kloß im Hals war mit einem Mal verschwunden. Doch dann kamen mir Zweifel und ich überlegte, ob ich mich wirklich richtig entschieden hatte. Gestern wollte ich Sigrid nie mehr sehen, fuhr es mir durch den Kopf. Und jetzt??? Ich wusste keine Antwort auf die Frage, warum ich mich umentschieden hatte. Und meine Panik vor der Wiederbegegnung mit Sigrid beruhigte ich, indem ich mir klar machte, dass es sowieso nicht mehr schlimmer werden könne.

Wenig später stand ich vor der Tür zu Sigrids Wohnung. Nichts hatte sich verändert und ich musste daran denken, wie es war, als ich zum ersten Mal vor dieser Tür gestanden hatte.

Freude kam in mir auf. Dann öffnete Sigrid mir und wir standen uns gegenüber.

„Hallo", sagte Sigrid, deren blasses und übernächtigtes Gesicht mich erschrak. Damit hatte ich nicht gerechnet, weil ich mir bis jetzt keine Gedanken darüber gemacht hatte, was ich durch mein Verhalten bei Sigrid ausgelöst haben könnte. Ich war davon ausgegangen, dass meine Freundin immer dieses heitere Wesen besaß, das ich so sehr an ihr liebte.

„Hallo", echote ich gedankenversunken zurück, während ich die mir gegenüberstehende Frau weiter ansah. Du siehst schlecht aus, hätte ich beinahe gesagt, während ich die verweinten, geröteten Augen Sigrids betrachtete. Doch bevor es zu spät war, merkte ich, wie unpassend dies war.

Beide spürten wir eine unsichtbare Mauer, die sich zwischen uns aufgetan hatte. Wir konnten uns nicht annähern und uns, wie es in der kurzen Zeit unseres Zusammenseins zur Regel geworden war, umarmen und küssen. Ein Reflex in diese Richtung war zwar bei uns zu beobachten, doch die Mauer war härter als unser Bedürfnis nach der Nähe des anderen. Aus der Not der Situation heraus machte ich einen Ansatz, ihr die Hand zu geben, doch dies kam mir dann vollkommen unpassend vor, so dass ich auf halben Wege wieder davon abließ.

„Willst du nicht reinkommen?", fragte Sigrid mich.

„Doch, natürlich."

Ich ging an Sigrid, die mir den Weg freimachte, vorbei in die Wohnung, in der sich nichts verändert hatte und die einladend wie eh und je auf mich wirkte.

„Setzen wir uns ins Wohnzimmer", bestimmte die Frau. „Möchtest du etwas essen oder trinken?"

Obwohl ich erst jetzt merkte, dass ich Hunger hatte, sagte

ich: „Wenn es dir keine Umstände macht, würde ich gern einen Kaffee trinken."

„Kein Problem. Es dauert nur einen Moment."

Sigrid verschwand in der Küche und meine Blicke wanderten von dem Sofa aus, auf dem ich Platz genommen hatte, durch die schöne Altbauwohnung. Immer noch war ich nervös, doch der Anblick des in freundlichen Farben eingerichteten Raumes beruhigte mich etwas. Ich fühlte mich wohl in diesem Interieur und spürte mit einem Mal in mir ein so intensives Vertrauen zu Sigrid, dass ich vor dem Wagnis eines Gesprächs mit ihr über das traumatisch verlaufene Wochenende nicht mehr zurückschreckte.

„Trinkst du deinen Kaffee wie üblich nur mit Milch?", fragte mich Sigrid, als sie mit einem Tablett wieder in den Raum kam.

Ich nickte zustimmend und Sigrid schenkte mir ein, nachdem sie das Tablett auf dem Couchtisch abgestellt hatte. Dann setzte sie sich mir gegenüber auf einen bequemen, weinroten Sessel und wir beide tranken mit gesenkten Köpfen und schienen für einen Moment aus dem Spiegelbild des Kaffees herauslesen zu wollen, was das folgende Gespräch erbringen würde.

„Bist du am Wochenende gut nach Hause gekommen?", fragte ich in die Stille des Raumes hinein. Erst jetzt war ich auf diesen Gedanken gekommen.

„Ja, es ging. Die Bahnverbindung ist gar nicht so schlecht, wie ich befürchtet hatte", antwortete Sigrid. „Was mich aber bis jetzt beschäftigt ist: Warum bist du einfach abgehauen?"

Die Frage traf mich ins Mark. Erschrocken erstarrte ich innerlich für einen Moment. Genau das wollte sie als Erstes von mir wissen, worüber ich mir selbst bis jetzt nicht klar geworden war. Etwas in mir weigerte sich bis zu diesem Augenblick dagegen, mich selbst in diesem Punkte zu verstehen. Unterschwellig hatte ich gehofft, dass wir das Gespräch mit dem Ablauf dieses denkwürdigen Wochenendes beginnen würden. Erst der nervige Stau, dann das misslungene Abendessen und irgendwie ging dann auch noch im Bett alles schief. Doch nun hatte Sigrid gleich eine Erklärung für meine Flucht haben wollen, von der ich selbst nicht wusste, warum sie geschah.

„Ich, ich weiß nicht, wwas mit mir los war", stotterte ich. „Irgendwie sagte alles in mir auf einmal, nichts wie weg von hier. Alles war so schrecklich abgelaufen, der ganze Abend und dann warst du auf einmal im Badezimmer verschwunden."

„Weißt du noch, warum ich ins Bad lief?"

Verlegen wand ich mich hin und her. Wieder stieg diese Panik in mir auf, einfach aus der Situation fliehen zu wollen. Doch diesmal schaffte ich es, mich zu bezwingen.

„Ich, ich war dir zuzu…zu unungestüm im Bett."

Nachdem ich diese Worte mühsam über meine Lippen gebracht hatte, fielen mir mit einem Mal Bleilasten von den Schultern. Ich hatte das Gefühl, als würde ich in den Himmel aufsteigen und spürte bei meiner Rückkehr auf die Erde, dass ich eine schwere Hürde überwunden und eine Stufe aufgestiegen war. Von einer drückenden Last befreit, ertrug ich Sigrids folgenden Worte:

„Zu ungestüm! Das ich nicht lache. Du hast mich beinahe vergewaltigt!", stürzte es aus ihr heraus.

„Vergewaltigt? Nein, so etwas mache ich nicht", fuhr ich auf. „Wir haben doch nur gespielt und dabei miteinander gerungen."

„Gespielt? Wo warst du denn mit deinen Gedanken? Sieh dir das hier an!"

Sigrid zeigte mir ihren rechten Unterarm, an dem ein dunkler, blaubrauner Fleck zu sehen war. Ich kannte aus meiner Polizeiarbeit Hämatome zur Genüge, um sofort zu wissen, worum es sich handelte. Röte stieg mir ins Gesicht. Das hatte ich angerichtet. Entsetzt war ich über mich selbst, über die Gewalt, die von mir ausgehen konnte.

„Entschuldige Sigrid. Das wollte ich wirklich nicht. Ich war mit einem Mal wie von Sinnen."

„Das habe ich zu spüren bekommen. Ich verstehe nicht, warum du im Bett so rücksichtslos geworden bist. Du bist doch sonst nicht so."

„Ich, ich weiß es nicht. Ich habe mich einfach gehen lassen. Der Alkohol, das war nicht gut."

„Ich hab mich gehen lassen", wiederholte Sigrid meinen Satz. „So einfach ist das. Sich gehen lassen. Die enthemmende Wirkung des Alkohols ist schuld. Ich hasse diese ausreden. Du warst das! Weißt du, was du gemacht hast? Du wolltest mich benutzen, um deine unterschwelligen Aggressionen auszuagieren, die du sonst immer unterdrückst."

Fassungslose Empörung klang in Sigrids Worten durch und erzielte ihre Wirkung bei mir. Ich fühlte mich elend, schuldig und über alle Maßen schlecht. Und nur mit Mühe gelang es mir, die Fluchtgedanken aus meinem Kopf zu verdrängen, die die messerscharfen Worte meines Gegenübers in mir auslösten.

„Ich weiß, dass ich mich voll daneben benommen habe", gestand ich nach einer Pause betroffenen Schweigens ein. „Ich habe einfach die Kontrolle über mich verloren. So etwas ist mir noch nie passiert. Dieser Tag, dieser Frust über meine Arbeit. Das hat mich wütend gemacht. Ich glaube, ich wollte meinen Zorn an dir ausleben. Ohne dass ich es wollte, bist du zum Ventil meiner Wut geworden. Und im Nachhinein war es mir so peinlich, dass ich einfach weggelaufen bin. Irgendwie hatte ich Angst."

„Wovor hattest du denn Angst? Etwa vor mir?"

„Nein, nicht vor dir", sagte ich traurig. „Ich, ich glaube, ich wollte mir selbst nicht eingestehen, dass ich mich wegen meines rücksichtslosen Handelns zu schämen hatte. Ich, ich habe da etwas falsch gemacht. Und, und das konnte ich nicht ertragen. Ich, ich hielt mich immer für perfekt und dann passiert mir so etwas. Ach, ich schäme mich ja so."

Dicke Tränen liefen mir plötzlich über die Wangen. Schon in der Pubertät hatte ich mir das unmännliche Weinen abgewöhnt und nun sank ich kraftlos in mich zusammen, vergrub mein Gesicht in den Händen und begann hemmungslos zu schluchzen. Überrascht blickte Sigrid zu mir, der ich all meine Festigkeit und Härte verloren hatte und wie ein schutzloses Kind vor mich hin weinte. Langsam stand Sigrid auf, ging auf mich zu und nahm mich mütterlich in die Arme. Fest klammerte ich mich an den Körper der Frau und weinte mich aus.

„Entschuldige bitte", sagte ich, als ich mich nach einer Weile wieder gefasst hatte und mich aus der Umarmung der Frau zu lösen begann.

„Wofür entschuldigst du dich?"

„Dafür dass ich dich so vollgeflennt habe."

„Aber dafür brauchst du dich doch nicht zu entschuldigen. Typisch Mann, immer der harte Kerl sein wollen und wenn man mal Gefühle zeigt, dann entschuldigt man sich dafür. Du solltest deine Gefühle ernster nehmen und nicht weiter versuchen, dem Klischee des harten Mannes zu entsprechen."

Ich schwankte hin und her. Irgendwie fühlte ich mich durch die Worte der Frau verletzt. Aber andererseits war da auch eine Neugier in mir auf etwas Neues, dass ich mir bis heute noch nicht zu leben getraut hatte und dass bis jetzt hinter einer harten Wand verborgen lag, die mich früher einmal schützte, aber jetzt vor etwas Schönem nur noch im Wege zu stehen schien.

Nach einer Weile des Schweigens, Nachdenkens und in sich Hineinhorchens, während derer ich weiter in den schützenden Armen Sigrids lag, begannen meine Gedanken zu wandern und plötzlich bemerkte ich das schon seit längerem vorhandene Hungergefühl in meinem Körper:

„Ich habe Hunger."

„Dann lass uns essen gehen", erwiderte Sigrid ruhig und entspannt. Ihr Gesicht hatte wieder Farbe bekommen und sie schien momentan auch kein Interesse mehr daran zu haben, die begonnene Auseinandersetzung über das dramatische Wochenende fortzusetzen.

Schnell machten wir uns auf den Weg zu einem chinesischen Imbiss, probierten von den vielen leckeren Speisen und spazierten danach Hand in Hand bis in die Nacht hinein durch die warmen Straßen eines lauen Hamburger Sommerabends. Eine kleine Tür schien sich in der Mauer zwischen uns geöffnet zu haben, so dass wieder eine Möglichkeit bestand, sich näher zu kommen.

Müde vom langen Spaziergang kehrten wir zu Sigrids Wohnung zurück, wo wir noch etwas tranken, miteinander sprachen und schließlich zusammen in den Schlaf fielen. Die Nacht verbrachte ich in Sigrids Bett. Beide hatten wir keine Lust auf Sex, sondern nur das Bedürfnis, die Nähe und Wärme des anderen zu genießen. So lagen wir eng aneinander und spürten der Geborgenheit nach, die vom Körper des anderen ausging, bis wir in tiefe Träume versanken. Ich fühlte mich an diesem Abend Sigrid näher als jeder anderen Person, an die ich mich erinnern konnte. Mein unsichtbarer Schutzpanzer hatte sich geöffnet. Ich konnte mit einem Mal einem anderen Menschen Wärme geben und von diesem selbst empfangen. Diese Form der Liebe, die aus Geborgenheit, Vertrauen, Wärme und Unterstützung bestand, war mir neu.

4

Glücklich erwachte ich am nächsten Morgen in Sigrids Armen. Wir waren recht früh eingeschlafen. Und ebenso früh erwachten wir wieder. So hatten wir noch genügend Zeit, um in aller Ruhe frühstücken zu können. Nach dem Duschen ging ich frische Brötchen holen und kaufte zudem eine wunderschöne Rose, deren große, prächtige Blüte in einem tiefen Dunkelrot intensiv strahlte. Es war eine Farbe, deren intensiver Ton eine magische Anziehungskraft auf meine Augen zu haben schien, die die Blicke der Menschen auf sich zog und dort an den Schattierungen ihrer roten Blätter verharren ließ. Als ich in Sigrids Wohnung zurückkam, war der Tisch bereits gedeckt. Sigrid freute sich sehr über die Blume, küsste mich zum ersten Mal seit unserem Streit wieder und platzierte die Rose in einer einfachen, schlanken Vase mitten auf dem Tisch, bevor wir mit dem Essen begannen.

„Wie kommst du eigentlich in deinem Fall voran?", fragte Sigrid, während sie ein Croissant nahm und in ihren Kaffee eintauchte.

„Eigentlich darf ich nicht darüber sprechen, aber unter uns gesagt: Wir wissen mittlerweile, dass Benjamin umgebracht worden ist. Das konntest du ja bereits im Morgenblatt lesen. Dann haben wir an der Schule einige Intrigen und Erpressungen aufgedeckt. In welchem Zusammenhang sie mit dem Tod Benjamins stehen, wissen wir aber noch nicht. Allerdings sind sie der Weg, über den wir den Fall aufklären werden."

„Das scheint kein einfacher Fall zu sein."

„Ist es auch nicht. Das hier ist übrigens auch dabei herausgekommen."

Wortlos zog ich eine Kopie des Erpressungsfotos aus meiner Hemdtasche und hielt es Sigrid vor die Augen, die allerdings ihre beiden Kollegen nicht erkannte.

„Das ist eine sehr gewagte Interpretation Goethes, finde ich."

„Das soll eine Goethe-Interpretation sein?"

Irritiert blickte ich meine schmunzelnde Freundin an.

„Ja, aber das ist doch ganz eindeutig. Die Frau im Gretchenkostüm mimt die naive Unschuld und der Mann der Mann mit Teufelsmaske, das ist doch Mephistopheles, der Diener des Teufels. – Wer ist das übrigens? Irgendwie kommt der mit bekannt vor?"

„Hinter der Maske verbirgt sich Dr. Zwangsdorff", beantwortete ich die Frage meiner Freundin.

„Ach nein", lachte die Lehrerin mit einem Mal auf. „Jetzt verstehe ich auch die komischen Andeutungen, wenn es um Zwangsdorffs Affären ging. Er mag es ein wenig pervers, unser großer, gelehrter Schulmeister. Eigentlich ist es ja gar kein Wunder, dass ein Lehrer an so einer Schule soweit kommt."

„Wie meinst du das?", fragte ich nach.

„Na ja, das Mozart-Gymnasium hat doch den Ruf, sehr leistungsorientiert zu sein. Und um dieses vermeintliche Leistungsniveau zu erreichen, setzen die Lehrer dort massive Zwangsmaßnahmen ein, um ihre Schüler zu besonderen Lernleistungen zu bringen."

„Was ist denn so schlecht an Leistungsorientiertheit", warf ich ein, der ich mich selbst tagein tagaus zu besonderen Leistungen motivierte.

„Manche Schulen meinen, Leistung bedeute, dass Schüler unglaublich viel pauken müssten. Sicherlich leisten die Schüler dabei sehr viel, doch andererseits müssen von Seiten der Lehrer massive Zwangsmaßnahmen ergriffen werden, um die Schüler zu diesen Paukleistungen zu nötigen, die nicht dem natürlichen Lernbedürfnis der Schüler entsprechen."

„Ach, der Mensch ist doch von Natur aus ein Faultier", unterbrach ich meine Freundin.

„Das ist durchaus nicht so. Dieses Vorurteil kursiert in unserer Gesellschaft, weil uns die traditionelle Schule zum lustfeindlichen Lernen erzogen und so unser natürliches Lernbedürfnis verdorben hat."

„Das klingt mir viel zu idealistisch", wehrte ich den Gedanken ab.

„In der Anthropologie hat sich mittlerweile die Auffassung durchgesetzt, dass der Mensch von allen Lebewesen dieser Erde dasjenige ist, das von Natur aus am meisten dazu in der Lage ist, zu lernen und Kultur zu schaffen."

„Das mag schon sein, aber was hat das mit Dr. Zwangsdorff zu tun?", entgegnete ich, um dem Gespräch eine andere Richtung zu geben.

„Wenn man als Lehrer Schüler über Jahrzehnte hinweg dazu zwingt, gegen die eigenen, natürlichen Bedürfnisse anzugehen, dann kann man diesen Entfremdungsprozess nur leisten, wenn man sich selbst mit diesem identifiziert, also auch sich selbst seiner natürlichen Bedürfnisse entfremdet. Und dies kann dann auch zu dem perversen Sexualverhalten führen, das Dr. Zwangsdorff zeigt."

„Darf so ein perverser Mensch denn überhaupt als Schulleiter arbeiten?", fragte ich plötzlich irritiert.

„Warum nicht? Er lebt doch nur die Perversionen aus, die die Gesellschaft uns aufzwingt. Es ist ja nicht so, dass er wahnsinnig ist. Viel schlimmer sind dagegen Menschen, die sich ihre Perversionen nicht eingestehen können und dann irgendwann schizophren werden."

„Ah ja", nahm ich die Äußerungen Sigrids hin, ohne sie so recht verstanden zu haben. Pervers ist nun mal pervers, ging es mir durch den Kopf, während ich auf meine Armbanduhr blickte.

„Oh Gott! Ich muss los."

Schnell verabschiedete ich mich und machte mich auf den Weg in das Polizeipräsidium.

5

Trotz des bürokratischen Widerstands der Staatsanwaltschaft hielt ich kurz nach zehn Uhr einen Haftbefehl für Clemens Meerkaiser in der Hand. Endlich hatte ich ein Machtmittel, mit dem ich den Jungen spürbar unter Druck setzen konnte. Endlich sah ich mich dazu in der Lage, dem Jungen die schützende Sphäre seines Vaters zu nehmen, um ihn wie jeden anderen Verdächtigen zu verhören. Und endlich hatte ich eine Spur, die zur Aufklärung des Todes Benjamin Masokowskys führen könnte.

Triumphierend blieb ich einen Moment auf der breiten Außentreppe des Strafgerichts stehen, die mit dazu beitrug, dem mit klassizistischen und Renaissancestilelementen übersäten Gebäude die Aura höherer Gerechtigkeit zu verleihen. Die Sonne wärmte mein zufriedenes Gesicht und ich war mir sicher, dass ich auch in diesem Fall Oberwasser bekam.

Ich stellte mir die Frage, wie die Meerkaisers mit dem Wissen über die bevorstehende Verhaftung ihres Sohnes umgehen würden. Hatten sie ihren Sohn etwa schon verschwinden lassen, oder wartete der Junge zu Hause auf seine Festnahme. Oder taten sie so, als wüssten sie von nichts und ließen ihren Sohn wie üblich zur Schule gehen. Ich wusste nicht mit Sicherheit, welchen Weg die Meerkaisers eingeschlagen hatten. Telefonisch erfuhr ich dann von den Meerkaisers, dass Clemens in der Schule war.

Friedlich wie ein verschlafenes Schlösschen fanden Otto und

ich das Mozart-Gymnasium an diesem Tag vor, als wir mit unserem Wagen auf den Lehrerparkplatz fuhren. Menschenleer waren der Schulhof und die Gänge, durch die wir die Schule betraten. Plötzlich öffnete sich eine Tür und Frau Meyer-Rabe erschien vor uns. Nur für einen kurzen Augenblick sah die Lehrerin zu uns herüber, um sich dann abzuwenden und vor uns her zu gehen. Ich musste mit einem Mal wieder an die Schritte denken, die ich am Tattag in der menschenleeren Schule vernommen hatte. Ich beschleunigte mein Tempo und holte die Lehrerin nach wenigen Metern ein. Ohne viele Worte konfrontierte ich die Frau nach der Begrüßung mit dem anstößigen Erpressungsfoto. Eine leichte Röte stieg im Gesicht der Lehrerin auf, als sie auf das Foto blickte. Dann blickte sie mir direkt in die Augen und sagte mit ruhiger Stimme:

„Ja, ich bin bereits durch Dr. Zwangsdorff über diesen Vorfall informiert worden. Das ist äußerst peinlich für mich. Ich hoffe, ich kann mich auf Ihre absolute Diskretion in dieser Sache verlassen."

„Das können Sie", erwiderte ich. „Ich habe eine Frage an Sie, Frau Meyer-Rabe. Und zwar interessiert mich, was für Schuhe sie am Tattag getragen haben?"

„Spielt das denn eine Rolle?", wunderte sich die wegen ihrer sexuellen Eskapaden einen Skandal befürchtende Lehrerin.

„Ja, auch scheinbare Nebensächlichkeiten können in einem Mordfall von äußerster Wichtigkeit sein", belehrte ich die Pädagogin.

„Es waren Turnschuhe."

„Sind Sie sich sicher, dass Sie keine hochhackigen Schuhe trugen wie am letzten Dienstag."

„Nein, da bin ich mir ganz sicher. Diese hochhackigen

Schuhe klackern auf den Böden der Schule so entsetzlich laut, dass man sie hier eigentlich gar nicht anziehen kann. Und insbesondere am Wochenende, wenn die Schule menschenleer ist, hallt es durch alle Flure, wenn sie mit Pfennigabsätzen durch die Gänge laufen. Auch wenn es äußerst unwahrscheinlich ist, dass sich Herr Ernst am Samstag im Schulgebäude aufhält, wollte ich auf jeden Fall nicht in Gefahr laufen, gehört zu werden."

„Das ist plausibel", stimmte ich der Lehrerin zu. „Eine Frage hätte ich dann noch an Sie: Von wann bis wann waren sie eigentlich in der Schule?"

„Wilhelm - ähm, Dr. Zwangsdorff öffnete mir die Aulatür, direkt nachdem er den Jungen in der Aula gelassen und dieser dort seine Arbeit begonnen hatte. Wir schlichen uns dann in den Requisitenraum im ersten Stock. Dort waren wir, bis der Schrei des Mädchens zu hören war. Wir haben dann den Requisitenraum schnell verlassen und ich lief zum Ausgang am Lehrerparkplatz."

„Ist Ihnen dort etwas aufgefallen?"

„Nein. Ich lief geradewegs zur U-Bahn und fuhr dann heim."

„Sagen sie", mischte sich der bis dahin schweigend zuhörende Otto in das Gespräch ein, „als sie Dr. Zwangsdorff in die Schule ließ, hat er da eigentlich die Tür hinter ihnen wieder abgeschlossen."

Die Frau überlegte einen Moment und dann sagte sie:

„Ich bin mir ganz sicher, dass Wilhelm die Tür abgeschlossen hat. Er hat den Schlüssel sogar zweimal herumgedreht."

„Zur Aulatür muss es noch einen dritten Schlüssel geben",
sagte Otto zu mir, nachdem wir uns von der Lehrerin
verabschiedet hatten und wieder allein in dem Flur der Schule
standen.

„Rena fand die Tür geöffnet vor und weder der Hausmeister
noch der Schulleiter hatte sie offen hinterlassen."

„Genau daran habe ich auch sofort denken müssen",
bestätigte ich die Überlegung meines Mitarbeiters. „Es gibt
also noch jemanden, der sich Zugang zur Schule verschaffen
konnte. Außerdem wissen wir immer noch nicht, von wem
dieses Schuhgeklapper stammte, das ich am Tattag in der
Schule gehört habe? Auf jeden Fall ist Dr. Zwangsdorff nach
dieser Aussage aus dem Schneider. Er hat durch Frau
Meyer-Rabe ein Alibi und kann Clemens nicht mit der Leiter
umgestürzt haben."

„Könnte Clemens der geheime Unbekannte mit dem
Schlüssel sein?", fragte Otto mich.

„Vielleicht? Lass uns erst einmal in den Requisitenraum
gehen, damit wir sehen können, von welcher Position aus
Clemens das Foto gemacht hat."

Nach der Anmeldung bei der stellvertretenden Schulleiterin
begaben wir uns in den Requisitenraum. In dem über und über
mit aufwendigen Kostümen überfüllten Raum fanden wir die
unauffällig in einer Ecke stehende Matratze, auf der der
Schulleiter und die Lehrerin ihre Liebesspiele betrieben hatten.
Schnell hatten Otto und ich erkannt, dass Clemens die Fotos
von außen durch das Fenster aufgenommen haben musste. Dies
konnte nicht einfach gewesen sein, denn als wir aus dem
Fenster blickten, sahen wir auf einen verwaisten Schulhof
herab, der eine Etage, etwa vier Meter unter uns lag. Kein

Baum und keine Leiter waren zu sehen, mit Hilfe dessen man so hoch hätte steigen können, um direkt in das Fenster hinein zu sehen.

„Ich möchte wissen, wie es der Junge fertig gebracht hat, in diesen Raum hinein zu fotografieren", fragte Otto mich.

„Ja, so ohne Weiteres wird er dies nicht geschafft haben. Aber bevor wir hier ins Rätselraten geraten, sollten wir ihn lieber direkt fragen."

Von der stellvertretenden Schulleiterin erfuhren wir, dass Clemens zur Zeit bei Frau Dr. Heidegger Philosophieunterricht hatte. Das Angebot der freundlichen Frau, uns zur Klasse Clemens' zu begleiten, lehnten wir dankend ab. Otto kannte bereits den Weg und so begaben wir uns allein zu dem Klassenraum. Die langen, einsamen Flure der Schule waren uns mittlerweile vertraut und was bis vor Kurzem noch ein unübersichtliches Labyrinth gewesen war, war jetzt ein funktionales und geordnetes System von Gängen, durch das wir uns wie selbstverständlich zielsicher bewegten. Kurz darauf standen wir vor dem gewünschten Klassenraum und klopften an dessen Tür.

„Herein", vernahmen wir die Stimme Frau Dr. Heideggers.

Vorsichtig öffnete Otto die Tür und trat in den Raum, während die Tür mich noch vor den Blicken der Lehrerin und der Schüler verbarg. Kaum sah Frau Dr. Heidegger den eintretenden Otto, sagte sie schroff:

„Was wollen Sie denn hier?"

Als ich dann hinter Otto in den Raum trat, veränderte sich die Stimme Frau Dr. Heideggers zu einem freundlichen Säuseln, während sie sich mit einer reflexartigen Bewegung ihrer Hand durch die Haare fuhr.

„Guten Tag, meine Herren. Was wünschen Sie?"

„Guten Tag", erwiderte ich in meiner gewohnt sachlichen Art. „Wir möchten mit Clemens Meerkaiser sprechen, Frau Dr. Heidegger."

„Haben Sie dazu eine Erlaubnis der Schulleitung?", fragte die Lehrerin zurück.

„Ja", erwiderte ich kurz, „wir haben das mit der stellvertretenden Schulleiterin abgesprochen."

„Dann wird das wohl seine Ordnung haben."

Die Lehrerin sagte dies mit einem Unterton in ihrer Stimme, der ihren Glauben an die Wahrhaftigkeit unserer Aussagen als großherzigen Vertrauensbeweis erscheinen ließ.

„Wollen Sie nicht noch bis zur Pause warten, bis sie mit Clemens gehen. Ich bin gerade mitten im Unterricht und es wäre doch schade, wenn Clemens jetzt die Klasse verlassen müsste, da wir uns an einem wichtigen Punkt befinden. Setzen Sie sich doch da hinten auf die freien Stühle und verfolgen Sie den Unterricht bis zur Pause."

Das charmante Lächeln und die einladende Geste, mit der die Frau auf zwei verloren in einer Ecke herumstehende Stühle wies, überraschte uns. Im ersten Augenblick wollte ich das Angebot der sich vor uns in Szene setzenden Frau ablehnen, doch dann sah ich darin einen Vorteil für meine Arbeit. Clemens würde durch unsere Anwesenheit im Unterricht bestimmt verunsichert werden, weil er wusste, dass wir ihn beobachteten. Spontan entschied ich daher, das Angebot der Lehrerin anzunehmen.

„Außerdem hat mein Philosophieunterricht noch niemandem geschadet."

Einen Augenblick später saßen Otto und ich in der Ecke und konnten die vor uns sitzenden Schüler und die Lehrerin beobachten.

„Wir besprechen gerade die letzte Klausur", erklärte die Lehrerin. „Wo war ich stehengeblieben? Ach ja, Lothar, bei Ihnen. Ihre Klausur hat mich wirklich sehr amüsiert. Das Thema der Klausur lautete allerdings Kulturkritik und nicht Beobachtungen an einem Baggersee."

„Was wollen Sie damit sagen?", fragte der kritisierte Schüler zaghaft zurück.

„Sie sind das Thema zu trivial angegangen. Sie wissen doch, in der Philosophie geht es nicht um irgendwelche beliebigen Einzelheiten, sondern um das Allgemeine."

„Das habe ich aber doch gemacht. Die Beobachtung, die ich zu Beginn meines Essays wiedergegeben habe, war doch nur der Aufhänger für eine grundsätzliche Reflexion. Ich habe das parabolisch gesehen: Ein Mann liegt auf einer Luftmatratze in einem See und träumt so vor sich hin. Als aber plötzlich sein Handy klingelt fällt er vor Schreck ins Wasser."

Ich zuckte zusammen. Irgendwie kam mir die Geschichte bekannt vor und ich fühlte mich, als wäre ich bei etwas Verbotenem ertappt worden. Zum Glück hatte mich der Junge nicht wieder erkannt.

„Und diese Geschichte habe ich dann als Beispiel für eine grundsätzliche Kulturkritik genommen. Den vor sich hin träumenden Mann auf dem Wasser deutete ich als Symbol des naturverbundenen, im Paradies lebenden Menschen. Und dem habe ich das Handy als Symbol der modernen Technik entgegengestellt, die den Menschen aus einem naturhaften Zustand herausreißt und diesem entfremdet."

„Aber das ist doch viel zu billig, wenn man einfach willkürlich irgendwelchen Dingen irgendeine höhere Symbolhaftigkeit zuschreibt", setzte die Lehrerin dem Schüler und einigen Klassenkameraden entgegen, die Lothar zustimmend zunickten. „Die Qualität der ausgewählten Beispiele ist von großer Bedeutung für das Gelingen eines Essays. Man darf sich dabei nicht auf das Niveau des Trivialen begeben. Clemens, was meinst du dazu?"

Erschrocken fuhr der Angesprochene auf. Unsere Anwesenheit schien ihn tatsächlich zu beunruhigen, denn anstatt seine gewohnte Selbstsicherheit zur Schau zu stellen, würgte er nur mit zittriger Stimme hervor:

„Ääh, ich denke, dass man das Handy nicht einfach so pauschal negativ darstellen darf. Es ist doch so, dass dieses Gerät dem Menschen auch viele Vorteile bietet. So ist man jetzt jederzeit und überall erreichbar. Und das ist doch etwas äußerst Positives."

„Genau Clemens", stimmte die Lehrerin dem Schüler mit euphorischer Stimme zu.

„Das hast du gut erkannt. Keine Pauschalisierungen bitte!"

Während die Lehrerin Clemens lobte, wies sie mit dem Zeigefinger gewichtig zur Decke des Raumes und den Schülern war klar, dass dieser Punkt ihrer Lehrerin am Herzen lag. Eine nachdenkliche Stille herrschte für einen Moment im Raum, bis Lothar plötzlich einwendete:

„Aber die ebenso pauschale Argumentation Clemens' kann doch auf jeden Gegenstand unserer Kultur übertragen werden. Jedes Gerät hat doch auch irgend etwas Positives. Ansonsten hätte es doch niemand erfunden. Wenn man die pauschale Argumentation Clemens gelten lässt, dann lässt sich Kultur doch gar nicht mehr kritisieren."

„Das sehe ich nicht so", erwiderte die Lehrerin mit einem triumphierenden Unterton in ihrer Stimme. „Man muss nur vermeiden, sich irgendwelcher hergeholter und abgegriffener Klischees zu bedienen. Clemens, was sagst du dazu?"

Der Angesprochene schien nur auf diesen Augenblick gewartet zu haben, denn sofort legte er los:

„Es ist vollkommen falsch, mit der Kulturkritik pauschal bei den Dingen anzufangen. Das wissen wir ja nun. Es geht doch um den Menschen, die menschliche Kultur. Da kann man nicht damit anfangen, dass man sagt, dieses oder jenes Ding ist schlecht für den Menschen, sondern man muss fragen, wie die Menschen mit den Dingen, mit ihrer Kultur umgehen. Und da gibt es eben die Vielen, die mit den Dingen nicht umgehen können und die Wenigen, die Elite, die dies kann."

„Ja, das ist eine interessante Überlegung", gab Frau Dr. Heidegger dem Beitrag des Jungen ein besonderes Gewicht. „Genau auf diesen Punkt müssen wir unsere Überlegungen konzentrieren, wenn wir unsere Gedanken auf eine philosophische Sphäre heben wollen."

„Piepeliep, piepeliep, piepeliep."

„Ääh", unterbrach die Lehrerin ihren Vortrag plötzlich, während meine Hand automatisch an meine Hüfte glitt. Doch dort, wo ich gewöhnlich mein Handy am Gürtel trug, war nichts als Leere. Stattdessen konnte ich beobachten, wie Frau Dr. Heideggers eben noch triumphierende Gesichtshaltung auf einmal einer leichten Röte wich, während sie mit gesenktem Haupt zu ihrer Schultasche ging, diese öffnete und nach kurzem Herumkramen ein Handy hervorholte.

„Piepeliep, piepeliep, Piepeliep."

Mit hektischen Tastendrücken versuchte die Lehrerin, ihren hochmodernen Telefonapparat zu bedienen, doch offensichtlich hatte sie Schwierigkeiten damit, die gewünschte Taste zu finden. Still beobachteten die Schüler und Otto und ich das vergebliche Bemühen der Lehrerin. Dann war das unterdrückte Kichern einiger Schüler zu hören, während das Läuten des Telefons zum dritten Mal erklang.

„Piepeliep, piepeliep, piepeliep."

„Wer kann mir helfen, das verdammte Ding abzustellen?", fragte die Lehrerin mit wütender Stimme in den Klassenraum hinein.

Noch bevor ich mich melden konnten, sprang ein Schüler auf, drückte eine Taste und das vierte Klingeln des Handys unterblieb, während die Lehrerin in die grinsenden Gesichter ihrer Schüler blicken musste.

„Das was ihnen da eben passiert ist, bestätigt doch genau meine These, dass man in der Kulturkritik die Dinge kritisieren muss", stürzte es aus Lothar heraus. „Der Mensch ist den Dingen, die er hergestellt hat, nicht mehr gewachsen. Er kann sie nicht mehr beherrschen. Und dass die Wenigen, die dies schaffen, es rechtfertigen, dass die überwiegende Mehrzahl der Menschen darunter leidet, dass sie die Dinge nicht mehr beherrschen können, ist doch menschenverachtend. Und außerdem so ganz nebenbei wäre es in diesem Fall so, dass unsere Geistesleuchte Holger im Gegensatz zu ihnen, Frau Dr. Heidegger mit einem Mal Mitglied der Elite wäre, weil er ein Handy bedienen kann."

Brüllendes Gelächter erfüllte mit einem Mal den Raum. Purpurrot im Gesicht stand die Lehrerin für einen Augenblick da. Dann verlor sie allerdings von einer Sekunde auf die andere all ihre Röte und bekam einen Gesichtsausdruck, der in einem so hohen Maße bedrohlich wirkte, dass das Lachen der Schüler ebenso plötzlich, wie es ausgebrochen war, wieder verstummte. Absolute Stille herrschte in dem Raum, so dass man eine Stecknadel auf den Boden hätte fallen hören können. Stumm ließ die Lehrerin ihren stechenden Blick von Schüler zu Schüler gleiten, die diesem nicht gewachsen waren und ausweichend ihren Kopf senkten. Zunehmend veränderte sich dabei die Haltung Frau Dr. Heideggers wieder von der eines hilflosen Mädchens zu der einer souveränen Pädagogin. Mit einem leichten Lächeln blickte sie am Schluss ihrer Runde über die gesenkten Häupter hinweg zu Otto und mir herüber und genoss ihren Triumph.

„Lothar, Lothar, Lothar", sagte sie dann ganz langsam und leise mit tiefer, ernster Stimme in die bedrückende Stille des Raumes hinein. „Ich merke, dass Sie noch immer nicht soweit sind, den nötigen Ernst für die Philosophie aufzubringen. Philosophie befasst sich mit dem Allgemeinen und nicht mit irgendwelchen konkreten Einzelfällen. Sie scheinen einfach nicht über genügend Abstraktionsvermögen zu verfügen, um meinem Unterricht folgen zu können."

Und im Ton eines um seine Untertanen besorgten, der Resignation nahen Souveräns setzte sie dann noch hinzu:

„Ich mache mir ernsthaft Sorgen um Ihre Noten und um Ihr Abitur."

Bedrückte Stille herrschte für einige unendlich lange Sekunden im Raum, bis plötzlich die Pausenglocke schrill ertönte. Als wäre das Läuten der Glocke das Startsignal eines Hundertmeterlaufs gewesen, sprangen die Schüler von ihren Stühlen auf und flüchteten, so schnell es ging aus dem

Klassenraum. Nur Clemens, Frau Dr. Heidegger, Otto und ich blieben zurück.

„Man muss den Schülern gelegentlich ihre Grenzen zeigen", beendete die Lehrerin die im Raum verbliebene Sprachlosigkeit. „Ansonsten neigen diese Jugendlichen zu einer völlig unangebrachten Überheblichkeit."

Ein Lächeln zeigte sich auf dem Gesicht der Pädagogin und sie wirkte ausgeglichen und ruhig, als hätte es nie in ihrem Leben irgendwelche Probleme gegeben.

„Frau Dr. Heidegger", sagte ich kühl. „Mein Mitarbeiter und ich müssen einen Moment allein mit Clemens sprechen. Würden Sie deshalb bitte für einen Moment den Raum verlassen."

Damit schien die Lehrerin nicht gerechnet zu haben.

„Ich habe hier im Augenblick zu tun, wie Sie sehen können", fuhr sie mich an. „Wenn Sie mit Clemens allein sprechen wollen, dann müssen Sie sich einen anderen Raum suchen."

Mich überraschte die Äußerung der eben noch so freundlichen Lehrerin, deren Laune von einer Sekunde auf die andere sprunghaft gewechselt.

Wenig später befanden wir drei uns im Büro der stellvertretenden Schulleiterin, die ich bereits über die bevorstehende Verhaftung Clemens informiert hatte. Ohne weitere Umstände ließ uns die Frau mit Clemens allein in ihrem Büro.

„Clemens", begann ich den Jungen anzusprechen. „Du stehst unter dem Verdacht, deinen Schulleiter Dr. Zwangsdorff erpresst zu haben. Wir haben einen Haftbefehl gegen dich erwirkt. Alles was du von jetzt an aussagst, kann gegen dich verwendet werden."

„Aber diese Geschichte hat doch mein Vater bereits für mich erledigt. Dr. Zwangsdorff ist es gewesen, der mich erpresst hat. Geht das nicht in ihre Beamtenschädel hinein?", empörte sich der Jugendliche.

„Clemens, du solltest dir jetzt langsam des Ernstes deiner Lage bewusst werden und aufhören den trotzigen Jungen zu spielen", setzte ich dem entgegen. „Wir fahren jetzt gemeinsam in das Polizeipräsidium zum Verhör. Du hast das Recht, einen Anwalt hinzuzuziehen. Wenn du willst, kannst du diesen von hier aus anrufen. Außerdem solltest du auch deine Eltern verständigen."

Ich verhielt mich dem Jungen gegenüber diesmal äußerst korrekt, da ich wusste, dass diese Festnahme vom Familienclan der einflussreichen Meerkaisers, aber sicherlich auch von Seiten der Staatsanwaltschaft genauer als jede andere überprüft werden würde. Es war ein Fall, mit dem ich meinen Ruf als erfolgreicher Polizist mehren und einen weiteren Aufstieg in der Karriereleiter vorbereiten konnte. Ebenso könnte es aber auch zum freien Fall kommen, wenn mir ein Fehler unterlaufen würde. Doppelte Vorsicht war geboten.

6

Ich war überrascht, als ich in meinem Büro im Polizeipräsidium Clemens' Vater vorfand. Ohne durchatmen zu können, musste ich mich nun auch noch mit diesem auseinandersetzen. Und Dr. Meerkaiser hatte sich nicht allein zu mir bemüht. Nein – er war in Begleitung des Strafverteidigers Oskar Fechtschmidt erschienen, der sich in den vergangenen zwanzig Jahren einen fast schon legendären Ruf als Strafverteidiger in prekären Fällen erworben hatte.

Gleich zu Beginn legte sich Clemens' Vater mächtig ins Zeug.

„Also, was Sie sich da erlaubt haben, ist wirklich unerhört. Meinen Sohn einfach so zu verhaften, obwohl doch eigentlich er und nicht Dr. Zwangsdorff erpresst worden ist."

„Herr Dr. Meerkaiser, regen Sie sich bitte nicht auf", versuchte ich den empörten Vater zu bremsen. „In der Erpressungssache gibt es neue Erkenntnisse. Und hinsichtlich des gefälschten Aushangs in der Schule steht die Aussage Ihres Sohnes der Aussage Dr. Zwangsdorffs entgegen. Es ist von daher bis jetzt nicht geklärt, wer wen in diesem Fall erpresst hat. Wir haben Ihren Sohn heute verhaftet, weil er in einen zweiten Erpressungsfall verwickelt ist. Wie Sie vermutlich schon über Ihre bekanntlich guten Verbindungen zum Hamburger Justizapparat wissen…"

„Was wollen Sie damit andeuten", unterbrach Rechtsanwalt Fechtschmidt mich. „Wollen Sie etwa unterstellen, dass in diesem Verfahren irgendetwas nicht korrekt abläuft?"

„Nein, ich möchte gar nichts unterstellen", erwiderte ich.

„Also noch mal von vorn: Dr. Zwangsdorff ist ein zweites Mal erpresst worden. Es ist ein Erpressungsfoto angefertigt worden, das Dr. Zwangsdorff in einer delikaten Situation zeigt..."

„Können Sie sich etwas genauer ausdrücken? Um was für ein Foto handelt es sich?", fragte Fechtschmidt sofort nach.

„Ääh, es ist ein Foto, das Dr. Zwangsdorff beim Liebesspiel zeigt."

„Aber daran ist doch überhaupt nichts Delikates, wie Sie sich auszudrücken pflegen, wenn man beim Liebesspiel mit seiner Frau fotografiert wird", setzte der meine Verlegenheit erkennende Rechtsanwalt nach. „Dr. Zwangsdorff wird dies sicherlich nicht in der Öffentlichkeit gemacht haben. Also wer sollte ihn da schon erpressen können?"

„Das Foto zeigt ihn nicht mit seiner Frau, sondern mit einer Geliebten", ließ ich die Katze aus dem Sack.

Nach wie vor ging ich davon aus, dass die beiden Rechtsanwälte bereits über eine Kopie des Erpressungsfotos und der anderen Aktenunterlagen dieses Falles verfügten, doch ich war mir sicher, dass die beiden Advokaten dieses Wissen perfekt vor mir verbergen würden. So etwas wie Anerkennung über die Geschicklichkeit der Anwälte machte sich in mir breit, der ich spürte, dass ich es mit ernst zu nehmenden Konkurrenten zu tun hatte. Und diese Anerkennung steigerte meinen Ehrgeiz.

„Also nein, dass so etwas möglich ist. Da entpuppt sich der Schulleiter einer angesehenen Schule als perverser Lüstling. Was für ein Skandal", polterte Dr. Meerkaiser los. „Und so einem Menschen überlässt man sein einziges Kind."

Der traurige Ton, in dem Clemens Vater den letzten Satz sagte, hätte beinahe auch mich gerührt, der ich die Posse, die

die beiden Juristen mit mir trieben, mit aufmerksamer Distanz sichtlich genoss. Einer spielte den emotionalen Vater und versuchte Stimmung zu machen, während der andere genau darauf achtete, wie ich auf die Emotionalisierungsversuche reagierte, um meine Reaktionen für ihre Interessen zu verwenden.

„Meine Herren, um es kurz zu machen", kürzte ich das Theaterspiel der Anwälte rigoros ab. „Wir haben Beweise dafür, dass dieses Foto mit Clemens' Kamera geschossen und in seinem Fotolabor entwickelt wurde. Daher ist davon auszugehen, dass er in die Erpressung verwickelt ist. Wie es im Einzelnen damit bestellt ist, werden wir gleich beim Verhör herausbekommen. Ich gehe davon aus, dass Herr Fechtschmidt die Verteidigung ihres Sohnes übernehmen soll?"

„Ja", antwortete Dr. Meerkaiser knapp.

„Dann bitte ich Sie, Dr. Meerkaiser, jetzt das Büro zu verlassen. Sie können bis zum Ende des Verhörs draußen auf dem Flur warten, wenn Sie es wünschen."

Die beiden Rechtsanwälte widersetzten sich meiner Aufforderung nicht. An dieser Stelle wäre jeder Widerstand verschwendete Zeit gewesen, und sie waren zu klug, um sich auf dramatische aber nutzlose Streitereien einzulassen, die unsere gegensätzlichen Interessen nur deutlich gemacht hätten.

„Nein, ich wünsche nicht draußen vor der Tür auf meinen Sohn zu warten", erwiderte Dr. Meerkaiser. „Schließlich habe ich als Leiter eines der größten Handelshäuser der Welt auch noch einige andere Verpflichtungen. Außerdem ist mein Sohn bei Herrn Fechtschmidt in den allerbesten Händen und er wird dieses Missverständnis auch ohne mich aufklären können. Ich möchte noch kurz als Vater mit meinem Sohn sprechen, bevor ich gehe."

Ich wies Dr. Meerkaiser in Ottos Büro, in dem mein Mitarbeiter mit Clemens auf den Beginn des Verhörs wartete. Durch die Glasscheibe konnte ich dann beobachten, wie Clemens' Vater auf seinen mittlerweile bedrückt auf einem Stuhl sitzenden Sohn zuging. Zackig sprang der Junge auf und begrüßte seinen Vater mit einem förmlichen Handschlag. Sie wechselten einige Worte und ich konnte beobachten, wie der Junge ebenso wie sein Vater eine aufrechte, souveräne Körperhaltung einnahm. Eben noch ein Häuflein Elend wirkte er jetzt wieder wie ein ungekrönter Herrscher.

Nachdem das altmodische Tonband und die Mikrofone aufgebaut waren, mit denen ich seit Jahren seine Verhöre aufnahm, konnte die Vernehmung Clemens Meerkaisers beginnen. Gelassen und entspannt saß der Jugendliche zurückgelehnt auf einem Stuhl neben seinem aufmerksam und konzentriert das Geschehen beobachtenden Rechtsanwalt. Ich nahm den beiden gegenüber an meinem Schreibtisch Platz, während Otto an einem Stuhl an der Querseite des Tisches weilte. Mit etwas Glück würden wir gleich die Erpressung Dr. Zwangsdorffs aufklären und mehr Licht in die Vorfälle bringen, die sich am Tag der Ermordung Benjamin Masokowskys am Mozart-Gymnasium abgespielt hatten.

„Clemens", begann ich, „es hat einen erneuten Erpressungsversuch gegen Dr. Zwangsdorff gegeben. Wir haben Beweise dafür, dass dieses Foto mit deiner Kamera gemacht und in deinem Fotolabor entwickelt worden ist."

„Das glaube ich nicht", entgegnete der Junge in einem siegesgewissen Tonfall, ohne einen Blick auf das Foto zu werfen.

„Glaubst du nicht, dass wir Beweise gegen dich haben, oder glaubst du nicht, dass du Dr. Zwangsdorff erpresst hast?", setzte ich sofort nach.

„Das dürfen Sie sich aussuchen", entgegnete der Junge mit einem spöttischen Lächeln.

„Anhand der schwarzen Punkte auf dem Foto, die von Verunreinigungen deiner Kamera und deines Fotoapparates stammten, konnte eindeutig nachgewiesen werden, dass dieses Foto mit deinen Geräten gemacht und entwickelt worden ist."

„Das kann doch gar nicht sein", protestierte Clemens. „Mein Labor und meine Kamera wurden doch erst vor Kurzem gründlich gereinigt. Da können Sie keine Staubspuren gefunden haben."

„Dort haben wir auch keine Spuren gefunden", erwiderte Hecht mit einem Lächeln in seinem Gesicht. „Allerdings befinden sich auf älteren Fotos von dir, die in deinem Zimmer hingen, und dem Erpressungsfoto die gleichen Staubstrukturen. Auf den alten Fotos hast du unter anderem auch die Staubstrukturen deiner Fotoausrüstung archiviert."

Irritiert sackte der Junge in sich zusammen.

„Was hat das mit meinem Mandanten zu tun?", fragte der Anwalt scheinheilig nach. „Wie ich von Herrn Dr. Meerkaiser weiß, verleiht Clemens sein Fotoequipment sehr häufig."

Otto und ich ließen uns von der Aussage des Anwalts nicht ablenken.

„Wo warst du am Tag von Benjamins Tod in der Zeit von 9.00 Uhr bis 9.50?", fragte Otto.

Mit dieser Frage schien Clemens nicht gerechnet zu haben. Für einen Augenblick wirkte er unsicher und blickte auf seinen

Anwalt, der allerdings nicht auf ihn, sondern zu Otto und mir herüberblickte. Dann gewann Clemens seine Souveränität zurück.

„Das habe ich Ihnen doch schon mehrfach gesagt. Ich bin etwa um 9.30 Uhr von Zuhause zur Schule losgefahren und kam um etwa 9.50 Uhr mit Tobias und Lothar an der Schule an."

„Wo hast du deine beiden Freunde getroffen?"

„Das war kurz vor der Schule im Park an der Alsterbrücke."

„Musstest du dort lange auf deine Freunde warten?"

„Nein, die beiden waren schon da, als ich dort ankam", entgegnete der Junge nach einigem Überlegen. „Moment, da fällt mir noch etwas zu dem Foto ein. Wenn ich mich recht erinnere, dann hatte ich einen Teil meiner Fotoausrüstung an Tobias und Lothar verliehen. Außerdem haben die auch mein Fotolabor benutzt."

„Was willst du damit andeuten?", fragte ich mit ernster Stimme nach.

„Da ich das Foto nicht gemacht habe, gehe ich davon aus, dass es vielleicht einer der beiden Jungen gewesen sein könnte. Schöne Freunde sind das."

Otto und ich waren für einen Augenblick irritiert. Wieder hatte der Junge uns eine plausible Geschichte erzählt. Doch wir wussten beide, dass Clemens log.

„Das ist alles ganz schön und gut, was du uns gesagt hast, Clemens", fuhr ich fort. „Aber ich weiß, dass das, was du uns eben erzählt hast, größtenteils nicht wahr ist. Ich möchte jetzt von dir genau wissen, wie viel Zeit du für deinen Schulweg mit dem Fahrrad benötigst."

„So etwa 20 bis 25 Minuten."

„Bist du am vorletzten Samstag direkt zur Schule gefahren?"

„Ja."

„Du sagtest, dass du um 9.50 Uhr an der Schule ankamst. Kurz davor trafst du deine Freunde, mit denen du direkt zur Schule gefahren bist. Du musst sie um etwa 9.45 Uhr getroffen haben. Stimmt das?"

„Ja, das stimmt. Ich kann mich noch genau daran erinnern, wie ich auf meine Uhr geblickt habe."

„Bist du dir sicher."

„Na hören Sie mal", empörte sich der Junge. „Die Uhr werde ich wohl noch lesen können."

„Dann bist du also etwa um 9.30 Uhr bei dir zu Hause losgefahren."

„Das haben Sie gut errechnet", merkte der Junge süffisant lächelnd an.

„Können das deine Eltern bestätigen?"

„Nein, die waren an dem Wochenende geschäftlich im Ausland unterwegs. Aber unser Butler wird dies können."

„Bist du dir da so sicher?"

„Ja, warum nicht."

„Ich habe da so meine Zweifel", sagte ich nachdenklich. „Nochmals: Bist du dir ganz sicher, dass du am vorletzten Samstag um 9.20 Uhr zur Schule losgefahren bist, um 9.45 Uhr deine Schulfreunde trafst und um 9.50 Uhr an der Aula ankamst."

„Na hören Sie mal", mischte sich der Rechtsanwalt ein, der bemerkt hatte, dass etwas nicht in Ordnung war. „Warum bohren Sie an diesem Punkt so herum. Als wäre es wichtig, bis auf die Sekunde genau herauszubekommen, wann der Junge an jenem Samstag wo gewesen ist."

„Es ist in diesem Fall von zentraler Wichtigkeit", entgegnete ich barsch dem Rechtsanwalt.

„Jeder kann sich doch mal mit der Uhrzeit vertun", setzte der Anwalt dem entgegen. „Man meint später, genau zu wissen, wie spät es war, und es stellt sich dann heraus, dass es doch ganz anders war. Unser Gedächtnis kann uns ja so täuschen, nicht Clemens."

„Also noch mal Clemens", wiederholte ich. „Bist du um 9.20 Uhr von deinem Elternhaus zur Schule losgefahren?"

„Ja, das bin ich", entgegnete der Junge die Warnungen seines Anwalts in den Wind schlagend.

„Wie kann es dann sein, dass dich mehrere Personen bereits um kurz nach neun in der Nähe der Schule gesehen haben?"

„Das kann nicht sein", sagte der Junge erschrocken in einem scharfen Tonfall.

„Doch, so ist es aber", mischte sich Otto ein. „Wir haben nicht weniger als drei Zeugen, die dich anhand eines Fotos identifiziert haben und genaueste Zeitangaben darüber machen konnten, wann sie dich gesehen haben."

Die Haltung des Jungen war immer noch souverän und gelassen. Doch auf seinem Gesicht waren einige rote Flecken zu sehen, die garantiert nicht nur der zunehmenden Hitze zu verdanken waren, die sich mehr und mehr in meinem Büro ausbreitete.

„Was sind das für ominöse Zeugen", mischte sich Rechtsanwalt Fechtschmidt ein, der merkte, dass sein Mandant etwas Zeit brauchte, um sich wieder zu fangen.

„Drei arbeitslose Angler, die seit Jahren unweit der Schule Tag für Tag in der Alster angeln, haben den Jungen eindeutig erkannt."

„Ach, Sie meinen diese Penner", warf Clemens in einem verächtlichen Tonfall ein. „Die sind doch schon morgens volltrunken und können nicht mal mehr ihre Uhr lesen. Und denen glauben Sie?"

„Diese verarmten, arbeitslosen Mitbürger waren keineswegs volltrunken, als ich sie vernahm und konnten sich äußerst genau an die Begegnung mit dir am vorletzten Samstag erinnern."

„Aber meine Herren", mischte sich wieder der Anwalt ein. „Ist es nicht bedenkenswert, was der Junge hier sagt. Es könnte doch durchaus sein, dass diese sicherlich bedauernswerten Menschen mitbekommen haben, wer Clemens ist, und aus reinem Sozialneid versuchen, dem Jungen eins auszuwischen."

„Das halte ich für sehr weit hergeholt, Herr Fechtschmidt", sagte ich energisch. „Mit Vorurteilen und haltlosen Verdächtigungen sind Sie mir zu schnell bei der Sache ebenso wie der Junge."

Ich erhob mich von meinem Stuhl und beugte mich von oben dem Jugendlichen zu.

„Clemens, ich Frage dich jetzt nochmals: Bleibst du bei deiner Aussage, du wärest erst um 9.20 Uhr von zu Hause losgefahren?"

„Ja!", erwiderte der Junge in einem Tonfall, der eher an ein patziges Kind denn an den Zögling eines der angesehensten Häuser der Stadt erinnerte.

„Wie du meinst", entgegnete ich. „Dann noch einmal zurück zu der Geschichte mit dem Fotoapparat und dem Fotolabor. Du hast gesagt, dass du Tobias und Lothar deine Fotoausrüstung geliehen hattest. Bleibst du dabei?"

„Ja."

„Von wann bis wann war das?"

„Da muss ich einen Moment überlegen. Also geliehen habe ich ihnen meine Kameraausrüstung bereits vor einigen Wochen. Und in das Fotolabor sind wir dann auch mehrfach gegangen. Manchmal waren die beiden auch allein in dem Labor."

„Du meinst also, die beiden Jungen hätten mit deiner Kamera das Foto gemacht und diese in deinem Labor entwickelt?"

„Ja!", sagte Clemens trotzig. „Das hat aber gedauert, bis bei Ihnen der Groschen gefallen ist."

„Aha. Gab es sonst noch irgendwelche Personen, die die Möglichkeit gehabt hätten, mit deinem Fotoapparat Bilder zu machen und diese dann in deinem Labor zu entwickeln?"

„Nein, da bin ich mir ganz sicher", verkündete Clemens stolz. „Unser Haus ist gesichert wie eine Festung. Da kommt niemand herein, den wir nicht hereinlassen."

„Danke, dass du uns darauf aufmerksam machst, Clemens", sagte ich kopfschüttelnd. Mit dieser Aussage hatte sich Clemens selbst den Strick um den Hals gelegt.

„Ich muss dir jetzt bedauerlicherweise mitteilen, dass Tobias und Lothar für den vorletzten Samstag ein felsenfestes Alibi haben und aus diesem Grund das Foto auf keinen Fall gemacht haben können."

„Und was ist mit den vorherigen Wochen. Die beiden hatten meine Fotoausrüstung wochenlang."

„Das spielt keine Rolle. Das Foto ist definitiv am vorletzten Samstag morgen gemacht worden."

„Das glaube ich nicht!", schrie Clemens plötzlich.

„Clemens, sieh dir das Foto genau an. Hier siehst du das Plakat eurer Theateraufführung. Wie du sicherlich weißt, ist dieses Plakat erst wenige Tage vor Benjamins Tod fertiggestellt worden. Daher kann dieses Foto nur an dem Tag geschossen worden sein, an dem Benjamin umgebracht wurde. Du bist die einzige Person, die dieses Foto gemacht haben kann. Gibst du es zu?"

„Meine Herren!", empörte sich plötzlich der Anwalt. „So können Sie doch nicht mit dem Jungen umgehen. Erst setzen Sie ihn unter Druck, ohne ihm die Wahrheit über das zu sagen, was Sie herausgefunden haben. Und dann führen Sie ihn aufs Glatteis. Meine Herren, so nicht!"

„Herr Fechtschmidt, ich verbitte mir diese Verdrehung der Tatsachen von ihrer Seite", warf Hecht dem Anwalt entgegen. „Das Verhör wird auf dem Tonband festgehalten und wenn Ihnen an meinen Vernehmungsmethoden etwas nicht gefällt, dann dürfen Sie sich gern darüber beschweren. Aber halten Sie sich mit haltlosen Unterstellungen während des Verhörs zurück. Der Einzige, der hier die Wahrheit zurückhält und andere Leute aufs Glatteis führen will, ist Ihr Mandant. Allerdings sollte der jetzt langsam begreifen, was die Stunde geschlagen hat. Wir ermitteln immerhin nicht nur in einem Erpressungsfall, sondern es geht hier hauptsächlich um den Tod Benjamin Masokowskys. Darüber sollte sich Clemens langsam klar werden. Wollen Sie sich darüber mit ihrem Mandanten verständigen?"

Verdutzt blickte der siegesgewohnte Anwalt mich an, der ich all meine Zurückhaltung abgelegt hatte und ihn nun mit einem stechenden Blick ansah, den man nur selten aus mir herauslocken konnte.

„Ja, dieses Angebot würde ich gern in Anspruch nehmen", sagte Anwalt Fechtschmidt kleinlaut.

„Wir unterbrechen das Verhör für einige Minuten. Es ist jetzt 13.20 Uhr", sprach ich noch auf das Band, bevor ich das Aufnahmegerät abstellte.

Die Faktenlage war glasklar und so hoffte ich, dass der Anwalt seinem Mandanten während der Unterbrechung einsichtig machen könnte, dass er mit Lügen nicht weiterkommen würde. Ich wollte diese Arbeit dem Juristen überlassen und selbst keine Energie mehr für die Aufdeckung der Erpressung verschwenden, denn eigentlich interessierte mich, was Clemens zum Tod Benjamins aussagen würde. War er etwa der heimliche Unbekannte, der einen Extraschlüssel zur Aula besaß? Hatte er den Jungen umgebracht?

7

Nach dem verspäteten Mittagessen in der angenehm kühlen Kantine des Polizeihochhauses kehrten Otto und ich entspannt aber auch gespannt auf die weiteren Ereignisse zurück in mein Büro, in dem der Anwalt mit seinem Mandanten verblieben und wo ihnen ein kleiner Imbiss gereicht worden war.

„Essen sie ruhig zu Ende", gestand ich den beiden noch etwas Zeit zu und schickte daraufhin den die beiden beaufsichtigten Polizisten aus dem Raum. Wenig später lief das Tonband wieder.

„Clemens, hast du mir nach der Besprechung mit deinem Anwalt etwas zu sagen?", setzte ich die Befragung fort.

„Ja, das habe ich. Ich gebe zu, ich habe Ihnen bis jetzt nicht ganz die Wahrheit erzählt. Sie haben mich vorhin so unter Druck gesetzt, dass es mir nicht möglich war zu erzählen, was tatsächlich am Samstag morgen passierte."

Ein Stich fuhr mir durchs Herz, als ich diese Ausrede des Jungen vernahm. Meine Emotionen wollten mich dazu veranlassen, gegen die Unterstellung aufzubegehren, doch mein Verstand sagte mir, dass dies gegenüber dem, was mir der Junge gleich mitteilen würde, nebensächlich war. So unterdrückte ich meine Gefühle und hörte mir die weiteren Ausführungen des Jungen an.

„Sie haben recht. Ich bin am Samstag morgen früher in der Schule gewesen und habe das Foto von Dr. Zwangsdorff geschossen."

„Gibst du auch zu, Dr. Zwangsdorff erpresst zu haben?", fragte Otto sofort nach.

„Ja", antwortete Clemens ohne weitere Umschweife.

„Hattest du Komplizen? Etwa Tobias oder Lothar?", bohrte Otto nach.

„Nein, ich habe das ganz allein gemacht. Irgendjemand musste doch endlich diese Sauereien aufdecken, die sich an unserer Schule abspielen!", empörte sich der Junge. „Ich habe es als meine moralische Verpflichtung angesehen, diesen Perversitäten ein Ende zu machen."

Mal wieder muss die Moral für die übelsten Schandtaten herhalten, ging es mir nach diesen Ausführungen des Jungen durch den Kopf, dem ich dann entgegenhielt:

„Und du meinst, um diesen Perversitäten ein Ende zu bereiten, ist es gerechtfertigt, einen Menschen dazu zu erpressen, bessere Schulnoten zu erhalten? Wie selbstlos? Warum hast du die Fotos nicht der Schulaufsicht zukommen lassen?"

„Sie müssen das doch verstehen, meine Herren", mischte sich der Anwalt ein. „Clemens fühlte sich natürlich auch irgendwie seinem Schulleiter verpflichtet. Auch wenn das in diesem Fall ein falscher Korpsgeist gewesen ist, weil man diese Perversen sofort und mit aller Schärfe aus dem Schuldienst ziehen muss, bevor die wirklich irgendetwas richtig Schlimmes anstellen. Der Junge wollte mit seinem Brief letztendlich nur bewirken, dass der Schulleiter von sich aus seinen Beruf aufgibt. Um seinen Schulleiter zu schützen, hat er auch in dem Brief gefordert, nicht die Polizei einzuschalten."

„Ja, genau so war es", stimmte der Junge seinem Anwalt mit einem triumphierenden Lächeln zu. „Und diese Geschichte mit dem Aushang lief auch anders ab, als Dr. Zwangsdorff es dargestellt hat. Schon da habe ich ihn auf eine Verfehlung hingewiesen und wollte ihm klarmachen, dass er für seinen Beruf nicht geeignet ist, doch er hat mich vollkommen falsch verstanden und mir in den Mund gelegt, ich wollte von ihm nur bessere Noten erpressen. Dabei war das ganz anders. Was kann man aber schon von so einem charakterlosen Menschen erwarten?"

„Ich denke, wie diese beiden Erpressungsfälle im einzelnen zu bewerten sind, dass dürfen sie dem Ermessen der Richter überlassen", erwiderte ich routiniert auf die Rechtfertigungen des Jungen und des Anwalts. Für mich waren die Ermittlungen an diesem Punkt abgeschlossen und wie die von mir ermittelten Fakten zu bewerten sind, war nicht meine Aufgabe.

„Ähm, Herr Hecht", wand der Rechtsanwalt ein. „Mein Mandant versuchte gerade, ihnen zu erklären, dass es sich bei den beiden Vorfällen nicht um Erpressungsdelikte, sondern nur um Versuche gehandelt hat, Herrn Dr. Zwangsdorff davon zu überzeugen, dass er aufgrund seines Fehlverhaltens Konsequenzen zu ziehen hat. Sicherlich hat mein immerhin noch minderjähriger Mandant dabei nicht immer die richtigen Mittel eingesetzt, aber er hat, wie er eben selbst gesagt hat, keinerlei Forderungen gestellt."

„Dagegen spricht die Aussage Dr. Zwangsdorffs, Clemens habe von ihm gefordert, dass er sich für dessen bessere Benotung einsetze", erwiderte ich knapp. „Weiterhin wird in dem Erpressungsschreiben die Forderung gestellt, nicht die Polizei einzuschalten."

„Aber dies hat der Junge doch nur gefordert, um Dr. Zwangsdorff vor der Veröffentlichung seiner Perversionen zu schützen", betonte der Rechtsanwalt.

„Das ist sicherlich eine interessante Auslegung der

Vorgänge. Ich denke die Beurteilung sollten wir wirklich dem zuständigen Richter überlassen."

Mit energischem Tonfall hatte ich dem Anwalt und seinem Mandanten zu spüren gegeben, dass mit mir in diesem Punkt keine weitere Diskussion möglich war. So warteten Clemens und sein Anwalt gespannt, was ich noch von ihnen wissen wollte.

„Clemens, wie wir nun alle wissen, bist du zu der Zeit auf dem Schulgelände gewesen, als Benjamin Masokowsky umgebracht wurde. Weiterhin befandest du dich, als du das Foto machtest, in unmittelbarer Nähe der Aula. Es liegt also der Verdacht nahe, dass du auch in Benjamins Tod verwickelt bist."

„Warum sollte ich denn einen Proll umbringen? Habe ich das nötig?", fuhr der Angesprochene auf.

„Meine Herren, das geht jetzt aber zu weit, wenn Sie meinem Mandanten für alle Schlechtigkeiten dieser Welt verantwortlich machen wollen", empörte sich auch Anwalt Fechtschmidt. „Clemens, lassen Sie sich nicht durch die haltlosen Anschuldigungen der Polizei provozieren. Bleiben Sie ruhig und überlegen Sie genau, bevor Sie jetzt noch etwas sagen."

Mit diesen wenigen Äußerungen hatte der Anwalt sein Ziel erreicht und den Jungen dazu gebracht, seine Souveränität wieder zu finden.

„Also hast du uns etwas zu Benjamins Tod zu sagen, Clemens?", wiederholte ich meine Frage.

„Tja, als ich an der Schule ankam, es war so 9.10 Uhr, da versuchte ich zuerst, über den Zugang zur Aula in die Schule zu gelangen. Doch die Tür war zu und dann habe ich das Foto halt von außen gemacht. Dazu habe ich mir ein langes Ruder vom Bootshaus geholt, an das ich meine Kamera festband. Dann habe ich mit dem Selbstauslöser das Foto geschossen. Darauf können Sie mein Ehrenwort haben."

„Wer könnte denn deiner Meinung nach Clemens umgebracht haben?", fragte ich weiter.

„Vielleicht war es ja wirklich so ein Bandenkrieg?", mutmaßte Clemens.

„Und wie sollen die Banden in die Schule gelangt sein, wenn schon dir als Ortskundigem dies nicht gelungen ist?"

„Das stimmt natürlich", antwortete der Junge, für den Bande gleichbedeutend mit Proll und dumm zu sein schien.

„Also Clemens, es gibt viele Indizien, die dafür sprechen, dass du in den Tod Benjamins verwickelt sein könntest", setzte ich nochmals an. „Erst einmal hast du ein Motiv für die Tat, denn wir wissen, dass Clemens das Mädchen zur Freundin hatte, um das auch du dich bemüht hast. Dass du deshalb eifersüchtig auf ihn warst und dich sogar schon deswegen mit ihm geprügelt hast, ist uns bekannt. Unter diesen Bedingungen könnte es durchaus möglich sein, dass ein Mensch in die Aula eindringt und mit seinem Konkurrenten in einen Streit gerät, bis er ihn schließlich mit der Leiter umstößt. War es so, Clemens?"

Meine Stimme war immer lauter geworden, während ich sprach. Und ich erzielte mit diesem dramatisierenden Effekt auch eine Wirkung. Bedrückt sah Clemens vor sich auf den Boden. Verschwunden war alle Souveränität und aus dem fast erwachsenen Jugendlichen war auf einmal ein unsicherer Junge geworden.

„Die Indizien sprechen gegen dich, Junge", warf Otto ein.

„Ein Geständnis wirkt sich positiv auf das Strafmaß aus."

„Clemens, bedenke genau, was du jetzt sagst", wand der Anwalt ein. „Du musst nichts sagen, insbesondere wenn es gegen dich selbst gerichtet ist."

„Ich konnte doch gar nicht in die Aula. Die Tür war zu", fuhr der Junge aus seinem Schweigen auf.

„Die Tür zur Aula wurde von Rena offen vorgefunden und nicht verschlossen, wie du behauptest", setzte ich dem entgegen. „Hast du einen Extraschlüssel für die Aulatür, Clemens?"

„Nein, habe ich nicht", sagte dieser mit einer patzigen und weinerlichen Stimme. Dann stutzte er plötzlich, überlegte einen Moment und veränderte seine eben noch verunsicherte Haltung wieder zu seiner gewohnt souveränen. Mit einem siegesgewissen Lächeln sagte er dann:

„Ich hab's. Ich weiß, wer noch einen Schlüssel zur Aulatür besitzt."

Diese Bemerkung schlug bei Otto und mir wie eine Bombe ein. Endlich wurde die Spur heiß. Totenstille herrschte für einen Augenblick in dem mittlerweile drückend warmen Büroraum, in dem es vor Spannung knisterte. Das Rauschen des tief unten fließenden Verkehrs war das einzige Geräusch, das für eine kurze Zeit vom Tonband aufgenommen wurde. Weder die lähmende Schwüle des überheißen Sommertags noch das gleißende Sonnenlicht konnte Otto, den Anwalt und mich davon abbringen, gespannt auf die Lippen Clemens' zu blicken, der mit einem triumphierenden Lächeln auskostete, im Mittelpunkt zu stehen. Vergeblich warteten wir jedoch darauf, dass ein Wort über Clemens' Lippen kam.

„Wer ist es?", fragte Otto ungeduldig.

„Wird Sie dies davon überzeugen, dass ich mit dem Tod Benjamins nichts zu tun habe?", entgegnete der Junge fordernd.

„Junge, spann uns nicht länger auf die Folter. Wer hat noch einen Schlüssel?", drängte Otto weiter.

„Richter", sagte Clemens leise.

„Dr. Richter?", wiederholte ich erstaunt. „Wie kommst du darauf?"

„Haben Sie sich eigentlich noch nicht gefragt, woher ich weiß, dass Dr. Zwangsdorff in der Schule seine perversen Spiele treibt?", fragte Clemens. „Dr. Richter hatte mich vor einigen Monaten nach einer Sport-AG mit in die Schule genommen. Wir sind damals wie selbstverständlich durch den Aulaeingang in die Schule gelangt. Und dann hat er mich durch das Schlüsselloch in die Requisitenkammer schauen lassen, wo Dr. Zwangsdorff und Frau Meyer-Rabe zugegen waren. Er meinte, dagegen müsse man etwas unternehmen. So etwas müsse man publik machen. Dann haben wir uns wieder durch den Zugang zur Aula heraus geschlichen und Dr. Richter hat ganz selbstverständlich mit einem Schlüssel seines Schlüsselbundes abgeschlossen."

„Clemens, ich hoffe, du bist dir der Schwere der Anschuldigungen bewusst, die du gegen Herrn Dr. Richter erhebst", ermahnte ich den Jungen. „Damit würde Dr. Richter unter dem Verdacht des Totschlags stehen. Bist du dir auch wirklich ganz sicher und bindest uns keinen Bären auf?"

Nicht nur ich war wegen dieser Behauptungen Clemens' vorsichtig geworden. Auch Fechtschmidt wusste, dass eine weitere Lüge seines Mandanten, dessen Glaubwürdigkeit vollkommen in Frage stellen würde und seine ganze

Verteidigungsstrategie ins Wanken bringen könnte. Daher ermahnte auch er den Jugendlichen, sich genau zu überlegen, ob diese Beschuldigung der Wahrheit entspräche. Doch Clemens war nicht davon abzubringen, dass Dr. Richter einen Aulaschlüssel besessen hatte.

Nach dem Verhör telefonierte ich von Ottos Büro aus mit der Staatsanwältin Behrens, die mir mitteilte, dass der Haftbefehl allein wegen der bestrittenen Erpressung nicht aufrecht erhalten werden könne. Zufrieden nahmen dies Anwalt Fechtschmidt und Clemens kurz darauf zur Kenntnis. Wenig später verließ der Junge gutgelaunt mit seinem Anwalt das Polizeipräsidium, während wir ihm kopfschüttelnd hinterherblickten.

„Man muss nur die richtigen Anwälte haben", begann Otto, „und schon kann man sich aus Anschuldigungen winden, mit denen wir andere Menschen problemlos hinter Gitter gebracht hätten. Mich würde es gar nicht wundern, wenn Clemens ungeschoren von seinen Erpressungsversuchen davonkommt."

8

Wenig später saßen wir in unserem Polizeiauto und fuhren zum Ruderclub Patria Alster von 1871 e.V., in dem sich Dr. Richter nach Aussage seiner Frau befinden sollte. Mühsam quälten wir uns durch den an diesem Tag früh einsetzenden Berufsverkehr. Man hatte das Gefühl, die Menschen wollten mit ihren PKW dem heraufziehenden Unwetter entfliehen, das sich mit düsteren Wolken und einer extrem schwülwarmen Luft ankündigte. Zum Glück hatten wir es nicht weit und wenig später betraten wir den Bootsanleger des Ruderclubs, während wir überlegten, welches Motiv Dr. Richter haben könnte, um Benjamin mit der Leiter umzustoßen.

Ist er vielleicht schwul und insgeheim in den Jungen verliebt gewesen und hatte ihn aus Liebeskummer umgebracht, ging es mir durch den Kopf, als wir das Clubhaus betraten. Ich musste an das Gespräch mit der Polizeipsychologin Simone Lenz denken, die Dr. Richters Saubermann-Gehabe und dessen intrigantes Verhalten problematisch fand. Doch ich hatte keine Ahnung, was sich dahinter verbarg.

Der Ruderclub war einer dieser Hamburger Vereine, in denen schon die Eintrittsgebühr dafür sorgte, dass man unter sich blieb. Und so sahen auch die Menschen aus, die sich im Gastronomiebereich des Clubhauses aufhielten. Schnell konnte man uns dort sagen, dass Dr. Richter zur Zeit das Training der Leistungsstaffel auf dem See beaufsichtigte.

Während wir auf den in seiner Freizeit als Rudertrainer arbeitenden Lehrer warteten, erkundigten wir uns, ob Dr. Richters Alibi stimmte, dass er spaßeshalber bereits in der

Schule genannt hatte. Und tatsächlich führte uns ein Ruderkollege Dr. Richters zu einem Glasschaukasten, in dem verschiedene Zeitungsartikel über den Sieg des Seniorenachters des Ruderclubs Patria Alster von 1871 e.V. am vorletzten Samstag ausgehängt waren. Dr. Richter war deutlich in der Mitte des Fotos mit einem Pokal in der Hand zu erkennen. Man bestätigte uns auch, dass der Lehrer von morgens um acht Uhr an ununterbrochen bis zur Siegesfeier am Abend mit seinen Ruderkollegen zusammen war. Das Alibi war felsenfest.

Irgendwann konnten wir vom Bootssteg aus Dr. Richter in einem kleinen Motorboot auf uns zukommen sehen. Langsam fuhr er hinter einigen Ruderern her und brüllte ihnen mit einem Megaphon Kommandos zu.

„Bernd, nicht Schlappmachen. Ganz durchziehen. Zeig mal Leistung. Du bist doch kein Schlappschwanz. –

Holger, du musst gleichmäßiger durchziehen. Denk daran, ein Rhythmus wie eine Pendeluhr. Dann bekommst du eine optimale Kraftübertragung. Also konzentriere dich mehr. –

Bernd, mehr Leistung, Leistung, Leistung,…"

Im Rhythmus des Ruderschlags hämmerte der Lehrer Bernd ein, was er von ihm erwartete.

Beeindruckt vom Schlussspurt der mit hochroten Gesichtern und verbissenen Zügen an ihnen vorbeirudernden Sportler blickten Otto und ich dem Trio nach, das dicht am Ruderhaus vorbeizog. Mit gequälten Mienen ruderten die beiden Jugendlichen weiter, während ihr Antreiber den Schlagtakt noch etwas steigerte.

„Leistung, Leistung, Leistung…", vernahmen wir immer leiser werdend die Stimme des ehemaligen Olympiateilnehmers.

Kurze Zeit später kehrten die Boote um und kamen zum Bootshaus.

„Das war aber nichts heute", vernahmen wir die Stimme des Ruderlehrers. „Mit den heutigen Zeiten könnt ihr nicht einmal auf nationaler Ebene bestehen. So kommen wir nicht weiter, Jungs. Also nehmt euch mehr zusammen und trainiert mehr. Gesunde Ernährung, kein Alkohol und auch keine Frauen, klar."

„Das lag doch alles nur an der stickigen Luft heute", begehrte einer der Jungen auf.

„Keine Widerrede, Jungs. Mein Ziel ist klar. Ich will, dass ihr soweit kommt wie ich. Und da ist die Landesmeisterschaft nur ein Zwischenschritt. Aber mit diesen Zeiten wird das nichts. Also hört auf mich, bis morgen."

Mit gesenkten Köpfen und schleppenden Schritten schlichen sich die Jugendlichen davon, während ihr Trainer lächelnd auf uns zu kam.

„Schlappe Säcke sind das heutzutage, diese Jugendlichen. Zu meiner Zeit da hatten wir in diesem Alter richtig Mumm. Na ja, aber lassen wir das. – Guten Tag erst einmal, meine Herren. Womit kann ich ihnen dienen?"

„Guten Tag, Herr Dr. Richter", begann ich. „Wir haben heute mit Clemens Meerkaiser gesprochen."

„Ach, mit Clemens. Er ist ja auch einer meiner Zöglinge, obwohl er es niemals soweit bringen wird, wie meine Asse hier. Der Junge ist zu schwach sich selbst gegenüber und geht nicht an seine Leistungsgrenze heran. Er traut sich nicht, sich zu quälen."

Otto und ich, die wir das Leistungsgerede des Sportlehrers nicht mehr ertragen konnten, blickten unser Gegenüber emotionslos und so streng an, dass Dr. Richter seine Selbstbeweihräucherungstiraden, während derer er immer ganz nebenbei fallen ließ, dass er vor vielen Jahren an den Olympischen Spielen teilgenommen hatte, schnell abbrach. Er schien zu merken, dass nicht nur am Himmel ein Unwetter aufzog.

„Dr. Richter, Clemens hat uns erzählt, dass Sie einen eigenen Schlüssel für die Aulatür der Schule besitzen."

„Ja und?"

„Nach Auskunft des Hausmeisters und Dr. Zwangsdorff dürfte es eigentlich nur zwei Schlüssel für diese Tür geben."

„Davon ist mir nichts bekannt. Ich besitze den Schlüssel schon seit ewigen Zeiten."

„Präzisieren Sie das bitte."

„Ist denn das von Wichtigkeit, meine Herren?"

„Weichen Sie uns nicht aus, Dr. Richter."

Eigentlich hatte der Lehrer recht. Was spielte es für eine Rolle, wie er zu diesem Schlüssel gekommen war. Viel wichtiger war doch, was er mit dem Schlüssel gemacht hatte. Allerdings wussten wir auch, dass es sich im Verhör positiv auswirkte, wenn man dem Verhörten Fehler nachwies und ihn so verunsicherte. Und hier hatten wir offensichtlich einen wunden Punkt in Dr. Richters Leben gefunden.

„Tja – ääh, das ist im Nachhinein gar nicht so einfach zu erklären."

„Wir haben Zeit. Gibt es hier einen Raum, in dem wir uns ungestört unterhalten können?", wandte Otto ein, weil die ersten Windböen das Herannahen des Unwetters ankündigten.

„Ja, das ist möglich."

Wenig später standen wir in einem leeren Festsaal im ersten

Stock des Clubhauses und hatten einen atemberaubend schönen Blick über die Alster, auf der kleine Wellen nervös hin und her schwappten.

„Also", setzte der Lehrer wieder an, „die Geschichte mit dem Schlüssel ist folgendermaßen gewesen: Ich habe mir vor sieben Jahren einen Nachschlüssel machen lassen, weil ich Dr. Zwangsdorff einen kleinen Streich spielen wollte. Einer meiner Ruderfreunde hatte damals einen Schlüsseldienst."

„Dann haben Sie damals die Musikkassette vor der Theateraufführung gestohlen", erinnerte sich Otto an die Geschichte, die uns Dr. Zwangsdorff vor einigen Tagen erzählt hatte.

„Woher wissen Sie denn das?"

„Beantworten Sie meine Frage!"

Einen Moment herrschte Stille im Raum. Verlegen wand Dr. Richter seinen Blick hin und her. Dann sagte er:

„Nundenn – ja!"

„Wie können Sie das eigentlich mit ihrem Anspruch des Vorbild-Seins vereinbaren?", setzte ich meine Verunsicherungsstrategie fort.

„Tja – äähm", zögerte der Lehrer einen Augenblick, während sich in seinem Gesicht eine leichte Röte zeigte, „es ist ja nicht so gewesen, dass irgendjemand mich dabei gesehen hat."

„Das ist aber wirklich eine schwache Ausrede", fuhr Otto Dr. Richter an. „Das spürt doch jedes Kind, wenn man ihm etwas vorspielt, was gar nicht stimmt."

„Das spielt doch gar keine Rolle. Und was gehen Sie meine pädagogischen Grundsätze eigentlich an. Davon verstehen Sie ja sowieso nichts."

„Genug jedenfalls, um Sie zu fragen, welchen erzieherischen Wert es hat, wenn Sie einen Ihrer Schüler durch ein Schlüsselloch gucken lassen, damit er Dr. Zwangsdorff bei seinen perversen Spielen beobachten kann?"

„Der Junge kann auch kein Geheimnis für sich behalten", entfuhr es dem Lehrer. „Ich hatte mir von Clemens das Ehrenwort gegen lassen, dass er das, was ich ihm zeigen würde, für sich behalten müsse. So weit ist es mit der Ehre in dieser zügellosen Gesellschaft schon gekommen."

„Sie schulden mir noch eine Erklärung, Dr. Richter", beharrte ich auf meiner letzten Frage.

Verlegen blickte der Angesprochene suchend durch den Raum und ich wusste, dass ich ihn weich gekocht hatte. Er würde mir jetzt nicht mehr mit fadenscheinigen Ausreden kommen.

„Insgeheim habe ich ja gehofft, dass der Junge mit seinen Mitschülern etwas unternehmen würde, damit diese Schande von meiner Schule verschwindet."

„Wissen Sie, dass Sie sich damit der Anstiftung zu einer Straftat schuldig gemacht haben, Dr. Richter?"

„Ich habe niemanden angestiftet!", schrie der Lehrer mit einem Mal cholerisch los. „Sie können mich doch nicht für die Unvernunft von irgendwelchen Jugendlichen verantwortlich machen, die ihren Schulleiter erpressen."

„Woher wissen Sie denn, dass Jugendliche Dr. Zwangsdorff erpresst haben?", setzte Otto nach.

Entsetzt blickte der Lehrer uns an. Woher konnte er das wissen? Es fiel ihm keine plausible Erklärung ein. Wir hatten ihn überführt, den Jungen zur Erpressung Dr. Zwangsdorffs verleitet zu haben. Dabei war er doch so geschickt gewesen,

Clemens so subtil zu dieser Tat zu ermuntern, dass der Junge dachte, er wäre allein auf diese Idee gekommen. Und nun hatte er sich in einem Wutausbruch verplappert. In ihm kochte all sein Hass gegen Dr. Zwangsdorff, seinen Gegner, seinen Feind wieder auf, der vor Jahren statt seiner die Stelle des Schulleiters bekommen hatte, die seiner Meinung nach eigentlich ihm, dem Olympiateilnehmer zugestanden hätte.

„Ausmerzen! Man muss das Übel ausmerzen! Dieses perverse Schwein hat es nicht anders verdient!"

„Dr. Richter, es ist vermutlich nicht in Ihrem eigenen Interesse, wenn Sie hier so herumschreien, dass alle Ihre Segelkollegen unser Verhör mitbekommen", pikste ich in die nächste offene Wunde des Lehrers.

Der Angesprochene schluckte und konnte einem in seiner gebückten Haltung fast leidtun. Abgekocht nannten wir es im Polizeijargon, wenn ein Mensch im Verhör soweit war, dass er seine Schutzhülle aus Ausreden verlor und die Wahrheit zu erzählen begann.

„Gut, ich habe den Jungen ermuntert, Zwangsdorff dazu zu bringen, die Schule zu verlassen. Ich wollte aber nicht, dass es dabei zu einer Erpressung kommt. Ich hoffte, Zwangsdorff würde aus Einsicht von selbst die Schule verlassen, weil er merkt, dass er nicht dort hingehört."

„Diese Entscheidung sollten wir einem Richter überlassen", brach ich dieses Thema ab. „Wir haben mittlerweile Ihr Alibi überprüft und wissen, dass Sie nicht in der Schule gewesen sind, als Benjamin Masokowsky umgebracht worden ist."

„Damit habe ich nichts zu tun", fuhr Dr. Richter auf. „Aber wenn sich ein Arbeiterkind die Leiter zu hoch hinauf wagt, dann muss es sich nicht wundern, wenn es tief fällt."

Otto und ich wussten nicht, was wir mit der letzten Äußerung des Lehrers anfangen sollten.

„Dr. Richter", setzte ich das Verhör fort, „haben Sie Ihren Schlüssel für die Aulatür noch?"

„Nein."

„Wem haben Sie den Schlüssel gegeben?"

„Ist das wichtig?"

„Ja!"

Wieder herrschte Stille im Raum.

„Wem?!", wiederholte Otto die Frage, während er ahnte, dass wir in den nächsten Sekunden einen entscheidenden Schritt in unseren Ermittlungen vorankommen würden.

„FFrr…Frau Dr. Heidegger", stammelte der Sportlehrer leise.

Die Bombe war geplatzt.

Und sofort fragte ich weiter:

„Wann war das?"

„Das ist schon einige Wochen her. Sie wusste schon immer, dass ich den Extraschlüssel habe. Sie hat mir damals auch geholfen, das Tonband zu entwenden."

„Das ist ja interessant", sagte Otto. „So steht es um die Elite des Mozart-Gymnasiums."

„Wissen Sie", kam es Dr. Richter tief und resigniert über die Lippen. „In einer schlechten Welt kann niemand ohne Schuld bleiben. Es sei denn, man ist vollkommen naiv. Man muss heutzutage schon kleine Sünden begehen, um große zu beseitigen."

„Und Sie haben das Maß, um dies entscheiden zu können", erwiderte Otto kopfschüttelnd. Ihm ekelte vor diesem selbst ernannten Übermenschen, der göttergleich über Schuld und

Sühne zu entscheiden vermeinte.

Als wir wenig später das Clubhaus verließen, hatte sich das Unwetter verzogen, ohne sich zu entladen. Eine drückende Schwüle herrschte und dunkel, von heftigen Winden zerrissene Wolken füllten den Himmel in der Ferne aus. An der Alster war es noch windstill und das dunkle, grünbraune Wasser lag jetzt ruhig vor uns, als hielte es den Atem an. Spiegelglatt und leer lag der See trüb und finster vor uns. Niemand traute sich mehr hinaus, weil jeden Moment das Unwetter auszubrechen drohte, das sich hinter den tief hängenden, finsteren Wolken verbarg.

9

Einige Minuten später standen wir mit unserem Wagen am Alsterlauf vor Frau Dr. Heideggers Wohnung. Eingereiht zwischen den das Straßenbild prägenden Limousinen wirkte unser unscheinbarer Mittelklassewagen etwas fehl am Platze und ich wünschte mir für einen Moment, Kommissar in einem Kriminalfilm zu sein. Mir war nicht entgangen, dass diese Filme mehr und mehr zu reinen Werbeveranstaltungen der Autoindustrie verkamen, in denen alle Polizisten in viel zu großen und viel zu neuen, glänzenden Autos ständig mit quietschenden Reifen anfuhren, abfuhren und schließlich atemberaubende Verfolgungsjagden durchführten, die immer dann mit einem Unfall endeten, wenn die Gangster vorher ein altes Auto fuhren.

Minute für Minute warteten wir dann in unserem überhitzten Polizeiwagen, nachdem wir kontrolliert hatten, dass die Lehrerin nicht zu Hause war, und ersehnten das Kühle versprechende Gewitter herbei, das immer noch keine Anstalten machte, seine Lauerposition am Horizont aufzugeben, um sich über der Stadt rasend auszutoben.

Plötzlich passierte ein offener englischer Roadster unseren Wagen und verschwand, ohne anzuhalten, in der sich gleichzeitig öffnenden Tiefgarageneinfahrt des Hauses, in dem Frau Dr. Heidegger wohnte.

„War sie das?", rätselte Otto.

Unter dem goldfarbenen Seidenkopftuch und hinter der dunkelbraunen Designersonnenbrille hatte ich den Kopf der Lehrerin eindeutig erkannt. Sofort stiegen wir aus und machten uns auf den Weg.

„Was führt Sie zu mir?", fragte Frau Dr. Heidegger uns wenig später, nachdem sie uns in ihrem Wohnzimmer Sitzplätze angeboten hatte.

„Wir kommen gerade von ihrem Kollegen Herrn Dr. Richter."

„Ja und?"

„Haben Sie uns nicht etwas zu sagen?"

„Was sollte ich Ihnen zu sagen haben?"

„Haben Sie von Dr. Richter einen Aulaschlüssel erhalten?"

„Ja, das habe ich. Jetzt wo Sie es sagen, erinnere ich mich wieder daran. Aber das ist schon Wochen her, dass Dr. Richter mir seinen Schlüssel gab."

„Und Sie meinen, das hätten Sie uns nicht früher mitteilen müssen."

„Warum sollte ich Ihnen das mitteilen. Schließlich arbeite ich am Mozart-Gymnasium. Und da ist es doch nichts Ungewöhnliches, wenn man Schlüssel für diese Schule hat."

„Wie wir von Dr. Zwangsdorff erfahren haben, gibt es offiziell nur zwei Schlüssel für die Aula. Dies ist schulbekannt und sollte damit auch Ihnen bekannt sein."

„Ach wirklich?", sagte sie mit einem leicht ironischen Unterton, der weder Otto noch mir entging.

„Lassen Sie die Spielereien, Frau Dr. Heidegger" fuhr ich die Lehrerin mit scharfer Stimme an. „Sie erleichtern sich Ihre Situation nicht dadurch, dass Sie die Ahnungslose spielen. Sie stehen derzeit unter dem Verdacht, Benjamin Masokowsky umgebracht zu haben, und ich möchte von Ihnen wissen, was Sie am Samstag morgen gemacht haben."

Otto überraschte der schroffe Ton, in dem ich mit der Frau sprach. Etwas Bedrohliches ging von ihm aus und Otto spürte, wie dieser Tonfall bei der Lehrerin Wirkung zeigte. Nervös fuhr sie sich durch das Haar und blickte hektisch hin und her wie ein Tier, das man in die Enge getrieben hatte und das nach einem Fluchtweg suchte.

„Was soll ich schon am Samstag morgen gemacht haben. Ich war zu Hause und habe ausgeschlafen wie immer am Wochenende. Und zu dem Schlüssel möchte ich noch anmerken, dass ich diesen zwar von Dr. Richter erhalten, aber schon vor einigen Wochen an Clemens Meerkaiser weitergegeben habe."

„Wie bitte?"

Überrascht blickten wir auf die Frau vor uns, die unseren Blicken mit einem Mal wieder standhielt und souverän wie zu Beginn des Gesprächs wirkte.

„Sind Sie sich dessen sicher, was Sie eben gesagt haben?", fragte ich ungläubig nach.

Schon wieder tauchte der Name Clemens Meerkaiser in meinen Ermittlungen auf. Ich war davon ausgegangen, dass wir den Jungen so weich gekocht hätten, dass er uns die ganze Wahrheit über die Ereignisse am Samstagmorgen erzählt hatte. Und nun das.

„Sollte ich mir nicht sicher sein?", fragte die Frau scheinheilig nach.

„Aus welchem Grund haben Sie Clemens den Schlüssel gegeben?", fragte Otto plötzlich.

„Tja, wenn sie mich so direkt fragen, dann kann ich Ihnen das wohl nicht mehr verbergen, obwohl Sie sicherlich das meiste schon von Dr. Richter erfahren haben. Der Schlüssel ist damals angefertigt worden, um Dr. Zwangsdorff vor der Schulöffentlichkeit zu blamieren. Das ist uns damals zwar gelungen, doch wurde die Schuld schließlich dem Hausmeister zugeschrieben, so dass wir unser Ziel, Dr. Zwangsdorff zum Verlassen der Schule zu bringen…"

„…zu mobben, meinen Sie wohl", wandte Otto ein.

„Wenn Sie das so nennen wollen. Jedenfalls misslang uns der Versuch, diese sittlich ungeeignete Person von unserer Schule zu entfernen. Und jetzt hat es Dr. Richter wieder versuchen wollen. Und da habe ich Clemens Meerkaiser den Aulaschlüssel gegeben, damit er ungesehen in die Schule gelangen kann, um Fotos zu machen, die das widerliche Tun Dr. Zwangsdorffs dokumentieren."

„Meinen Sie, dass es angemessen ist, einen Schüler in solche Machenschaften einzubeziehen?"

„Ach wissen Sie, ich bin leider technisch sehr ungeschickt. Und da bot sich Clemens mit seiner Hobbyfotografie geradezu an."

„Und wie verbinden Sie das mit Ihrem schulischen Erziehungsauftrag?", fuhr ich die Lehrerin an.

„Also wer hier gegen die guten Sitten verstoßen hat und wer nicht, das möchte ich nicht Ihrem Urteil überlassen. Bedenken Sie bitte, was Clemens aufdecken sollte. Er sollte den Leiter einer angesehenen Schule moralischer Verwerflichkeiten überführen, die deutlich machen, dass er charakterlich nicht geeignet ist, diese Schule zu führen. Und was meine pädagogische Profession angeht, möchte ich Sie darauf hinweisen, dass Clemens mit seinem Handeln Verantwortung für die Allgemeinheit übernommen hat, indem er diesen Sittenstrolch seiner Verfehlungen überführen wollte."

„Und dass im Zuge dieses verantwortlichen Handelns ein Mensch ums Leben gekommen ist, das stört Sie gar nicht?", fuhr ich die Frau an.

„Kann man denn Benjamin als ein Opfer dieses Vorhabens ansehen? Warum steigt der Junge auch so hoch auf die Leiter. Wer hoch steigt, kann auch tief fallen."

„So einfach machen Sie es sich mit dem Tod eines Ihrer Schüler?"

„Man kann sich seine Schüler nicht aussuchen."

„Frau Dr. Heidegger, ich denke, Sie sollten uns ihre Geschichte im Polizeipräsidium noch etwas ausführlicher erläutern. Sie sind vorläufig festgenommen."

Verdutzt sah die Lehrerin Otto und mich mit einem stechenden Blick an und sagte dann langsam in einem vernichtend scharfen Ton:

„Das wird Ihnen noch Leid tun."

10

Als wir mit der verhafteten Lehrerin aus deren Haus traten, fuhren Sturmböen wild durch die Straßen und ließen die Baumkronen unruhig hin und her tanzen, während Blitze am Himmel aufflackerten und Donnergrollen von Ferne zu uns herüberklang. Kaum saßen wir im Auto, brach das Unwetter los und setzte die Stadt unter Wasser. Schweigend fuhren wir drei Menschen durch den in einem mächtigen Wolkenbruch vom Himmel prasselnden Regen in das Polizeipräsidium. Das in Sturzbächen vom Himmel schüttende Wasser schien den Polizeiwagen wegspülen zu wollen, doch mit langsamer Fahrt und aufmerksamen Spähen durch die nur halbwegs vom Wasser befreibare Frontscheibe gelang es Otto, uns durch das Unwetter zu manövrieren.

Wenig später saß die streitbare Lehrerin in meinem Büro, während der Oberinspektor einen Durchsuchungsbefehl für ihre Wohnung beantragte und Otto zur Familie Meerkaiser schickte, um Clemens zu einem erneuten Verhör in das Polizeipräsidium abzuholen. Ich war mir sicher, dass einer der beiden der Täter sein würde, der Benjamin Masokowsky umgebracht hatte. Und nun galt es, das Geheimnis aufzudecken, dass eine der beiden Personen bis jetzt sorgsam vor uns gehütet hatte. Selbst Blockstedt hatte sich in diesem Punkt von mir überzeugen lassen und es höchstpersönlich übernommen, schnellstmöglich den Durchsuchungsbefehl von der Staatsanwaltschaft zu besorgen. Die Mühlen des polizeilichen Ermittlungsapparates liefen auf Hochtouren, um endlich den Fall Masokowsky zu klären.

Nachdem ich die weiteren Ermittlungsarbeiten in die Wege geleitet waren, ging ich in mein Büro zurück, wo sich Frau Dr. Heidegger unter der Beobachtung eines Polizisten befand. Ich schickte den Kollegen aus dem Raum. Allein mit der Lehrerin sah ich mir für einen Augenblick das Schauspiel an, dass das Gewitter am Himmel veranstaltete. Leuchtende und zuckende Blitze rasten aus der Höhe auf die Erde nieder und schickten ein Donnern auf die Reise, das nach einigen Sekunden in unseren Ohren ankam und dort langsam verklang.

„Ist es nicht schön zusehen zu können, wie sich die Naturgewalten am Himmel austoben", sagte die Lehrerin plötzlich in einem warmen und sanften Tonfall in die zwischen dem Donnern herrschende Stille hinein.

„Sicher, – sicher", entgegnete ich nachdenklich. „Aber es ist doch nicht nur schön. Naturgewalten haben doch auch etwas Bedrohliches für den Menschen an sich."

„Haben Sie etwa Angst?", fragte die Frau, während sich ein Lächeln in ihrem Gesicht zeigte.

Für einen Augenblick herrschte ein Schweigen im Raum, durch das wieder das Grollen von Donnern zu hören war. Ich zögerte, denn das Männliche in mir verlangte nach außen dem Bild des furchtlosen, mutigen Helden zu entsprechen. Andererseits spürte ich aber auch in mir die Angst vor dem Gewitter, die ich seit meiner Kindheit kannte und derer ich mich nie geschämt hatte.

„Haben Sie etwa keine Angst vor dem Gewitter?", fragte ich zurück.

„Warum sollte ich? Angst ist doch lediglich ein Produkt des neuzeitlichen Bewusstseins, in der die Kleingeister die Herrschaft über die Welt übernommen haben. Wenn Sie sich wie ich an der antiken Philosophie Epikurs orientieren, dann werden Sie schnell frei von kriecherischer Ängstlichkeit."

Irritiert blickte ich in das sorgfältig geschminkte Gesicht der Lehrerin, das mich anlächelte, während sich ihr Körper etwas nach vorne bog und mir einen tiefen Einblick in ihren Hemdausschnitt ermöglichte. Für einen Augenblick gingen mir die Traumbilder durch den Kopf, in denen ich Frau Dr. Heidegger ausgepeitscht hatte. Und ich spürte mit einem Mal, wie in mir ein Ekel aufkam vor der Art, wie die Frau sich vor mir aufbaute, um meine Gunst zu gewinnen. Ich begriff, dass mein Gegenüber lediglich ein Spiel mit mir spielte. Es schien mir, als wäre ich für sie lediglich ein manipulierbares Objekt. Aber nun wollte ich aus einer spontanen Laune heraus den Spieß umdrehen und mit ihr dieses Spiel spielen.

Wie ein Voyeur blickte ich schamlos in den weiten Ausschnitt der Bluse der Lehrerin und tat so, als würde ich über den Anblick des tiefen Tals zwischen ihren Brüsten schlucken müssen.

„Fff, Ffrau Dr. Heidegger", stammelte ich gespielt, ohne meine Augen von der in ihrem Ausschnitt dargebotenen verführerisch weichen Haut zu lösen. Siegesgewiss stand die Lehrerin auf und streckte ihren Oberkörper vor, so dass ihre großen Brüste ganz nah vor meinen Augen waren.

„Gefällt dir das?", flüsterte sie mir zu. Sanft griff sie mir in die Haare und presste dann meinen Kopf mit einem kräftigen Ruck in das tiefe Tal ihres Busens.

Damit hatte ich nicht gerechnet. Überrascht und erschrocken zugleich stieß ich die Frau zurück. Das Spiel war für mich aus und ich fuhr sie an:

„Was erlauben Sie sich eigentlich!"

„Meinen Sie nicht, ich sollte mich darüber beschweren, was Sie sich erlaubt haben?", fragte sie zurück.

Mit einem Mal lachte die Lehrerin laut auf, als hätte sie eben in diesem Moment eine geniale Idee gehabt. Verdutzt blickte ich die Frau an. Ihr Make-up war verschmiert und als ich mir an die Stirn griff, spürte ich den roten Lippenstift der Frau an meinen Fingerspitzen.

„Das wird Schlagzeilen geben: Polizist fällt über wehrlose Lehrerin im Polizeipräsidium her. Hahaha."

Mir wurde für einen Augenblick ganz mulmig zu Mute. Ich spürte, wie sich die Fänge der Frau um mich ausbreiteten. Und mit einem Mal war mir klar, dass, je länger ich mit dieser Frau allein in dem Büro war, die Situation für mich immer belastender werden würde. Während die Frau an ihrem Rock zerrte, um ihn aus der Form zu bringen, stand ich auf und lief aus meinem Büro. Der Flur war leer – kein Wunder um diese Zeit. Und meine Mitarbeiter hatte ich weggeschickt, um weitere Ermittlungen anzustellen. Ich war in diesem Stockwerk vollkommen allein mit der Frau.

In einem schrecklichen Schlamassel befand ich mich mit einem Mal. Panisch suchte ich nach einer Möglichkeit, wie ich den Fängen der Frau entrinnen konnte, die diese über mich bedrohlich ausbreitete. Dann hatte ich plötzlich eine Idee: Blitzschnell schloss ich vom Flur aus die Tür zu meinem Büro ab und ging dann in das von Otto, welches nur durch eine Glaswand von meinem abgetrennt war. Schnell sperrte ich auch noch die Verbindungstür zu meinem Büro ab, während ich zusah, wie die Frau weiter ihre Kleidung in Unordnung brachte.

Was tun, überlegte ich fieberhaft, während mir die Frau

siegesgewiss durch die Glasfront zulächelte. Hätte ich doch nur eine Videokamera zur Hand, mit der ich dieses Schauspiel aufnehmen könnte, dachte ich. Doch niemand war da, der das obskure Theater bezeugen konnte, das sich mir bot.

Die Psychologin fiel mir plötzlich ein. Schnell blätterte ich in dem Telefonverzeichnis des Polizeipräsidiums nach der Nummer Simone Lenz'. Dann wählte ich und sofort meldete sich meine Kollegin, die gerade dabei war, sich auf den Heimweg zu machen. Hastig bat ich sie, so schnell wie nur irgend möglich in das Büro Ottos zu kommen. Und dann forderte ich noch zwei Wachtmeisterinnen an, während Frau Dr. Heidegger mit ihren Unterarmen und ihren Oberschenkeln gegen die harten Kanten meines Schreibtisches schlug. Auf einmal kreischte sie ohrenbetäubend laut los und schrie um Hilfe.

Genau in diesem Augenblick betrat die Polizeipsychologin Ottos Büro und blickte überrascht auf die im Nebenraum schreiende Frau.

„Gut, dass Sie so schnell gekommen sind, Frau Lenz", sagte ich aufatmend. „Frau Dr. Heidegger hat mich angefallen, als wir allein in meinem Büro waren und versucht nun, eine Vergewaltigung zu fingieren."

„Sind Sie sich da sicher?", fragte die Psychologin vorsichtig zurück.

Während sie dies sagte, schrie die Lehrerin, die nicht mitbekommen hatte, dass noch jemand anderes in Ottos Büro war, so laut es ging:

„Lassen Sie mich los, Hauptkommissar Hecht! Sie tun mir weh! Aaahh!!!"

Schwungvoll fegte die Lehrerin dann mit ihrem Arm über

meinen Schreibtisch und schleuderte all meine ordentlich aufgereihten Büroutensilien auf den Boden.

„So etwas habe ich ja noch nie erlebt", sagte die Polizeipsychologin überrascht. „Eine Frau, die eine Vergewaltigung vortäuschen will. Warum macht sie das?"

„Sie will wahrscheinlich davon ablenken, dass sie unter Mordverdacht steht", antwortete ich.

„Ach, soll diese Frau Benjamin Masokowsky umgebracht haben?"

„Es könnte sein. Und wenn ich mir ansehe, wie rasend sie sich hier gebärdet, dann verringert das die Verdachtsmomente nicht."

Endlich kamen die zwei angeforderten Wachtmeisterinnen, mit Hilfe derer ich die Lehrerin wieder zur Räson bringen wollte. Kurz erklärte ich, was vorgefallen war, während Frau Dr. Heidegger meinen Computermonitor ins Jenseits beförderte. Als sie in diesem Moment von ihrem Zerstörungswerk aufblickte, sah sie die Frauen, die neben mir standen, und warf sich weinend auf den Boden.

„Sie spielt ihre Rolle wirklich sehr geschickt", bemerkte Simone Lenz. „Wenn Sie bis jetzt allein gewesen wären, dann sähe es für Sie schlecht aus."

„Stimmt, aber lassen Sie uns jetzt das Schauspiel beenden. Meine Damen", wendete ich mich an die Wachtmeisterinnen. „Legen Sie der Frau im Nebenraum bitte Handschellen an und bringen Sie sie bis auf Weiteres in eine Zelle."

Zuerst protestierte die Lehrerin noch gegen die Maßnahmen der Frauen. Doch nachdem ihr Simone Lenz mitgeteilt hatte, dass sie aus dem Nebenraum ihre ganze Show beobachtet hatte, fügte sich die Lehrerin. Als sie dann halbwegs wieder hergerichtet aus dem Raum geführt wurde, erblickte sie mich und schrie mich mit mörderischer Stimme an:

„Das wird dir noch Leid tun!"

Zum zweiten Mal hatte mir die Frau gedroht und wieder wusste ich nicht, warum sie dies tat. Ich führte doch nur meinen Job aus. Und sie, nicht ich war es, die durch ihr Verhalten einen Verdacht auf sich gelenkt hatte. Es fiel mir schwer, das Verhalten der Frau auf einen Nenner zu bringen. Diese Raserei, diese emotionalen Temperamentsausbrüche konnte ich einfach nicht mit dem Verhalten einer hochintellektuellen Frau zusammenbringen, deren Beruf es erforderlich machte, im Tollhaus Schule ständig darauf zu achten, eine emotionale Distanz zu dem um einen herum Geschehenden zu wahren.

Bilder früherer Begegnungen mit dieser Frau kamen mir wieder in Erinnerung. Mein erster Besuch bei ihr, als sie ausgesprochen nett und überfreundlich zu mir gewesen war und mir am Schluss die Hand auf die Brust gelegt hatte, als wenn das völlig normal wäre. Wie ein sanfter Engel hatte sie sich Verhalten und nun glich sie einer tobsüchtigen Furie. Schizoid hatte Simone Lenz diese Form der Persönlichkeit genannt, erinnerte ich mich, und ich bekam eine Ahnung davon, was unter einer gespaltenen Persönlichkeit zu verstehen war.

Nicht meine geringen psychologischen Kenntnisse, sondern mein polizeilicher Spürsinn sagte mir, dass man dieser Person alles zutrauen konnte. Die eben abgelieferte Vorstellung Frau Dr. Heideggers machte die Frau in meinen Augen noch verdächtiger, obwohl ich keine weiteren Informationen über die Geschehnisse am Tattag von ihr erhalten hatte. Clemens oder sie. Einer von beiden hat den Jungen umgebracht, dachte ich.

11

„Was ist denn hier passiert?", hörte ich die Stimme Ottos plötzlich hinter mir.

„Gut, dass du endlich wieder da bist. Hast du den Jungen dabei?", fragte ich zurück.

„Ja, aber was war hier los?"

„Frau Dr. Heidegger hatte einen Wutanfall und kam auf die Idee, eine Vergewaltigung ihrer Person durch mich zu fingieren. Ich habe sie abführen lassen."

„Man, man, man! Was für eine Frau ist das nur?"

Kopfschüttelnd starrte Otto auf das Chaos in meinem Büro.

„Ich begreife diese Frau nicht", sagte er.

„Mir fällt es auch schwer, sie zu verstehen", entgegnete ich. „Die Lenz nennt das eine gespaltene Persönlichkeit."

„Ich verstehe nicht, wie man so werden kann."

Fragend blickte Otto immer noch auf die Trümmer in meinem Büro, als erwartete er von ihnen eine Antwort. Doch stur und regungslos blieben die Reste von meiner Büroeinrichtung auf dem Boden liegen, während stürmische Windböen die Ankunft einer weiteren Gewitterfront verkündeten.

„Lass uns nicht ins Rätselraten kommen", sagte ich nach einer kurzen Zeitspanne. „Verhören wir erst einmal den Jungen."

Es brauchte eine Weile, bis wir mit dem Verhör beginnen konnten. In meinem Büro, das alle Einrichtungen für ein Verhör besaß, konnten es nicht mehr durchgeführt werden. Und

Ottos Büro war zu klein. Endlich wurde uns einen Verhörraum im 21. Stockwerk zugewiesen. Für einen Moment freute ich mich, denn ich mochte es, aus dem modernen Hochhaus heraus über die Stadt zu blicken. Und heute würde sich uns ein besonderer Anblick bieten, denn das Gewitter hatte sich über der Stadt festgesetzt und ein aus der Ferne hörbares Donnergrollen kam näher. Dann saßen wir endlich in dem Raum: Otto, die Polizeipsychologin Simone Diez, Clemens Meerkaiser mit seinem agilen Anwalt und ich.

„Ich muss entschieden dagegen protestieren, dass Sie meinen Mandanten erneut verhaftet haben. Angesichts der Schwere des Vorfalls und der Reputation der Familie Meerkaiser halte ich diese Maßnahme für eindeutig überzogen."

„Ihre Empörung in Ehren, Herr Fechtschmidt", begann ich. „Aber wir haben es hier mit einem Mord zu tun. Und in einem solchen Fall sind gegenüber Personen, die unter Mordverdacht stehen, Verhaftungen durchaus angebracht."

„Wie kommen Sie dazu, meinen Mandanten in den Todesfall dieses Jungen zu verwickeln. Clemens hat Ihnen doch bereits im letzten Verhör erzählt, dass er mit diesem Fall nichts zu tun hat."

„Es gibt neue, schwerwiegende Verdachtsmomente, die gegen Ihren Mandanten sprechen."

Für einen Augenblick herrschte Stille in dem Raum und das Geräusch heftigen Regens und der immer näher kommenden Donnerschläge war deutlich durch die große Glasfront des Raumes zu hören. Die Blicke aller Personen waren auf Clemens gerichtet, der seinerseits Nerven zeigte und bleich in die Gesichter der anderen starrte, um dann seinen Kopf zu senken. Einige Sekunden verharrte er, bevor er dann seinen Kopf schwungvoll nach oben warf und mir geradewegs in die Augen blickte.

„Was sollen das für Verdachtsmomente sein?"

„Man hat uns mitgeteilt, dass du einen Schlüssel für die Aula besessen hast."

„Das kann doch jeder sagen."

„Wir haben dies von einer glaubwürdigen Person erfahren", provozierte ich den Jungen.

„Das stimmt nicht. Dr. Richter hatte einen Schlüssel. Aber den hat er mir niemals gegeben."

„Warum hast du uns eigentlich nicht schon früher darüber informiert, dass Dr. Richter einen eigenen Schlüssel für die Aulatür besitzt?"

„Ich habe mir darüber keine Gedanken gemacht."

„Junge, das kannst du jemand anderem erzählen. Du hast doch genau mitbekommen, was in der Schule vorging. Da wird dir auch dies nicht entgangen sein."

„Na ja, ich wollte Dr. Richter keine Unannehmlichkeiten machen. Er ist doch im Gegensatz zu anderen Figuren an meiner Schule eine tadellose Person. Und da wollte ich ihm keine Probleme bereiten."

„Junge, Junge, Junge, du solltest langsam begreifen, dass es nicht deine Aufgabe ist zu beurteilen, welche Informationen in diesem Fall wichtig und welche unwichtig sind. Du maßt dir da polizeiliche Kompetenzen an, die dein Beurteilungsvermögen bei weitem übersteigen."

„Moment mal, Herr Hecht. Greifen Sie meinen Mandanten bitte nicht persönlich an. Versetzen Sie sich doch einmal in die Perspektive dieses Jungen. Dann werden Sie diese leichten

Ungeschicklichkeiten und Malheurs verstehen."

„Herr Fechtschmidt, Ihr Eintreten für Ihren Mandanten in Ehren, aber auch Sie sollten langsam begreifen, dass das ungeschickte Verhalten Clemens', der bis jetzt zur Wahrheitsfindung wenig beigetragen und gleichzeitig durch eine Erpressung eine Straftat begangen hat, die eigene Glaubwürdigkeit zunehmend verringert und damit den gegen ihn erhobenen Anschuldigungen immer mehr Gewicht verleiht. Und um die ganz Sache abzurunden, möchte ich Ihnen jetzt eröffnen, dass nicht Dr. Richter, sondern Frau Dr. Heidegger, eine vollkommen unbescholtene Person dir, Clemens, den Schlüssel zur Aula gegeben haben will."

Erschrocken zuckte der Junge zusammen und sein Gesicht wurde kreidebleich. Unruhig bewegte er sich auf seinem Stuhl hin und her, öffnete die Lippen, aber bekam erst einmal kein Wort über seine Lippen.

„Wer ist diese Frau Dr. Heidegger?", fragte der Anwalt dazwischen.

„Sie ist Clemens Philosophielehrerin."

„Clemens, Sie müssen jetzt nicht antworten. Sie können auch schweigen", empfahl der Jurist seinem Mandanten, der immer noch mit sich am Kämpfen war. Tränen, tatsächlich Tränen rannen mit einem Mal über die Wangen des Schülers und dann stürzten ihm die Worte nur so aus dem Mund:

„Ich habe keinen Aulaschlüssel von Frau Dr. Heidegger erhalten. Sie selbst hatte ihn und ist vorletzten Samstag in der Aula gewesen."

„Woher weißt du das?", fragte ich sofort nach.

„Als wir in die Aula kamen und Benjamin entdeckten, da habe ich sofort ihre Kostümjacke entdeckt, die neben der Leiter am Boden lag. Ich habe die dann unbemerkt aufgehoben und zwischen den Theaterrequisiten versteckt."

Stille herrschte in dem großen Verhörraum und nur das Donnergrollen des nahen Gewitters war zu hören.

„Was?", fuhr ich auf.

„Warum sagst du uns das erst jetzt, Junge. Mit dieser Aussage hätten wir bereits am Tattag gegen Frau Dr. Heidegger ermitteln können. Was ist, wenn wir die Jacke nicht finden?"

„Die Jacke muss noch da sein. Sie haben doch die Aulatür versiegelt", fuhr Clemens entsetzt auf.

„Und wenn da zwischenzeitlich jemand eingebrochen wäre?", fragte ich zurück.

„Das kann, äääh das darf nicht sein."

Schluchzend sank der Junge auf den Tisch und weinte aus vollem Halse.

„Ich habe Benjamin ja nie gemocht und ihm manchmal auch den Tod gewünscht, aber ich habe ihn nicht umgebracht. Das war doch alles nur ein Spiel mit ihm."

„Ein Spiel? Du nennst es ein Spiel, einen deiner Mitschüler tagein tagaus zu schikanieren? Was geht eigentlich in deinem Kopf vor?"

„Es tut mir Leid."

Endlich war der Junge von seinem hohen Ross gestiegen und begann, sich Gedanken über sein eigenes Tun zu machen. Ohne dies beabsichtigt zu haben, war ich plötzlich mit mir selbst zufrieden und sagte zu dem Jungen:

„Beruhige dich, Clemens. Wir haben die Jacke bereits gefunden, aber wussten bisher nicht, wem sie gehört. Damit bist du erst einmal aus dem Schneider, auch wenn du uns durch dein Schweigen eineinhalb Wochen unnötig arbeiten ließest.

Haftbar müsste man dich für den Schaden machen."

Der Junge hörte die Worte des Polizisten gar nicht, sondern weinte vor sich hin, ohne von seiner Umwelt Kenntnis zu nehmen. Ich überließ Otto die Aufnahme des Protokolls und ging mit der Polizeipsychologin in einen anderen Verhörraum, von wo aus ich Frau Dr. Heidegger zu uns bestellte.

„Ist Ihnen aufgefallen, wie sich der Junge überwinden musste, um zu gestehen, dass seine Lehrerin in der Aula gewesen ist?", fragte die Polizeipsychologin mich, während wir auf die Lehrerin warteten.

„Ja, das habe ich gemerkt", antwortete ich. „Dem Junge schien es nicht leicht zu fallen zu gestehen, dass er uns etwas so Gravierendes verheimlicht hat."

„So kann man die Situation auch deuten", entgegnete die Psychologin. „Für mich sah es allerdings eher so aus, als wenn es dem Jungen eine ungeheure Überwindung kosten würde, gegen seine Lehrerin auszusagen. Es schien mir, als habe er vor ihr eine extreme Angst."

„Warum sollte das denn der Fall sein? Extreme Angst? Die Prügelstrafe gibt es doch nicht mehr."

„Noten können genauso brutal sein", erwiderte die Polizeipsychologin. „Lediglich subtiler sind die Wunden und Verletzungen, die den Schülern damit zugefügt werden. Die Verletzten merken in der Regel gar nicht, dass sie bestraft werden."

„Aber nein, das kann doch bei Clemens nicht der Fall sein", brachte ich meine Irritation zum Ausdruck. „Clemens ist doch ein selbstbewusster Junge und kein Angsthase."

„Erinnern Sie sich noch an den Text des getöteten Jungen?", fragte Simone Lenz mich. „Da hat Benjamin den Mechanismus beschrieben, der durch subtile Unterdrückung erreicht wird. Zum einen sind diese Menschen ganz unterwürfig gegenüber ihren Autoritäten und zum anderen verwenden sie selbst diese autoritären Muster gegenüber Dritten."

12

Von zwei Wachtmeisterinnen wurde Frau Dr. Heidegger in Handschellen in den Verhörraum geführt. Mittlerweile schien sich die Lehrerin wieder beruhigt zu haben. Gefasst und gefügig ließ sie die Prozedur über sich ergehen, setzte sich folgsam auf den ihr zugewiesenen Stuhl und blickte aus einer undurchdringlichen Miene heraus auf mich.

„Frau Dr. Heidegger", begann ich das Verhör. „Wir haben Clemens Meerkaiser zu den von Ihnen erhobenen Vorwürfen vernommen. Clemens hat bestritten, den Schlüssel von Ihnen erhalten zu haben."

„Dann lügt der Junge. Sie sollten mittlerweile bemerkt haben, dass dieser Junge ein großes Talent darin besitzt, sich in einem Gespinst aus Lügen und Halbwahrheiten einzuspinnen. Dem sollten Sie nicht auf den Leim gehen."

„Frau Dr. Heidegger, meinen Sie nicht, dass es an der Zeit wäre, uns etwas zu gestehen?"

„Was sollte ich Ihnen gestehen?", entgegnete mir die Frau kopfschüttelnd und mit einer so verwunderten Miene, dass ich ihr beinahe auf den Leim gegangen wäre.

„Ich wiege mein Gewissen in Unschuld."

„Erklären Sie mir dann bitte, wie Ihre Kostümjacke an dem Tattag an den Tatort gelangt ist."

„Von was für einer Kostümjacke sprechen Sie?"

„Frau Dr. Heidegger: Clemens von Brentano hat eben gerade gestanden, dass er Ihre Kostümjacke am Tattag am Tatort versteckt hat. Wir haben diese Jacke bereits sichergestellt. Meinen Sie, dass es bei dieser Faktenlage noch sinnvoll ist, die Ahnungslose zu spielen? Die Beweislast gegen Sie ist erdrückend und ich denke, dass die Ergebnisse der Hausdurchsuchung Ihre Lage nicht verbessern werden."

„Sind Sie sich da so sicher. Sie vertrauen zu sehr den Lügen eines raffinierten Schülers. Bleiben Sie bei der Wahrheit. Jetzt erinnere ich mich auch wieder an die Jacke, von der Sie sprechen. Ich vermisse eine Kostümjacke schon seit einiger Zeit. Ich habe sie schon längst abgeschrieben, weil Dinge, die in der Schule verschwinden, weg sind, wenn sie nicht innerhalb von ein paar Tagen wieder auftauchen."

"Kann einer Ihrer Kollegen bezeugen, dass Sie Ihre Jacke bereits vor dem Unglückstag verloren haben?"

"Aber nein, wo denken Sie hin. So etwas kann man den Kollegen nicht erzählen. Wenn ein Schüler einem Lehrer etwas stiehlt, dann kann das ein Zeichen dafür sein, dass etwas in einer Klasse nicht stimmt. Und so einfach lässt man doch kein schlechtes Licht auf sich fallen. Da verzichte ich lieber auf ein einfaches Jackett."

„So einfach ist diese Jackett nicht gewesen."

„Ach, wenn Sie damit auf den Preis der Jacke anspielen, dann sind dies immer relative Größen. Und seien Sie versichert, dass ich finanziell unabhängig bin."

„Sie meinen, um Ihren Ruf als Lehrerin zu wahren, haben Sie darauf verzichtet, einen Regelverstoß in Ihrer Klasse zu melden, und lieber auf ein tausend Mark teures Jackett verzichtet."

„Ja und?"

„Wo sollen denn die Schüler eigentlich lernen, was Ehrlichkeit ist, wenn nicht in der Schule?", fragte ich die gleichgültige Lehrerin empört.

„Ach, kommen Sie mir jetzt nicht kleinmütig. Außerdem denke ich, dass ich nicht hier bin, um Sie in die Problematik moralischer Grundfragen einzuführen."

„Sie unterstellen Clemens also, er habe Ihnen vor etwa einem Monat Ihr Leinenjackett gestohlen."

"So muss es gewesen sein. Eventuell war auch einer seiner Mitschüler oder sogar Benjamin daran beteiligt. Woher soll ich das wissen?"

Die Ahnungslosigkeit, mit der Frau Dr. Heidegger diese Worte sprach, verschlug mir für einen Augenblick den Atem. Auf einmal schien die Unschuld höchstpersönlich vor mir zu sitzen. Ich brauchte eine kurze Zeitspanne, um dieses Trugbild aus meinem Bewusstsein zu verscheuchen.

„Frau Dr. Heidegger, Sie bewegen sich auf einem schmalen Grat. Das sollte Ihnen bewusst sein. Erzählen Sie uns endlich, was am Samstag, als Benjamin starb, tatsächlich passiert ist."

„Am Samstag als Benjamin starb, habe ich ausgeschlafen und nach dem Frühstück Klassenarbeiten korrigiert. Habe ich Ihnen das nicht schon einmal erzählt?"

Ich unterbrach das Verhör für kurze Zeit. Ich hatte keine Lust, dieses ewige Katz-und-Maus-Spiel mit der redegewandten Lehrerin länger mitzuspielen. Vielleicht hatte Timmermann bereits handfeste Beweise gefunden und so rief ich von einem Nebenraum aus in der Wohnung der Lehrerin an.

„Timmermann", rief ich in mein Handy. „Habt ihr schon etwas herausgefunden?"

„Ja klar, also einen zum Jackett passenden Rock haben wir ganz weit hinten im Kleiderschrank gefunden. Es sah so aus, als hätte jemand ihn dort verstecken wollen. Außerdem habe ich noch ein paar Autofahrerhandschuhe gefunden, in denen Holzsplitter stecken, die von der Leiter stammen könnten, mit der der Junge umstürzte. Bevor ich das aber definitiv sagen kann, muss ich noch im Labor eine Holzfaseranalyse machen."

Ich hätte beinahe vor Freude geschrien, als ich die Worte meines Spurenfachmannes vernahm. Holzsplitter! Wenn sie von der Leiter stammten, war ein eindeutiger Beweis gefunden, mit dem ich die Lehrerin überführen könnte. Wenig später hatte ich Otto die Neuigkeiten mitgeteilt und ging mit diesem zusammen wieder in den Verhörraum, in dem die vier wartenden Frauen dem Spiel des Gewitters stumm zusahen.

„Frau Dr. Heidegger", begann ich wieder gebetsmühlenartig. „Wollen Sie uns nicht endlich die Wahrheit über das erzählen, was vorletzten Samstag in der Aula wirklich geschehen ist? Sie verehren als Philosophin doch die Wahrheit in besonders hohem Maße."

„Wahrheit, Wahrheit, als wenn sie wüssten, was Wahrheit ist. Männer sind doch an allem schuld."

„An der Ermordung Benjamin Masokowskys tragen allerdings offensichtlich Sie die Schuld, Frau Dr. Heidegger. Oder wie können Sie sich erklären, dass sich an ihren Autohandschuhen Holzsplitter befinden, die von der Leiter in der Aula stammen?"

Das Gesicht der Angesprochenen wurde kreidebleich. Stumm saß sie auf ihrem Stuhl und schien mit einem Mal mit ihren Gedanken in einer anderen Welt zu weilen. Ihre Züge verhärteten sich und das Zittern ihrer Gesichtshaut zeugte von der Anspannung, unter der sie stand. Es schien innerlich in ihr zu kämpfen. Und plötzlich entfuhr ihr mit leiser, ganz leiser und stotternder Stimme:

„FrFr…Frauen mmüssen sich wehren."

Es klang wie die Stimme eines Kindes.

„Und weiter?"

„Wir, wir sind doch so hilflos. Unterdrückt, versklavt und –
und – und vvververgewaltigt."

Hinter meiner strengen Verhörmiene breitete sich
Verwunderung aus. Was wollte mir die Frau da mitteilen. Ich
wollte ein Geständnis von ihr und keine Exkurse in
feministischer Theorie, für die ich mich sowieso noch nie
interessiert hatte.

„Ich, ich, ich weiß nicht, was die Wahrheit ist."

Vollkommen irritiert und staunend saß die Lehrerin vor uns.
Den letzten Satz hatte sie in ganz normalem, sachlichen Ton
gesagt. Der Blick der Frau wanderte für einen Moment von den
ihr gegenübersitzenden Menschen weg. Über die linke Schulter
wendete sie ihren Kopf der breiten Fensterfront des Raumes zu,
als erwartete sie von den zuckenden Blitzen und dem immer
lauter werdenden Donnern eine Antwort.

„Ich verstehe das nicht. Wo ist die Wahrheit geblieben? Ich
kann mich nicht an Samstagmorgen erinnern. Wie ausgelöscht
ist dieses Datum, wie hinter einer undurchdringlichen
Nebelwand verborgen. Ich bin doch keine Mörderin."

Schluchzend sank die Frau in sich zusammen und hielt die
Hände vor das mit einem Mal tränenüberströmte Gesicht.
Fragend wanderten die Blicke der anderen Personen durch den
Raum.

Ich spürte, dass mir gegenüber ein Mensch ratlos in seinen
Gefühlen grub. Das war keine Show mehr, sondern ein
hilfloses Suchen. Plötzlich begann Frau Dr. Heidegger wieder
mit der Mädchenstimme zu schreien.

„Papa! Papa! Geh weg! Du tust mir weh! Nein! Nein! Nein!"

Dann sagte sie in ihrer üblichen, selbstsicheren Tonlage ganz schnell:

„Ich wollte Benjamin nicht töten. Ich habe ihn sehr geliebt, diesen Jungen. Ich bewunderte so sehr, wie er sich an dieser Schule durchsetzte, die ihn von Anfang an auf der Abschussliste hatte."

Für einen Moment schwieg die Frau, während sich ihr Mienenspiel von dem einer gefassten Person in die angsterfüllte Fratze eines panischen Mädchens verwandelte.

„Nein! Nein! Nein! Papa, du tust mir weh! Ich will das nicht! Mama! Mama! Mama!"

Wie aus einer fernen Welt schien die Frau wieder auf sie zuzukommen und sprach wieder ruhig.

„Benjamin war ganz irritiert, als ich ihm gestand, dass ich ihn liebe. Er blickte mich hilflos von der Leiter an und ich merkte, dass meine Liebe niemals erfüllt werden würde. Das tat mir weh, so weh."

Stille herrschte für einen Augenblick in dem Raum. Keiner der Anwesenden wagte es jedoch, in diese Stille hinein zu sprechen, da alle spürten, dass dies noch nicht die letzten Worte der Lehrerin waren.

„Benjamin hat mir weh getan!", schrie sie wieder mit der angsterfüllten Stimme eines kleinen Mädchens.

„Ich musste mich wehren! Ich musste mich wehren! Ich musste mich wehren und kippte die Leiter um."

Bei den letzten Worten war sie aufgestanden, blickte noch ein letztes Mal in die Runde und in die Augen der Menschen, die sich in diesem Raum befanden. Und dann lief sie mit aller

Kraft auf die Fensterfront des Raumes zu, so dass unter der Wucht ihres Körpers die Scheiben zerbarsten und klirrend in tausend Teile zersprangen. Von den scharfen Glassplittern zerschnitten begann die Frau wie in Zeitlupe aus dem Fenster des Verhörraums die einundzwanzig Stockwerke hinabzustürzen.

Otto löste sich als erster aus der Erstarrung, die alle im Raum anwesenden Menschen befallen hatte. Doch auch er kam zu spät und sah nur noch, wie Frau Dr. Heidegger abwärts fallend aus unserem Blickfeld verschwand. Dann sahen und hörten wir nichts mehr von der eben noch im Raum stehenden Lehrerin, deren Fall im tosenden Blitzen und Donnern des Gewitters unterging.

4. Epilog

Zehn Wochen später.

Der Sommer neigte sich bereits seinem Ende zu. Und wieder befand ich mich in der Aula des Mozart-Gymnasiums. Eine Einladung Herrn Fraulichs hatte mich erneut an den Ort geführt, an dem Benjamin Masokowsky getötet worden war. Zwei Eintrittskarten für das Theaterstück des Theaterkurses von Dr. Zwangsdorff waren dem kurzen, freundlichen Begleitbrief beigefügt. Im ersten Moment hatte mich diese Einladung irritiert, denn der Fall war für mich nach dem Selbstmord Frau Dr. Heideggers abgeschlossen. Eine Weile hatten wir im Polizeipräsidium zwar noch über die dramatischen Umstände des Ablebens der Lehrerin gerätselt, das nach dem auffälligen Schweigen der Hamburger Presse in den vorhergehenden Tagen, als Clemens Meerkaiser unter Verdacht stand, danach über Wochen das Sommerloch ausgefüllt und mit allen journalistischen Finessen ausgeschlachtet worden war. Die absurdesten Motive für den Selbstmord der Frau waren als brandneue Erkenntnisse konstruiert worden, doch keine der einfachen, schablonenhaften Erklärungen für das Ableben der Frau hatte uns Kriminalisten im Hamburger Polizeipräsidium bis zu diesem Tag überzeugen können. Die einzige Person, die dieses Rätsel für uns hätte lösen können, war tot. Und für mich war es keine Berufspflicht, die noch undurchschauten Motive eines gelösten Falls aufzuklären. Mit der Zeit war der Fall schließlich in Vergessenheit geraten.

Es war auch nicht mein Interesse für klassisches Theater gewesen, das mich in die Mauern dieser Schule zurückgezogen hatte. Vielmehr war ich ganz einfach neugierig darauf, wie sich die Dinge am Mozart-Gymnasium nach den Geschehnissen vor den Sommerferien weiter entwickeln würden.

Schon im Foyer der Aula hatte ich, der ich mit Sigrid zwischen den fast ausschließlich in bester Theatergarderobe erschienenen Eltern etwas verloren fühlte, von Herrn Fraulich erfahren, dass Dr. Richter aufgrund der von ihm inszenierten Intrigen gegen Dr. Zwangsdorff vom Dienst suspendiert worden war und vermutlich frühpensioniert werden würde. Schlimmstenfalls könnte er sogar vorzeitig aus dem Dienst entlassen werden, hieß es im allgemeinen Gemurmel der Kollegen, an denen die Vorgänge dieses Sommers natürlich nicht spurlos vorbeigegangen sein konnten.

Weiter erfuhr ich, dass Dr. Zwangsdorff weiterhin Schulleiter des Mozart-Gymnasiums war. Verwundert registrierte ich dies, denn ich hatte erwartet, dass Dr. Zwangsdorff über seine aufgeflogene Liebesaffäre und die Erpressungsverdächtigungen Clemens Meerkaisers stolpern würde. Doch bevor ich Herrn Fraulich, der von diesen polizeiinternen Kenntnissen natürlich nichts wissen konnte, geschickt ausfragen konnte, was von diesen Vorfällen öffentlich geworden war, entschuldigte sich dieser bei mir und verschwand, um irgendwelche organisatorischen Aufgaben auszuführen. Offensichtlich war es aber so, dachte ich, dass nichts von den Verfehlungen des Schulleiters nach außen gedrungen war, während ich mich mit Sigrid auf den Weg in die Aula machte.

In dem nur matt erleuchteten Raum standen noch einige Menschen herum, obwohl noch freie Stühle zu finden waren. Allerdings standen diese in dem Bereich, in dem Benjamin damals mit der Leiter umgestürzt war. Ich hatte keine Hemmungen, dort zu sitzen.

Zufrieden mit mir und der Welt setzte ich mich neben meine Freundin auf einen der Holzstühle.

„Auh!"

Plötzlich fühlte ich einen stechenden Schmerz an meiner linken Hand. Erschrocken blickte ich auf meine Handfläche und konnte einen dünnen, aber langen Holzsplitter sehen, der sich tief in den Handballen gebohrt hatte und dort einen schrecklich brennenden Schmerz hervorrief. Beinahe hätte ich vor Schmerz geheult, doch gerade noch konnte ich die Zähne zusammen beißen und dies verhindern.

Erste Blutstropfen rannen aus der Wunde, während ich für einen Moment wieder das Bild Benjamins mit der umgestürzten Leiter vor Augen hatte. Benjamin hatte keinen Platz auf diesen Stühlen gefunden. Und nun hatten sie auch mich verletzt.

Schnell zog Sigrid mir den spitzen Splitter aus der Hand und stillte den folgenden Blutschwall mit einem Taschentuch. Ich hatte sie vor einigen Tagen angerufen und sie zu dieser Aufführung eingeladen. Zu meiner Freude willigte sie ein und seitdem war ich erfüllt von der Hoffnung, dass es eine Zukunft für uns geben würde.

In diesem Augenblick verlöschte das Licht in der Aula ganz und nach einem Moment vollkommener Dunkelheit erschien Dr. Zwangsdorff mit strahlendem Lächeln im Lichtkegel eines Scheinwerfers auf der großen Bühne. Sofort begannen die Zuschauer zu klatschen, während der Schulleiter vor einem einsamen Mikrophon mitten auf der Bühne stehen blieb und für eine kurze Weile den Beifall genoss. Dann signalisierte der Schulleiter in seinem perfekt sitzenden Smoking dem Publikum routiniert mit einer leichten Handbewegung, den

Applaus zu beenden. Von einer Sekunde auf die andere war es still im Saal und, nachdem der Schulleiter diese Stille einige Sekunden anhalten ließ, begann er zu sprechen:

„Liebe Eltern, liebe Kollegen, liebe Mitschüler!

Ich freue mich, dass Sie heute Abend so zahlreich hier erschienen sind, um die seit Langem geplante und durch ein tragisches Unglück leider etwas verschobene Aufführung des antiken Dramas Antigone von Sophokles in der Bearbeitung des französischen Autos Jean Anouilh zu genießen.

Wir, das heißt mein Theaterkurs, aber auch ich selbst, sind zu der Einsicht gekommen, dass es nach den tragischen Vorfällen der letzten Zeit um so notwendiger ist, dieses Stück auf die Bühne zu bringen. Wir sind der Auffassung, dass es sicherlich auch im Geiste der von dem Unglück Betroffenen ist, dass wir unser Theaterprojekt mit der heutigen Aufführung zu einem guten Ende bringen.

Theater – ja, Theater ist ein Raum, in dem den Menschen Freud und Leid, Trauer und Heiterkeit begegnen. Und so sollten wir alle nach den Vorfällen der letzten Monate das heutige Theaterstück zum Anlass nehmen, um über uns selbst und unser Leben nachzudenken. Hierin liegt die besondere Aufgabe des Theaters. Und darum ist die Theaterarbeit gerade an der Schule und damit auch hier an diesem Ort von so herausragender Bedeutung.

Nur das Theater kann uns auf der Bühne die Kräfte und Naturgewalten vorführen, die das Schicksal des Menschen bestimmen und denen er auf Gedeih und Verderb ausgeliefert ist. Kräfte dieser Art sind auch über unsere Schule hineingebrochen und haben ihr Unwesen getrieben, ohne dass uns schwachen Erdenkindern die Macht gegeben war, diesem

Einhalt zu gebieten. Fassungslos stehen wir im Nachhinein da, ohne recht begreifen zu können, was da vor sich ging. Aufklärung ist vonnöten und diese Aufklärung kann und soll das Theater leisten.

Damit sind wir wieder bei der schulischen Theaterarbeit, zu der ich Ihnen heute eine erfreuliche Mitteilung machen kann:

Der Schulverein des Mozart-Gymnasiums hat von der Ihnen allen bekannten Familie Meerkaiser, die heute hier anwesend ist und bei der ich mich nochmals herzlichst bedanken möchte, eine über alle Maßen großzügige Spende erhalten."

Die dramatische Sprechweise des Schulleiters ließ die Zuschauer begeistert applaudieren, bis Dr. Zwangsdorff die vor ihm versammelte Meute mit einer leichten Handbewegung bändigte und fortfuhr.

„Und diese Spende ist dazu verwendet worden, unsere Aula mit einer vollautomatischen Lichtanlage auszustatten. Heute wird diese Anlage erstmals eingesetzt werden und wenn Sie im Verlauf des Abends vielleicht einmal im Dunkeln sitzen sollten, dann wird das sicherlich nicht am Beleuchter liegen. – Den benötigen wir jetzt nicht mehr."

Viele Zuschauer fielen in das Gelächter Dr. Zwangsdorffs ein.

„Neben all den neuen Möglichkeiten, die wir durch diese Anlage in unserer Theaterarbeit erhalten, wird durch diese technische Innovation zukünftig auch die Sicherheit an unserer Schule erhöht. Von nun an ist es nicht mehr nötig, dass in diesem Raum Schüler auf hohe Leitern hinaufklettern müssen, um die Scheinwerfer einzustellen. Dies geschieht von nun an elektronisch direkt vom Steuerpult der Anlage aus.

Da soll noch jemand sagen, dass technische Innovationen

nur alles verkomplizieren und keinen wirklichen Fortschritt bringen. Neben diesem Beitrag zur Sicherheit an unserer Schule wird auch die Arbeit unseres allerseits geschätzten Hausmeisters Herrn Ernst erleichtert werden.

Aber – und das ist das Letzte, was ich heute noch betonen möchte – werden von jetzt an die Theateraufführungen in unserer Schule in einem noch besseren Licht erscheinen. Und damit genug der Worte und Vorhang auf für Jean Anouilhs Antigone!"

ENDE

Nachwort

Liebe Leserin, lieber Leser,
hat dir der Roman gefallen?
Dann empfehle ihn bitte weiter. Auch bin ich gespannt auf dein Feedback auf meinem Internetblog „https://markhagelt.org". Ich bin gespannt auf deine Anregungen und Einfälle zu meinem Roman.

Eine gute Zeit
Mark Hagelt